Elizabeth Knox

# Der Engel mit den dunklen Flügeln

*Aus dem Englischen von
Dorothee Asendorf*

Limes

*Könnte ein Stein den Gesetzen*
*der Schwerkraft entgehen?*
*Unmöglich.*
*Unmöglich für das Böse,*
*einen Pakt mit dem Guten*
*zu schließen.*

LAUTRÉAMONT

# 1808

## › Vin bourru ‹

*Neuer Wein*

EINE WOCHE NACH DER SOMMERSONNENWENDE waren die Freudenfeuer erkaltet und anständige Menschen lagen eine Stunde nach Sonnenuntergang im Bett, statt mit trockenem Mund noch mittags in verdunkelten Räumen; da stahl ein junger Mann namens Sobran Jodeau zwei Flaschen vom frisch abgefüllten Wein, um damit den ersten richtigen Kummer seines Lebens zu begießen. Das Fest war zwar vorbei, aber alles sang, und die Frösche in den Zisternen unweit des Hauses und die schwarzen Grashüpfer im Weinlaub stellten dazu die Kammermusik. Sobran machte einen Schritt vom Weg und zertrat eines der Insekten, sah wie seine glänzenden Gliedmaßen zuckten und zuckten und hockte sich neben das verendende Tier, bis es Ruhe gab. Der junge Mann musterte seinen Schatten auf der Erde. Er war schwarz. Der Mond war gerade voll gewesen, der Boden sandig, alle Schatten waren scharf umrissen und getreu.

Sobran schob die Klinge seines Messers zwischen Flaschenhals und Korken und hebelte ihn behutsam heraus. Er trank einen Schluck des *friand*, schmeckte Fruchtigkeit und Frische, ein Bukett, das schnell umschlug und gleichsam einen Blick über die Schulter auf den vorvorherigen Sommer warf. Bei den ersten Schlucken hatte der Wein diesen Abgang, dann war er schlicht »ein Getränk«, wie Pater Lesy, der vertrocknete Priester, sagen würde, bei dem Sobran und sein Bruder Léon Lesen und Schreiben gelernt hatten. Die reine, chemische Kraft des Weins rann aus Sobrans Kehle in seine Adern. Seine Hoden begannen schon

– 7 –

wieder zu schmerzen, während seine unbelehrbare Rute unternehmungslustig drückte. Sobran kümmerte sich nicht darum – er war elend, überreif und hatte mit raschen Erleichterungen nichts mehr im Sinn.

Céleste war die Tochter einer armen Witwe. Sie stand bei der Tante von Sobrans Mutter in Diensten, war zwischen Küche und Wohnzimmer Mädchen für alles, schneller als die verkrüppelte Magd und dennoch »mein gutes Kind.« »Lauf schnell nach oben, mein gutes Kind ...« Céleste leistete der alten Dame Gesellschaft, saß einfach bei ihr, legte die Hände in den Schoß, müßig und aufmerksam, während Tante Agnès redete und Geschichten erzählte. Mit sechzehn hätte sich Sobran möglicherweise in sie verlieben können – jetzt, mit achtzehn, schien ihm sein Körper ständig in die Quere zu kommen. Wenn er Célestes Mund betrachtete, ihre Brüste unter dem Tuch, die rosigen Fingerspitzen ihrer Hand, die sich über den Rand des Stickrahmens schlossen, während sie dasaß und eine Jagdszene für einen Ofenschirm stickte, schwoll Sobrans Rute wie ein Hefeteig, den man zum Aufgehen hingestellt hat, und beulte seine Kniehose aus wie ein gespannter Bogen. Wie sein Freund Baptiste hörte Sobran für Monate auf, zur Beichte zu gehen. Sein Bruder Léon betrachtete ihn angewidert und neidisch, ihre Mutter zuckte die Achseln, seufzte und gab ihn anscheinend auf. Dann sagte Sobran seinem Vater, daß er Céleste heiraten wolle – und sein Vater verweigerte die Zustimmung.

Jodeau der Ältere war böse auf die Familie seiner Frau. Warum, so wollte er wissen, hatte man seinem Sohn nichts gesagt? Nicht, daß es das Mädchen absichtlich darauf angelegt hätte, aber sie war sich ihrer Reize zu gut bewußt. Man teilte Sobran mit, daß Célestes Vater in geistiger Umnachtung gestorben sei – jahrelang ziemlich verrückt gewesen sei, nichts mehr gesagt, sondern nur noch wie ein Hund gebellt habe. Dann legte ihm zur Sonnenwende ein bezechter Onkel den Arm um die Schulter und sagte, tu's nicht – Hände weg, man sieht doch, was da los ist, gerade dieses Frauenzimmer ist eine schlimmere Fallgrube als andere, eine Fallgrube mit glitschigen Wänden. »Laß dir das gesagt sein.«

Bei der Messe nach der Sonnenwende in einer Kirche voll grauer Gesichter, kranker Mägen und wenig Bußfertigkeit hatte Céleste Sobran angeschaut und schien zu wissen, was in ihm vorging – nicht etwa, daß er etwas gefragt oder versprochen hätte –, doch ihr Blick war verächtlich und schien zu sagen: »Du bist mir ein schöner Liebhaber.« Sobran hätte am liebsten geweint, und auf einmal wollte er Céleste nicht mehr bezwingen, nicht zum ehelichen Angriff blasen, sondern sich ihr ergeben. Und dieses Verlangen schmerzte am ganzen Leib, Schmerzen, die ein Schößling haben muß, ehe er sich durch die Erde schiebt. Als Céleste nach der Messe mit ihm sprach, hatte sie Eis im Mund. Und als sie ihm im Wohnzimmer seiner Großtante ein Glas Malaga reichte, wirkte ihr Trinkspruch »auf deine Gesundheit« wie eine Verwünschung – als wäre es seine Gesundheit, die zwischen ihnen stand.

Sobran erhob sich und wollte zur Hügelkuppe hochgehen. Der Weinberg, Clos Jodeau, bestand aus zwei Hängen eines Hügels und schmiegte sich in die Biegung der Landstraße, die sich durch das Dorf Aluze zog und dann am Château Vully vorbei, das am Ufer der Saône lag. Am Fluß mündete die Straße in eine größere Straße, die in Richtung Norden nach Beaune führte. Zur Weinlese auf den beiden Hängen von Clos Jodeau preßte man die Trauben, die auf dem etwas südlicher gelegenen Hang wuchsen, auf Jodeau und lagerte den Wein in dem kleinen Weinkeller der Familie. Den Rest der Lese verkaufte man an das Château Vully. Der Wein von Clos Jodeau war charaktervoll und interessant und hielt sich besser als der des Châteaus.

Auf der Kuppe über den beiden Hängen standen vier Kirschbäume aufgereiht. Zu denen strebte Sobran, denn sie boten ihm
Schutz und einen guten Blick. Die zweite Flasche stand in seinem
Hemd auf den Gürtel gestützt und stieß gegen seine Rippen. Er
paßte auf, wohin er trat; der Mond hinter ihm, über dem Haus,
schob seinen bröseligen Schatten auf dem Hang vor ihm her.

Am vergangenen Sonntag hatte er Tante Agnès vor seiner Familie verlassen, war jedoch ums Haus herumgegangen, weil er
einen Blick in die Küche werfen wollte, wohin sich Céleste, wie
er wußte, geflüchtet hatte. Die Tür stand offen. Sie bückte sich
über einen Durchschlag auf einem Eimer, während die Köchin
Dickmilch auf ein Seihtuch schüttete, in dem sie den Weißkäse
auffingen. Céleste nahm die vier Enden des Seihtuches zusammen, hob es hoch und ließ die Molke abtropfen. Dann wrang sie
es über dem Eimer aus. Als sie Sobran erblickte, wrang sie das
Tuch noch einmal und kam dann mit dem auf Fliesen und
Schürze tropfenden Quark zur Tür. Ihre Hände voller Molke-
schleim und Quarkkrümel gaben keine Ruhe – beim Reden griff
eine Hand zu und die andere wrang. Sie sagte, er solle sich eine
Ehefrau suchen. Ihre Augen blickten wütend und wirkten dadurch noch schwärzer, die Iris war so dunkel, daß sich das Weiß
rundherum zu wölben schien wie die Emaille um die durchgero-
steten Stellen einer alten Schüssel. Sein Verlangen verflog, stob
davon, aber nicht auseinander wie ein Schwarm aufgescheuchter
Saatkrähen, der in geordneter Formation zum Ruheplatz zurück-
kehrt. Da wußte Sobran, daß er Vergebung und Mitgefühl
wollte – ihre Vergebung und ihr Mitgefühl-, und daß er sich mit
nichts anderem zufriedengeben würde.

Sobran blieb stehen und trank, trank die Flasche leer und ließ
sie fallen. Er war jetzt bei den Kirschbäumen angelangt; die kol-
lernde Flasche zerstreute Fallobst, einiges davon verschrumpelt
und schimmlig weiß bepelzt. Die Luft roch beißend nach fri-

schen und faulenden Kirschen und eigenartigerweise hier, weit entfernt vom Brunnen, nach kühlem, klarem Wasser. Der Mond schien so hell, daß die Landschaft noch Farben hatte. Auf der Hügelkuppe hatte jemand eine Statue hingestellt. Sobran blinzelte und schwankte. Flüchtig sah er, was er kannte – Vergoldung, Farbe und Firnis, das geschnitzte, mandelförmige Auge einer Heiligenfigur aus der Kirche. Dann wurde ihm schwarz vor Augen, er ging jedoch weiter, und der Engel war rasch zur Stelle und fing ihn auf.

Sobran sank auf warme, feste Muskelpolster. Er lag gestützt an einen Flügel, auf einem gefiederten Kissen aus nichts als Sehnen und Knochen, unterschiedlich und schmiegsam an Seite, Hüfte und Bein, die Fittiche zu beiden Seiten seiner Knöchel. Der Engel atmete regelmäßig und duftete nach Schnee. Sobrans Entsetzen war so groß, daß er ganz ruhig blieb, jene innere Ruhe, von der ein Missionar berichtet hatte, er habe sie empfunden, als er sich für kurze Zeit im Rachen eines Löwen befand. Eine Pause freundlichen Schweigens; dann merkte Sobran, daß der Mond höher stand, und spürte, daß sein Puls im Gleichklang mit dem des Engels schlug.

Er blickte auf.

Die Jugend und Schönheit des Engels waren wie eine Maske, äußerlich und alles, was Sobran sehen konnte. Und auf der Maske eine weitere Maske, nämlich fürsorgliche Geduld. Schließlich hatte der Engel bereits geraume Zeit darauf gewartet, daß man ihn ansah. Seine Miene war ungeniert und sehr neugierig. »Du hast ein Weilchen geschlafen«, sagte der Engel und fügte noch hinzu: »Nein, keine Ohnmacht – du hast richtig geschlafen.«

Sobran fürchtete sich nicht mehr. Offensichtlich war der Engel zu ihm geschickt worden, nicht zum Trost, sondern eher als Ratgeber. Aber selbst wenn Sobran ihm nichts anvertraute und keinen guten Rat erhielt, allein schon dieses Gefühl – geborgen, schwach, aufgehoben in einer Umarmung, die an sich schon so belebend war wie die Luft über einem tosenden Meer – allein das war ihm schon genug für den Augenblick und für immer.

»Ich kann sitzen«, sagte Sobran, und der Engel richtete ihn auf. Sobran spürte schwielige Hände und weiche Flügel, die ihn stützten und losließen. Und dann hob der Engel ungemein langsam, als wüßte er, wie einschüchternd er wirken konnte, die Flügel hoch, streckte sie nach vorn – sie waren nicht so weiß wie seine Haut oder die cremefarbene Seide, die er trug – und machte es sich bequem, die Flügel vor sich auf der Erde gefaltet, so daß nur noch Schultern, Kopf und Hals zu sehen waren. Als ihn der Engel freigab, kehrte die Welt zurück; Sobran hörte die schwarzen Grashüpfer und Hundegebell unten im Tal beim Haus von Baptiste Kalmann, seinem Freund. Er erkannte die Stimme des Hundes – Baptistes Lieblingstier, die treue Aimée.

Sobran berichtete dem Engel von seinem Liebeskummer, sprach kurz und knapp, als müsse er für die Vergünstigung, angehört zu werden, bezahlen. Er berichtete von seiner Liebe, von dem Verbot seiner Eltern und von Célestes geistig umnachtetem Vater. Er erzählte nichts Anstößiges, nichts über seinen Körper.

Der Engel war nachdenklich. Er blickte zum Schatten am Fuß eines Weinstocks hinüber, und als Sobran seinem Blick folgte, sah er die zweite Flasche. Er griff nach ihr, wischte den Sand ab und bot sie dem Engel an, und der nahm sie, bedeckte den Korken mit der Hand und zog ihn scheinbar mühelos heraus. Der Engel hob die Flasche an den Mund und kostete. Sobran sah, wie sich seine Kehle bewegte und eine Stelle an der Flanke des Engels, auf seinen Rippen, direkt unter seinem erhobenen Arm leuchtete – verzerrt – eine Narbe oder Tätowierung wie zwei verschlungene Worte, von denen eins kurz auffunkelte wie Licht, das durch eine heranbrandende Welle fällt.

– 12 –

»Ein junger Wein«, sagte der Engel. »Heb eine Flasche auf, die können wir zusammen trinken, wenn er alt ist.« Er reichte die Flasche zurück. Als Sobran sie an den Mund setzte, spürte er den Flaschenhals, warm und feucht. Erneut schmeckte er den raschen Abgang des Weins, seine Fruchtigkeit – Liebäugelei, keine Liebe.

»War er wahnsinnig, ihr Vater?« fragte der Engel.

Sobran leckte sich die Finger, berührte seine Braue und fauchte wie ein heißer Ofen, wie seine Großmutter immer sagte. »Hat gebellt wie ein Hund.«

»Hat er den Mond angebellt oder Leute, die er nicht leiden mochte?«

Sobran zwinkerte, dann lachte er, und der Engel stimmte in sein Lachen ein – ein trockenes, hübsches Lachen. »Dem würde ich nachgehen, wenn ich du wäre«, sagte der Engel.

»Diese Sache mit dem kranken Blut«, sagte Sobran. »Man erzählt sich so viel von übertölpelten Bräuten und jungen Ehemännern. Männer oder Frauen, die mit ansehen müssen, wie ihr eigenes gesundes Erbteil bei ihren Kindern kränkelt und dahinsiecht.« Er bot den Wein noch einmal an. Der Engel hob die Hand und lehnte ab.

»Ich weiß, er ist zu jung«, entschuldigte sich Sobran.

»Glaubst du, ich lebe nur von tausendjährigen Eiern?«

Sobran blickte verdutzt, und der Engel erläuterte: »In Setschuan, in China, vergräbt man Eier in Asche – für lange Zeit – und dann ißt man die aschfarbenen Eier.«

»Eintausend Jahre lang?«

Der Engel lachte. »Du glaubst doch nicht etwa, die Menschen könnten etwas auf die Seite legen oder solange mit dem Verspeisen warten oder sich nach eintausend Jahren überhaupt noch erinnern, wohin sie etwas gelegt haben, einerlei wie appetitanregend, kostbar oder tödlich es ist?«

Der junge Mann wurde rot, weil er dachte, der Engel spiele auf die Hostie an, die tausendjährige Gnade, die mittlerweile seit fünf Sonntagen nicht über seine Lippen gekommen war. »Entschuldige«, sagte Sobran.

»Den Wein?«

»Ich bin seit fünf Wochen nicht zur Kommunion gewesen.« Der Engel sagte knapp: »Oh.« Er dachte ein wenig nach, stand dann auf, schlang einen Arm um den Kirschbaum und holte mit dem anderen einen Zweig herunter. Der Ast bog sich, bis seine Blätter Sobrans Haar streiften. Der Mann pflückte ein wenig Obst, drei Kirschen an einem Stengel, und der Engel ließ den Ast sacht wieder fahren, seine Kraft war unmittelbar und geschickt. Dann setzte er sich und ordnete erneut die Flügel.

Sobran aß; seine Zunge löste die Steine vom süßen Fruchtfleisch, rollte und säuberte sie.

Der Engel sagte: »Du weißt nicht wirklich, was Céleste weiß oder was sie denkt. Du solltest sie einfach reden lassen. Drück dich unmißverständlich aus und hör ihr nur zu. Wenn die Gesetze, nach denen ich leben muß, numeriert wären, es wäre mein erstes.«

Ein kleiner Riß öffnete sich in Sobrans Selbstsucht, seiner kindlichen Gewißheit, daß die Nacht zum Behüten und der Engel ausgerechnet für ihn zu Rat und Trost da war. Er sagte: »Dein erstes Gesetz sollte unser erstes Gebot sein.«

»Alle Engel lieben Gott«, sagte der Engel, »und sie haben keinen anderen neben Ihm. Er ist unser Norden. Wenn wir hilflos auf dunklen Fluten treiben, sind wir noch immer vor Seinem Angesicht. Er hat uns geschaffen – aber Er ist die Liebe, nicht das Gesetz.« Der Engel holte Luft, wollte weitersprechen, verstummte jedoch und hielt mit geöffneten Lippen den Atem an. Der Wind frischte auf, fuhr durch die Kirschbäume und hob ein paar von den obersten Federn des Engels, so daß man die helleren

Daunen sehen konnte. Die Augen des Engels bewegten sich und wechselten die Farbe, und ganz kurz erwartete Sobran, winzige, grüne Flammen zu sehen wie in den auffunkelnden Augen der Bauernkatzen.

Baptistes Aimée schlug erneut an, als verbellte sie einen beharrlich herumschleichenden Fuchs. Sobran dachte an Füchse, dann daß Gott zuhörte, daß Er Sein Ohr zum Hang neigte. Der Engel stand so abrupt auf wie ein Soldat, der von einem Offizier überrascht wird, aufspringt und salutiert. Sobran zuckte zusammen, als ein erneuter Windstoß durch die Bäume fuhr. Der Engel sagte: »In dieser Nacht nächstes Jahr trinke ich auf deine Hochzeit.« Dann erhob sich der Wind als wirbelnde, aber nicht feste Säule aus Blättern, Zweigen und Staub. Der Wirbelwind bäumte sich auf wie eine Schlange, schluckte den Engel, und Sobran sah, wie er gedreht wurde, das Gesicht von seinem schwarzen Haar bedeckt, die weißen Gewänder eng an seinen Leib gepreßt. Die Flügel des Engels öffneten sich mit einem Knall wie ein schlaffes Segel, das sich unversehens bläht, und schon waren Engel und Wirbelwind drei Meilen fort und hoch oben, ein verschwommener, dunkler Fleck am klaren Himmel. Der Wind legte sich. Blätter, Erde, Zweige und ein paar falbe Federn mit schwarzer Spitze regneten auf den nördlichen Hang des Weinbergs herunter.

*

AM DARAUFFOLGENDEN TAG SAMMELTE SOBRAN diese Federn ein und band zwei mit dunklem Garn an die Oberseite der Dachsparren über seinem Bett. Die dritte, die achtzehn Zoll maß, benutzte er als Federkiel. Sie ließ sich zwar nicht anspitzen, doch die Schrift war hinlänglich fein. Sobran schrieb an Céleste. Er tauchte ein, sah wie die Tinte in die lange Luftkammer der Feder eindrang, schrieb Célestes Namen, dann von seiner Ungeschicklichkeit und dem daraus entstandenen Mißverständnis. Er hielt inne und überlegte, prüfte seine Rechtschreibung, zog die Feder durch den Mund und schmeckte Neuschnee, der seinen Mund zart machte, tauchte erneut ein und bat um ein Rendezvous.

## 1809
## › Vin de coucher ‹

*Hochzeitswein*

SOBRAN LAG NACH MITTERNACHT mit der ungeöffneten Flasche
neben sich rücklings auf der Hügelkuppe und betrachtete den
Himmel. Hohe Wolken bildeten einen gleichmäßigen Dunst
von Horizont zu Horizont, durch den der Vollmond schien, umgeben von einem riesigen Hof in Rosa, Stahlblau und Bronze.
Ein Mond, bei dem sich seine Mutter bekreuzigte. Doch für Sobran war er schlicht ein Naturschauspiel. Er war glücklich und
gelöst, sein Hemd stand offen, damit Luft an seine Haut und die
Arme unter seinem Kopf kam. Er war satt, hatte früh das Bett
aufgesucht, hatte geliebt, war dann aufgestanden und hatte sich
gewaschen – schließlich konnte man sich nicht mit einem Engel
treffen und stellenweise noch voller Liebessaft sein wie ein mit
Eiweiß glasiertes Michaelsbrötchen. Doch die Befriedigung ließ
sich nicht abwaschen. Sobran lächelte, kniff die Augen zusammen und bot dem luftigen Rund um den Mond die entblößte
Kehle dar – die glückliche Huldigung eines Tieres.

Es knatterte wie die Takelage eines Schiffes, es pfiff auf unterschiedliche Weise, und der Engel ließ sich schwer atmend neben
ihn fallen. Sobran setzte sich auf, und dann grinsten sie sich an.
Das Haar des Engels war steif gefroren, und von seinen dampfen-
den Flügeln rutschte wäßriges Eis in dünnen Schollen. Er schob
sie mit einer Hand herunter, tropfte, keuchte, lachte und erklärte, daß er sehr hoch geflogen sei, und dann überreichte er
Sobran eine viereckige, dunkle Glasflasche. Xynisteri, so sagte
er, ein Weißwein aus Zypern. Sobran solle ihn mit seiner Frau

trinken. Und setzte trocken hinzu:»Du hast doch eine Frau, oder?«

Nun wickelte Sobran die beiden Gläser aus, die er mitgebracht hatte, stellte sie auf die Erde, entkorkte seine Flasche und schenkte ein.»Das ist unser Hochzeitswein, ein Geschenk vom Château, das uns unseren Jodeau Süd als Tischwein abnimmt. Wir haben natürlich die gleiche Pinot-noir-Traube, und der Hang hier ist besser, aber ihre Keller sind alt und groß.« Er bot dem Engel ein Glas an. Der Mondschein hatte dem Rotwein die Farbe geraubt, daher wirkte er dunkel, etwas trübe und hatte eine weiße Schicht. Der Engel nahm sein Glas und brachte seinen Trinkspruch aus:»Auf dich«, nicht etwa »Gottes Segen«.

Sobran sagte, daß ihn seine Liebe zu Céleste nach Beratung mit dem Engel nicht mehr so gequält habe.»Deine Worte haben ihr das Gift genommen – haben mich Glauben und Geduld und Haltung gelehrt.« Beinahe hätte er »Enthaltung« gesagt, doch das gehörte zu den vielen Gedanken, die er züchtig verbergen mußte, so wie eine Frau in der Kirche den Kopf bedeckte. Außerdem stimmte es nicht ganz. Gerade Sobrans Haltlosigkeit hatte bei seiner Werbung endgültig den Ausschlag gegeben. Als er beim ersten spätsommerlichen Regen mit Céleste ein paar Schritte vom Weg abgewichen war – sie befanden sich auf dem Heimweg von seiner Schwester –, hatte er sie gegen die Astgabel eines jungen Baumes gedrückt, hatte ihre Röcke hochgehoben und war durch ihre Unterröcke in sie gedrungen. Ihre Regel blieb aus, und da heiratete er sie.

»Wir trinken auch auf meine Tochter – auf Sabine –, auf eine Hochzeit und eine Taufe«, sagte Sobran, dann wurde er rot.»Ja, schnelle Arbeit.«

»Ist das alles.«

»Nein. Nächstes Jahr vielleicht ein Sohn.«

Sie schwiegen ein Weilchen, dann begann Sobran von Clos Jodeau zu erzählen, von seinem künftigen Anteil am Weinberg seines Vaters und daß er auch Baptiste Kalmanns Weinberg betreute, während sein Freund in der Armee war. »Und das ist auch meine Ausrede für heute nacht – ich muß mich um Baptistes Geschäfte kümmern. Die Rebstöcke von Clos Kalmann sind in ziemlich schlechtem Zustand, ihretwegen muß ich Tag und Nacht auf den Beinen sein.« Sobran blickte zu dem mittleren Fenster im oberen Stockwerk des Hauses hinüber. »Wenn ich mir sicher bin, daß Céleste während meiner Abwesenheit tief und fest schläft, bringe ich auch eine Lampe mit«, sagte er.

»Du meinst nächstes Jahr?« Der Engel lächelte.

Sobran wurde rot. Er spürte, wie ihm die Röte ins Haar stieg und ihm der Schweiß ausbrach. Er schluckte, dann fragte er: »Kommst du?«

»Ja.«

»Aber«, sagte Sobran, »wenn ich so Baptistes Briefe lese, überlege ich, ob ich vielleicht auch mit dem Kaiser ziehe.«

»Du versprichst also nicht, nächstes Jahr hier zu sein. Aber ich muß das.«

»Wir leben in Zeiten großer Veränderungen«, sagte Sobran –, aber wie sollte man einem überirdischen Wesen diese irdische Tragweite erklären? Er setzte hinzu: »In ganz Frankreich.«

»Ich habe nicht gewußt, daß du an Frankreich denkst«, sagte der Engel. »Ungewöhnlich bei einem Burgunder.«

»Na schön – ich werde da sein« versprach Sobran.

»Eine Nacht jedes Jahr, bis ans Ende deines Lebens«, sagte der Engel. »Oder kommt dir das ungelegen?«

Sobran fühlte sich geschmeichelt, sah aber auf der Stelle die Probleme. »Und wenn ich auf Reisen bin.«

Der Engel hob die Schultern.

»Ein Leben lang – das ist viel versprochen.«

– 19 –

»Du hast schon einmal versprochen, bis daß der Tod euch scheidet.«

Das glich der Unterhaltung mit einem durchtriebenen Priester. Und Eheversprechen ließen keine Ausnahmen zu – Zärtlichkeit, Fürsorge, Treue, harte Arbeit, alles war leichter zu versprechen als jedes Jahr die gleiche Nacht. »Bringt es mir Pech, wenn ich nicht komme?« fragte Sobran.

»Sobran, das hier ist kein Versuch, dir ein krankes Schwein anzudrehen.«

Sobran war beleidigt. »Wenn ich wie ein Bauer feilsche, dann weil ich einer bin.«

Der Engel überlegte, griff sich wie ein junges Mädchen eine Locke und kaute darauf herum – Sobran hörte sie zwischen seinen Zähnen knistern. Gleich darauf spuckte der Engel die Haare aus und sagte: »Mit Pech und Glück kenne ich mich nicht aus. Ich biete weder Belohnung noch Bestrafung, also versprich mir nichts. Komm einfach.«

Sobran willigte ein. Er vergaß alle Vorsicht und Höflichkeit und war schlicht gerührt.

Der Engel streckte ihm sein Glas hin, und Sobran schenkte nach. »Erzähl mir von Céleste und Sabine und von Léon, deinem Bruder, der bei den Priestern ist, und von Baptiste Kalmann und was du von diesem Kaiser hältst«, sagte der Engel.

## 1810
### › Vigneron ‹

*Ein Winzer, der selbständig
arbeitet oder auch nicht*


SOBRAN BRACHTE DEM ENGEL SEINE UNZUFRIEDENHEIT mit, was ihr Gespräch würzte und verfeinerte wie eine Prise Salz ein Mittagessen unter freiem Himmel am Rand einer halb gemähten Wiese. Der Engel möge bitte dieses klären und jenes bereinigen – Sobrans Auseinandersetzungen mit seinem Vater oder seinem Bruder Léon, Célestes eigenartige Stimmungen oder die Aussicht auf eine nicht gerade vielversprechende Weinlese. Sobran fand, daß er freundlich war und auch an die Zukunft dachte – die Absegnung dieses Bundes, der gewiß von Dauer sein würde, falls der Engel fand, daß Sobran seinen Rat brauchte.

Bis dahin hatte Sobran nur einen Freund gehabt, mit dem er trank. Und wenn er sich noch so viel Mühe gab, seine Unerfahrenheit oder aber seine früheren Erfahrungen führten dazu, daß er etwas linkisch mit dem Engel umging. Die Art, wie sie sich kennengelernt hatten, war so ganz anders als seine Freundschaft mit Baptiste Kalmann. Seine Begegnungen mit dem Engel waren steif, ehrerbietig und so wenig befriedigend wie eine Vorratskammer voll frisch Eingemachtem. Von einem Engel beachtet zu werden, darauf konnte man stolz sein. Aber wenn sich Sobran so reden hörte, erinnerte ihn das an seinen Vater, wenn der mit dem Comte de Valday sprach. Bei dessen Worten ruckte immer eine Art Wetterfahne und richtete sich nach den Interessen des Comte aus. Sobran hörte in seiner eigenen Stimme die gleiche Erbötigkeit, und das verübelte er dem Engel ein wenig.

CÉLESTE RÜTTELTE SOBRAN, UND ER merkte, daß er die Augen offen hatte und sein Blick einem Meteor aus Lampenlicht unter der Tür folgte. Auf der Treppe hörte er Schritte. »Dein Vater. Er hat angeklopft«, sagte Céleste. Die kleine Sabine wälzte sich im Schlaf. Sie streckte die Füße unter der Decke hervor und trat gegen die Stäbe ihres Kinderbettchens. Sobran stand auf und tastete nach ihr – ja, er hatte richtig gehört –, deckte sie wieder zu und begann, sich anzuziehen. Draußen stampfte ein Pferd, Zaumzeug klirrte. Céleste stieg aus dem Bett, zog sich Bettschuhe an und legte sich ein Umschlagtuch um. Sie sagte, sie wolle Brot und Käse aufschneiden.

Unten saß Léon auf seinem Strohsack beim Herd und rieb sich den Kopf – den raspelkurzen Haarschnitt, dem die heiligen Brüder den Vorzug gaben. Léon hatte das Kloster verlassen, nachdem er irgendwie Schande über sich gebracht hatte, etwas, was seiner Mutter peinlich war und worüber sein Vater nur lachte (nicht über die Priester, sondern über seine Frau und seinen Sohn, weil sie sich schämten). Als Léon nach Haus zurückkehrte, schlief er einige Monate lang auf dem Boden unter den Dachpfannen – bis sich das Wetter verschlechterte. Er und Sobran hatten sich früher den Raum geteilt, den nun Sobran und Céleste bewohnten, während das Hinterzimmer, in dem ihre ältere Schwester Sophie geschlafen hatte, jetzt voll abgefüllter Flaschen stand. Léon war im Jahr von Sophies Hochzeit ins Seminar eingetreten. Damals war Léon ein fleißiger Junge gewesen, der sich ständig kleine Prüfungen in Geduld und Ausdauer auferlegte – nichts im entferntesten Weltliches. Da er gern Äpfel aß, versagte er sie sich beispielsweise ein halbes Jahr lang (in den Monaten, in denen sie am süßesten schmeckten, selbstverständlich mogelte er nicht). Oder er verzichtete auf Salz im Essen oder bei kaltem Wetter auf einen Schal um die Ohren.

Sobran hielt seinen Bruder für einen Trottel und ging nicht gerade zuvorkommend mit ihm um. Léon suhlte sich darin, die Ermahnungen, Mißfallensbekundungen, Nörgeleien und Verwarnungen ihres Vaters zu übermitteln. Bevor Sobran heiratete, wurde Léon oft auf die Suche nach ihm geschickt, denn Sobran hing in Baptiste Kalmanns schmutziger, von Hunden wimmelnder Küche herum und trank Branntwein; oder Léon trieb ihn in dem Häuschen an der Straße nach Aluze auf, das mit den roten Geranien vor der Tür und dem stets hoch gestapelten Holz im Anbau am Schornstein. Hier leistete Sobran der Witwe Rueleau Gesellschaft, die Schwarz trug, sich jedoch bunte Bänder ins Haar flocht. Einmal hatte Léon seinen Bruder sogar halb nackt angetroffen, wie er sich am Feuer wusch. Und Baptiste Kalmann hatte Léon durch einen Spalt in den Bettvorhängen am Bett der Witwe angegrinst. Das Zimmer roch nach Branntwein, Seife, Schweiß. Sobran hatte sich überhaupt nicht geschämt und sich gemächlich angezogen. Doch auf dem Heimweg, als Léon ihn abkanzelte, daß ihr Vater ›sich nicht für Haus, Weinberg und einen guten Ruf geplagt habe, damit sie langsam Ansehen und Ehre verlören‹ –, da stieß Sobran ihn in einen Graben am Wegesrand, beugte sich über ihn, packte ihn an der Kehle und schüttelte ihn durch. Sobran sagte, da er nicht dafür zahle, beraube er auch niemanden. Und Léon, der schmächtiger war als sein Bruder, entgegnete halb erstickt: »Wenn Kalmann zahlt, bist du eine Hure wie Anne Rueleau.« Sobran nannte ihn eine Zecke, einen heiligen, kleinen Schleimscheißer und schüttelte ihn noch einmal durch, warf ihn zu Boden und ging fort.

Léon hatte niemandem von den Missetaten seines Bruders berichtet, anscheinend hielt er den Mund, aber nicht weil er seinen Bruder mittels seines angesammelten, geheimen Wissens beherrschen, sondern weil er nichts mit der Lüsternheit seines Bruders, wie er es nannte, zu tun haben wollte, diesen befleckenden Taten, mit denen er, Léon, lieber nicht leben wollte.

Auf Sobrans Hochzeit hatte Céleste ihm zugeflüstert:»Als dein Bruder mich geküßt hat, hat er mich angesehen, als ob ich ihm leid täte. Wieso eigentlich?« Baptiste hinter ihnen in der Uniform eines Kanoniers, die einen rosigen Schimmer auf Célestes weißes Kleid warf, hatte das mitbekommen und sagte:»Léon glaubt, jeder Furz beweist, daß die Welt ein Sündenpfuhl ist.« Er hob die Brauen, dann sein Glas und prostete ihnen zu.

*

LÉON ROLLTE DEN STROHSACK auf und stopfte ihn neben die Holzkiste. Als er sich bückte und sein Hemd über den Kopf ziehen wollte, sah sein Bruder, daß sein Hals dunkle Schmutzstellen aufwies. Unsauberkeit paßte so gar nicht zu Léon, daß Sobran bei dem Anblick erschrak, ein Schreck, der sich explosionsartig ausbreitete, sich sofort in seine Bestandteile auflöste und wieder verflüchtigte. Sobran wandte sich ab.

Ihr Vater war draußen an der Pumpe und sprach mit Christophe Lizet, dessen Schwester Geneviève vermißt wurde. Man bat die Jodeau-Männer, daß sie Christophe und seinem Vetter Jules bei der Suche am anderen Flußufer halfen.

Sie fuhren in Lizets Karren, das einzige Pferd im Besitz der Jodeaus führten sie hinten angebunden mit. Eine Stunde nach Tagesanbruch setzten sie über den Fluß auf der Fähre, die die Verbindung zu der Straße herstellte, die am Château vorbeiführte. Dort teilte sich die Gruppe. Jodeau der Ältere fuhr mit Christophe und folgte dem Fluß nach Norden. Jules, Léon und Sobran gingen zu Fuß in Richtung Süden am Ufer entlang. Es bedurfte keiner Fragen mehr – wer hatte Geneviève als letzter gesehen, was hatte sie angehabt. Doch Jules sprach von Genevièves Charakter; sie hatte so ein sonniges und stilles Wesen, und ihr Verschwinden hieß nicht, daß sie ihnen einen Streich spielen wollte.

Léon sagte, er kenne Geneviève, sie hätten zusammen die erste Kommunion genommen. Sie seien in derselben Klasse gewesen, hätten bei Pater Lesy ihren Katechismus gelernt. »Damals waren wir Kinder, noch keine zehn Jahre alt.«

Sobran erinnerte sich, wie Geneviève mit den Weinleserinnen des Châteaus Trauben trat. Sie hatte ihr Kopftuch im Bottich verloren. Alle Lizet-Frauen hatten feines, glattes Haar, auf dem sich keine Kopfbedeckung hielt, ihre Knoten oder Zöpfe lösten sich und befreiten blankes Haar, farblos wie Wasser. Sobran konnte sich nicht an die Gesichter der Lizet-Mädchen erinnern, nur an dieses Haar und an einen Hinterkopf so leuchtend wie der Mond, der sich bewegte und das Gesicht seines Freundes verdeckte. In Sobrans Erinnerung saß Baptiste mit gespreizten Beinen auf der schräg gestellten Gabel eines nicht angespannten Karrens. Vor sich hatte er einen Wassereimer und hielt mit dem einen Arm eine Schöpfkelle, den anderen stemmte er in die Hüfte, sein Kinn ruhte auf der Faust. Er drückte einen Finger in den Mundwinkel wie eine Nadel in eine Landkarte. Er lächelte Sobran zu, und dann verdeckte der blonde Kopf einer Lizet Baptistes Gesicht, als sie ihn küßte.

Das war Geneviève gewesen, soviel wußte Sobran noch. Er blieb stehen und musterte die Weiden auf der anderen Seite des Flusses, deren Zweige vom vorherrschenden Wind verweht wurden wie Haar, das aus einer glatten Stirn gestrichen wird. Auf den Steinen unweit von Sobrans Füßen war der Fluß ein dünnes Rinnsal, unter den Weiden jedoch war er tief.

Jules sagte, das Château wolle ein Boot schicken, damit man sich die Weidenwurzeln näher ansehen könne. Er redete, als wisse er, daß sie tot sei und sich das bereits in seinem Kopf festgesetzt habe, als wisse er, daß sie nicht nach einem Mädchen suchten, sondern nach einer Leiche.

Sie gingen weiter. Die Sonne stand noch tief und strahlte die sanft gewellten Hügel an, die Reben jenseits des Flusses waren beinahe kahl, glichen Rauchschwaden. Das Land hinter dem Weinberg war Weideland, hier sproß erstes grünes Gras zwischen den trockenen Stengeln der Nachmahd. Dicke Wolken zogen über den Himmel und bedeckten ihn, liebkosten die Dunkelheit, hielten die Schwärze unmittelbar unter sich fest – wohingegen das Land noch immer im Sonnenschein lag. Und dann nicht mehr, und kleine schwalbenartige Vögel mit Gabelschwanz schossen jetzt tief über den Fluß, von dem Mücken zum drohenden Regen aufstiegen.

Während sie weitergingen, wurde es dunkler. Laut schrammte das Gras an ihren Holzpantinen entlang. Auf einem flachen Uferstreifen voller Flußsteine, wo der Fluß eine Biegung machte, erblickten sie etwas Helles. Jules rannte los – Sobran folgte, eilig jedoch zögernd. Beim Anblick der nackten Beine des Mädchens und ihres aufgedunsenen, ausgebleichten Bauches mit den blauen Flecken blieb er wie angewurzelt stehen. Ihre Röcke waren über den Kopf gestülpt. Jules zog sie herunter; er schluchzte, bückte sich, knickte jählings in der Mitte ein, als hätte ihn jemand ausgeweidet und seine Brust fiele in das Loch, wo die Eingeweide gewesen waren.

Der Kopf des Mädchens war an einer Seite schwarz von Blut, das ihr blondes Haar an den Spitzen rosa gefärbt hatte. Der Schädel war ihr eingeschlagen worden, und ihre Unterarme waren mißhandelt und verformt. Ihr Kinn stand zur Seite, als hätte es sie dabei erwischt, wie sie ein Kind mit einer Fratze erschreckte, während die Uhr die volle Stunde schlug,wie ihre Mutter sie gewarnt hatte.

Jetzt holte auch Léon hinter ihnen auf, er humpelte, als hätte er einen Stein im Schuh. Er sah hin, blieb aber nicht stehen, sondern kam näher, zog seine Jacke aus und legte sie ihr übers Gesicht. Darauf kniete er sich neben sie und begann, den Rosenkranz zu beten. Jules sank auf der anderen Seite der Leiche zusammen, steckte den Kopf zwischen die Knie und schluchzte und schwankte.

Sobran sagte, er würde zum Château gehen. Man hatte als Signal einen Kanonenschuß verabredet, der sollte die Suchmannschaft zurückrufen.

Er rannte, und während er rannte, löste sich die Wärme vom Boden wie ein Heuschreckenschwarm, der ein kahlgefressenes Feld verläßt. Regen wehte über die Oberfläche des Flusses, als würde er mit einem Reisigbesen gekehrt. Sobran blieb stehen, hockte sich hin und erbrach säuberlich zwischen seine Füße, dann stand er auf und lief weiter.

*

SPÄTER STAND ER IN EINE Decke gehüllt am Kamin in der großen Eingangshalle des Châteaus, der alten, mit Stein gefliesten Halle aus dem dreizehnten Jahrhundert. Der Kamin war seit der Sonnenwende und dem Fest der Wildvogeljagd nicht mehr angezündet worden. Sobran sah, wie der Ruß hinten am weiß getünchten Rauchfang erblühte und sich entfaltete wie eine Blume, die begossen wird.

Eine Schar Männer mit verdreckten Füßen stand herum und wartete auf die Rückkehr der Gruppe, die man ausgeschickt hatte, die Leiche zu holen. Der Comte hatte die Befehle erteilt und unterhielt sich jetzt ruhig mit Sobrans Vater und dem weinenden Christophe Lizet. Sie bewegten sich auf Sobran zu – und dann blickte dieser dem Comte in das braune Gesicht, in die rotgeränderten, blauen Augen. Der Comte fragte: »Wie kommt es, daß Er sie gefunden hat?«

»Wir haben da gesucht, wohin man uns geschickt hat.«
Dann:»Was für eine dumme Frage.«

Jodeau der Ältere holte aus, gab seinem Sohn eine schallende Ohrfeige und sagte, er solle nicht frech werden.

Sobran blickte zu Boden. Er hörte, wie sein Vater dem Comte erzählte, man könne an dieser Seite irgend etwas in den Fluß werfen, er wisse auch wo, und fände es am anderen Ufer wieder.

»Natürlich, Er kennt die Strömungen«, sagte der Comte.

Sobran warf ein:»Bei Regen fließt er anders.« Er sah hoch und merkte, daß sein Vater böse blickte.

»Hat Er Geneviève Lizet gekannt?« fragte der Comte.

Flüchtig, sagte Sobran. Er erinnere sich an sie von mehreren Weinlesen im Château. Sie habe Baptiste Kalmann geküßt.

Der Comte wartete.

»Baptiste ist in Tirol.« Sobran blickte dem alten Mann fest in die Augen, versuchte, ihm zu übermitteln, wie sinnlos er diese Fragerei fand.

»Was ist passiert, als Er die Leiche gefunden hat?«

»Jules hat geweint, Léon hat gebetet. Ich bin losgelaufen und habe Hilfe geholt. Wir waren genau die richtige Zahl, jeder konnte auf seine Art etwas tun.«

Die Hand des Comte legte sich kurz auf Sobrans Nacken und blieb liegen, dann nickte er seinem Kammerdiener zu, der mit der Branntweinkaraffe kam und Sobran großzügig einschenkte. Der Comte führte Sobran zu einem Stuhl.»Setz Er sich, man wird Ihm etwas zu essen bringen.« Als er sich abwandte, hörte Sobran den Comte zu seinem Vater sagen:»Er ist nur böse über das, was er gesehen hat.«

– 28 –

1811

# › Vin tourné ‹

*Umgeschlagener Wein*

BAPTISTE, DER FREUND, FEHLTE SOBRAN. Céleste kam mit einer zweiten Tochter nieder. Sein Vater wirtschaftete schwerfällig. Sobran war verheiratet, einundzwanzig, doch noch immer kein Mann. Er hatte nichts von der Welt gesehen, konnte nicht tun und lassen, was er wollte, hatte keinen Erben und keine klar umrissene Zukunft. Dennoch wußte er, was die nächsten Jahre bringen würden – Arbeit im Rhythmus der Jahreszeiten; die Jahrgänge, bestenfalls ein abgefüllter Triumph; das Leben ein fader, keineswegs entwürdigender Kampf und ein bescheidenes Glück. Aluze, Dorf, Gehöfte, Weinberge, alles wirkte trostlos. Und es gab Tage, an denen kam es ihm so vor, als wäre das alles gewesen.

Sobran war unruhig. Daher traf er trotz Célestes Protesten Vorkehrungen für ihren Unterhalt, sorgte dafür, daß man ihr die Hälfte seines Soldes schickte und zog aus, um sich Landschaften und Gesichter außerhalb seines *pays* anzusehen, Menschen, die er nicht mit Namen kannte.

Und so geschah es, daß er sich im Hochsommer mit Baptiste in Westfalen auf der Veranda eines Hurenhauses befand und zusah, wie die Rekruten vor einer lampenerhellten Kate anstanden, wo für Kupfermünzen eine Hure zu haben war. Die Frau, die er und sein Freund sich teilen wollten, wusch sich im Zimmer hinter ihnen, stand mit gespreizten Beinen über einer Waschschüssel und hatte sich den Rock ringsum im Gürtel hochgesteckt. Der lederne Vorhang vor der Katentür stand einen Spalt offen, und der

– 29 –

nächste in der Schlange spähte hinein. Sobran konnte den abge-
wetzten Boden einer Kniehose und einen mageren, hellhäutigen,
sich bewegenden Hintern sehen. Baptiste reichte ihm die dritte
Flasche des gestohlenen Seeweins, ein trockener, leichter Weißwein, den die Kanoniere beim Kartenspiel ein paar Kavalleristen
abgenommen hatten. Sie hätten nicht mit ihnen geredet, doch
das Zugseil an einer Flußfähre riß, als die Kavalleristen und ein
Schmied, Baptiste und Sobran – drei Kanoniere mit zwei leichten
Kanonen – darauf warteten, daß sie übergesetzt wurden. Und
beim Warten spielten sie, Baptiste um seinen Tabakvorrat, Sobran um eine kleine Silberschachtel, die er nach einem Schar-
mützel einer Leiche abgenommen hatte.

In dem Zimmer hinter ihnen rief die Hure: »Fertig?« Und
dann in ihrer eigenen Sprache: »Einer nach dem anderen oder
beide auf einmal?« Sie lächelte und winkte sie zu sich.

Dreißig Minuten später hatte sich Sobran verausgabt und
wartete, daß sein Freund zum Ende kam. Bei ihm hatte die Hure
gemurmelt, bei Baptiste schrie sie auf. Sobran fragte sich, wieso
sie bei ihm zärtlich gewesen war oder zumindest so getan hatte.
Er dachte an Céleste und wie gern sie seinen Kopf zwischen ihre
Brüste schmiegte.

Sobran wurde unversehens übel. Er beugte sich über das
Geländer und erbrach Wein und Galle, klammerte sich einen
Augenblick lang an das Geländer, torkelte zur Treppe, auf den
Hof, über die strohbedeckten Steinplatten zum Tor. Er legte die
Hände auf die Pforte und übergab sich noch einmal. Nicht etwa,
weil er sich an Céleste erinnert hätte – den salzigen, mit Seife
vermischten Geschmack der Hure noch auf der Zunge –, nein, es
war der Mond, ein kühler Zeuge, eine Erinnerung daran, wie er
im Arm gehalten worden war, und die schlagartige Erkenntnis,
daß in dieser Nacht ein Engel warten würde, so lange wie ein ge-
duldiger Engel eben ausharrte, auf ein Rendezvous warten würde,

– 30 –

das Sobran nicht einhalten konnte, da er sechshundert Meilen weit entfernt war und soff und hurte. Sobran stand da, drückte die Stirn an die Pforte und weinte.

Baptiste fand Sobran, trocknete ihm die Augen mit dem behaarten Unterarm und flößte ihm noch mehr Wein ein. Später wachte Sobran auf, und da schien die Sonne in das Zimmer, in dem er lag, und badete die Wände in ein Licht so kalt wie Stillwein voll gelber Kahmhefe. Die Hure lag neben ihm und neben ihr Baptiste; alle drei rochen nach Schweiß. Sobran lauschte, ob sich das Geräusch, das er beim Aufwachen gehört hatte, wiederholte – weder Hahnenschrei noch morgendliches Flankenfeuer, sondern leise Einschläge, als würfe man einen Spatenvoll trockene Erde auf einen Sarg oder wie ein einzelner Flügelschlag großer Schwingen. Doch das Geräusch wiederholte sich nicht, er hatte es geträumt, und es war sein Traum, der sich verflüchtigte.

1812

# › V i n  d e  g l a c é ‹

*Eiswein*

EIN JAHR SPÄTER WAR SICH Sobran trotz der Lage, in der er sich
befand, bewußt, daß es genau die Nacht war. Er ging zur Kirche,
stand hinten, während ihn die Gemeinde – der traurige Rest ab-
züglich der Geflüchteten, das heißt der Begüterten, Besitzenden
alle miteinander, der Gutsituierten mit ihrem gesamten Gesinde – feindselig anstarrte. Arme, kränkliche Menschen. Der
Priester war schäbig und nicht daran gewöhnt, in solch einer
prächtigen Kirche zu amtieren. Sein Bart wirkte im Kerzen-
schein verlaust, schien zu wimmeln. Er hatte nicht mit Weih-
rauch geknausert, träge wölkte er, von zwei ältlichen Laien ge-
schwungen, aus Weihrauchgefäßen wie verschüttete Milch in
ruhigem Wasser. In der Dunkelheit über den Kerzen glitzerten
und flackerten Mosaiken auf Goldgrund. Sobran blickte auf und
sah Christi erhobene Hände, die langgezogenen Flammen der
dünnen Wachskerzen, die sich in der stillen Luft nicht bewegten. Sein Blick fiel auf Engel in üppig vergoldeten Gewändern
und mit kecken, unpraktischen Flügeln ohne Sehnen. Inmitten
der goldgelockten und goldgewandeten Schar war einer mit
Händen, Füßen und einem Gesicht so schwarz wie Wundbrand,
so schwarz wie Frostbeulen, aber heiter und gelassen.

Als Sobran den Blick senkte, stellte er fest, daß ihn eine Frau
anstarrte. Durch das locker gestrickte Umschlagtuch, das ihren
Kopf bedeckte, schimmerte ihr Haar buttergelb. Ihre Haut
hatte den wäßrig hellen Ton frisch geschnittener, roher Kartoffeln, ihre Brauen und Wimpern waren blond und glänzten wie

– 32 –

Stroh, ihre Augen so hellblau, daß sie fast blind wirkten. Sie wandte den Blick nicht ab, lächelte auch nicht, sondern sah ihm nüchtern berechnend in die Augen, dann bedeutete sie ihm mit dem Kopf, er solle zur Tür gehen.

Sobran folgte ihr und trat in den Tag hinaus. Die Straße war rauchig von den Bränden im chinesischen Basar. Der Platz vor der Kirche lag voll schattenwerfendem Müll: ein Wagen mit gebrochenem Rad, ein geborstenes Faß, ein Gewirr von Betten- oder Kleiderbündeln, die Flüchtlinge hatten liegen lassen, vielleicht an Stelle ihrer Leichen.

Sie nahm ihn mit nach Haus, in ein Zimmer im ersten Stock mit aufgetürmtem, verstaubtem Gepäck. Sie hatte kein Geld, kein Essen und war hochschwanger. Sobran merkte es, als sie die Treppe hochstieg. Bis dahin hatte ihr Gang lediglich gemessen gewirkt, ihr Leib stattlich, jedoch ganz ihr gehörig. Er konnte kein Wort von dem verstehen, was sie sagte, als sie da mitten in ihrem Schlafzimmer stand und im Raum herumdeutete. Sie bettelte nicht, denn ihr Ton war sachlich, nicht der einer Besiegten, und sie zeigte keinerlei Angst, sondern Stolz, als sie das Umschlagtuch vom Haar gleiten ließ und anfing, ihr Hemd aufzuknöpfen.

Ihre Brüste waren groß, prall und blau geädert. Sobran berührte sie nicht, nahm jedoch ihre Hände und bedeutete ihr, sich auf einen Kasten zu stützen, dann drehte er sie um und hob ihren Rock hoch. Darunter trug sie nichts, ihr Geschlecht war wie eine schwere Börse und in dem blonden Haar dunkel wie Pökelfleisch. Ihr Bauch hing herunter, riesig, hochschwanger, und ihr Nabel stand vor wie eine Brustwarze, jedoch blutleer ausgepreßt. Sobran knöpfte seine Hose auf, spuckte sich in die Hand, befeuchtete sie und arbeitete sich in sie hinein. Er schob die Arme durch ihr seidig herunterrauschendes Haar und packte ihre Brüste, die schwer und weich waren wie Weinschläuche aus

– 33 –

Ziegenleder, preßte sie gegen ihre Rippen, drückte die Frau an sich, eng, riesig, während sie die Beine abstützte und ihre Arme zitterten, denn sie trug ihrer beider Gewicht, und er drang durch ihre geisterhafte Blässe, in ihre schlüpfrige Umklammerung, ein feuriger Höhepunkt wie eine Salve, wenn mehrmals geschossen wird, vier Explosionen, dann ein trockenes Feuer, und er begann zu schrumpfen.

Sobran konnte nichts sehen, es dröhnte in seinen Ohren – und dann rauschte eine warme Welle gegen sein Becken und spülte seinen klein gewordenen Penis hinaus. Ihre Fruchtblase war geplatzt, schimmernd lief das Fruchtwasser an ihren Beinen hinunter.

Binnen einer Minute hatte Sobran seine Kniehose hochgezogen, sich Hut und Rock gegriffen und war auf dem Flur vor ihrer Tür. Er hatte nicht gezahlt. Sie hatte nicht aufgeschrien, aber er konnte sie wimmern hören.

Er ging zurück, hüllte sie in eine Decke und brachte sie zu Bett, sagte, er würde Nachbarn holen, eine Frau. Ehe er wieder hinausging, zog er seine Börse aus dem Waffenrock und ließ ein paar Münzen in eine Holzschale neben dem Bett zwischen zwei verschrumpelte Birnen und zwei tote Wespen klappern.

Es war kein verkommenes Mietshaus. Jede Wohnung war gut bemessen – mehrere Räume, drei Stockwerke und enge Dachböden –, aber alle unbewohnt, nur die großen Möbelstücke waren noch da: Bettgestelle, Kleiderschränke, Tische und Kredenzen, eine zusammengerollte Matratze hoffnungslos in einem Türrahmen verkeilt.

Sobran trat wieder auf die Straße. Die wenigen Menschen scheuten vor ihm zurück wie Flußbarsche vor einem Hecht. Soldaten rings um ein Feuer, seine Landsleute, sie lachten, sagten, er solle von ihr ablassen, eine feile Metze diese Russin. Einer fragte ausgemacht mürrisch, ob da noch mehr zu holen sei, ob er sie aufpumpen solle? Er blies die Backen auf, pustete und ruckte dazu mehrmals mit dem Becken. Die anderen lachten. Sobran verzog sich und machte kehrt, war wieder allein und musterte die blinden Fenster, die mit Abfall übersäte Straße, Nähe und Ferne, den diesigen Himmel über den glänzend goldenen Zwiebeln der Kuppeln, goldene Ketten, die sich von Kirchturm zu Kirchturm schlangen und den Himmel in hohe Pferche unterteilten, Gott weiß für welches Vieh.

Er ging in die Kirche zurück und sprach eine der Frauen an dem Geländer an, dann den schäbigen Priester. Er konnte sich nicht verständlich machen, bis aus einer Seitenkapelle ein Greis in Schwarz gehumpelt kam, der an der Gruft irgendeiner bedeutenden Familie gebetet hatte. Als Diener eines Mächtigen verstand er Französisch und erläuterte Sobrans Bitte – eine Frau ganz allein und im Begriff niederzukommen. Der Priester fragte die beiden alten Frauen, ob sie ihn freundlicherweise begleiten würden. Sobran führte sie über den Platz, durch das Portal, die Treppe hoch und zur Tür der Frau, dann zog er sich zwischen ihnen zurück, während sie zum Bett stürzten und es umringten. Er sah, wie ihr schwerer, weißer Arm unter der Decke hervorkam. Sie nahm die Hand des Priesters. Sobran entfernte sich hastig.

Er passierte die Soldaten um das Feuer und plündernde österreichische Infanteristen aus einem ausgehobenen Kontingent, die kreuz und quer von Haus zu Haus liefen wie Bienen, deren Bienenstöcke man umstellt. Er ging zurück ins Feldlager im Kreml und zu Baptiste, der als Strafe für Trunkenheit vor dem Stall, in dem die Pferde des Obersten untergebracht waren, Pferdegeschirr polieren mußte. Sobran sagte, er habe eine Hure, eine tragende Sau, aufgetan, und Baptiste sagte, der Aufenthalt in diesem Land sei ebenso witzlos wie eine schwangere Hure zu bespringen – eine kaiserliche Armee, die nicht einmal diese verwanzte Schlampe von einer Stadt verteidigen wollte, könne sich gleich mit dem Hintern in einen Sumpf setzen. Wußte Sobran eigentlich, daß die Stadt schon wieder brannte, auf der anderen Seite des Flusses? Rußland zu unterwerfen war, als wolle man eine Eidechse fangen. »Wir haben nichts als den Schwanz. Und nichts zu essen als Brot, das Wochen alt ist, und Suppe aus zweimal gekochten Hühnerknochen.« Unter Baptistes Hand und dem Lappen erstrahlte das Sattelleder mittels Wichse und Bienenwachs.

*

FÜNF MONATE SPÄTER MARSCHIERTEN SIE, den Wind aus ganz Sibirien im Rücken, der ihr Tempo verlangsamte und sie wie in einem eisigen Schraubstock packte. Es sah so aus, als wollte Rußland die *grande armée* am Ende doch noch behalten.

Sobran marschierte unter anderen Kanonieren. Ihre festgefahrene Kanone hatten sie schon lange aufgegeben. Sobrans feuchter Atem war gefroren, sein Schal auf seinem Mund festgeklebt. Er beließ es dabei. Es gab nichts mehr zu essen und nichts mehr zu sagen. Seit Tagen redete er Baptiste gut zu, damit er weiterging; jetzt stützte er ihn. Er sah nur ihre Füße und die Spur aus dreckigem Schnee, den die Kolonne machte. Er hatte erlebt, wie Männer vom Weg abkamen, meinte sie durch den dicht fallenden Schnee gesehen zu haben, stolpernde Punkte, die kleiner wurden und verschwammen. Er vergaß, wie man rief. Vor Tagen, als er Gestalten erblickte, hatte er an einen Hinterhalt gedacht – die lästigen Kosaken –, aber wer hier lebte, konnte die *grande armée* getrost in Ruhe lassen, die lief von allein in ihren Untergang. Sobran hatte den ganzen Tag über nichts gesagt, und auch Baptiste hatte vor einem Tag die letzten zusammenhängenden Worte gesprochen, als er sich die Kolonne ansah. »Wo sind unsere Fahnen?« Die Männer ringsum waren aus drei verschiedenen Regimentern zusammengewürfelt.

– 36 –

Sobran blickte erneut hoch. Der Schnee wurde heller. Gebrummelte Vermutungen. Würde es aufklaren? Hatte der Wind nicht ein wenig nachgelassen? Ein Mann aus den Alpen sagte, sollte es aufklaren, sollte der Himmel richtig klar werden, würden sie allesamt kurz nach Einbruch der Nacht erfrieren. Hoffentlich schneite es weiter. Ein Gerücht lief durch die Reihen, weiter vorn gäbe es Obdach. Wände aus Stein, Essen und Brennmaterial, alles, was das Herz begehrte.

Baptiste stolperte, und er und Sobran fielen hin, verloren ihren Platz in der Reihe, als Männer um sie herumgingen, bis einer, der noch mitmenschliche Gefühle aufbrachte, Sobran half, Baptiste hochzuheben. Sie nahmen ihn in die Mitte und gingen weiter. Sobran wurde noch eines anderen Nachzüglers gewahr, ein breitschultriges Phantom im Schneesturm. Die Kolonne beschrieb einen Bogen zu der Gestalt hin, die unbeweglich dastand und allmählich Form annahm. Es war ein Schrein am Wegesrand – Holz, Schindeln, Schmiedeeisen, von Schnee bepelzt wie mit Gänsedaunen. Dann machte sich Erleichterung in der Kolonne breit: Das Obdach war mehr als ein Gerücht. Sobran wandte steif den Kopf und spähte Baptiste ins Gesicht. Das war schwarz wie Eisen – schneeverkrustete, eisspröde, schwarze Haut, auf den Wangen offene Schrunden. Baptistes Augen waren trübe und milchig.

Sie humpelten weiter.

Am Ende dieser schlimmsten Wegstrecke auf der längsten Etappe ihres Rückzugs wußte Sobran nicht mehr, ob sie das Dorf, die Unterkunft, verfehlt hatten oder immer im Kreis gehend dorthin gelangten. Er ging und ging, den Arm wie angeschweißt an die Seite seines Freundes, und merkte zunächst gar nicht, daß sie den Kuhstall erreicht hatten, sah die Dornenhecke nicht und auch nicht den Lattenzaun, er stolperte einfach über eine Steinschwelle auf einen Fußboden mit Steinplatten, die mit

Stroh bedeckt waren, das noch immer sommerlich glänzte. Dann liefen seine Füße durch eine Blutlache aus der geöffneten Kehle einer Kuh, Dampf wölkte vom Blut hoch und kroch über die zusammengedrängten Soldaten wie Nebelschwaden über die Marsch. Vor dem Mund jedes Soldaten konnte man den Atem sehen. Wie ein Gespenst am Eingang einer Gruft.

Sobran fand einen Platz und setzte Baptiste ab. Er war zu müde und wartete nicht ab, bis sie so weit aufgetaut waren, daß er den Schal vom Gesicht seines Freundes und seinem eigenen abnehmen konnte. Er schlief ein.

\*

SEIN FLEISCH WAR VERSTEINERT, von brüchigen Mineralien ersetztes versteinertes Holz. Seine Finger waren aus Stein und löchrig wie Kandis. Er wurde wärmer. Das Bett war warm. Seine Matratze war aufgeschlitzt und sein Körper in die Federn geschoben worden, in einen schmalen Behälter, eine Hülse oder ein Boot oder zwischen zwei Flügel wie zwei hohle Hände, die Wasser schöpfen wollten. Eine Stimme sagte glasklar wie ein besonnter Tautropfen, der in einem Spinnennetz bebte: »Du bist ein Tier.«

Sobran wachte schluchzend auf. Die Haut auf seinen Wangen hatte sich dort, wohin der Bart nicht reichte, gelöst, als er den Schal abgenommen hatte. Er hatte kein Gefühl mehr in seiner schorfigen Nasenspitze, aber er roch gebratenes Rindfleisch. Jemand half ihm aus dem Stroh hoch und drückte ihm ein Messer in die Hand, auf dem ein großes Stück angekokeltes Fleisch aufgespießt war. »Hast Glück gehabt, daß ich dir was aufgehoben hab«, sagte der Sergeant der Kanoniere und dann: »Kalmann ist gestorben. Wir haben seine Leiche nach draußen zu den anderen gelegt, zu Le Borde und Henri Tipoux.«

Sobran forschte vergebens nach Kummer, er sah nur das

Fleisch. Er hatte keinen Appetit, doch der Anblick von Fleisch hatte etwas zu bedeuten.

»Hab ich schon öfter erlebt, daß Männer sterben, wenn sie endlich in Sicherheit sind«, sagte der Sergeant. Und dann: »Iß, Jodeau.«

Sobran biß in das abgekühlte, blutige Fleisch.

1813

# › Vinaigre ‹

*Essig*

ALS BEGÜNSTIGTER IM TESTAMENT seines Freundes und als Besitzer von mittlerweile zwei nach Süden gelegenen Weinbergen zu beiden Seiten der Straße – denn beide, Baptiste und Jodeau der Ältere, waren tot, einer war auf dem überfüllten Gottesacker drei Meilen von zu Haus begraben, während der andere in einem Dorf unweit von Wilna langsam wieder zu Erde wurde –, stand Sobran Jodeau eines Nachts eine Woche nach der Sonnenwende bei Mondaufgang auf der Hügelkuppe, die sein Anwesen nun nicht mehr in zwei gleiche Teile teilte. Stand mit dem Gesicht zum Mond, so daß er zu sehen war – sein Gesicht und die Halbmaske aus Narben, wo sich das Eis eingekrallt hatte.

Als der Engel kam, stellte er sich zwischen Sobran und den Mond.

»Sieh mich an«, sagte Sobran.

»Frostbeulen?« fragte der Engel mit gütiger und neugieriger Stimme.

»Warum hast du mir nicht geraten, daheim zu bleiben?«

»Ich bin nicht dazu da, dich zu beraten.«

»Hast du aber. Du hast gesagt, ich solle Céleste heiraten.«

Der Engel schwieg einen Augenblick, bewegte dann kurz den Kopf und sagte: »Ich glaube nicht.«

»Du hast gesagt, wir würden auf meine Hochzeit anstoßen.«

»Das war keine Weissagung.«

»In den letzten Jahren – hat es Zeiten gegeben, da habe ich

– 40 –

gedacht, du bist bei mir. Aber es waren die falschen Zeiten. Falsch für einen Schutzengel.«

Der Engel ging nicht darauf ein – schien gar nicht hinzuhören –, doch seine Stimme klang ein wenig anders, als er so ruhig aufrichtig wie immer, jedoch mit einer winzigen Spur Hochnäsigkeit fortfuhr:»Ich bin in diesen beiden Nächten gekommen. In einer hat es geregnet. Ich bin in dein Haus, in die Küche gegangen – habe mich in Célestes auf Hochglanz polierten Kupfertöpfen betrachtet. Ich habe den Pferdestall deiner Tochter mit den Spielpferden gesehen – all die zusammenpassenden schwarzen und braunen und grauen Socken ihres Vaters. Deine Abwesenheit hat ihr viele Pferde beschert.«

»Warum bist du hergekommen?« Sobran litt Höllenqualen.

»Ich habe es versprochen.«

»Ich entbinde dich von deinem Versprechen!«

»Das habe ich nicht dir versprochen«, sagte der Engel still.

Sobran gab sich geschlagen, er konnte dem Engel nichts antun, weder im Zorn noch um Hilfe zu bekommen, und fiel auf die Knie. Dann bewirkte seine Beschämung, daß er eine Schranke überwand, und er warf sich nach vorn, um die warme, glatte Haut der Engelsfüße zu berühren. Er sagte:»Ich habe gesoffen und gehurt. Und gestohlen; ich bin ein Leichenfledderer. Mein Freund Baptiste ist tot, und ich habe davon profitiert. Und Sabine hat mich vergessen. Nicolette, meine eigene Tochter, kennt mich überhaupt nicht. Sie hat geweint und wollte mir nicht ihren Platz im Bett neben ihrer Mutter überlassen.«

Ein Fuß bewegte sich unter Sobrans Hand, er klopfte auf den Boden. Sobran hörte auf zu schluchzen und hockte sich auf die Fersen. Ja, der Fuß klopfte. Der Engel blickte ihn auch an.

»Ich mache mich natürlich lustig«, sagte der Engel,»über meine Ungeduld. Für mich wäre Ungeduld unschicklich, da könnte ich ja gleich einen Chronometer mit mir herumtragen.

– 41 –

Du solltest mir davon erzählen. Die Kämpfe in Tirol. Die Schlacht. Borodino. Wie dein Freund gestorben ist. Die Wunden, die du erlitten und die du ausgeteilt hast. Rede mit mir – ich bin weder arglos noch unbelehrbar.«

Sobran sagte verdrossen:»Damit eins klar ist: Du hast diese Treffen wirklich versprochen.«

»Und du auch, wenn auch nicht gerade freundlich, und dann hast du dein Versprechen gebrochen.«

Sobran schoß ein anderer Gedanke durch den Kopf.»Hast du nur vorgeschlagen, ich soll Céleste heiraten?«

Der Engel gab keine Antwort.

Sobran trat näher, und dabei fiel ihm auf, daß der Engel kaum größer war als er und dazu recht zart gebaut.»Du hast geredet, als wüßtest du, was zu meinem Besten ist.«

»Ist das, was geschehen ist, nicht zu deinem Besten gewesen?«

»Mein Freund ist tot.«

»Er ist vor dir gegangen . . .«

Der Engel erinnerte Sobran daran, daß Baptiste im Himmel war – und Sobran hätte am liebsten zugeschlagen. Er hob die Hände, und unwillkürlich drehte der Engel das Gesicht außer Reichweite – in den Mondschein, und seine Schönheit errichtete eine gläserne Wand, die Sobran daran hinderte, ihn zu berühren, eine Wand, die weder Gewalt noch Zärtlichkeit zuließ. Der Engel sprach jetzt abfällig kühl, er änderte seine Taktik.»Baptiste ist vor dir zu den Soldaten gegangen. Er wäre auch ohne dich gestorben. Und ist Céleste nicht eine gute Ehefrau? Willst du jetzt keine Ehefrau mehr?«

Sobran starrte den Engel minutenlang stumm und wütend an – ihm wollte scheinen, als ob das erwidert würde. Dann gab er zurück:»Ich bin mit meiner Frau zufrieden, und den Verlust meines Freundes kann ich verschmerzen. Aber du machst mir zu schaffen. Warum kommst du her? Warum bist du überhaupt gekommen und warum hast du versprochen, dich wieder mit mir zu treffen?«

Der Engel holte tief Luft und stieß sie dann laut schnaubend durch die Nase aus wie ein ungeduldiges Paradepferd oder ein Hund, der seufzend unter dem Tisch seines Herrn liegt und gern Auslauf hätte. »Ich bin wiedergekommen, weil es mir beliebte, dir etwas zu versprechen und Wort zu halten. Ich bin wiedergekommen, weil ich wissen wollte, was aus deinem Liebeskummer geworden ist. In jener ersten Nacht, der Nacht, in der wir uns begegnet sind, habe ich hier nur angehalten, weil ich mich ausruhen wollte. Der Rosenstrauch, den ich getragen habe, war schwer. Oder, genauer gesagt, seine feuchten Wurzeln waren schwer. Er war nicht sehr groß und bis zum toten Holz zurückgeschnitten, kaum mehr als ein Beutel mit Wurzeln in Erde. Den habe ich fallen lassen, als ich dich aufgefangen habe – als du ohnmächtig geworden bist. Und habe ihn verloren. Aber in dem Jahr, als es geregnet hat, bin ich zu deinem Haus hinuntergegangen und habe gesehen, daß ihn jemand gefunden und eingepflanzt hat. Die rosa Rose, die ich aus Dänemark mitgebracht hatte und in meinen Garten tragen wollte.« Bisweilen war der Engel vage und dann wieder erschöpfend mitteilsam. Dadurch wirkte er unzuverlässig. Er sagte: »Ich habe eine – ich bin mir nicht sicher, welches Wort es am besten trifft –, eine Sammlung irdischer Rosen.«

»Du bist Botaniker?« Sobran blickte den Engel mit großen Augen an. Eine Rosensammlung wirkte so normal wie die ausgeprägte Vorliebe eines Dorfpriesters. »Gibt es denn im Himmel nicht alle Arten von Blumen?«

»Jeder sein eigener Theologe«, witzelte der Engel. Dann: »Im Himmel gedeiht alles, aber anders als auf der Erde. Wer im Himmel irdische Rosen züchten möchte, wäre gezwungen, ständig frische Sträucher zu holen.« Der Engel berührte das Gesicht des jungen Mannes, wo sich das Eis in sein Fleisch gefressen hatte. Seine Berührung war sicher wie die eines Feldschers, und seine Fingerspitzen hatten gleichmäßige, gerundete, elastische Schwielen wie die Tatzen einer Katzenpfote. Der Engel überlegte. »Wann bist du am wahrhaftigsten, der echte Sobran Jodeau? Ist jede Narbe, jedes Anzeichen von Alter ein Abschied? Wo ist die Blüte deiner Jahre? Wie würde ich dich wiedererkennen, wenn du ein Seliger im Himmel bist?« Er zog die Hand zurück.

»Sag mir deinen Namen.«

»Warum? Ich bin der einzige Engel, dem du voraussichtlich in deinem ganzen Leben begegnen wirst. In deinen Gedanken ›mein Engel‹.«

»Ist er ein Geheimnis?«

»Nein. Ich heiße Xas. Einmal räuspern, einmal zischen – kssas. X A S. Ich gehöre zum niedrigsten der neun Chöre. Bin weder in der Heiligen Schrift noch in den Apokryphen erwähnt.« Er hob die andere Hand – die, die nicht berührt hatte – und reichte Sobran eine in Bast gehüllte Weinflasche, die er die ganze Zeit gehalten hatte. »Das ist ein Yayin, aus Noahs Weinberg. Die Winzerfamilie erzählt jedem, daß ihre Rebstöcke von Noah gepflanzt wurden. Das haben sie schon vor den Kreuzzügen behauptet, bisweilen glaubten sie selbst daran, und bisweilen wollten sie den Wert ihres Weins steigern. Aber Noah hat den Weinberg tatsächlich angepflanzt.«

»Wein aus Wurzelstöcken, die die Sintflut überlebt haben?« fragte Sobran ehrfürchtig.

Xas lachte. »Das Château hat in seinem Keller bessere Jahrgänge. Ach, übrigens, genau das solltest du tun – einen größeren Keller bauen und das Château nicht mehr mit dem ganzen Tischwein beliefern. Mach dir die Mühe, deine besten Jahrgänge selber zu lagern.«

»Wir haben kein Wirtshaus, keine Gäste zu bewirten, keine

gute Tafel zu führen. Wir sind nicht von Adel. Und es ist ein großer Umstand, Wein in Flaschen zu transportieren. Je länger der Weg, desto eher verdirbt er.«

»Ich bin mit dem Yayin von Palästina hergeflogen«, sagte der Engel und dann etwas erregt und unsinnig: »Hast du die Kohlebergwerke im Ruhrgebiet gesehen? Die Maschinen, die das Wasser herauspumpen?«

»Ich verstehe dich nicht«, sagte Sobran.

»Macht nichts, sorge einfach dafür, daß du, wenn es bessere Straßen gibt, einen guten, alten Wein hast, den du über die Grenzen deines *pays* hinaus verschicken kannst.«

»Noch ein guter Rat?«

»Hauswirtschaft nach Art der Engel«, sagte Xas achselzuckend. »Ich habe Zeit. Ich gebe auch im nächsten Jahr noch keine Ruhe. Ehe der Morgen heraufdämmert, möchte ich, daß du mir von der *grande armée* und dem Feldzug erzählst. Von Baptiste und wie es dir ergangen ist.«

Sobran bedeutete dem Engel sich hinzusetzen und fing an, das Wachs um den Korken der palästinischen Weinflasche zu bearbeiten. Die Flasche war glitschig und beschlagen, als wäre sie kühl geblieben, solange der Engel sie gehalten hatte. »Hast du zufällig auch Gläser?«

»In jener ersten Nacht haben wir aus einer Flasche getrunken.«

»Ja.« Sobran zog den Korken heraus und bot die Flasche an. Xas nahm einen großen Schluck und reichte sie zurück. Der Wein war sehr trocken, aber zartduftig, kräftig und besinnlich, seine gespeicherte Kraft so anrührend wie eine Erinnerung. Doch Sobran konnte nichts herauskosten, keinen Sommer, an den er sich erinnerte, oder den vertrauten Geschmack einer bekannten Landschaft. Woran er sich erinnerte, war das feuchte Gefühl von Wärme am Flaschenhals – wo ihn der Mund des Engels berührt hatte. Sobran sagte: »Ich habe meine Sünden gebeichtet. Ich habe sie Pater Lesy erzählt, also habe ich sie Gott erzählt. Es gibt ein paar Sachen, die ich Céleste nicht sagen kann und dir auch nicht. Aber so viel doch – ich habe gesehen, was allein du mir, glaube ich, gezeigt hast. Als ich beispielsweise das Geld in die Schale neben dem Bett der Russin gelegt habe, die verschrumpelten Birnen und die toten Wespen. Die habe ich bemerkt.«

»Das ist eine Erinnerung, Sobran, kein Zeichen.«

»Du bist bei mir gewesen.«

Xas schüttelte den Kopf. Dann sagte er: »Erzähl mir, woran du dich erinnerst, was immer du erzählen möchtest.«

1814

# › Vin capiteux ‹

*Ein temperamentvoller,*
*schwerer Wein*

SOBRAN WAR HINGERISSEN VON dem Wissen des Engels. Anscheinend war er rundum belesen. Jeder Faden seiner Unterhaltung war stark und geschmeidig – Sobran mußte ihn nur entwirren. Er fragte Xas stundenlang über Weinanbau aus – und nachdem er das ganze Wissen aufgesogen hatte, überlegte er, wann und warum der Engel las. Las Xas im Flug, beim Schein des Mondes und trug er dabei einen Rosenstock unter dem Arm? Übrigens, wie flog Xas in den Himmel? Wie konnte er etwas dorthin tragen? Wo war der Himmel?

Der Engel sagte:»Seelen kommen direkt hinein, Sobran, und unverzüglich. Ein Engel ist kein Erdenwesen, sondern eine Art Tier – wie du bereits festgestellt haben dürftest. Rosen und Engel sind keine Seelen und müssen sich durch das All bewegen. Ich kenne nur einen Weg in den Himmel. Hast du schon einmal Kalkstein unter Wasser gesehen – wenn es tief ist, wie blau der dann ist? Wie ein zu Gas gewordener Türkis. Es gibt einen Ort, der verbrüht und auspreßt und zerfrißt – und entgiftet. Ein Tor, das Leibern Kommen und Gehen in den Himmel gestattet.«

»Und wo ist dieses Tor – irgendwo am Ende der Welt, wo noch nie Menschen gewesen sind?«

Der Engel wechselte das Thema. Er wollte etwas von dem Steinmetz erzählt bekommen, mit dem Sobran trank, Antoine Laudel, der Mann seiner Schwester.»Erzähle mir von Léons Berufung – was ist da passiert? Was tut er jetzt? Erzähle mir, wie es deinen Töchtern geht. Und von dem Weinkeller.«

– 47 –

1815
# › Vin brûlé ‹

*Tresterwein*

XAS SAGTE, ER SEI ÜBER die Schlacht bei Waterloo geflogen. »Seit Napoleon im Frühling in Paris eingezogen ist, interessiere ich mich für ihn. Ich dachte schon, du habest dich ihm vielleicht angeschlossen und war mir nicht sicher, ob ich dich hier antreffen würde.«

Der Engel erweckte den Eindruck, als hätte er es sich bequem gemacht, auch wenn seine Haltung, den Leib auf die Flügel gestützt, die er vor sich auf der Erde gefaltet hatte, nicht gerade poetisch war. Er sah ein wenig aus wie jemand, der sich zum Tratschen über eine Hecke beugt.

Sobran fragte, was Xas verspürt habe, als er so über das Schlachtfeld flog und sich vorstellte, Sobran könne sich inmitten des Getümmels befinden.

»Ich hatte nicht vor, herunterzurauschen und dich zu retten. Ich bin auch nicht über dem Schlachtfeld hin- und hergeflitzt wie eine Schwalbe, die eine Schlange in ihr Nest kriechen sieht. Ich war hoch über der Schlacht, habe zugesehen, wie die Kanonen gefeuert haben. Und bei jeder Salve ist längs ihrer Linien Rauch aufgewölkt wie Pinselstriche, schlichte Striche und Bögen wie das lateinische Alphabet. Der Donner ist erst eine ganze Weile nach dem Rauch gekommen. Der Rauch war still. Es war, als ob man einem Schönschreiber zusieht, der mit unsichtbarem Pinsel in weißer Tinte auf grünem Papier schreibt.«

Sobran wollte wissen, ob Xas schlau aus dem Geschehen geworden sei. Ob er sehen konnte, daß Napoleon verlor.

»Ja. Das war zu merken. Ich habe schon bei anderen Schlachten zugeschaut. Die da war die zweitgrößte Kampfhandlung, die ich je gesehen habe – nach der Entscheidungsschlacht im Himmelskrieg, die auf mehreren Ebenen stattfand und sich in die Länge zog und dennoch unendlich schnell vorbei war. Im Vergleich dazu war diese Schlacht gemessen. Zumindest aus der Luft gesehen. Ich konnte mich doch nicht blicken lassen. Vermutlich ist es auf der Erde nichts als Getöse und Gemetzel gewesen.«

Der Engel schwieg und beobachtete Sobran.

Sobran hob die Schultern. Er merkte, daß die Geste weder höflich noch entmutigend genug war. »Ich habe nicht daran gedacht, zu Napoleon zu stoßen. Mein Leben ist hier. Es gibt Probleme mit dem Weinkeller. Der Küfer verzögert unsere Bestellung – als ob die Nachrichten aus Paris irgendwelchen Einfluß auf unseren Ertrag hätten. Das Gerücht, ich würde verschwinden und mich dem Kaiser anschließen, hat die Runde gemacht. Schließlich hätte ich mich nicht freigekauft und wäre auch nicht entlassen worden – man sollte meinen, die Leute wüßten, was das bedeutet. Statt dessen haben sie lieber alte Erinnerungen aufgewärmt. Daß ich zu Napoleon gehalten habe und noch gegen Leipzig marschiert bin – daß ich nicht einfach aus Rußland herausspaziert und immer weiterspaziert bin. Hätte ich lieber tun sollen, denn als ich hierher zurückgekehrt bin, saß der Bourbone auf dem Thron, und nur Comte Armand war in der Lage, Baptistes Testament Gültigkeit zu verschaffen, so daß ich Kalmann beerben konnte. Das weiß ich jetzt, weil Pater Lesy mir das erzählt hat. Ich weiß, daß ich Baptistes Geschenk um Haaresbreite verloren hätte. Ich hätte nicht mit Napoleon ziehen können. Damit hätte ich dem Comte Schande gemacht.«

Xas hörte zu.

»Und dabei hätte ich gern zu den ersten Tausend gehört, die sich ein kleines Stück von der Fahne angesteckt haben, die sie auf dem Deck seines Schiffes zerschnitten haben, ehe er gelandet ist. Aber ich eigne mich nicht zum Soldaten. Damit war es nach der Schlacht von Lützen vorbei.« Doch dann schüttelte Sobran den Kopf.»Das alles ist keine Entschuldigung. Es ist schlicht Verrat und Selbstsucht.«

Xas hörte zu.

»Napoleon wird abdanken, und dann schnappen sich ihn die Engländer. Und dieses Mal bringen sie ihn weit, weit weg.« Sobran schwieg ein Weilchen und sagte dann:»Du könntest ihn doch besuchen, hast du daran schon einmal gedacht? Wo immer sie ihn hinbringen. Das wäre mir ein Trost. Ich glaube, ich bitte dich gerade darum, daß du ihn besuchst.«

Xas schüttelte den Kopf.»Ich habe Napoleon meinerseits nichts zu sagen. Ich könnte ihm nur die Grüße, Ausreden und Ausflüchte eines Kanoniers seiner *grande armée* überbringen.«

1816

# › Broyage ‹

*Das Mahlen der Trauben*

DAS HAUS SCHLIEF, UND SOBRAN wollte, daß sich der Engel seinen kleinen Sohn anschaute. Außerdem regnete es, und Sobran war erkältet. Er trug ein Licht zur Wiege, sein Herz schlug Purzelbaum und das so laut, daß er nicht gehört hätte, wenn sich Céleste im Bett bewegt oder umgedreht hätte.

Xas ging in die Hocke und knickte dabei langsam die Flügel ein, damit es überhaupt ging. Sie füllten den ganzen Raum aus, die unteren Federn des linken waren nur einen halben Zoll vom Wasserkrug entfernt, die andere Flügelspitze reichte bis auf den Flur, Schwingen so schwarz wie Gitterwerk aus Schmiedeeisen. Der Engel stand ganz still, stiller als ein Reiher, der sich auf einem Baum am Fluß trocknen läßt. Er bewunderte das Kind, dann blickte er nach hinten und unter seinem Arm hindurch zu Célestes Grübchenschulter und dem langen, unten ausgefransten Zopf. Er richtete sich wieder zu voller Größe auf, klappte die Flügel zusammen und verließ das Zimmer.

Auf der engen Treppe hörte Sobran hinter sich, wie die Federn hart am Putz entlangschrammten. Er sorgte sich flüchtig, sein Engel könnte in Panik geraten wie ein Vogel, der sich in ein Zimmer verirrt hat. Er warf Xas einen Blick über die Schulter zu, als der in die Küche trat. Der Engel wirkte fröhlich und neugierig.

Sobran schürte das Feuer und schwenkte einen gefüllten Wasserkessel über die Flammen. Er zündete eine weitere Kerze an. Natürlich konnte er dem Engel keinen Stuhl am Tisch anbieten, schon gar nicht den Schaukelstuhl seiner Mutter... Er zögerte und fragte dann:»Kannst du sitzen?«Und staunte, als er merkte, wie sich Xas umsah und dann den Schaukelstuhl wählte, sich hineinsetzte und seine Flügel so ordnete, daß die Gelenke über seinem Kopf lagen wie die hochgezogenen Schultern eines kauernden Aasgeiers. Xas faltete die Spitzen um seine Füße, stieß sich ab, und der Schaukelstuhl bewegte sich.

Sobran sagte:»Ich mache mir einen Aufguß von Mutters Hustentee. Was möchtest du haben?«

»Ich möchte auch Tee.«

Sobran versuchte seine Aufregung zu verbergen, nahm den gläsernen Zylinder von der Lampe und entzündete drei Kerzenstummel, dann setzte er das Messingteil mit den runden Fensterchen wieder auf, und der Raum war erfüllt von Lampenlicht. Alsdann betrachte er den Engel.

Xas hatte eine weiße, glatte Haut. Selbst sein Mund war blaß, eher verwischt als farbig, wie ein Weinfleck, den man einer Statue auf den Mund getupft hat. Doch Xas war keine Statue. Sobran konnte sein Blut fließen, eine Ader am Hals des Engels pulsieren sehen, und bei jedem Pulsschlag unterschiedlich helle Hauttöne wie Wolkenschatten, die über ein Weizenfeld ziehen und jede Lichtveränderung zur Überraschung werden lassen. Da, wo seine Haut abgearbeitet war, beispielsweise an seinen Händen, hatte sie den gleichen fleischfarben-rosigen Ton wie die Brustwarzen eines dunkelhaarigen Mädchens, das noch kein Kind gestillt hat.

Xas blickte belustigt und erwartungsvoll. Er bot das Gesicht dem Licht und Sobrans Musterung dar. Als Sobran näher trat, sagte Xas:»Das menschliche Auge ist unzulänglich – du hast mich noch nie richtig gesehen, ja? Bring die Lampe her.«

Seine Augen – so stellte sich heraus – waren dunkelblau. Er saß ungezwungen, locker da und wurde keineswegs gewöhnlicher, je länger Sobran ihn auch anstarrte. »Etwas scheint über dich hinwegzuziehen wie Wolkenschatten über eine Wiese.«

Xas dachte gründlich nach und sagte dann, Menschen seien der Wirt für andere Geschöpfe – nein, nicht Ungeziefer, obwohl das auch. Er meine die Kahmhefe in der menschlichen Kehle. Die gleiche, die goldenen Wein golden mache. Menschen sind Kolonien, sagte Xas, und die Zeit greift sie an, sie sind an so vielen Stellen durchlässig. Engel sind unverletzlich. Einige wirken sogar einfältig wie eine Rüstung in einer Rüstung.

Sobran störte sich an dieser Kritik himmlischer Wesen. Xas bemerkte Sobrans Besorgnis und sagte: »Damit meine ich, Engel sind teilnahmslos. Sie kümmern sich um ihre eigenen Angelegenheiten – und so sollte es auch sein.«

»Wie es Gottes Wille ist.«

»Sobran, ich weiß nicht, was Gottes Wille ist.«

Sobran nieste, und Xas sagte, er solle die Arznei gegen Erkältung herstellen. Sobran holte die Kräutermischung, löffelte sie in die Kanne und goß Wasser auf. Er stellte die Kanne und zwei Schälchen auf die Feuerstelle und holte noch einen Stuhl zum Feuer.

»Die Veränderungen – die Wolkenschatten – das hat, glaube ich, etwas damit zu tun.« Xas hob den Arm und berührte seine Seite. Er trug kein Hemd, und Sobran dachte, geht auch gar nicht bei den Flügeln, da paßt wirklich kein Schnitt. Die Stelle an der Seite des Engels war eher eine Tätowierung als ein Brandmal, aber ausgemalt, farbig, nicht körnig oder verwischt. Zwei verschlungene Linien, eine über der anderen, das Zinnober der einen teilweise überdeckt vom Blaugrün der anderen. Sobran wandte den Blick ab – irgend etwas hatte ihn erschreckt. Er goß den Tee ein, reichte dem Engel ein Schälchen, jedoch nicht ohne ihn zu warnen: »Vorsicht, heiß!« Doch Xas hatte bereits einen brühheißen Schluck getrunken und zeigte keinerlei Anzeichen von Schmerz.

– 53 –

»Schmeckt wie getrocknetes Gras.«

Sobran zeigte auf die Stelle, fragte, was das sei.

Xas schüttelte den Kopf. Dann machte er etwas wenig Engelhaftes – er kniff die Lippen zusammen wie ein Kind, das sich auf die Zunge beißt, weil es sich keinen Ärger einhandeln will. »Ich bin gezeichnet. Ich bin ein unterzeichneter Vertrag. Was ich tue, erfüllt, glaube ich, den Inhalt des Vertrages. Bislang ist sein einziger Paragraph: ›Xas kann ungehindert kommen und gehen.‹ Nicht ›wird‹ oder ›soll‹, sondern ›kann‹. Ich bin ein Vertrag, den die Anführer der beiden Lager unterzeichnet haben.« Der Engel sagte, er wisse, daß er sich ziere, aber er habe reichlich Zeit gehabt, über die Unterschriften nachzudenken und sei noch immer ratlos. Er sprach zaghaft, schaffte es jedoch, Verärgerung und Besorgnis deutlich zu machen. Er verstummte kurz, trank Tee und beugte das Gesicht über die Dampfschwaden. »Ein Freund von mir – er war Mönch und Imker und hat diese Erde schon lange verlassen – hat mir diesbezüglich gesagt ...« Xas machte eine Pause und erklärte dann, daß er genau die Worte seines Freundes wiedergäbe, die auf gälisch gesprochen worden waren und deshalb für Sobran bestimmt unverständlich. »Mein Freund hat gesagt, er halte die Abmachung für mehr als nur eine Art Laune. So hat er es dargestellt, sehr vorsichtig, hat mich aber gescholten und gesagt, ich solle aufhören, sie für eine Laune zu halten. Denn falls sie nicht komisch sei, dann sei sie ein Pakt. Er fand, daß das, was ich machte – ›du neugieriges Geschöpf‹, so hat er mich genannt –, nämlich ungehindert kommen und gehen, nach und nach den einzigen Raum zwischen diesen beiden Lagern ausfüllen würde, der noch nicht durch Weissagungen, Politik und steinerne Gesetze befleckt sei.«

Sobran kam sich begriffstutzig vor – das machte die Erkältung –, doch sein Herz schien in seinem Inneren auf und ab zu springen wie ein Hund, der seinen Herrn nach längerer Abwesenheit begrüßt.»Aber – ist das nicht alles nach Gottes Plan?«

»Du meinst, alles in dem Spielraum, den mein ›ungehindertes Kommen und Gehen‹ überhaupt umfaßt? Nun, ja, Gott weiß, was Gott geschehen läßt.«

Sobran legte die Stirn in Falten.»Willst du damit sagen, daß es sich Gott auch anders überlegen kann?«

Xas lächelte schmal.»Damit könnte ich gerade angedeutet haben, daß sich Gottes Wissen auf das beschränkt, was Er geschehen lassen will – falls du meine Worte wie ein Advokat auf die Goldwaage legst.«

Sobran fröstelte jetzt, aber er hatte keine Angst.»Xas«, sagte er und redete den Engel zum ersten Mal mit seinem Namen an, »falls dein Freund recht hatte, dann könnte das, was du tust, die letzten Tage, Gottes Verheißungen verändern.«

Xas schüttelte den Kopf.»Wie denn? Mein Zeitvertreib ist harmlos. Es ist tausend Jahre her, daß ich die Hand ausgestreckt und eine Schwertklinge gehalten habe – und genutzt hat es auch nichts. Ich komme und gehe ungehindert, und gemäß den Bestimmungen des Vertrages teilt Gott meine Schmerzen. Also bemühe ich mich, nicht zu leiden.«

»Hat es dich geschmerzt, als ich zwei Jahre lang nicht gekommen bin?«

Xas blickte Sobran kurz an, dann gestand er:»Ein wenig.«

Sobran blickte erstaunt und der Engel ungeduldig.»Jetzt hast du eine Ahnung davon, daß sogar du die letzten Dinge beeinflussen kannst. Aber ich weiß, daß Sterbliche anfällig für falsche Gedankengänge sind. Ihr denkt beispielsweise, daß ihr die Welt niemals verlaßt, bis ihr dann keine Luft mehr bekommt oder – sehr alt – einfach verdorrt wie ein getrockneter Samen in seiner Hülse. Mein Freund, der Mönch, saß da und verabschiedete sich von allem. Ein magerer, alter Mann mit Haaren wie

Distelwolle, der sagte: ›Kommenden Winter muß ich gehen.‹
›Ich‹, so sagte er. ›Ich.‹ Er besaß Demut, aber er war vollständig
durchdrungen von der Welt und ihrer brutalen Selbstgefällig-
keit und konnte sich nicht vorstellen, daß er sie jemals verlassen
würde.«

Sobran sah den Engel an, sah seine stille Heftigkeit. Er hatte
Kopfschmerzen und ein Gefühl, als ob er langsam in warmem
Wasser versänke. »Ich kann dein Leben verändern«, sagte er,
»und du könntest Gottes Gedanken verändern.«

»Siehst du, was ich meine? Alles, woran du glaubst, ist Be-
gnadigung. Warum würde irgend jemand Gottes Gedanken
verändern wollen? Gott ist gerecht und gnädig. Und die Zeit
ist lang. Stell dir zehntausend Jahrgänge vor. Genug ist genug.
Die Welt muß nicht ewig bestehen. Und du kannst mein Leben
nicht verändern.«

»Ich habe, glaube ich, Fieber«, sagte Sobran.

Xas stand auf, beugte sich über ihn und legte eine Hand auf
Sobrans Stirn. »Geh zu Bett und ruh dich aus.«

Sobran stand auf.

»Ich gieße noch die Teekanne aus und wasche die beiden
Schälchen ab, sonst kommt es heraus, daß du mit einem nächtlichen Besucher Tee getrunken hast.« Xas bückte sich, nahm
die Kanne in eine Hand und die beiden Schälchen in die andere.

Sobran rief ihn vom Fuß der Treppe etwas zu. Xas blieb stehen,
eine Silhouette im Türrahmen mit der Hauswand im Rücken.
»Was würdest du tun, wenn ich erkranken und sterben würde?«
fragte Sobran.

Xas gab keine Antwort. Er drehte sich um und verließ das
Haus.

Als sich Sobran neben Céleste in die Steppdecke wickelte,
ging ihm auf, daß er gerade eine dumme Frage gestellt hatte.

– 56 –

Nach seinem Tod würde Xas ihn im Himmel finden. Im Schlaf träumte Sobran, daß Xas im Himmel nach ihm suchte, während er sich hinter einem Kirschbaum versteckte und durch das Geäst spähte.

\*

ZUERST REGNETE ES, NICHT ZU spät, danach setzte mildes Wetter ein, bei dem die Trauben langsam reiften und alles aufnahmen, was der Sommer zu bieten hatte. Einen Tag nachdem die letzten Trauben von Clos Jodeau geerntet waren, regnete es wieder, und es wurde kühler. In der *cuverie* war es auch kühl, und die Beeren gärten langsam.

Als der Winzer, seine Frau und sein Bruder im darauffolgenden Winter den Wein vom Faß in Flaschen abfüllten, da wußten sie, daß sie einen guten Jahrgang hatten.

Am Tag der Abfüllung setzten sie sich mittags in die *cuverie* und aßen Brot und Käse. Sie saßen auf dem *pressoir* mit einem Krug Wein zwischen sich.

Sobran sagte, er dächte darüber nach, wie man das noch einmal hinbekommen könne oder wie man sogar diesen Wein noch verbessern könne.

»Wenn die Mädchen größer sind, können sie beim Entrappen helfen«, sagte Céleste. »Wir machen einen Wein, der langsamer reift. Einen noch besseren.« Sie streckte das Bein aus und gab der Wiege einen Schubs, in der das Baby Baptiste lag, von dem nur das Gesicht in der Haube und ein Nest aus Umschlagtüchern zu sehen war. Sabine und Nicolette waren auf dem Hof, trampelten in ihren Holzpantinen hin und her und bemühten sich, ausreichend Schnee für den Bau eines Schneemanns zusammenzukehren.

Léon sagte: »Vater hat immer gesagt, alles hängt von den Trauben ab.«

»Wenn wir den Südhang getrennt pressen wollen, brauchen wir ein weiteres Faß«, kam Sobran dem Argument seines Bruders zuvor. »Aber dafür ist die *cuverie* zu klein.« Céleste sagte: »Die kühle Periode nach der Weinlese war ein Geschenk des Himmels.«

»Dergleichen läßt sich nicht wiederholen«, sagte Léon. Und daß sie zuviel Zeit damit zubrächten, sich um die Reben vom Clos Kalmann zu kümmern. Natürlich sollten sie Kalmanns Weinstöcke retten, aber sie sollten Kalmanns Trauben verkaufen und sich darauf konzentrieren, nur die von Jodeau Süd zu pressen. Wieso redete Sobran davon, Jodeau und Kalmann zusammen zu pressen? Das wäre doch, als mischte man Wein mit Wasser, und das Ergebnis würde Sobrans totem Freund wohl kaum zur Ehre gereichen – falls Sobran das beabsichtige.

»Mit Wein kann man bessere Einkünfte erzielen. Wenn wir uns schon die Mühe machen, Wein herzustellen, dann müssen wir große Mengen erzeugen. Darum bauen wir gerade einen Keller, wir wollen nämlich die Ernte von beiden Weinbergen pressen.«

Léon hob den Krug hoch. Der schwappende Wein funkelte wie Katzenaugen. »Wieso reden wir dann von Qualität? Das hier ist Qualität. Das hier ist aufklarender Nebel und ein Berg auf unserem Weg. Du hast hoffentlich nicht wirklich vor, das hier mit Kalmann zu verseuchen?«

Céleste lachte über ihren Schwager. Sie hatte den Schal abgenommen und die Nadeln aus dem Haar gezogen. Ehe sie sich den Schal wieder umband, wickelte sie sich ihren dicken, goldenen Zopf zweimal um den Hals, denn das wärmte zusätzlich zur Wolle. Geistesabwesend sah ihr Léon zu. Céleste blickte ihn an, als sie zu Sobran sagte: »Damit meint Léon, daß wir mit guten Willen allein keinen guten Wein herstellen können.«

Einmütigkeit bei seiner Frau und seinem Bruder war ungewöhnlich und ärgerte Sobran.»Ihr glaubt also, daß es nicht möglich ist, einen Glücksfall zu wiederholen?«

Sobran erzählte Léon, daß der Kalmann gut werden würde. Und sie könnten durchaus etwas tun. Sie könnten Jahr um Jahr eine langsamere Gärung gewährleisten, wenn der Steinmetz Antoine Laudel, der Mann ihrer Schwester, ein Steinfaß für Jodeau bauen würde.»Das Holz abschaffen.«

Céleste nahm Sobrans Hand, er und die Idee, ihr gefiel beides, und zu Léon sagte sie mit lieblicher Stimme:»Vielleicht ist erlesener Wein ja zu erlesen für uns. Und vergiß nicht, Baptiste hat seine Trauben jedes Jahr an Vully verkauft und nie genug eingenommen, daß er seine Kosten decken konnte.«

»Bei dem Faß müßten wir wohl nur die Steine bezahlen«, räumte Léon ein.»Aber«, so setzte er noch hinzu,»es ist lediglich ein Versuch, das Glück zu überlisten. Falls es statt im Juni im August geregnet hätte ...«

Nicolette kam hereingerannt und streckte ihrer Mutter Fäuste so rot wie Rosenknospen hin, damit diese sie wärmte.

Sobran sagte zu Léon, man könne nur erreichen, was man auch erreichen wolle. Sie müßten an die Zukunft denken. Eines Tages würde das Château in andere Hände übergehen, würde an jemanden fallen, der nicht in Vully aufgewachsen war. Hatte der Comte nicht seine Nichte zur Erbin eingesetzt? Die Pariserin, die Klosterschülerin? Wurden sie und ihr kranker Mann nicht im Frühling in Vully erwartet? Clos Jodeau mußte der jungen Frau ein Geschenk machen, ein Dutzend Flaschen von diesem Jahrgang. Ja, das sollten sie tun. Sobran hörte sich sehr selbstsicher an.

»Na schön, Bruder, wir werden also hart arbeiten, nichts verschwenden und uns bei Höhergestellten einschmeicheln«, sagte Léon, als wolle er andeuten, daß alles zwar die Mühe lohne, jedoch keine lohnende Idee sei.

Sobran spürte, wie sich ihm die Brust zusammenschnürte, eine Art kummervoller Zorn. Er hatte gelernt, nicht auf Léon zu hören, seit Léon damals so viele gute Ratschläge hinsichtlich seines Benehmens hatte und Beispiele setzte, bei denen es nicht um gutes Benehmen, sondern mehr um kleinliche Abarten von Selbstfolter zu gehen schien. Sobran wollte mit seinem Engel sprechen, ihn fragen, ob Léon unrecht habe und er recht? Er überlegte, ob er ihn mit einem Gebet beschwören könne, verbiß sich jedoch die Worte, sie blieben ihm im Hals stecken, wo sie gärten und langsam seinen Mund wärmten.

## 1817
### › Vin de cru ‹
*Wein aus den Trauben eines*
*einzigen Weinbergs*

DAS FOLGENDE JAHR WAR sehr hart. Léon Jodeau fing an zu spielen, verspielte seinen Anteil am Weinberg, und Sobran kam nicht um die Feststellung herum, daß er mehr zahlen mußte, als er zahlen konnte. Léon schwor Stein und Bein, daß er das Geld sein Leben lang abarbeiten würde, eine Geste, die seinen Bruder nur noch mehr reizte. »Du machst mich nicht zu deinem Herrn und bekommst dadurch einen Grund, mir das für alle Zeit übelzunehmen. Nein, verschwinde einfach und verdiene dir dein Brot – und rede nicht wieder mit mir, ehe du Karten, Hahnenkampf und Preiskämpfe aufgegeben hast«, sagte Sobran zu ihm.

An einem dunklen, stillen Abend zu Frühlingsanfang, als Sobran und seine Frau in verschiedenen Räumen des Hauses waren und eine Liste ihrer kostbarsten Besitztümer aufstellten – jeder wollte das notwendige Opfer allein erbringen –, listete Céleste ihren neuen Geschirrschrank aus Eiche, ihren noch nicht verbrauchten Vorrat an Hochzeitsleinen, ihr bestes Porzellan, die Zinnhumpen und Zinnteller und die kleine Mitgift an Schmuck auf, den sie von Tante Agnès hatte. Es reichte.

Auf einer anderen Umlaufbahn zählte Sobran seine Gewehre, den Schreibtisch seiner Mutter mit den Intarsien, seine Bücher, die Laute seines Großvaters zusammen. Es reichte nicht.

Er saß mit dem Kopf in der Hand an dem Tisch am Schlafkammerfenster und blickte durch die geöffneten Fensterläden auf den Hügel, der die andere Hälfte seines Weinbergs verdeckte, Land, das er nicht erworben oder geerbt hatte, sondern das kampflos an ihn gefallen war und das er mehr liebte als den *clos* der Familie – Land, von dem er sich nicht trennen würde. Er blickte Aimée an, die den Kopf von den Pfoten hob und ihn wachsam und beflissen anschaute, mittlerweile jedoch so alt war, daß ihre Lider herunterhingen und ihr rotes Innere zeigten. Sobran stand auf, kletterte auf die Truhe am Fußende des Bettes und tastete oben auf den Dachsparren nach etwas, was er dort festgebunden hatte. Er zog eine Feder aus dem schwarzen Faden und nahm sie mit zum Tisch. Als er die Feder an die Flamme hielt, züngelte die Flamme erwartungsvoll hoch und umhüllte sie freudig. Doch es rauchte nicht, es roch nicht versengt, die Farbe der Feder blieb so rein wie die Flamme. Sobran sah diesem Phänomen zu und dachte:»Das hier ist ein Vermögen.«

\*

VIER TAGE SPÄTER KAM DIE Nachricht von einem weiteren Mord.

\*

AURORA DE VALDAY SAH DIE Männer von ihrem Fenster aus, eine große Schar auf dem mit Platten gepflasterten Hof vor dem alten Château und unter ihrem Fenster im neuen Flügel. Das war durchaus kein ungewohnter Anblick, doch in der Menge heute gab es keine herumtollenden Hunde oder Gewehre, die sich die Männer unter den Arm geklemmt hatten – es war Frühling, also war das hier keine Jagdgesellschaft. Einige der Männer gehörten zum Château, waren Bedienstete des Comte, und andere waren aus Aluze, aus dem Dorf, von Gehöften und kleinen *clos* diesseits des Flusses.

Aurora spähte über den Kopf ihrer Zofe, während das Mädchen die Schleifen an der Passe ihres Morgenmantels zuband, dessen viele Seidenrüschen die glatte, wassermelonenartige Wölbung von Auroras Leib verbargen. Ihre Zofe Lucette stammte nicht von hier und hatte keine Ahnung, was los war. Aurora sah, wie sich ihr Onkel gefolgt von ihrem Mann unter die Menge mischte. Pauls Mantel wirkte zu groß für ihn, er legte den Kopf zurück, sein Mund stand offen – so konnte er besser atmen. Einen Augenblick sah Aurora nur Paul und vergaß alle Mutmaßungen, was da unten vor sich ging. Sie hatte nur Augen für ihre offensichtliche Zukunft: Pauls Verfall, sie allein.

Sie bat Lucette, an diesem Morgen ihren Tee in der Küche zu trinken und mit allen Neuigkeiten zurückzukommen. Die Zofe knickste und entfernte sich.

Die Menge teilte sich zu Grüppchen, nachdem man sich mit dem Comte beraten hatte. Aurora verfolgte, wie sich die Männer erst ihrem Onkel zuwandten und sich dann umdrehten und einem Mann weiter hinten zuhörten, der wie die meisten Männer den Kittel, die Kniehose und Holzpantinen des *pays* trug. Es handelte sich um einen hochgewachsenen Mann mit dunklem Haar und Vollbart, den er rings um das Gesicht kurz gestutzt trug. Aurora sah, wie Paul die Stacheln aufstellte und etwas sagen wollte. Der Comte berührte Paul am Rockaufschlag, und er ließ ab. Die Männer verbeugten sich, wandten sich zum Torhaus und setzten ihre Kopfbedeckung auf, als sie unter dem Torbogen durchgingen und nicht mehr in Gegenwart des Comte waren.

Aurora ging ins Damenzimmer, wo sie auf Paul warten wollte. Schließlich kam er und erkundigte sich nach ihrem Befinden. Er setzte sich neben sie und rang nach Atem. Erzählte ihr, daß ein junges Mädchen vermißt wurde. Man befürchtete, es könnte ermordet sein. »Das ist nichts, was dich kümmern sollte.«

»Hoffentlich stellt sich heraus, daß sie mit ihrem Liebsten durchgebrannt ist. Ich habe mich schon oft gefragt, ob ein Mädchen aus einer Kate, das mit seinem Liebsten durchbrennt, Schande über sich bringt? Nein, eher wie groß die Schande ist?«

»Keine Ahnung, ob sie durchbrennen und wie verbreitet das ist. Eher werden sie wohl schwanger und werden verheiratet oder auch nicht. Jedenfalls lassen sie ihre Kinder nicht bei den frommen Schwestern und heiraten auch keine reichen, alten Männer, wie es entehrte Frauen von Stand tun können.«

Aurora dachte an das Schicksal von Madame de Staëls Heldin Corinne. Beide, Paul und Aurora, streichelten jetzt ihren Unterleib, und beide lachten, als die ruhige Geometrie ihres Bauches durch eine Abfolge von wellenschlagenden Bewegungen gestört wurde.

»Wo suchen sie?« fragte Aurora.

»Längs des Flusses und auf den Feldern nahe der Straße. In Gräben, Hecken, Gehölzen.«

Aurora erschauerte bei dem Gedanken an die kalte, trostlose Abgeschiedenheit solcher Orte, wenn da erst einmal ein Leichnam lag. Sie sagte: »Sie haben wohl wenig Hoffnung, sie lebend zu finden?«

»Sie erinnern sich an ein anderes junges Mädchen, das verschwunden war und dann später wieder auftauchte, tot. Vor sieben Jahren, so sagt dein Onkel.« Damit beantwortete Paul ihre ursprüngliche Frage nach der Angelegenheit, die sie nicht kümmern sollte. So war es immer zwischen ihnen, bei jeder Unterhaltung mußte sie erst seine guten Manieren überwinden.

Paul sagte, er wolle sich lieber etwas hinlegen – ihr Onkel könne später vielleicht seine Hilfe brauchen. »Bei Priestern, Landvögten, Richtern und was sonst noch.«

Er ging.

Auroras Zofe Lucette berichtete folgendes: Das vermißte Mädchen war fünfzehn Jahre alt. Marie Pelet. Anscheinend hatte ihre jüngere Schwester ausgesagt, Marie habe behauptet, einen Verehrer zu haben. Wer das sei, bleibe Maries Geheimnis, sagte das kleine Mädchen. Vielleicht war Marie ja wirklich durchge-

brannt, hatte nicht das Schicksal der anderen – Geneviève Lizet –
geteilt, die man am Flußufer gefunden hatte, die Röcke über den
Kopf gestülpt.

Lucette bekreuzigte sich.

Wenn man Marie Pelet fand, sollten die Sucher durch einen
Kanonenschuß auf dem Dach des Châteaus zurückgerufen werden. »Monsieur Paul soll die Ladung zünden«, fügte die Zofe
noch hinzu.

*

AM SPÄTNACHMITTAG WURDE DIE KANONE abgefeuert. Eine
Gruppe Frauen, die am Tor zusammengelaufen war, kam auf den
Hof – einige weinten bereits.

Die ersten Sucher, die zurückkamen, waren nicht die, die die
Leiche trugen. Der Mann, der mit der Kunde angerannt kam,
stellte sich auf den Hof und berichtete. Ein Pelet, ein alter
Mann, möglicherweise der Großvater des Mädchens, stand bei
seiner Verwandtschaft und schrie seinen Schmerz hinaus, bis
sein Gesicht so hochrot war wie das eines Betrunkenen und Sab-
berfäden aus seinem breitgezogenen Mund hingen. Er senkte
den Kopf und wollte auf die anderen Männer losgehen, doch die
traten näher und hielten ihn fest.

Dann kam es zum Streit. Die Frauen: Warum wurde Marie
zum Château gebracht, wo man sie doch mitnehmen und an der
Feuerstelle im Haus ihrer Mutter aufbahren wollte? Und die
Männer: Der Comte, Landvögte und der Richter mußten sie sich
ansehen, schließlich wollte man wissen, wie sie gestorben war,
damit man ihren Mörder finden konnte. Doch ihre Todesstunde
sei lange vorbei, sagten die Frauen, der Stein über Geneviève
Lizet habe sich längst gesetzt, und noch immer wisse niemand,
wer ihr das Leben genommen hatte.

Aurora versteckte sich im Schatten der schweren Tür zur großen Eingangshalle – verhielt sich still und hörte zu, bis sie sah, daß Paul einem Reitknecht mit einem gesattelten Pferd ein Zeichen gab. Er war in Paletot und Stiefeln. Schwerfällig trat sie vors Haus, in Rüschengewändern und Satinschuhen. Zunächst schien niemand sie zu bemerken, nicht einmal Paul, der ihr den Rücken zukehrte und den Fuß im Steigbügel hatte.

»Paul!« rief sie.

Der junge Mann mit dem kurz gehaltenen Bart hatte sie jedoch erblickt, hatte sie über die ganze Breite des Hofes angestarrt und kam jetzt angerannt und wollte sie zurückhalten.

»Vorsicht, das Pferd, Madame«, sagte er, und rief dann dem Comte etwas zu – nicht ›Euer Erlaucht‹ oder ›Euer Gnaden‹, sondern ›Vully‹ und im nachhinein ein ›Monsieur!‹.

Paul war willig, aber schwach und saß noch immer nicht im Sattel. Das sah der Comte und rief ihn zu sich. »Paul, kommen Sie bitte. Ich brauche Sie.« Und Paul, der den Richter hatte holen wollen, ließ ab von seinen Bemühungen, das Pferd zu besteigen und ging gehorsam zu Auroras Onkel, der ihm die Aufgabe anvertraute, die Frauen zu beruhigen.

»Madame, verzeihen Sie. Ich dachte, Sie seien in Gefahr«, sagte der junge Mann und ließ ihren Oberarm los.

»Wenn hier weniger Unordnung herrschen würde«, sagte Aurora, »und alle ihre Gefühle besser im Griff hätten, würde das Pferd auch nicht nervös im Kreis tänzeln.«

Der Comte trat zu ihnen. »Aurora, unter normalen Umständen würden Sie uns behilflich sein können. Aber in Ihrem Zustand und dann Paul, der wild entschlossen ist, wie jeder Mann seinen Beitrag zu leisten ...«

»Ich bin nur gekommen, weil ich Paul davon abhalten wollte, aufs Pferd zu steigen.«

Auroras Onkel nahm ihre Hände in seine und drückte die spärlich Bekleidete kurz an sich, zwischen der aufwallenden Hysterie zwischen Château und Torhaus. Er blickte den jungen Mann an. »Jodeau, hat Er schon ein Pferd mit Sattel geritten?«

»Nein. Sie sollten Ihren Pferdeburschen schicken.«

»Ich möchte einen Mann mit etwas Grips schicken.«

»Der Richter ist bestimmt so schlau, daß er nicht in einem Berg von Heu und Pferdesalben nach Erkenntnissen sucht.«

»Tu Er, was ich Ihm sage«, befahl der Comte, doch er sah nicht aus, als hätte ihn Jodeaus Benehmen beleidigt.

Jodeau ging hin und tat, was man ihn geheißen hatte, doch seine Holzpantinen paßten nicht in die Steigbügel, also borgte er sich bei einem anderen Mann Lederschuhe, dann stieg er auf, wie er Kavalleristen hatte aufsteigen sehen und ritt vorsichtig durchs Tor.

Der Comte sagte zu Aurora, sie solle ins Haus gehen.

*

AM NÄCHSTEN MORGEN FAND AURORA ihren Onkel in der Bibliothek zusammen mit seinem Sekretär und einer Abschrift der Fragen und Antworten des Richters. Der Sekretär streute Sand auf die Seiten. Aurora holte einen Kerzenlöscher und löschte die fauchenden Kerzenreste.

»Leider werde ich in die Grube fahren, ohne zu wissen, wer dieser Mörder ist«, sagte der Comte. Er fing an, die Seiten einzusammeln und klopfte mit den Kanten auf den Schreibtisch, damit der Stapel sich ordnete. »Das kommt auch noch auf meine Liste mit Fragen, die ich Gott zu stellen habe.« Er blickte Aurora an. »Schläft Paul noch?«

»Er hustet schlimm. Als ich gegangen bin, hat er sich hin- und hergewälzt. Ich habe jemanden gebeten, daß man Ihnen Frühstück macht – mit Fleisch.«

Auroras Onkel winkte ihr mit dem Arm, und sie kam zu ihm. So standen sie Hüfte an Hüfte, und sie legte den Kopf an seine

– 67 –

Schulter und spürte, daß er ihr einen Kuß aufs Haar gab. »Ich will zu ihrer Beerdigung gehen«, sagte sie.

»Das müssen wir alle.«

»Wer war der Mann, Onkel, der, der mich zurückgehalten hat?«

»Sobran Jodeau. Er besitzt zwei *clos* – einen Weinberg bei Aluze, zu beiden Seiten der Straße. Er war Kanonier in der *grande armée*, ist von Moskau mitten im Winter zurückmarschiert. Seine Frau ist eine Schönheit – große, helle Augen und goldenes Haar wie eine Seejungfrau.«

»Ist er in Aluze ein wichtiger Mann?«

Ihr Onkel blickte sie an. »Aurora, hast du etwa eine Abneigung gegen ihn gefaßt? Wie sehr du doch deiner Mutter ähnelst. Die hat keinen gemocht, den sie während ihrer Schwangerschaft kennenlernte – und kaum hatte sie abgestillt, wurden ein paar von den Ärmsten, die sie mißtrauisch beäugt hatte, zu deren Verwunderung ›sehr gute Freunde‹.«

»Ich denke doch, so weit muß es nicht kommen.«

»Wie hochfahrend du dich anhörst. Jodeau kann lesen, schreiben und rechnen. In seinem Sonntagsanzug ist er das, was in dieser Gegend als ein vermögender Mann gilt. Darum muß ich mir natürlich Gesellschaft ins Château holen wie Paul, dich, meine Jagdmeute.«

»Sie mögen ihn«, warf Aurora ihm vor.

»Er hat eine scharfe Zunge und ist ein selbstherrlicher Tyrann. Er erweckt verwandtschaftliche Gefühle in mir«, sagte ihr Onkel.

– 68 –

## 1818
### › Vin du clerc ‹

*Wein, den ein Kläger dem Gerichtsschreiber*
*anbietet, falls das Gericht zugunsten*
*des Klägers entscheidet*

SOBRAN HATTE GLÄSER UND eine Flasche des Jodeau-Weins dabei, den sie in jener ersten Nacht, vor zehn Jahren getrunken
hatten. »Er ist noch nicht alt, aber laß sehen, wie er sich gemacht
hat.«

Sie kosteten. Beide verhielten sich still und blickten zum
Haus hinüber. Die Nacht war warm, und die Hauswände waren
mit weißen, geöffneten Blüten gestirnt.

»Wie ich sehe, ist der Keller noch nicht fertig«, sagte Xas.

»Es ist ein schlechtes Jahr gewesen. Ein schlimmes Jahr.«
Sobran stellte sein Glas auf dem flachen Grenzstein ab, den er –
so hatte er seiner Familie erzählt – aufgestellt habe, damit man
die einstmalige Grenze des Familienweinbergs noch erkennen
könne. (Céleste sah darin einen Grabstein für Baptiste – und
hatte ohne zu fragen Ringelblumen drumherum gepflanzt.)
Sobran holte ein Sträußchen aus seinem Hemd, die drei Federn,
und überreichte sie Xas. »Du bist wohl in der Mauser gewesen.«

Xas steckte die Federn in das Bündel, das er unter dem Arm
herangeflogen hatte – eine Flasche Yapincak, ein türkischer
Sémillon, und einen Rosenstock, der in gewachstes Leinen ver-
packt und mit einem Lederriemen verschnürt war.

»Die hast du an jenem ersten Abend fallen lassen, als dich der
Wirbelwind gepackt hat.«

»Aha«, sagte Xas.

– 69 –

1819

# › Vin de veille ‹

*Wein für eine Nachtwache*

XAS' GABE STAND UNGEÖFFNET und aufrecht zwischen den hölzernen Knien von zwei freiliegenden Kirschbaumwurzeln. Kühl dämmerte der Morgen herauf, unter Wolken wie Theatervorhängen wirkte die weite Ferne noch ferner.

Xas hatte Sobran die ganze Nacht im Arm gehalten, hatte auf dem Hang gelegen und ihn auf dem Floß seiner Flügel ruhen lassen.

Sobrans Tochter war gestorben. Die achtjährige Nicolette. Vier Monate zuvor.

Sobran hatte sehr wenig zu berichten – Fieber und Ausschlag bei allen Kindern, wie sie um den Jungen, Baptiste, gebangt hätten, der sehr krank gewesen war. Sobran hatte Angst um Céleste gehabt – schwanger und erschöpft von der Krankenpflege.

Sobrans Schwester Sophie war gekommen und hatte geholfen – ihre eigenen Kinder hatten die Krankeit schon gehabt. Nicolette schien es besserzugehen, die Mädchen hatten einen Happen gegessen und sich im Bett aufgesetzt und geredet – und dann hatte Sabine geschrien (Sobran erinnerte sich an ihren Schrei, das Blut war ihm zum Herzen geschossen, er war die Treppe hochgerannt, aber bereits mit unguten Gefühlen, so als wüßte er schon Bescheid, ehe er Nicolettes blaues Gesicht sah). Sie sei einfach gestorben, sagte Sabine, habe keuchend Luft geholt, sie angehalten, starr geblickt und sei ins Bett zurückgesunken. »Bitte, lieber Gott!« hatte Céleste geschrien, aber es war zu spät, sie konnten nichts mehr tun.

Ehe Sobran überhaupt etwas gesagt hatte, war er in die Arme des Engels gefallen, und diese Umarmung hatte beide umgeworfen.

Bei der Beerdigung hatten Sobrans Freunde ihn berührt und ihm noch Wochen danach die Hände auf Schulter und Arme gelegt, wann immer sie sich begegneten. Wer Kinder verloren hatte, wußte, wie das traf. Und er hielt Céleste in seinen Armen – des Nachts, wenn sie dem Neugeborenen ihre Brustwarze in den Mund schob und weinte, während sie es stillte, oder wenn sie auf dem Hof stand und geräuschlos, erregt-betrübt die Arme öffnete und schloß, wenn sie Sabine zusah, wie sie ihre Schüssel mit Hühnerfutter leerte und das Federvieh um ihre Füße herumwimmelte und sie sich nicht wegrührte, das Kinn auf dem Schürzenlatz, die Höcker ihrer Halswirbel deutlich zu sehen, ein verstummtes Kind, das sich das Schweigen zum Spielgefährten erkoren hatte. Wenn Sobran die beiden so unbeweglich erblickte, seine Frau und seine Tochter, zog er Céleste ins Haus, damit Sabine nicht mitbekam, wie ihre Mutter mit den Anfällen von Kummer kämpfte. Der Junge, Baptiste, quengelte und maulte und fragte nach seiner anderen Schwester und argwöhnte, sie hielten sie irgendwo versteckt, so wie sie es mit zerbrechlichen, bezaubernden Dingen machten, mit denen er nicht spielen durfte. Das ganze Haus war traurig. Sobrans Freunde brachten ihm Branntwein oder legten ihm den Arm um die Schulter – aber niemand schloß ihn ganz in die Arme und trug ihn fort.

Der Engel war stark und zärtlich und so frisch wie ein junger Fluß. Der Engel war nicht zaghaft oder ungeduldig. Stundenlang hielt er den Weinenden in der schmerzlichen Vertrautheit Trauernder im Arm.

Xas' Leib linderte Sobrans Kummer. Er hatte jetzt lange Zeit still dagelegen, beide hatten still dagelegen, bis sie den Kopf wandten und unten auf der Straße einen Karren vorbeifahren sahen. Der Fahrer blickte hoch, sah den Mann und den Engel und hielt die Pferde an. Er machte große Augen, stellte sich auf den Bock, damit er besser sehen konnte – überzeugte sich, daß er wirklich sah, was er da sah, und begann zu zittern, dann griff er nach den Zügeln und feuerte seine Pferde zu einem leichten Galopp an, als hätte er gerade den letzten Wolf in Burgund heulen hören.

»Einer deiner Nachbarn?« fragte Xas.

»Ja. Jules Lizet. Hoffentlich besinnt er sich und denkt, er hat geträumt.«

»Dein Haus wacht bald auf. Wir müssen beide fort«, sagte Xas, ließ ihn jedoch nicht los.

Während Sobran dem Karren seines Nachbarn auf der Straße nachsah, sagte er: »Jedes Mal wenn ich über Nacht in Geschäften fortgeblieben bin, habe ich allen ein kleines Geschenk mitgebracht. Dann sind die Mädchen immer auf und ab gehüpft und haben gerufen: ›Papa! Papa!‹ Nicolette war zwar kleiner, hat aber immer schwerer gewirkt als Sabine und hat in der Zeit, in der ihre Schwester drei Hüpfer gemacht hat, nur einen geschafft. Sie hat sich einfach hingehockt, ist dann aufgesprungen und mit den Füßen nur so weit hochgekommen«, eine Handbreite von Sobran. »Ich habe versucht, ihr beizubringen, sie solle Sabine nicht immer für sie beide sprechen lassen.« Sobran schwieg lange. Die Sonne ging hinter dem am weitesten entfernten Hügel im Osten auf, und in ihrem Schein sprang jeder kleine Stein als schwarzes Loch ins Auge.

Xas fuhr Sobran noch einmal mit der Hand übers Gesicht, eine Hand, die Tränen erntete.

»Ich habe immer aufgepaßt, daß sie nicht zu kurz kam«, sagte Sobran. Und dann verzweifelt: »Ich habe sie am meisten geliebt.« Er erinnerte sich, wie sie sich gegen ihre übermächtige

Schwester verbündet hatten. Er nahm Nicolette immer Hucke-pack, und dann suchten sie Sabine – beide Mädchen kreischten und waren glücklich. Er erinnerte sich an die Stunden, die er mit ihr gespielt hatte, wie er sie erobern mußte, als er nach seiner Zeit in der *grande armée* als Fremder in ihrem Leben auftauchte. »Ich möchte, daß du Nicolette suchst, Xas. Such sie im Himmel.«

Endlich bewegte sich Xas' Leib, dieses geduldige Bett, unter Sobran. Er wurde von Händen, Beinen und Schwingen umge-dreht, so daß er nun bäuchlings auf einen Flügel gebettet lag. Xas hielt Sobrans Kopf mit beiden Händen und blickte ihm in die Augen. »Weißt du eigentlich, um was du mich da bittest?«

Wenn der Engel doch nur müde gewirkt hätte, er hätte mit dem hellen Staub im Haar, das sich seidig auf der Erde ausbreitete, ganz normal ausgesehen.

Sobran sagte: »Du berichtest mir dann nächstes Jahr, wie es ihr bei Gott geht. Du schaffst das.« Er blickte Xas immer noch in die Augen und spürte, wie Hände an seinem Haar zerrten, als wäre der Engel böse. »Das ist alles«, sagte Sobran, »mehr nicht. Ich bitte dich herzlich.«

Und dann wurde Sobran auf die nackte Erde geworfen. Xas stand über ihm. Sobran meinte, er habe den Engel sagen hören: »Na schön«, oder »Ja«, jedenfalls äußerte er Zustimmung. Oder vielleicht sagte Xas auch gar nichts, und Sobran wußte einfach, daß er ihn herumbekommen hatte. Dann schlug er mit den gro-ßen, kreaturhaften Flügeln, grober Sand wirbelte auf und kam Sobran in die Augen. Er machte sie wieder auf, blinzelte unter Tränen, konnte nicht hochblicken – aber er sah, wie der lange Schatten des Engels größer wurde, sich ausbreitete und den Hang hinunter- und über das Haus glitt, als sich Xas der Sonne entgegenschwang.

Sobran schloß die Augen, hustete und räusperte sich. Er sah ihn noch immer, während er sich fing und aufstand, die Augen

– 73 –

öffnete und zu seinem Haus hinunterging, sah den ganzen Tag und die folgenden Tage über klarer – eine aufdämmernde Erkenntnis, bis er Monate später, als die Weinblätter zu schmierigen Haufen zusammengeweht verrotteten und der erste Schnee fiel, Tag und Nacht nur noch das eine sah – die Gestalt des Engels, die Flügel am Scheitelpunkt ihres Schwungs wie gefroren, still, doch in seiner Erinnerung war der Leib des Engels ein Strudel, sein Blick dessen Mitte. Sobran dachte an Xas und sah ihn erneut – nur dieses letzte Bild, das alle anderen auslöschte, so daß alle früheren Erinnerungen zu einer warmen Stimme verschmolzen, die in der Dunkelheit zu ihm sprach (Sobran wußte natürlich, daß sie sich bisweilen gestritten hatten und er wenigsten noch einmal richtig hatte hinsehen können). An jenem Tag blieb die Zeit stehen, und Sobran sah Xas mit erhobenen Schwingen, auf denen sich die Sonne spiegelte, mit seiner weißen Brust und den Wasserzeichen der Tränen, die im feinen Staub getrocknet waren; sah die nackte Haut, die farblosen Brustwarzen so unschuldig wie die eines Kindes; die doppelte Unterschrift, meergrün und zinnoberrot, lebendig und feurig; sah ein weißes Gesicht mit weißen Lippen und Augen so bodenlos und feindselig wie das Meer unter Löchern in der Eisdecke.

Diese Erinnerung grenzte an Verliebtheit, denn Xas ging Sobran nicht mehr aus dem Kopf. Und sie grenzte an Beschämung. Weil er es satt bekam, sich gegen den Schmerz dieser einen einzigen Erinnerung zu wehren, vergaß Sobran alles, was er sonst noch über den Engel wußte.

1820

# › Quoi que ce soit ‹

*» Was immer das sein mag « – ein Aperitif*
*aus dem neunzehnten Jahrhundert*

DER ENGEL WAR VOR IHM da, hockte auf dem Grenzstein, hatte die Flügel gekreuzt und zusammengerollt und trug gefältelte, weiße Seide bis zum Kinn. Er saß so still da, daß er trotz klarer Augen und klarer Haut krank und besorgt wirkte.

Sobran war in seinem Sonntagsstaat und hatte sich das Haar gekämmt und pomadisiert. Er trug zwei Kristallgläser und den erlesensten Champagner, den er sich leisten konnte. Er streckte Xas ein Glas hin, doch der zögerte, ehe er es nahm. »Nicht mehr lange, und du bringst auch noch Stühle mit«, meinte Xas.

Sobran wurde rot. »Mir gefällt unsere Zwanglosigkeit.«

»Wie alt bist du?«

»Dreißig.« Sobrans Gesicht wurde noch röter. »Die Stühle kommen erst, wenn ich fünfzig bin.«

»Pflanz einen Pfefferbaum. Der dürfte in zwanzig Jahren groß genug sein, daß man einen Tisch darunter aufstellen kann – den Sommer über für deine Familie, und eine Nacht lang für uns.«

Céleste, der Weinkeller, ein Schattenbaum, dachte Sobran – welche Veränderungen mein Engel doch bewirkt. Er durchtrennte das Bleisiegel, schob den Korken mit den Daumen heraus, dann steckte er den Zeigefinger in den Flaschenhals, damit der Schaum nicht überschwappte. Er schenkte dem Engel ein Glas ein und dann sich selbst, drehte den Leib der Flasche in die Erde, bis sie, teilweise vergraben, sicher stand. Xas nippte, schluckte und sagte dann sehr ruhig: »Ich habe Nicolette einmal gesehen, und das erst kürzlich. Warum ich damit gewartet habe:

– 75 –

Die Nachricht sollte nicht veraltet sein.« Er schwieg. »Natürlich heißt das, es geht ihr gut und sie ist glücklich – sie ist im Himmel. Sie hat dich nicht vergessen; im Himmel sind sogar Kleinkinder gefaßt. Sie ist unendlich geduldig – kann dein Leben lang auf dich warten – und Sabines Leben lang auf Sabine. Du fehlst ihr nicht, weil in ihrem Herzen kein Raum für Schmerz ist.«

Xas sprach gemessen, kühl und traurig. »Ich weiß wirklich nicht, was Nicolette fühlt – das kann ich dir also nicht übermitteln –, aber für mich war der Himmel so. Als Gott mich schuf und ich merkte, daß ich mich selbst nicht wahrnahm, sondern die Seligkeit. Ich war in der ewigen Seligkeit. Später habe ich begriffen, daß es sich dabei um das handelte, was ich fühlte, und ich habe auch Dankbarkeit empfunden. Und indem ich Gott dankbar war, habe ich Gott von meinen Gefühlen abgetrennt – und habe mich bestätigt gefühlt und gejubelt. Das menschliche Herz ist andersgeartet. Das Kind im Schoß seiner Mutter lernt langsam, daß es sich mehr bewegen muß, dann wird es geboren und verspürt Verlustgefühle – will die Nahrung, die Wärme, den Herzschlag, die es vermißt, zurückhaben. Es verspürt Verlangen, dann Vorfreude und Neugier. Nichts kann die menschliche Seele die erste Geburt vergessen machen. Sie ist aus ihren Verlusten beschaffen, auch im Himmel, auch in der ewigen Seligkeit.«

»Aber Nicolette war glücklich«, sagte Sobran unsicher.

»Das habe ich gesagt.«

»Und trotzdem kann sie nie so glücklich wie ein Engel sein«, sagte Sobran – und bemühte sich zu begreifen, was ihm da erzählt wurde.

»Ich habe Glücklichsein nicht im Zusammenhang mit Engeln erwähnt.«

Sobran sagte etwas zu seiner Entschuldigung, wußte aber

nicht so ganz warum. Es war, als habe der Engel gesagt, sein Schmerz sei vulgär. Er schämte sich. Er dankte dem Engel.

Xas nickte, sagte: »In fünfzig Jahren wird sie ungefähr noch genauso sein – bitte mich also nicht, noch einmal zu ihr zu gehen.«

»Gewiß nicht. Sei bedankt für deine Mühe.«

»Du hast deine liebe Mühe mit dir, Sobran. Falls du erst damit anfängst, nach Kunde von Verstorbenen zu forschen...«, Xas hob die Schultern, »willst du als nächstes etwas über deinen Vater oder Baptiste wissen.«

»Ich wüßte gar nicht, wohin ich dich wegen Baptiste schicken sollte. Er könnte im Fegefeuer sein.«

»Ja, natürlich«, sagte Xas – nicht als ob er es wüßte, sondern als ob ihm die Möglichkeit entfallen wäre. Er leerte sein Glas und streckte dann – so wollte es Sobran scheinen – den Arm behutsam, steif nach der Flasche aus. Als Sobran ihm einschenkte, erkundigte sich Xas wie gewöhnlich nach dem Ergehen von Sobrans Familie.

Sobran berichtete dem Engel pflichtschuldigst, machte ihn auf die Trauben aufmerksam. »Es sieht, so Gott will, nach einem sehr guten Jahr aus.«

Xas sprach kaum, stellte lediglich Fragen oder bat um nähere Erläuterungen von etwas, was Sobran gesagt hatte. Sobran fehlte die rege Unterhaltung mit Xas, seine vertraulichen Mitteilungen. Er spürte, daß etwas geschehen war, was sie trennte. Er dachte: »Xas ist noch immer böse auf mich, weil ich ihn gebeten habe, Nicolette zu besuchen.« Und dann eine gedankliche Abschweifung: »Fühlt er denn gar kein Mitleid?« Und: »Ich werde ihm nie wieder lästig fallen.« Und weil Sobran kein großzügiger Mensch war, fragte er sich, ob Xas' Zurückhaltung daher rühre, daß er etwas vor Sobran verbarg, etwas, was mit dem Besuch und Nicolette im Himmel zu tun hatte. Gewiß würde der Engel

nicht behaupten, er habe sie gesehen, wenn es nicht so wäre –
und dann einen so einleuchtenden Bericht geben.

Sobran hörte auf zu reden. Er neigte sein Glas, so daß sich der
Champagner als langes, schlängelndes Rinnsal auf die Erde er-
goß, wo er aufschäumte und verschwand. Er sagte: »Wie hat sie
ausgesehen, meine Nicolette?«

Xas seufzte. »Wie ein kleines, blondes Mädchen eben aussieht.«

Sobran rümpfte die Nase.

»Sobran, du enttäuschst mich«, sagte Xas kalt. Dann fuhr er
fort: »Sie war mit anderen Kindern zusammen. Sie haben Steine
gesammelt, weil sie sich unter den Fluß stellen wollten. An der
Stelle, an der ich sie gefunden habe, ist der Fluß schmal, er fließt
vor und zurück und über Gras – das widernatürliche Himmels-
gras, grün mit einem Blaustich, kein Hälmchen mit angefresse-
ner Kante, denn die Insekten im Himmel sind niemals hungrig,
niemand ist hungrig oder ißt. Die Kinder sind unter Bäumen
über dem Fluß herumgegangen. Der Boden war nackt und
trocken, und Nicolette hatte dreckige Fußsohlen. Ein paar Er-
wachsene waren auch da, haben sich unterhalten, gelesen und so
getan, als schliefen sie. Und falls du es unbedingt wissen mußt,
da war der Fluß und etwas weiter entfernt, sein Lauf aus früherer
Zeit, ein Pfad mit Blumen der zarteren Sorte in Rot, Gelb,
Orange und Weiß; dann trockeneres Gras und noch mehr Wald,
Ufer mit nistenden Vögeln und funkelnden Blättern; ein paar
freundliche Gebäude, Sandstein, eine Art Stadt, jedoch ohne
Handel und Wandel – abgesehen von Unterhaltung und Musik,
jemand hat gerade Geige gespielt, aber nicht sehr gut. Dann die
weitere Ferne, Hügel hinter Hügel und schneebedeckte Berge.
Ein einzelner See, sehr weit entfernt, blauschwarz, gesäumt von
Binsen und Lilien. In der anderen Richtung, jenseits eines klei-
nen Gehölzes, Dünen, Ebenen, ein großer Wald, in dem jeder

Baum gleich hoch ist, die Küste, Mangroven, das Meer und so weiter – kurzum, Paradieslandschaften.

»Ich habe sie zu mir gerufen. Sie war schüchtern; sie hatte noch nie mit einem Engel gesprochen. Sie war überrascht, als sie hörte, daß ihr Vater ihr Leben lang einen Engel gekannt hat – na ja, vielleicht doch nicht so ganz überrascht, weil sie sehr viel von dir hält. Sie hatte einen Stein, und ich habe ihr geholfen, noch einen zu suchen. Die ertrunkene Wiese sei sehr weich, sagte sie. Sie fühle sich gut an, wenn man sich auf sie legte, aber man brauche Steine, damit man unten bleibe. Zuweilen waren da auch Fische, immer in furchtbarer Eile, weil der Fluß hin- und herfloß, meinte sie. Wir haben einen Stein ausgegraben, und schon war sie weg. Sie war sehr glücklich.«

Sobran barg das Gesicht in den Händen.

»Also, mußtest du das hören? Mußtest du wirklich noch mehr wissen?« fragte Xas.

»Ja. Es ist besser, wenn man Bescheid weiß.«

»Gott helfe dir«, sagte Xas mit Nachdruck.

Sie saßen noch lange da ohne zu sprechen. Dann bedankte sich Xas bei Sobran für den Champagner und riet ihm, zu Bett zu gehen.

»Gute Nacht«, sagte Xas.

Sobran stand widerstrebend auf – dann streckte er dem Engel die Hand hin. Xas ergriff sie, und Sobran bückte sich und küßte den Engel auf die Wangen. Er sah, daß Xas den Mund aufmachte und daß seine Lider zuckten. Sobran blieb dicht vor dem Engel stehen und fragte: »Bist du verletzt?« Ein paar frühere Verdachtsmomente fügten sich zu Wissen.

»Ja.«

Sobran kniete nieder, schob ohne nachzudenken die Hände in die schützenden Flügel und teilte sie wie Vorhänge. Seine Hände berührten Schichten von Seide, und er spürte das federnde

Fleisch, merkte, daß es ihm vertraut war, dann eine breiige Stelle – eine furchtbare, tödliche Wunde, falls es sterbliches Fleisch gewesen wäre.

Xas zog die Flügel zusammen, und Sobrans Hände wurden fortgeschoben.

Sobran schwindelte, er war entsetzt. »Ich bin schuld, daß du ein Gesetz gebrochen hast«, sagte er. »Wer hat dich bestraft?«

»Das war keine Strafe. Ein Engel hat mich verwundet – wer sonst wohl?«

»Aber du darfst doch ungehindert kommen und gehen.«

»Der Engel fand, das schließt nicht ein, Botschaften in den und aus dem Himmel zu tragen. Außerdem mußt du nicht denken, daß Engel immer gehorsam sind.«

»Es tut mir leid.«

»Laß, genug bereut. Aber, Sobran, das mache ich nie wieder. Ich habe Angst.«

»Heilt das da?« Sobran zeigte auf die schützenden Schwingen.

»Ja.«

»Was kann ich für dich tun?«

»Geh zu Bett.«

Sie blickten sich an. Dann gehorchte Sobran und ging zwischen den Reben den Hang zu seinem Haus hinunter.

Er setzte sich ans Fenster seiner Schlafkammer und wartete. Xas rührte sich die ganze Nacht nicht vom Fleck. Als es dämmerte, kam eine Brise auf, und der Engel erhob sich. Er benutzte zum Stehen die Flügel, dann klappte er sie auf und warf sich in die Luft, fiel ein wenig in den Schutz des Hügels, so daß Sobran die Flügel knattern hörte wie ein Segel, als Xas über das Haus flog.

Céleste sagte vom Bett her: »Was war das?«

Sobran stand auf und tat so, als müsse er den Fensterladen an der Hauswand befestigen. »Nur der Wind. Guten Morgen, mein Schatz.«

– 80 –

EINE WOCHE SPÄTER, ALS SOBRAN mit seinen Kumpanen vor dem kleinen Wirtshaus in Aluze Branntwein trank, kam ihm Gerede zu Ohren. Offenbar hatte die alte Anne Wateau am Waldsaum oberhalb von Vully Feuerholz gesammelt und unter einem Dornbusch einen schlafenden Engel entdeckt. Sie sagte, anfangs habe sie ihn für eine Heiligenstatue gehalten, die jemand gestohlen und dort versteckt hatte, und sie hatte sie mit der Spitze ihres Spazierstocks berührt, dann aber festgestellt, daß sie lebte und sie anblickte. Natürlich war sie entsetzt davongelaufen, und als sie mit ihren beiden Großneffen zurückkehrte, stellten sie fest, daß das Feuerholz, das sie hatte fallen lassen, ordentlich gebündelt und mit einer Weidenrute verschnürt, der Engel jedoch nicht mehr da war.

Die Männer, bei denen Sobran saß, lauschten interessiert, doch als sich Christophe Lizet mit der Geschichte ins Gepräch mischte, daß sein Vetter Jules vor einem Jahr auf dem Südhang von Jodeau zwei Engel in inniger Umarmung gesehen habe, da lachten alle. Sobrans Schwager Antoine sagte: »Darum sieht die Ernte in diesem Jahr so gut aus, Sobran – du und dein Glück!« Ein anderer sagte: »Verrückter alter Jules.«

Sobran sorgte sich um Jules' guten Ruf, verwahrte sich und sagte, jeder Mann habe in seinem Leben das Recht auf zwei seltsame Einbildungen. »Also ist er vielleicht gar nicht so ›verrückt‹.«

Alle Männer blickten in ihr Getränk und nickten, sie mochten nicht streiten, da Sobran ein weiches Herz für Verrückte hatte. Das war von ihm auch nicht anders zu erwarten, wenn man bedachte, wie eigenartig Céleste Jodeau zuweilen war.

1 8 2 1

# › Vin d'une nuit ‹

*Wein einer Nacht*

NEIN, SAGTE XAS, ES STIMME, er sei eine geraume Zeit nicht imstande gewesen heimzufliegen. Er sei zu Boden gefallen wie ein verletztes Tier. Nachdem Madame Wateau ihn entdeckt hatte, war er weitergeflogen, über die Berge nach Nordspanien, und hatte in einem Wald geschlafen. Nach einer Woche war er zu einer Freundin geflogen und dort geblieben. Ja, Xas wußte, das sei neu für Sobran. Daß er eine Freundin hatte, die er öfter als einmal im Jahr besuchte. Aber Apharah hatte keine Familie – und kein Gewerbe. Eine reiche Witwe aus Damaskus. Apharah war mittleren Alters, belesen, gebildet. »Dieser türkische Wein, der Yapincak, der war von ihr für dich. Sie weiß ein wenig über dich – und warum auch nicht? –, sie ist älter als du, und wie du dir vorstellen kannst, verstehe ich dich bisweilen nicht und bitte sie um Rat.«

Die Vorstellung, daß eine dunkelhäutige, ausländische Frau seinen Engel beriet, war so abartig, daß es Sobran nicht glauben mochte. Er war gekränkt und neidisch. »Sie hat dich gepflegt, nicht wahr?«

»Sie hat mir Zuflucht gewährt. Ihr Haus ist sehr still – es gibt da einen Raum, den ihre Diener nie betreten dürfen, die Bibliothek und einen angrenzenden Dachgarten, ein schöner Garten mit einem Feigenbaum, einem gekachelten Springbrunnen, Jasmin und Pfingstrosen in Kübeln. Apharah und ich erfreuen uns einer ungetrübten Freundschaft. Jetzt. Seitdem sie vor fünfzehn Jahren vom Islam abgefallen ist.«

Sobran wandte den Blick ab. Er streckte die Hand aus, wollte eine schwarze Heuschrecke zerdrücken, doch als sie schwieg, hörte er, wieviel andere noch da waren und unter seinen Reben sangen. »Ich hätte nie gedacht, daß du so unvorsichtig oder gesprächig bist.«

»Du glaubst also, ich beschränke mich auf Rosensammeln und einen Freund pro Jahrhundert – die erbärmlichen Wissenschaftsgebiete eines gezähmten Unsterblichen?«

»Ich hatte mir vorgestellt, daß du die meiste Zeit mit anderen Unsterblichen verbringst.«

Was Xas mit einem leisen Laut bestätigte, dann sagte er: »Ich habe viel freie Zeit. Was würdest du tun, wenn du meine Zeit hättest?«

»Ich würde Gutes tun«, sagte Sobran.

Der Engel schwieg kurz, dann sagte er: »Habe ich etwa nicht gut an dir gehandelt?«

Das Blut, das Sobran zu Kopf schoß, schien eine Klappe in seinem Schädel zu schließen; sie sperrte die Kälte aus. Er rückte näher an den Engel heran und legte Xas, ohne ihm dabei ins Gesicht zu sehen, die Hand auf den nackten Unterarm. »Verzeih mir. Ich bin nur eifersüchtig.«

»Ich weiß.«

Sobran löste den Griff und ergriff Xas' Hand, hob sie an die Lippen und küßte sie. »Du bist mein geliebter Freund«, sagte er.

Diese jähe Unterwürfigkeit schien den Engel zu beunruhigen. Er entzog Sobran die Hand und bedankte sich – und nachdem er wieder festeren Boden unter den Füßen hatte, wollte er wie gewohnt alle Neuigkeiten hören.

*

SOBRAN FRAGTE SICH, WAS XAS wohl in ihm sah, und musterte sich im Spiegel – sein braunes, narbiges, schönes Gesicht. Sein

Haar war voll, im Braun glitzerten ein paar graue Strähnen, der Schopf wuchs mitten auf der Stirn und wellte sich nach hinten. Seit der Sonnenwende war ein Monat vergangen, und sein Gesicht trug einen Ausdruck frohlockender Erschöpfung.

Sobran war mit seinem aufgewühlten Herzen in die Kirche gegangen und hatte versucht zu beten – doch sein Begehren hatte ihn gepackt, war wie ein Vorhang aus Feuer zwischen ihn und die Muttergottes gekommen, die hinter ihrem Schutzwall aus sanft leuchtenden Kerzen zu träumen schien. Sobran hatte sich schon vor Jahren angewöhnt, unmittelbar mit Gott zu sprechen, weil es so viel gab, was er einem Priester nicht anvertrauen konnte. Als er nun nach der Sonnenwende auf die Knie fiel, hatte er Gott um Erbarmen und Hilfe bitten wollen. Sein Begehren war eine Schwäche. Doch anstatt zu beten, erinnerte sich Sobran. Das Andenken an ihre Umarmung während der Nachtwache quälte ihn; damals war er so krank vor Kummer gewesen, als hätte man ihm die Haut abgezogen, und die Berührung des Engels war Verband oder Balsam auf seine Wunden. Jetzt durchlebte Sobran die Umarmung noch einmal und erinnerte sich zwar noch an den Kummer, schmiegte sich jedoch immer wieder an den Leib, der ihm vertraut war – vertraut, wie er sich anfühlte –, und benutzte, da er nicht die Haut unter seinen eigenen Tränen anfassen mußte, die Hände, weil er die warme Grube eines paradoxen Nabels berühren wollte, der noch abartiger war als die Brustwarzen bei männlichen Menschen. In dem Traum, der immer inniger wurde, bei dem Andenken an warmes Fleisch, das er berührt hatte und das ihm vertraut war, wagte es Sobran, endlich den Mund zu küssen, der immer so viel Interessantes sagte.

Sobran merkte, daß er beim Beten nicht sagen konnte:»Lieber Gott, hilf mir.« Er empfand weder Scham noch Angst. Sein Begehren war ein Triumph. Xas war so schön, daß Sobran ihn natürlich lieben sollte. Gott hatte Xas schön erschaffen, hatte

ihm die kluge Zunge geschenkt. »Was soll ich tun?« fragte
Sobran Gott, lachte und ließ sein Begehren aufwölken wie den
Rauch eines Opferfeuers. »Das hier bekommst du, o Herr, für
dein erhabenes Werk.«

1822

# › T r o u b l e ‹

*Ein trüber, wolkiger Wein*

SOBRAN KLEIDETE SICH FÜR SEINEN Freund in saubere, gebügelte Wäsche, ließ sie jedoch am Hals offenstehen. Das Hemd steckte nicht im Hosenbund, so als käme er gerade vom harten Tagewerk und müsse sein Fleisch der kühlenden Luft aussetzen, aber er hatte sich gewaschen. Er ging barfuß, seine Füße waren sauber, wehrlos und erbarmungswürdig.

Xas hatte eine Flasche St. Saphorin mitgebracht. Sobran hatte zwei vom zweiten Jahrgang Jodeau-Kalmann dabei.

»Engel werden nicht betrunken«, sagte Xas, als er die Ausbeute musterte. »Aber das habe ich dir bereits gesagt.«

»Dann sieh zu, wie ich mich betrinke und glücklich bin.« Sobran strahlte vor Zutrauen, öffnete eine Flasche und lehnte sich an den Grenzstein. »Xas, ich muß etwas mit dir besprechen.«

»Ich mag es, wie du dir immer ausdenkst, was du mit mir machen willst.« Xas lächelte.

Sobran trank einen Schluck und schaute, spürte, wie alles noch vorhandene Licht in seine Augen drang und seine Pupillen immer größer wurden – ein Gefühl, das durchaus angenehm war. Der Engel war so schön. Sobran empfand keinerlei Erregung – ihm war, als sonne er sich im Morgensonnenschein an einer Steinmauer.

»Sind wir so tief gesunken, daß wir wieder aus Flaschen trinken?« neckte ihn Xas.

Sobran hob den Flaschenhals noch einmal an den Mund, schluckte und nickte. Kurz darauf stand er auf, stellte die Fla-

sche auf den Grenzstein und ging zu Xas, der im Gras saß. Sobran hockte sich hin und ergriff ohne zu zögern Xas' Handgelenke und drückte ihm die Arme nach unten, dann küßte er den
Engel auf den Mund. Xas' Mund öffnete sich überrascht und
wehrte sich gegen den Kuß. Dann wandte Xas den Kopf ab, so
daß Sobrans Mund neben dem Ohr des Engels lag und er den frostigen Duft seines Haars atmete. Xas schüttelte den Kopf.
Sobran drückte den Mund auf den Hals des Engels. Da schlug
ein Puls, das wußte er noch. »Ich möchte, daß du mich in den
Arm nimmst, wenn ich so glücklich bin. Ich liebe dich.«

Ein Flügel kam ihnen in die Quere; Xas hob ihn hoch, schien
ihm die kalte Schulter zu zeigen. Sobran fühlte, wie der Flügel
an seinem Bein entlangschrammte und hörte eine Schwungfeder
brechen. »Ich achte deine Frau – ihre Rechte«, sagte Xas, jedoch, so fand Sobran, ohne große Überzeugung. »Céleste sollte
dir genügen.«

Sobran sah, daß der Mund des Engels Farbe hatte, nicht so
sehr Weinfleck auf Marmor, sondern innerer Nektar, gesättigtes
Blut. Der Engel sagte: »Und außerdem, Sobran, weißt du überhaupt, was du mit mir anfangen willst?«

Als Sobran antwortete, kamen seine Worte eigenartig abge-
hackt, nicht als Sätze, sondern als Pausen zum Luftholen. Er war
kurzatmig. Er hatte darüber nachgedacht. Er kannte sich aus,
der Engel nicht. Es war an der Zeit, daß er den Engel fühlen
lehrte.

»Halt den Mund. Du handelst außerhalb deiner eigenen Gesetze.« Der Engel schien ihn anzuflehen.

»Was hat das Gesetz mit dem zu tun, was ich begehre? Es ist
nichts Unrechtes.«

»Diese ... Belästigung?«

»Ich begehre dich.«

»Eine Nacht im Jahr?«

– 87 –

»Wenn das alles ist, was ich bekommen kann.«

Xas blickte böse, hörte sich aber mitfühlend an. Er wollte gerade sagen:»Ich bin ein Engel ...«

Doch Sobran unterbrach ihn mit seiner Bitte oder Erkenntnis.»Ich liebe dich, weil du ein Engel bist.«

Xas schoß im Sitzen hoch, entfaltete die Flügel, so daß Sobran nach hinten geworfen wurde, stand aufrecht und hob unverzüglich ab. Der Staub war wie Rauch. Sobran stand auf und rief:»Geh nicht!« und konnte gerade noch rechtzeitig einen der großen Flügel packen, als sich der das zweite Mal senkte. Sobran fiel auf die Erde zurück, hielt jedoch unbeirrt den Flügel fest und machte eine Drehung, als Xas herumschwang und sein freier Flügel die Kirschen herunterschlug, daß es nur so hagelte. Der Engel krachte auf den Rücken. Sobran hörte, wie es ihm den Atem verschlug. Ganz flüchtig empfand er sehr gemischte Gefühle: Scham, Triumph, Sorge, Staunen – doch schon stand Xas wieder und stieß sich mit Händen und Flügelspitzen und Füßen vom Boden ab. Der Engel traf Sobran am Kinn, und Sobran purzelte den Hang hinunter. Da lag er nun betäubt und blutete aus dem Mund. Als er die Zähne aus dem lebendigen Fleisch seiner Zunge zog, landete Xas auf ihm wie ein Adler mit ausgebreiteten, gewölbten Schwingen, damit ihm Zähne oder Klauen der Beute, die vielleicht noch nicht ganz tot ist, nichts anhaben können. Xas näherte sein Gesicht Sobrans und sagte leise, aber deutlich:»Hör gut zu und vergiß es nicht. Die Bedingungen des Paktes lauten: ›Xas soll ungehindert kommen und gehen. Gott soll seinen Schmerz und Luzifer seine Freude haben.‹ Das heißt, wenn du mir und dir auf die Weise Lust bereitest, wie du gern möchtest, Sobran, dann hat der Teufel seine Freude daran. Und ihm will ich dich auf keinen Fall ausliefern.«

Xas sprang von ihm herunter und schnurstracks hoch und wirbelte mit den ersten drei Flügelschlägen so viel Erde auf, daß

Sobran teilweise darunter begraben wurde. Er betrachtete den Teil des Himmels, aus dem seiner Meinung nach das Geräusch von Flügelschlägen kam. Er sah, wie sich vor den Sternen etwas wellte, das mittlerweile weit entfernt war. Dann schloß er die Augen.

\*

DIE VERWITWETE AURORA DE VALDAY und ihr Onkel waren von Chagny auf dem Rückweg zum Château Vully, eine Kavalkade aus Kutschen, vier Lakaien, zwei Stallknechten, dem Kammerdiener des Comte, Pauls Kindermädchen und Auroras Zofe Lucette, als der Comte ungefähr eineinhalb Meilen vor Vully beschloß, anzuhalten und bei Pater Lesy vorbeizuschauen. Aurora hatte keine Ahnung, warum ihr Onkel so unbedingt beichten mußte. Sie war beunruhigt über seinen jähen Drang, einen Priester aufzusuchen. Vielleicht befürchtete ihr Onkel, daß es mit ihm bergab ginge, daß er trotz der Rückkehr des milden Wetters erkranken könne – vielleicht hatte er vor, sie zu verlassen.

Aurora sah zu, wie ihr Onkel und sein Kammerdiener unter dem niedrigen, reich verzierten Bogen des Kirchenportals hindurchgingen. Einen Augenlick starrte sie in diese Dunkelheit, als wäre sie die Oberfläche eines Weihers, in dem jemand, den sie liebte, kopfüber verschwunden war. Dann nahm sie ihren Sohn bei der Hand und stieg aus der Kutsche, und das so schnell, daß der Lakai die Stufen nicht rechtzeitig herausklappen konnte. Sie sprang auf die Straße und hob Paul herunter zu sich. Das Kindermädchen und Lucette folgten, diese fing auf dem Kirchhof an zu laufen, weil sie ihre Herrin einholen und einen Sonnenschirm zwischen die heiße Sonne und Auroras schimmernde Krone aus schwarzen Zöpfen halten wollte.

Aurora folgte ihrem Onkel in die Kirche. Kaum waren sie eingetreten, da sah Paul eine Treppe, riß sich von der Hand seiner Mutter los und rannte sie hoch. Die Frauen folgten und riefen:»Kommen Sie zurück, Comte Paul! Paß bitte auf!« oder »Wohin wollen Sie eigentlich?«, wie es Stellung oder Persönlichkeit jeder entsprach.

Oben auf der Empore erkannte Aurora unter dem Staub die Stelle, wohin sie einst mit ihrem Onkel und ihren Eltern gekommen war, um am Ostersonntag die Messe zu feiern. Paul hatte einen geschnitzten Falken entdeckt, ein Wappen, das vom Ende einer Kirchenbank abgebrochen war. Damit spielte er kurz, dann fand er ein Astloch im Fußboden.

Pauls Mutter bot sich eine zweifache Aussicht, einmal auf die Kirche vom Taufstein bis zum Altar, dann durch die bescheidene Fensterrose der Blick auf den besonnten Gottesacker.

Am Taufstein standen zwei junge Mädchen, steckten die Köpfe zusammen und hatten die Umschlagtücher zu einem schwarzen Zelt über sich hochgezogen. Beide waren in Trauer. Sie hielten ihre Tücher zusammen, wollten das Licht aussperren, damit sie ihr Spiegelbild im Wasser des Taufsteins besser sehen konnten. Als sie sich schubsten, sah Aurora, daß eines der Mädchen dunkel, das andere sehr blond war. Sie waren ungefähr gleich alt, an die fünfzehn.

Auroras Onkel war an der Tür zur Sakristei stehengeblieben. Pater Lesy tauchte auf gefolgt von einer Frau, die sie als Madame Céleste Jodeau erkannte und die beim Anblick des Comte stehenblieb, dann die Art von Knicks machte, den Aurora bei ihrem Tanzlehrer gelernt, jedoch nie richtig hinbekommen hatte. Der Comte ergriff ihre Hand, als sie näher trat und hielt sie, während sie ein paar Worte wechselten. Pater Lesy stand daneben und zeigte das, was ihr Onkel sein ›hektisches Getue‹ nannte, in der Regel in Feststellungen, die begannen ›Trotz Pater Lesys hektischem Getue . . .‹

Vor der Kirchhofpforte hatte ein Karren angehalten. Drei

Männer hockten auf dem Sitz. Der eine mit dem blonden Haar mußte ein Lizet sein. Der Größte, der mit den Narben, war Sobran Jodeau. Er trug keinen Bart mehr, und Aurora erkannte ihn zunächst nur am Gang, nicht am Gesicht. Sie sah zu, wie er die Hand auf die Seitenwand legte und über sie hinwegsprang. Ein stämmiger, brauner Junge folgte ihm. Mann und Junge gingen zu einem Grab unweit der Mauer – eins mit einem Holzkreuz – und machten sich daran, zwischen den auf dem Hügel gepflanzten Blumen Unkraut zu jäten. Die beiden Männer im Wagen wandten den Kopf voneinander ab, als hätten sie sich gestritten. Aurora kehrte dem Fenster den Rücken und sah, daß Paul am Astloch kauerte. Er hatte einen Streifen Papier von der Tüte mit Süßgkeiten abgerissen, die sie ihm geschenkt hatte, hatte ihn durchgekaut, holte jetzt ein Papierkügelchen aus dem Mund und ließ es durch das Astloch fallen. Unten war Madame Jodeau jetzt allein, denn Pater Lesy und der Comte waren in die Sakristei gegangen. Sie stand vollkommen still in einiger Entfernung von den Mädchen am Taufstein und beobachtete sie. Beobachtete sie mit einem ungemein eigentümlichen Ausdruck, dachte Aurora. Sah so kalt und wachsam aus wie ein gefährliches Tier, das vor anderen gefährlichen Tieren auf der Hut ist. In diesem Augenblick erblickte eines der Mädchen draußen jemanden, stieß einen Jubelschrei aus und lief hinaus. Die andere wollte schon hinter ihr herlaufen, als die Frau dicht am Altar die Stimme erhob.»Sabine«, rief sie. Sabine drehte sich um und zog das schwarze Umschlagtuch ums Gesicht zusammen. Céleste Jodeau kam gemächlich das Mittelschiff entlang, hielt den Blick jedoch auf die Tochter gerichtet. Als sie diese erreicht hatte, sagte sie:»Mußt du immer hinter ihr herlaufen?«

»Hinter Aline, Maman?« Sabine war verdutzt.

Aurora drehte sich in die andere Richtung, suchte mit dem Blick nach Aline Lizet, die stehengeblieben war und sich mit

Sobran Jodeau unterhielt. Der stämmige Junge reichte ihr eine Kornblume, und der Mann machte es ihm nach. Er lag bereits auf den Knien und reichte Aline die Blume neckend und galant hoch. Sie lachte und nahm beide Gaben entgegen.

Auroras Blick kreuzte sich mit dem ihrer Zofe. Sie flüsterte: »Das ist sehr unterhaltsam.« Lucette nickte.

Unten sagte Sabine jetzt: »Ich sehe Onkel Léon neben Christophe Lizet.« Sie zögerte.

»Dann geh doch«, sagte ihre Mutter.

Aurora drehte sich erneut um. Neben ihr verrenkte sich auch Lucette den Hals. Eingerahmt von der Fensterrose half Sabine Jodeau jetzt Aline und dem Jungen beim Unkrautjäten. Sobran Jodeau betrat direkt unter den Füßen von Herrin und Dienerin die Kirche, und die blickten jetzt wieder in die andere Richtung und sahen, wie Jodeau zu seiner Frau ging und ihre Hand nahm.

Céleste sagte: »Was für ein Bild.« Dann: »Ist sie nicht schön geworden?«

Wie sie blickte auch Sobran aus der dämmrigen Kirche nach draußen. »Ja«, sagte er.

»Ich meine Aline Lizet.«

»Ja, Aline auch.« Darauf herrschte Schweigen, bis Sobran sagte: »Es überrascht mich, daß du nichts zu meiner Begleitung gesagt hast.«

»Oh?«

»Ich meine, dein Mangel an Interesse überrascht mich.«

»Sobran, was redest du um den heißen Brei herum? Na schön, ich sehe Léon. Hat es dir beliebt, ihm zu verzeihen?«

»Es wäre nicht anständig, wenn ich nie wieder Vertrauen zu ihm hätte.«

Madame Jodeau hob die Schultern. Sie folgte seinem Blick, und er beobachtete wieder die drei beim Grab. Sie schien sein flüchtiges Lächeln abzuwiegen und abzuwägen. Und als das

Lächeln verblaßte und eine Falte zwischen seinen Brauen erschien, beobachtete sie ihn noch eingehender.

Aurora folgte seinem Blick. Sie sah, wie Aline Lizet zu ihrem Bruder ging, sah, wie Aline Léon Jodeau begrüßte, der möglicherweise antwortete, ihr jedoch das Gesicht nicht zuwandte. Als sich Aurora umdrehte, brauchten ihre Augen einen Augenblick, bis sie sich an die Düsternis gewöhnt hatten. Sie hatten ihren Bezugspunkt, Céleste Jodeaus makellos weißen Spitzenkragen, verloren. Céleste hatte die Kirche verlassen. Sobran Jodeau war allein und ging auf den Altar zu. Vor ihm blieb er stehen und starrte die schadhafte Statue versonnen an. Dann ließ er den Kopf sinken, drehte sich um und verließ die Kirche. Alles ohne die übliche Kniebeuge.

Aurora merkte, daß ihre Hand auf dem Arm ihrer Zofe lag und daß Pauls Kindermädchen sie mit gekräuselter Stirn ansah. Ihr wurde bewußt, daß sie sich in einem ungünstigen Licht zeigte. Sie rief Paul von seinem Astloch fort und brachte ihn nach unten. Ihre Dienerinnen folgten ihr. Als sie unten waren, kamen ihnen der Comte und Pater Lesy entgegen. Der Priester sorgte sich, als er sah, wo die Frauen gewesen waren, und entschuldigte sich.

»Comtesse! Leider ist es dort oben sehr schmutzig.«

Aurora beruhigte ihn und machte Fäuste, damit er ihre dreckigen Handschuhe nicht sah.

Sie traten in den Sonnenschein hinaus, wo Aurora erneut von Lucette und dem Heiligenschein aus Schatten verfolgt wurde.

Die Jodeaus waren mit ihrem Karren davongefahren und schon fast nicht mehr zu sehen. Christophe und Aline gingen zu Fuß in die entgegengesetzte Richtung. Der Comte sah das und machte bei sich: »Hmm«, dann blickte er Aurora an.

»Gottes Architektur eignet sich gut für Lauscher an der Wand«, erläuterte Aurora.

»Natürlich«, sagte ihr Onkel.

– 93 –

1823

# › Vin de goutte ‹

*Vorlaufmost*

DER NEUE HUND WOLLTE DEN Kopf nicht hinlegen, obwohl
Sobran früh nach unten gekommen war und den Hund getät-
schelt hatte, der auf seinem Bett aus Lumpen am Herd lag. Sobran saß eine Stunde lang still und dumpf da, während Josie
blinzelte und zitterte. Sowie er jedoch aufstand und zur Tür
wollte, war der Hund wach und schüttelte sich. Die großen
Pfoten tapsten über den Fußboden, und der kurze, spitz zulau-
fende Schwanz wedelte.

»Na schön«, sagte Sobran. Er machte die Tür auf, und sie gingen hinaus.

Josie folgte ihm den Hang zwischen den Reben hoch, pinkelte an einen Eckpfosten, beschnüffelte dies und das, verfolgte
eine Kröte und nahm sie in die Schnauze, ließ sie jedoch aufjau-
lend und winselnd fallen.

»Hast du das immer noch nicht begriffen?« fragte Sobran den
Hund.

Sobran fürchtete sich vor dieser Begegnung. Das ganze Jahr
über war er bedrückt gewesen – so daß Céleste, nachdem er wo-
chenlang nicht mit ihr geschlafen hatte, bereits fragte – was ist
los mit dir, nach wem sehnst du dich, wenn du die halbe Nacht
wach neben mir liegst, die Augen auf die Decke gerichtet und
die Hände hinter dem Kopf. Sie hatte geweint, und er hatte gesagt, da gibt es niemanden. Mitleidig hatte er ihre runden Hüften gestreichelt, seine Hand war eifrig, sein Körper jedoch noch
immer abgewandt.

– 94 –

Sonntags blickte sich seine Frau in der Kirche um, folgte seinem Blick und riet auf gut Glück, wer es sein könne. Die Witwe Blanchard? Die Schwester des Steinmetzen? Und als die Familie Jodeau mit anderen Winzerfamilien bei der Lese der Trauben in Vully mithalf, da war Céleste nach Haus gekommen und hatte sich nach Aurora de Valday erkundigt.

»Hör auf damit«, sagte Sobran, als Céleste ihn ausfragte. »Das ist deine Phantasie – wieder einmal. Es gibt niemanden.«

In jeder anderen Hinsicht war es ein gutes Jahr gewesen. Der Comte sagte: »Jodeau, ich bewundere Seinen Wein. Er hat das Wissen seines Vaters, Kalmanns Reben, den Sommer zum Kompagnon und, darauf könnte ich schwören, Gott zum Beistand.«

Sobran schloß Frieden mit seinem Bruder, und die ganze Familie reiste nach Nantes und verabschiedete Léon, als dieser nach Kanada, nach St. Lawrence segelte. Auf der Rückreise hatte die Familie an einem Ort angehalten, wo die Straße an der Küste entlangführte, hatte dort Fisch erstanden, dann ein Feuer angezündet und ihn gebraten. Sobran machte einen Strandspaziergang. Die Brandung war ungewohnt für ihn, genauso der stetige, ungehinderte Wind. Das Getöse war ohrenbetäubend, und er befürchtete schon einen Hinterhalt, einen Überfall oder ähnliches. Zweimal drehte er sich um, sah aber nur seine Familie am Feuer. Er fühlte sich wie im Mittsommer 1812, als die Feuer um sich griffen und die goldenen Sterne auf den blauen Kuppeln des Kreml zerstörten, als er das wenige Geld, das er besaß, in die Schale am Bett der Russin warf und sich – zwischen Zimmer und Straße, Kirche, Straße und wieder Zimmer – von seinem unsichtbaren, mitleidigen, vorwurfsvollen Engel beschattet fühlte.

An diesem Sommerabend wartete Sobran, stand da mit dem Hund zu seinen Füßen. Er schmiedete Pläne. Nahm sich vor, von nun an Pfeife zu rauchen, da er das Bedürfnis nach einem Ritual verspürte – man schnitt einen Priem zurecht, stopfte den Pfeifenkopf, schlug einen Feuerstein an, während man die Funken in den Tabak sog. Viele von Sobrans Freunden hatten diese Gewohnheit, und wenn er ihnen eine Frage stellte oder einen Handel vorschlug, mußte er immer das gesamte Ritual abwarten, ehe sie antworteten.

Als der Engel eintraf, sprang der Hund hoch und bellte. Sobran hockte sich neben ihn, legte sich mit Arm und ganzem Gewicht auf Josies Hals und kraulte ihr die Schnauze. Sie wollte sich auf den Engel stürzen, gab jedoch zitternd nach, und die Augen quollen ihr vor Wut und Entsetzen aus dem Kopf.

Xas blickte den Hund an, als wollte er sagen:»Heißt das, er soll dich vor mir schützen?« Das stand in seinen Augen zu lesen, die zwischen Hund und Mensch hin und her wanderten. Er trat näher und legte dem Hund die Hand auf die Stirn; Josie drückte sich auf die Erde und jaulte, und als Sobran sie losließ, leckte sie Xas die Finger, und ihr Gejaule wurde schriller und wechselte von Furcht zu bänglicher Freude. Und genauso bewegte sich Xas' Hand zu Sobrans Kopf und berührte das Haar oben auf seinem Scheitel. Sobran bedeckte Xas' Hand mit der eigenen, nahm den Segen entgegen und erhob sich, so daß sie nun Auge in Auge standen. Sein Blut strömte in die entgegengesetzte Richtung, doch er sagte, was er sagen mußte, was er geübt hatte.»Ich will dich nie wieder belästigen. Bitte vergib mir die Kränkung. Ich habe das Gefühl, ich kann nicht leben, wenn du weiter böse auf mich bist. Ich bin dein Diener.«

Xas sagte:»Ich bin ein Jahr lang böse gewesen.«

»Dann hättest du kommen und mich besuchen sollen.«

»Und deine Reise unterbrechen? Erzähle mir nicht, daß du dreihundertvierundsechzig Tage in dieser abgründigen Zerknirschung gelebt hast?«

»Als ich dich aus der Luft gezogen habe, hätte ich dich glatt umbringen können, wenn es möglich gewesen wäre. Schon allein das hat mich entsetzt.«

»Du kannst mir nichts tun. Du hast mich auf die gleiche Art bezwungen wie Jakob den Engel, mit dem er gekämpft hat – du bist schwerer als ich. Wenn ich nicht leicht wäre, wie könnten mich diese Flügel wohl tragen?«

Sobran fiel der Ast ein, den er heruntergebogen hatte, als wäre er ein geschmeidiger, nachgiebiger Setzling.

»Außerdem«, so sagte Xas, »glaube ich nicht, daß du Wort halten kannst. Du belästigst mich gewiß wieder – hoffentlich jedoch nicht wollüstig.«

Sobran zuckte zusammen.

»Und du lügst, wenn du sagst, ›Schon allein das hat mich entsetzt‹. Ich habe Satans Namen ausgesprochen – das war eine vertrauliche Anrede –, und dennoch haben sich deine Augen wie empfindsame Anemonen zusammengezogen, als ich ›der Teufel‹ gesagt habe. Dein Entsetzen darüber war die Kirche deiner Väter in dir und genauso durchschlagend wie der Geschmack von Eiche im Wein, und daher habe ich gewußt, du lügst, als du gesagt hast, daß dir dein Begehren nicht wie Sünde vorkäme. Wäre es einmal erfüllt, würde dir schon wieder einfallen, daß es sündig ist. Und was das Nicht-leben-Können angeht: Der abgeblitzte Verehrer ist in den zwölf Monaten recht gesund geblieben, also kann ich nicht glauben, daß du sterben willst. Schließlich und endlich, als mein Diener bist du eine Zumutung. Du hast nicht lange gebraucht, oder?«

»Warum hast du mich gesegnet? Warum hast du mir die Hand auf den Kopf gelegt?«

»Wenn du in Not bist, werde ich schwach«, sagte Xas. Er mochte Sobran dabei nicht ansehen.

Der Mensch war vom Weg abgekommen. Er wußte nicht recht, was er Falsches gesagt hatte. Diese schmerzliche Ver-

– 97 –

störung kannte er von Streitereien mit Baptiste in seiner Jugend und mit Céleste in ihren ersten Ehejahren. Er holte ein Messer aus seiner Tasche und reichte es dem Engel. »Ich wollte mir die Kehle durchschneiden, wenn du mir nicht vergibst.«

»Und Frau und Kinder allein zurücklassen? Aus Groll oder aus Bosheit?«

»Aus Verzweiflung, was eine Sünde ist. Aber du bist natürlich noch nie verzweifelt gewesen.«

»Nein«, sagte Xas. Er hob das Messer auf und fuhr damit beinahe ziellos wie ein fuchtelndes Kind über die verschlungene Unterschrift auf seiner Seite. Dabei sagte er tonlos: »Ist diese Freundschaft unmöglich?«

Sobran dachte: »Er redet nicht mit mir«, und ergriff die Hand, die das Messer hielt, in dem Augenblick als die Teilchen, zu denen die Waffe zerfiel, zu Staub wurden. Sein Arm sank langsam herunter. Eine Unterschrift war lebendig – Farbe in der farblosen Düsternis einer mondlosen Nacht – und glühte auf der Haut, die unversehrt geblieben war.

Xas lehnte die Stirn an Sobrans Schulter.

Sobran hielt den Engel in seinen Armen. Er wußte nicht, was er sagen sollte. Vermutlich hatte er gerade eine Verzweiflungstat mit angesehen und den Selbstverstümmelungsversuch eines heiligen Wesens. Die Auflösung des Messers war ein Gottesakt oder der Pakt, der sich selbst erhielt, denn Xas mußte fort, durfte nicht bleiben, damit er ›ungehindert kommen und gehen‹ konnte. Nach all den Jahren, in denen Sobran sein beschränktes Wissen hin- und herwendete, hatte er gelernt, wie ein Advokat zu denken und die Bedeutung jedes Wortes zu prüfen. Aber er war begriffsstutzig, und es waren Dinge geschehen, die er nicht verstanden hatte.

Er sah, daß sich der Hund um Xas' Füße geschmiegt hatte, ihn auch trösten wollte. Josie seufzte zweimal, während sie

– 98 –

schweigend dastanden, und stöhnte schließlich theatralisch. Xas lachte.

»Wenigstens einen können wir glücklich machen«, sagte Sobran. »Wie wäre es mit einem Spaziergang.«

Xas nickte.

»Wir könnten zu Kalmann hinübergehen. Da gibt es etwas zu sehen.«

Und so geschah es; die Stiefel des Mannes hinterließen Abdrücke auf dem trockenen Boden, und die Füße des Engels nur glattere Ebenbilder in Form einer vollständigen Sohle, wie es nackte Füße auf festem, feinem Sand tun. Der Hund rannte vor und zurück. Xas ging wie Vögel am Meeressaum, wenn sie vor der Flut zurückweichen, oder wie eine Eule, die einen Baumstamm herunterrutscht, ehe sie fortrauscht, nicht unbeholfen, jedoch anrührend linkisch. Sie kamen über den zweiten Kamm und gingen hügelabwärts. Xas musterte den Steinstaub auf dem Hof und die unbehauenen Grabsteine, die an der Wand gestapelt standen; das Mühlrad und die beiden Schleifsteine.

»Hier lebt deine Schwester«, sagte Xas, »mit ihrem Mann, dem Steinmetz.«

»Antoine hilft bei der Weinlese und betreibt für den Rest des Jahres sein eigenes Geschäft. Ich wollte, daß Léon sein Haus bekommt.« Und dann achselzuckend: »Es gibt ein paar Angsthasen, die wollen wegen Antoines Werkstatt keinen Jodeau-Kalmann kaufen, aber auch ein paar Spaßvögel, die wegen meines Weins gern Antoines Grabsteine nehmen.« Sobran liebkoste die kühle, staubige Oberfläche eines frischen Steins. »Es ist gut, daß wir sie in der Nähe haben. Sophie ist zäher als Céleste und uns eine große Hilfe.«

»Sie halten keine Hunde«, sagte Xas und blickte den Hund an, der aufhorchte, als sein Name fiel, und die Hinterpfote ans Ohr legte. Er stand auf, hob das Bein und pinkelte an einen Grabstein.

»Antoine mag keine Hunde. Und ich finde, sie könnten dem Geschäft abträglich sein.« Sobran blickte seinen Hund strafend an.

Hinter den Fensterläden im ersten Stock wurde ein Licht angezündet. Xas sprang zur Mauer, zwischen die Steine und verhielt sich mucksmäuschenstill. Die Läden wurden aufgestoßen, jemand steckte den Kopf heraus und fragte, wer da sei.

»Ich bin's, Sobran.«

»Du, Jodeau. Ein Wunder, wie du dein Tagewerk schaffst, wenn du dir die halbe Nacht um die Ohren schlägst.«

Ein weiterer Kopf tauchte auf, ein langer, dunkler Zopf hing über die Fensterbank. »Die arme Céleste. Der Himmel steh ihr bei«, schalt Sobrans Schwester. »Kein Wunder, daß sie nörgelt – du bist dauernd unterwegs.«

»Mama!« rief ein Kind. Sophie verwünschte es und verschwand vom Fenster.

»Geh nach Haus!« sagte Antoine und dann freundlicher: »Lieber Freund, ich weiß, daß du nicht gekommen bist, weil du mit mir oder Sophie reden willst. Aber Baptiste Kalmann ist mausetot.«

»Gute Nacht, Antoine.«

Die Läden wurden zugeklappt. Sie warteten einen Augenblick. Der Hund gähnte und fing wieder an, sich zu kratzen. Sobran packte ihn beim Ohr und ging in den Weinberg zurück. Er hörte Flügelrauschen, spürte den Schatten, der über ihn hinwegzog, und sah Xas zur Hügelkuppe fliegen, landen und auf ihn warten. Sobran ging widerstrebend, denn er wußte, was Xas ihn fragen würde, hatte jedoch nicht mit so viel Wißbegier gerechnet.

»Fehlt dir Baptiste immer noch?«

»Er fehlt mir.«

»Er ist dein Geliebter gewesen.«

– 100 –

Sobran blickte böse. »Baptiste war drei Jahre älter als ich. Er hat mir den Gebrauch meines Körpers beigebracht. Das tun Jungen, einerlei was die Kirche lehrt. Er hat auch seine Huren mit mir geteilt, als ich jung war, ehe ich Céleste kennengelernt habe. Und auf dem Feldzug haben wir auch oft geteilt. Dafür schäme ich mich.«

»Ich dachte, Céleste hätte dich so beunruhigt, weil dich dein Begehren überrumpelt hat und du nicht gewußt hast, wie es sich anfühlt, wenn es einen überkommt.«

»Das war die Liebe, die war neu für mich. Woher solltest du das wissen, wie hätte ich mein unreines Wissen wohl mit einem reinen Engel teilen können? Ich hatte gehofft, mir bliebe Zeit, die Fleischeslust meiner Jugend zu sühnen.«

»Und zwei Jahre nach deiner Hochzeit bist du Baptiste in den Krieg gefolgt.«

»Es hat Dinge gegeben, die ich dir nicht erzählt habe, das ist alles. Ich habe mich nie für besser ausgegeben, als ich bin. Ich habe immer geglaubt, du könntest mir ins Herz sehen – warum also mir die Mühe machen, dir etwas zu erzählen?«

»Ach so«, meinte Xas vernünftig und als leuchtete ihm Sobrans Erklärung ein. Der Engel streifte seine Verzweiflung ab als atmete er aus, er war so widerstandsfähig wie eine der gestreiften Bergfliegen, die man nicht zerquetschen kann. Er sagte: »Ich gehe mit dir zurück zu Baptistes Grabstein.«

»Flieg mit mir, Engel, ehe ich in mittleren Jahren und zu fett zum Tragen bin.«

»Ich fliege mit dir, wenn du alt bist und deine Knochen geschrumpft sind.«

»Und ich das Wasser nicht mehr halten kann und um mein Leben bange.«

»Hoffentlich«, sagte Xas.

## 1824
# › Vin tranquille ‹
*Stillwein*

SOBRAN WARTETE MIT DEM HUT in der Hand hinter einem Haushofmeister an der Tür eines der langen, dunklen Salons im Château. Der Comte hatte ihn gebeten, gelegentlich vorbeizuschauen, wenn das Tagewerk getan sei – was jedoch sechs Uhr bedeutete, Sobrans Essenszeit, doch um einiges früher, als man im Château dinierte.

Der Haushofmeister öffnete die Tür, und Sobran erblickte den Comte und drei Frauen: die Nichte des Comte, ihre Zofe und ein Kindermädchen. Die vier Erwachsenen standen mit gesenktem Kopf um einen dunkelhaarigen Jungen in einem weißen Samtanzug herum und lauschten und lächelten. Dann nahm das Kindermädchen das Kind bei der Hand, und der Junge bot seine Wangen dem Comte, der Mutter und zur allgemeinen Erheiterung auch der Zofe dar, die ihn ihrerseits küßte und dann knickste. Der Haushofmeister öffnete beide Flügel der Tür, und die Frauen und das Kind gingen aus dem Zimmer vorbei an Sobran, der den Blick gesenkt hielt.

Der Comte rief Sobran herein, bat ihn, am Kamin Platz zu nehmen und schenkte ihm ein Glas Wein ein. Es war ein sehr guter Wein, und Sobran hoffte, man werde ihn nicht nach seiner Meinung fragen – was eine Beschreibung erfordern würde. Er wartete darauf, daß der alte Mann sagte: »Was schmeckt Er?« Es war ein Spiel gewesen, das der Comte mit Sobrans Vater gespielt hatte und dann mit Sobran, als dieser anfing, seinen Vater auf allen Geschäftsgängen zu begleiten, die Jodeau den Älteren ins

Château führten. Es war ein Spiel, das Sobran angeblich sehr gut spielte. Doch eines Tages hatte Jodeau der Ältere auf dem Heimweg zu seinem Sohn gesagt, er solle aufhören, »den Simpel zu geben«, merkte er denn nicht, daß sich der Graf über seine Unwissenheit lustig machte.

Doch der Comte fragte nichts, statt dessen sagte er: »Vor fünf Jahren wäre Er ungewaschen erschienen, um mir zu zeigen, wie hart Er gearbeitet hat.«

»Hoffentlich nicht«, sagte Sobran.

»Doch, das wäre Er.« Der Comte fuhr fort: »Ich habe viel länger gelebt, als ich mir erhofft hatte. Jede Nacht gehe ich mit dem Gedanken zu Bett, daß ich mir einen weiteren Tag stehlen konnte. Gott hat mich übersehen. Aber im Winter ist er mit seinen Treibern wieder da und erwischt mich mit der ersten Salve. Ich bin siebenundsiebzig Jahre alt. Hat Er gewußt, daß ich ein Freund von Lazare Charnot bin? Wir hatten denselben Beichtvater, Pater Lesy. Das war nachdem Charnot für den Tod des Königs gestimmt hatte. Charnot hatte nichts für Politik übrig, er war ein Familienmensch. Ich war seiner Familie behilflich, sich nach der Restauration mit ihm zu vereinen, er bildete sich nämlich ein, er wäre mir in den Tagen der Republik eine Hilfe gewesen.« Der Comte seufzte. »Und ich habe André Chénier gekannt. Falls Er weiß, wer das ist.«

»Ein Dichter.«

»Vor zehn Jahren hat Pater Lesy mir erzählt, daß Sein Bruder Léon der Gelehrte ist, Er jedoch der Leser.«

Sobran lachte. »Der arme Léon.«

»Ach ja, der arme Junge, niemand hat ihn um seiner Tugenden willen geliebt. Wie geht es ihm?«

»Er arbeitet sehr hart in St. Lawrence, rodet Land und züchtet Vieh. Oder versucht es – die Hälfte der Siedler lebt von der Jagd und vom Fallenstellen, nicht von der Viehzucht.«

»Und wie ich höre, ist Sein Keller fertig.«

»Für den Augenblick ja.«

»Ha!« Sobrans Antwort gefiel dem Comte so sehr, daß er sich vorbeugen mußte, den Feuerhaken ergriff und im Feuer herumstocherte.

Die Nichte des Comte kehrte still ins Zimmer zurück, entzündete weitere Kerzen in einem Kandelaber und trug ihn zum Tisch neben ihrem halbfertigen Ofenschirm, der gleich hinter dem Stuhl des Comte stand. Sie stellte einen Korb auf ihre Knie und wählte jetzt Fäden aus und hielt sie an die Jagdszene, ob sie zu den vielen Grüntönen paßten.

»Hat Er Kalmanns Weinstöcke wieder in Schuß?«

»Die Trauben haben drei Jahre lang Botrytis gehabt, Ihro Gnaden. Und jetzt vier Ernten ohne Befall. Es gab eine Rezeptur, eine Lösung. Wir haben sie gewaschen, wenn sie Frucht ansetzten, und ständig die Lappen gewechselt. Meine Töchter haben den ganzen Sommer ohne Unterröcke herumlaufen müssen. Und die drei Reihen von Kalmanns Gamay-Reben haben wir gepfropft. Ich kann es mir nicht leisten, sie auszureißen, möchte aber lieber keine verschnittenen Weine machen.«

»Er sollte Seinen Südhang getrennt keltern.«

»Das kann ich mir nicht leisten, Ihro Gnaden.«

»Na schön, aber vergeß Er das nicht.«

»Ich habe noch zwanzig Flaschen von dem 1806er, damit kann ich mein Gedächtnis auffrischen.«

»Soll ich Ihm ein Angebot machen? Ist es das, was Er erwartet?«

Sobran hob die Schultern. Er merkte, daß ihn die Nichte des Comte beobachtete, ihr Blick war ruhig, ohne jedoch gleichgültig zu sein. Er blickte wieder den Comte an, und der lächelte darüber, daß sich Sobran ablenken ließ und von wem. »Mir liegt etwas auf der Seele«, sagte der Comte. »Und das wollte ich mit

– 104 –

Ihm besprechen. Etwas, an das Er sich erinnern und dessen Er sich vergewissern soll, falls und wenn die Zeit gekommen ist. Meine Nichte hat alle Dokumente bezüglich des Todes dieser armen jungen Mädchen – Geneviève Lizet und Marie Pelet –, Abschriften von allem, Aussagen, die Notizen der Ärzte und Richter. Falls es zu einem weiteren Mord kommt, möchte ich, daß Er das Ganze durchsieht.«

»Ja, Ihro Gnaden, gern.«

»Es sei denn, Aurora heiratet wieder, dann ist das vermutlich Sache ihres Gatten, oder Pauls, sobald er herangewachsen ist.«

Paul war der Junge in weißem Samt. Sobran sagte:»Sie stellen sich für diesen Mörder eine lange Laufbahn vor?«

»Nein. Aber ich könnte mir denken, daß eines Tages jemand anders als ein Priester seine Beichte hört, entweder als Beichte oder als Aufschneiderei. Ich könnte mir vorstellen, daß er wieder tötet, weil ich mir klar bin, daß er mich überleben wird. Es ist eine traurige Gewißheit. Niemand von uns weiß, wer er ist, aber ich werde es nie wissen. Bei dem Gedanken, daß Er sich darum kümmert, hege ich die leise Hoffnung, daß die Gerechtigkeit obsiegt.«

»Sie überschätzen mich, Ihro Gnaden.«

»Er sollte mir für mein Vertrauen in Ihn danken, Er ungehobelter junger Mann. Und ich will ihn nicht wegen Seines hellen Kopfes, sondern wegen Seines Charakters. Aurora hat genug Köpfchen für die ganze Provinz.« Der Comte hatte den Kopf so weit gedreht, wie es sein steifer Hals zuließ, und befahl seiner Nichte:»Hör mit dem unsinnigen Gefummel auf und komm zu uns.«

Sie schob die Stränge in den Korb und stellte ihn ab, erhob sich und trat zu dem Tischchen, das zwischen den Männern stand. Sobran stand auf, holte ihr einen Stuhl näher ans Feuer, und dabei umtanzten sie einander wie zwei gereizte Katzen.

»Onkel, Sie sollten Paul nicht erlauben, daß er diesen Tisch so nahe ans Feuer rückt«, sagte Aurora. Sie nahm Platz, bedankte sich bei Sobran mit einem Nicken und sagte dann zu ihm: »Der Tisch hat eine gewachste Platte.« Sie zeigte darauf: »Bienenwachs, eingelegte Farne und Blumen und Bienen und Schmetterlinge wie Obst bei einem kalten Imbiß. Onkel kann den Tisch nicht ausstehen – ein Memento mori, das wie Mittsommer aussehen soll, behauptet er. Das Bienenwachs ist mittlerweile sehr alt und hart, aber Paul trägt den Tisch ans Feuer in der Hoffnung, daß es schmilzt und die Insekten auferstehen. Er macht sich dauernd solche Hoffnungen. Wenn wir das Grab seines Vaters besuchen, dann gedenkt er seiner nicht wie ein guter Sohn – nein, er befiehlt ihm: ›Vater, stehen Sie auf! Ich möchte Sie gern kennenlernen!‹«

Sobran lächelte. »Martin, mein zweiter Sohn, ist auch so. Herrisch. Und Sabine hat ihren Großvater tyrannisiert, und ihm hat es Spaß gemacht. Inzwischen ist sie schon fast eine Dame – und dafür haben meine Frau und ich Ihnen zu danken.«

»Es war Pater Lesys Idee. Seine Tochter hat mir geschrieben, daß es ihr im Kloster gefällt – was ich mir schwerlich vorstellen kann.«

»Und Sie haben auch für Aline Lizet gebürgt. Sie und Sabine sind eng befreundet und leisten sich Gesellschaft. Autun erscheint mir sehr weit fort von zu Haus für zwei junge Mädchen vom Lande.«

»Sabine ist gewiß eine Jodeau und durchaus imstande, den Mund aufzumachen, falls sie nicht zufrieden ist«, sagte der Comte und beendete damit die Unterhaltung. Er wirkte belustigt und gereizt, weil sie über seinen Kopf hinweg geredet hatten.

Sobran fragte: »Kann ich sonst noch etwas für Sie tun, Ihro Gnaden? Nein, versprechen, etwas zu tun?«

»Nein. Das ist alles.«

Sobran stand auf. Auch Aurora erhob sich, nahm ihm das Glas ab und stellte es auf den Tisch mit der Bienenwachsoberfläche. Dann bückte sie sich und hob seinen Hut auf, den er neben seinen Stuhl gelegt hatte. Sie reichte ihm den Hut. Sobran verbeugte sich vor dem Comte und seiner Nichte und ging zur Tür hinaus.

»Also, Onkel«, sagte Aurora, »warum haben Sie nicht Ihre Theorie hinsichtlich des verrückten Jules Lizet geäußert?«

»Weil es keine Theorie ist, sondern mein stiller Verdacht.«

»Haben Sie nie Jodeau in Verdacht gehabt?«

»Du etwa?«

»Er ist ein Heimlichtuer.«

»Ich finde, er hat sehr frei von der Leber mit dir gesprochen. Ein Mann mit ungezwungenem Benehmen. Seine Frau ist ein wenig verrückt. Das ist sein Geheimnis. Nein, eher ein offenes Geheimnis, das niemand in der Provinz ihm oder einem Mitglied seiner Familie gegenüber erwähnen darf.«

»Weil sie eine Schönheit ist?«

»Aurora, was für ein bemerkenswert unfeiner Gedanke. Schönheit gilt nicht viel unter alten Nachbarn.«

»Vermutlich klatschen Monsieur Jodeaus Nachbarn nicht über seine Frau, weil ihnen an seiner guten Meinung gelegen ist. Auch Sie sind Ihr Leben lang in Ihren eigenen Kreisen mehr oder weniger so behandelt worden, Onkel. Die Menschen haben sehr viel Achtung vor Ihren Gefühlen.«

»Hmm. Für meinen Geschmack war die Achtung nie beständig genug.«

Aurora lachte.

»Sag, Nichte, kannst du Jodeau noch immer nicht ausstehen?«

»Wenn ich mich recht entsinne, so steht er auf Ihrer Liste vertrauenswürdiger Personen.«

»Habe ich das gesagt? Vertrauenswürdig? Nein, meine Liebe, du sollst ihn einstellen. Schließt euch zusammen. Er ist ein sehr fähiger Mann – und hat Fortune. Vergiß nicht, ich mußte dich erinnern, wer er ist – der Lange, Bärtige in Holzpantinen.«

»Männer Ihres Alters sollten nicht spotten. Kann sein, ich habe gesagt ›Wie hat er ausgesehen‹, aber – ja – ich habe durchaus gewußt, wen Sie meinten. Pauls Kindermädchen hat ihn mir als das Gegenbeispiel eines Leidtragenden gezeigt, hat über seine Aufschneiderei die Nase gerümpft. Ich habe ihn beobachtet und gemerkt, daß Jodeau auf seine Art trauern und sagen wollte: ›Vorsicht, denkt daran, man hat mir weh getan.‹ Aus dem gleichen Grund fürchten sich seine Nachbarn vor seiner schlechten Meinung. Sein Benehmen läßt darauf schließen, daß er ein stilles Wasser ist, jähzornig werden kann und ungehobene Schätze an Temperament besitzt. Darum mögen Sie ihn, einerlei wie fähig er ist oder wieviel ›Fortune‹ er hat. Als ich noch klein und hier zu Besuch war, Onkel, da hat Ihnen zuweilen alles gefallen, und zuweilen hat Ihnen alles mißfallen. Mama und Papa haben immer Ihre Briefe vorgelesen, und ich weiß noch, daß Papa in einem Herbst vor Beginn der Jagdsaison gesagt hat: ›O nein, nicht schon wieder ein Besuch bei bedecktem Himmel. Das halte ich nicht aus.‹ Das war in dem Jahr, als wir mit zwei Fässern Schießpulver gekommen sind, und Sie und Papa drei Wochen lang herumgeböllert haben und Girvan Pertousot einen Brief an den Kaiser geschickt hat, in dem lauter alberne Mutmaßungen über eine Verschwörung in Vully gestanden haben.«

»Prächtige Menschen, deine Mutter und dein Vater.«

»Ja, ich weiß.«

Sie saßen ein paar Minuten schweigend da und dachten an den Typhus in Venedig. Dann seufzte der Comte. »Vielleicht sollte ich Jodeau schon jetzt einstellen – ehe ich sterbe. Ihn dir aufhalsen.«

»Nein, Onkel, damit befasse ich mich, wenn Sie nicht mehr sind. Mir ist es lieber, wenn er mir Dankbarkeit schuldet.«

»Aha, ja. Ihm die Kandare mit einer Handvoll Zucker anbieten. Sehr gut, Aurora.«

1825

# › V i n   s e c ‹

*Trockener Wein*

XAS SCHENKTE SOBRAN SÄMEREIEN. »Quinoa, wächst in den
Anden, in Spanisch Amerika. Ist sehr zäh, wie Heidekraut, hat
jedoch die Farben von herbstlichen Wäldern. Sonderbar. Céleste
wird sich den Kopf zerbrechen, wenn es sprießt.«

## 1826

### › Vin viné ‹

*Dessertwein*

SOBRAN ERZÄHLTE XAS, DASS LÉONS Briefe acht Monate bis
nach Haus brauchten. »Ich versuche, für jedes Schiff einen zu
schreiben und unsere Besuche bei Sabine in der Schule nach der
Postkutsche von Nantes einzurichten. Draußen vor dem Gericht
von Autun hängt eine Flugschrift über Seereisen nach Kanada.
Ich nehme noch Briefe von zwei Nachbarn mit, die auch mit ihm
korrespondieren. Es ist, als schriebe man in den leeren Raum –
ich könnte immer so weiterplaudern, nachdem Léon längst am
Fieber gestorben oder von Wölfen gefressen oder von Indianern
umgebracht worden ist. Er ist sich dieser Schwierigkeiten
schmerzlich bewußt – gemessen an dem Ton, in dem er sich nach
den Kindern erkundigt. Er denkt immer noch an Nicolette. Ich
sehe mir deine Blumen aus den Anden an, Xas, und bin arg in
Versuchung, dich zu bitten, kurz nach ihm zu sehen, eines
Abends ein Loch in sein Fenster aus Teerpapier zu machen und
hineinzuschauen. Ich habe sogar schon geträumt, wie du dort im
Schnee stehst und von deinen Flügeln Dampf hochwölkt und du
genau das tust, deinen Finger durch das Papier vor dem Fenster
von Léons Haus steckst und ein Guckloch machst.«

Xas hörte ihm zu.

»Ich habe ihm nicht gerade zartfühlend verziehen. Bin immer
so aufgeblasen gewesen – habe mich als großer Macher und
hochherziger Mensch aufgespielt. Und dabei hat er mir gar
nichts weggenommen – er hat seinen Anteil an Vaters Anwesen
verloren, und wir durften seine Schulden begleichen, damit wir

– III –

nicht verkaufen mußten. Aber in Wirklichkeit habe ich Léon *clos Jodeau* abgekauft. Jetzt schindet er sich im Protektorat, während ich allmählich ein wohlhabender Mann werde.«

»Ich fliege hin und sehe nach, wie es Léon geht. Schließlich bittest du mich nicht, eine weitere Botschaft in den Himmel zu tragen.«

»Gott segne dich, Xas, du bist ein lieber Freund.«

»Oh – eine Degradierung.«

»Wie bitte?«

»Ach, laß.«

1827
› M u t ‹

*Ausgewogen*

»MEIN LIEBER FREUND« – SO BEGANN der Brief. »Ich bin mir
des Risikos bewußt, wenn ich den Brief hier hinterlege (unter
einen Stein auf dem Grenzstein). Es könnte regnen, obwohl es
das um die Sonnenwende herum selten tut. Oder es könnte ihn
jemand anders finden und mitnehmen oder der Stein könnte
herunterfallen, und er wird fortgeweht. Geh nicht zum Haus
hinunter – ich bin nicht da, aber Sophie und die jüngeren Kinder, ihre und unsere. Ich mußte nach Nantes fahren und Léon
vom Schiff abholen. Céleste und Sabine begleiten mich. Léon
ist krank geworden und hat beschlossen, nach Frankreich zurückzukehren. Er hat geschrieben, er habe nach Abklingen des
Fiebers eines Nachts einen Engel gesehen. Der Engel kam in
sein Zimmer, als er gerade las, und versicherte ihm, seine Zeit
sei noch nicht gekommen, er solle jedoch zu seiner Familie
zurückkehren. ›Dieses Land ist zu mächtig für dich‹, sagte der
Engel. Léon hat geschrieben, das sei zur Wintersonnenwende
gewesen, die Tür war zugeschneit, und am nächsten Morgen
habe er, Léon, gesehen, daß sich der Engel wie ein Wolf zur Tür
durchgewühlt hatte, nicht einfach durch die Wand gegangen
war.

Hab noch einmal vielen Dank. Wir müssen ihn erwarten,
wenn er von Bord geht. Du hast ihn aus weiter Ferne zurückge-
schickt, also müssen wir uns sehr gut um ihn kümmern. Ich
weiß nicht, ob du damit einverstanden bist, daß wir unsere Ver-
einbarung abändern, aber ich hoffe, binnen sechs Wochen zu-

rück zu sein und bitte dich, mein lieber Freund, komme noch einmal. Ich stehe in deiner Schuld.«

*

DAS HAUS WAR EINE HEISSE, dunkle Höhle, erfüllt von Atemzügen, sieben atmenden Leibern. Längst war ein Wetterumschwung fällig, der Himmel war eine einzige schmelzende, verschwommene, graue Wolke. Alle Fensterläden standen offen. Sobran lag auf dem Rücken, ein Laken zwischen den Beinen, und der Schweiß krabbelte wie Fliegen durch die starke Behaarung in der Mulde seines Brustbeins. Er schlief – jedenfalls dachte er das – und erwachte gereizt. Eine Hand berührte sein Gesicht. Zwei Finger drückten auf seine Lippen, und eine andere Hand hielt seine Schulter gepackt. Die Hände waren kühl. Sobran schlug die Augen auf.

Wieder erblickte er Xas mit steifgefrorenen Haaren und Flügeln, von denen Eismatsch rutschte. Sobran bewegte sich und befreite sich behutsam aus dem Laken. Xas ging rückwärts zur Tür hinaus.

»Mmh?« sagte Céleste.

»Schsch, schlaf weiter.« Sobran hob sein Nachthemd vom Boden auf und folgte Xas die Treppe hinunter, aus dem Haus und den Hang zwischen den Weinstöcken hoch.

Xas lehnte an dem Schattenbaum, sein Kopf ruhte in der ersten Astgabel. Er habe lediglich nachsehen, nicht jedoch Léon stören wollen, erklärte er, doch der Winter war der Tod auf Raten – wie er das sah –, eine niederdrückende Abfolge von Pechsträhnen. Léon sah mager und gelb aus. Wie konnte er weitere Rückschläge überleben?

Léon sei nach der Seereise ziemlich angeschlagen gewesen, sagte Sobran, aber sie hätten Quartier in Nantes genommen und

– 114 –

ihn gepflegt und die Heimreise in sehr gemächlichem Tempo zurückgelegt. »Seit wann hast du nach mir Ausschau gehalten?« fragte er seinen Engel.

»Heute ist die erste Nacht. Ich habe gewußt, daß du mit deinen sechs Wochen zu optimistisch gewesen bist.« Er reichte Sobran eine schlanke, grüne Glasflasche. »Ein Stärkungsmittel für deinen Bruder. Apharah schickt es, meine Freundin in Damaskus.«

»Übermittle ihr meinen Dank«, sagte Sobran. Xas lächelte lieblich, und Sobrans Herz hüpfte wie eine Lerche, erschrocken und albern. Er gab nun, was er geben durfte, erzählte von Léon, von der Reise, von Sabines Freier, von Dingen, die er gern tun wollte. Er versprach Xas ein Jubelfest – nächstes Jahr würde er ihr Stelldichein einhalten. Dann wären es zwanzig Jahre, war sich Xas dessen bewußt? Sie könnten doch wieder den 1806er kosten, »jenen *vin bourru*, bei dem du, das weiß ich noch, im Zweifelsfall zu seinen Gunsten entschieden hast.«

»Erinnerst du dich, daß ich gesagt habe, 1812, im zweiten Jahr deiner Abwesenheit, habe es geregnet?«

»Ja.«

»Die letzte Lese deines Vaters. Den möchte ich auch probieren. ›Um die Sonnenwende herum regnet es selten‹ hast du geschrieben, aber als du uns den Rücken gekehrt hast, hat es das getan.« Xas lächelte noch immer, doch das hatte nichts zu sagen. Sobran gab sich Mühe, die Bemerkung nicht als Vorwurf aufzufassen – dann begriff er. »Du erinnerst dich an alles«, sagte er.

»Ja.«

»Xas, wann bringst du mir Rotwein mit?«

»Wenn du vierzig bist, habe ich gesagt.«

»In drei Jahren.«

Xas nickte. »Alles spanisch und italienisch, leider. Die besten Roten wachsen vor deiner eigenen Haustür. Vielleicht erzeugst du noch Weine, wie sie die Mönche von Cîteaux gemacht haben, als ihnen – unter anderen – auch Kalmanns Weinberg gehörte.

Vor der Revolution, als Jodeau ein kleiner *clos* und dieser Hang zur Hälfte mit Kirschbäumen bestanden war und dein Ururonkel – ja, ich glaube der war es – Vieh gezüchtet, Käse gemacht und seine gesamten Trauben an das Château verkauft hat.«

»Ja. Und die alte Mauer kann man noch immer längs der Straße sehen. Wie hast du das alles herausbekommen?«

»Durch Unterhaltung mit den Verstorbenen.«

Sobran nickte gelassen. Er dachte nach und sah zu, wie die Blitze in feinen Verästelungen zuckten, vielleicht so weit entfernt wie Autun. »Ich habe vergessen oder vielleicht nie ganz begriffen, daß ich, wann immer du kommst, einen Engel bewirte. Möglicherweise habe ich dich mit meinem Gerede über Schulden, Belästigungen und gute Ratschläge gekränkt. Also, mittlerweile bin ich älter und taktvoller, hoffentlich jedenfalls – obwohl ich noch immer beides, Weisheit und Würde anstrebe.«

»Ich helfe dir dabei, Sobran«, sagte Xas und plusterte die Flügel zu einer Art Schulterzucken. »Wie auch immer du mich behandelst.«

## 1828

# › A m e r ‹

*Magenbitter*

DER GASTGEBER HATTE DEN TISCH gedeckt, hatte das schimmelbepelzte und faulige Fallobst mit den Füßen von den Tischbeinen fortgeschoben. Er deckte den Tisch mit einem weißen Tischtuch, stellte Weichkäse, Birnen, die Flaschen hin – Jodeau Süd 1806 und Jodeau 1812, und dazu eine Flasche Cognac, fünfundvierzig Jahre im Eichenfaß gelagert – ein Geschenk von seiner wohlhabenden Gönnerin Aurora de Valday. Er baute zwei Stühle auf, im Winkel zueinander statt gegenüber und mit Blick auf den Grenzstein, auf dem der Engel normalerweise hockte.

Dann ging der Mond auf, golden, strahlend und blank. Nach einer weiteren Stunde stand er hoch am Himmel, eine reine Oblate mit dem Abdruck eines Heiligenbildes.

Der Engel kam, setzte sich und faltete die Flügel um Unterleib und Grenzstein. Die erste Flasche war seit einer Stunde entkorkt und trinkbar. Sobran schenkte ein und stieß an. »Auf zwanzig Jahre.«

Sie tranken und vertrieben sich eine Stunde mit Unterhaltung – Xas fragte, und Sobran sprach über Léons Gesundheit und über das Kind, das Céleste erwartete, ihr letztes, so viel stand fest, und hoffentlich wieder ein Sohn. Sabine war mit einem Winzer verlobt, aus einer Sippe in der Nähe von Chalon-sur-Saône, auf der anderen Seite des Flusses. »Er hat gerade geerbt und ist ein sehr vermögender junger Mann, obwohl er mir im Alter näher ist als Sabine. Céleste, Sophie und Sabine nähen emsig. Sophie hat nämlich nur Jungen, daher hat sie Spaß an den

– 117 –

Vorbereitungen.« Sobran berichtete, wie die Keller erweitert wurden und wie er und Céleste im Winter einen Monat in Beune verbracht hatten.

»Ich bin vermögend, gut verheiratet und sehr glücklich«, sagte er. Er schwieg und schlug sich auf den Schenkel, als er Josie sah, die ihren Strick abgestreift hatte und den Hügel hochkam. Der Hund übersah ihn, ging zu dem Engel und kugelte sich am Polster seiner gefalteten Flügel, aus dem ein Arm mit einem goldenen Gelenkschutz hervorkam und ihm Kopf und Flanken tätschelte. Xas flüsterte ihr zärtliche Worte in einer fremdländischen, weichen Sprache zu, die Sobrans Haar zu Berge stehen und ihm den Atem stocken ließ. Der Hund wand sich hingerissen, stumm, die Ohren im Dreck.

Sobran war damit beschäftigt, die zweite Flasche zu öffnen. »Der Comte ist letztes Weihnachten gestorben, Gott schenke seiner Seele Frieden. Er hat den Sohn seiner Nichte zum Erben eingesetzt, und dabei hat er eine Tochter, die lebt in Venedig – sie war Kammerdame bei Kaiserin Josephine und hat nie geheiratet. Der Junge ist zehn. Seine Mutter, Aurora de Valday, hat mich gebeten, die Weinherstellung von Vully zu überwachen.«

»Hast du eingewilligt?«

»Ja. Ich muß nur die halbe Woche dort sein. Léon ist jetzt zurück, und Baptiste schafft fast die Arbeit eines ganzen Mannes.«

»Gut. Siehst du, wie weit du es mit dem Keller gebracht hast? Und mit besseren Kenntnissen.«

»Und der großzügig erwiesenen Freundschaft des Comte.« Sobran beugte sich vor und bot die Flasche an. »Versuche es mit dem hier, er ist aus dem Jahr, als ich in Rußland war. Das Jahr, in dem es geregnet hat.«

Sie kosteten. Sobran stellte sein Glas hin und blickte Xas an. »Ich bin ein großer Glückspilz. Nicht, daß ich die Vorsehung herausfordern wollte, aber bisweilen halte ich mich für den glücklichsten Menschen auf der ganzen Welt. Ich bin wohlhabend und gesund und habe eine liebevolle Familie. Ich kenne dich. Aber mein Glück ist auch fest gegründet. Damit meine ich, mein Glück beruht auf meinen Kenntnissen. Wo andere Männer ihren Glauben haben, habe ich meine Kenntnisse. Weil ich dich kenne, bin ich mir sicher, ich muß nur ein anständiges Leben führen und mich mit anständigen Menschen umgeben – alle mit einem gewissen Maß an Frömmigkeit –, dann bin ich trotz Entfremdungen wie der Streit, der meinen Bruder und mich getrennt hat, oder langer Abwesenheiten, sogar Abwesenheiten, die mehr als die Hälfte meines Lebens dauern, wie die der Toten – Baptiste Kalmann, meine Eltern, Nicolette –, und einerlei, welche Verluste ich erleide und wie ich mich darüber gräme, ich bin mir gewiß, daß ich dereinst im Himmel mit meinen Lieben vereint werde.«

Der Engel wandte den Kopf ab, blickte zum östlichen Horizont, zu dem Streifen von dunkelblauem Himmel, der die Hügel säumte. Er sagte: »Mich wirst du im Himmel nicht zu sehen bekommen.«

Ganz kurz herrschte atemloses Schweigen, ein fauliges Schweigen, das brodelte und lebte. Sobran starrte Xas an und war so bestürzt, daß sich sein Körper ganz taub anfühlte.

»Nicht alle Engel kommen aus dem Himmel«, sagte Xas. »Ich bin ein gefallener Engel.«

Er war noch immer der gleiche – ein Engel, der auf einem Grenzstein hockte –, doch die Welt schloß die Augen oder verlor für einen Augenblick das Bewußtsein. Ein Stuhl fiel um. Sobrans Stuhl. Er stand jetzt. Umklammerte die Tischkante so heftig, daß sich rings um seine Fingerspitzen Splitter bildeten. Das Gesicht vor ihm war genau das gleiche gesetzte, wachsame Gesicht, das er beim ersten Mal gesehen hatte.

Xas streckte die Hand aus.

Sobran floh. Er spürte, wie das Fleisch auf seinem Rumpf hüpfte, als seine Füße auf den Hang prallten, spürte es als totes Fleisch, Sterblichkeit, Alter, Häßlichkeit. Er rannte ins Haus, verrammelte die Tür, und dann versteckte er sich, wie es einige Verrückte und viele verletzte Tiere tun, hob den Lukendeckel zur Vorratskammer und stolperte in den kleinen Keller hinunter, der voller Zwiebeln, Kartoffeln, Äpfel und Eingemachtem war. Dort saß er im Dunkeln, weinte und schlug mit dem Kopf gegen einen Balken, stopfte sich in dem beengten Raum die Hände in den Mund, als wolle er sich ersticken.

*

SEINE FAMILIE FAND IHN ÜBERSÄT mit blauen Flecken am Körper, die er sich selbst mit den Fäusten beigebracht hatte, blaue Flecken auf Bauch, Schenkeln, Gesicht und Brust. Er sagte nichts, saß nur da und wiegte sich hin und her und war so in seinen Gram versunken wie Mütter, die er am Rand von Schlachtfeldern gesehen hatte. Sie brachten ihn zu Bett, holten weitere Familienmitglieder, einen Arzt, Pater Lesy, dessen Hand Sobran beim Beten hielt. Die Worte des Gebets waren wie Halt im Treibsand. »Ich harrte des Herrn, und er neigte sich zu mir und hörte mein Schreien. Er zog mich aus der grausigen Grube, aus lauter Schmutz und Schlamm.« Sobran kämpfte, verlor den Boden unter den Füßen, die Erde seines eigenen Grabes fiel auf ihn, kein Wasser, Kalkstein zur Sonnenwende.

*

ANTOINE UND DER JUNGE BAPTISTE fanden dann den gedeckten Tisch unter dem Schattenbaum, den ranzigen Käse, das von Vögeln angepickte Obst, die verschüttete Flasche und zwei Gläser — eins mit roten Rändern, eins kaum angerührt. Baptiste hatte beide aufgehoben und umgedreht, dann den käsefetten

Abdruck einer Unterlippe bemerkt, den er seines Wissens noch nie gesehen hatte, bis er ihn als den seines Vaters erkannte. Auf dem anderen Glas war der Abdruck einer glatten, vollen Unterlippe.

»Wer war das?« fragte er seinen Onkel.

Der Steinmetz dachte an Aurora de Valday, an den Wahnsinn zwischen einigen Männern und Frauen. Er wies den Jungen an, den Tisch fortzuräumen.

An diesem Tag suchte Antoine auf Jodeau und Kalmann nach einem Leichnam. Er dachte – nein, er wußte kaum, was er dachte. Zwei Tage später schickte Aurora de Valday einen Brief, in dem sie sich nach Sobrans Ergehen erkundigte, sie habe gehört, er sei krank. Am Wochenende kam sie höchstpersönlich – in ihrer Kutsche, verschleiert, die Taille schmal und in grauer Seide. Sie zog die Handschuhe aus, als sie ins Haus trat, als hätte sie vor, im Krankenzimmer zu arbeiten. Sophie sagte, es sei besser, wenn sie ihn jetzt noch nicht besuchen würde. Er sei nicht er selbst. Der Priester sei gerade bei ihm.

Auroras Hand fuhr zum Mund.

»Er dürfte es überleben«, sagte Sophie hastig, »falls er Lebenswillen hat. Aber er hat noch immer nichts gegessen, will nur beten.«

*

EIN DUNKLER FLUR. EIN LANGER Durchlaß des Grauens. Er konnte die Berührung seiner eigenen Gedanken nicht ertragen. Doch eines Morgens wachte er auf, blickte sich in der Schlafkammer um und sah Céleste an, die auf einem Stuhl am Bett saß und einen Strumpf stopfte. War der rot? Einer von Martins? Sobran merkte, daß er tatsächlich an seinen zweiten Sohn denken wollte, in seiner Schulkleidung – doch er konnte die Farbe des Strumpfes nicht ausmachen. Er konnte keinerlei Farben ausmachen, und das wurde ihm sofort klar, als er den Blick schwei-

– 121 –

fen ließ und den dunkelgrauen Schatten und das helle Grau des Sonnenscheins auf der Bettdecke sah. Céleste fuhr vom Stuhl hoch und rief schrill nach Sophie. Sobran sagte den Frauen, er sei hungrig. Er stellte fest, daß er seinen Rosenkranz in der Hand hielt.

*

ZUM LEIDWESEN SEINER FAMILIE und all seiner Freunde und zum geheimen Kummer des betagten Pater Lesy, mit dem er soviel Zeit verbrachte, war Sobran nicht mehr der alte. Seine Familie sah ihn selbst im mittwinterlichen Zwielicht zur Frühmesse reiten. Er trug Schwarz und Weiß und ein Kreuz unter dem zugeknöpften Hemd. Wie ein protestantischer Patriarch las er seinem Haushalt jeden Abend aus der Bibel vor. Er konnte die Stunden der Dunkelheit nicht ausstehen – pflegte seine Söhne zu sich zu rufen, wenn sie bei Sonnenuntergang von Kalmann nach Jodeau gingen. In seinem Zimmer in Vully schloß er sich immer mit Lampen ein – trank keinen Wein mehr mit Aurora im Dienstraum des Landvogts, wie man es in den Monaten vor seiner Krankheit gehalten hatte. Er schenkte der Kirche Geld. Er schlief bei brennender Kerze, und Céleste mußte lernen, sie nicht auszulöschen, wie sehr sie das Licht auch auf ihren geschlossenen Lidern störte.

1829

## › M u t a g e ‹

*Gärungsunterbrechung durch
Zusatz von Alkohol*

WEIL SOBRAN FARBENBLIND WAR, war er auch fast nachtblind.
Was er sah, als er das erste Mal durch die Fensterläden blickte,
war eine Landschaft wie im Hitzedunst, die ausufernde Verzer-
rung jedoch war die Dunkelheit.

Schweiß rann ihm über den Körper, der Magen leer, die Eingeweide leer, er fastete und war zugleich nicht imstande zu
essen. Da seine Sicht beeinträchtigt war, machte er nur langsam
aus, was zu sehen er befürchtet hatte – eine Gestalt, die auf der
Hügelkuppe wartete. Ja, eine Wolke veränderte das Mondlicht
ein wenig, und Sobran sah ein weißes Gesicht, weiße Schultern,
gefaltete Flügel. Seine Finger kletterten die Leisten der Läden
hinunter wie eine Leiter, als er auf die Knie fiel.

Sobran betete, und der gefallene Engel wartete die ganze
Nacht. Sobrans Gebet hielt länger vor als die Geduld des Engels.
Schließlich sah der Mann in seinem Versteck, wie das Licht der
aufgehenden Sonne weiß auf das schwarze Haar des Engels fiel,
und Sobran erinnerte sich an die Nachtwache nach Nicolettes
Tod und wie der Schimmer auf dem Haar des Engels bei jenem
Sonnenaufgang *rote*, dunkelrot wie Wein gewesen war. Dabei
überfielen Sobran andere Erinnerungen, und er nahm seine Hoden in eine Hand und drückte, bis ihm die Tränen übers Gesicht
liefen.

Sonnenaufgang. Der Engel stand mit geschmeidigen Gelenken und hocherhobenen Hauptes auf wie jemand, der nur kurz
gewartet, nicht jedoch die ganze Nacht kampiert hat. Langsam

– 123 –

breiteten sich Flügel so weiß wie trockene Kreide aus, und er flog fort. Sobran beendete sein Gebet, dann wurde er ohnmächtig und fiel mit dem Kopf auf die Fensterbank.

## 1830

### › J a u n e ‹

*Eine Krankheit, die helle Trauben*
*gelb werden läßt, nicht zu*
*verwechseln mit vin jaune*

IM DARAUFFOLGENDEN JAHR WOLLTE SOBRAN an dem Tag, den
er mittlerweile für den Jahrestag seiner Verdammnis hielt, irgendwo anders sein. Zur Sonnenwende befand er sich im Weinberg von Sabines Mann unweit Chalon-sur-Saône: Ein gesetzter
Sobran Jodeau, weißhaarig nach seiner Krankheit, ein gutausse-
hender Mann in mittleren Jahren, der nur Schwarz trug, der
fromm, jedoch nicht selbstgerecht war, für sich selbst bedürfnis-
los, jedoch großzügig, geachtet bei Freunden und Nachbarn (die
alle dem alten Sobran nachtrauerten). Am Tag nach der Sonnenwende war Sobran still, jedoch mit sich im reinen, und spielte
mit seinem ersten Enkelkind. Am nächsten Tag war er noch
schweigsamer, aber entschlossen – viermal bei der Messe anzutreffen (es war Sonntag), er fastete und ging früh zu Bett. Am
nächsten Tag wanderte er vom Frühstück bis zum Abendessen
die Straßen der Stadt ab.

Am darauffolgenden Tag brach er nach Hause auf.

In der Nacht des Stelldicheins verriegelte er die Türen des
Hauses und stellte sich hinter die Läden seines Wohnzimmers –
wie schon einmal. Céleste rief ihn ins Bett. Er sagte, er müsse
noch einen Brief schreiben. Sie fragte ihn, ob er sich mit Sabine
gestritten habe – stand im Umschlagtuch an der Wohnzimmer-
tür – hochschwanger mit ihrem endgültig letzten Kind. »Natürlich nicht«, sagte er. »Geh und versuch zu schlafen.«

Sie stutzte den Lampendocht für ihn, und das Licht erblühte
im Raum. Sie sagte gute Nacht, und ehe sie die Tür zumachte,

– 125 –

blickte sie zum Schreibtisch, zu den Briefen, hielt Ausschau nach Aurora de Valdays verschnörkelter Handschrift. Als Sobran Célestes Schritte über sich knarren hörte, löschte er die Lampe.

Nach Mitternacht kam der Engel heruntergeschwebt. Er stand vor dem Baum – die Astgabel befand sich jetzt über seinem Kopf – ein Anblick, der Sobran schmerzte wie die weißen Flecken in seinem Leben zwischen dem Strich, den er am Wohnzimmerrahmen gemacht hatte, als er Sabine mit vierzehn maß, ehe sie auf die Schule in Autun ging, und dann mit siebzehn, als sie wieder daheim war und es ihm und Céleste wieder einfiel, daß sie ihre Kinder messen mußten. In diesem Fall war es der Baum, nicht der Engel, der gewachsen war. Sobran war ratlos, welchem Teil seines Körpers er weh tun sollte, um die Erinnerung daran, wie gut Xas' Kopf in die Astgabel gepaßt hatte – war das vor fünf Jahren? –, auszulöschen.

Sie hielten ihre Positionen.

Kurz bevor der Morgen heraufdämmerte, stand der Engel auf und ging den Hang hinunter. Beim Hundezwinger blieb er stehen, doch der war leer, Josie war während Sobrans Krankheit verschwunden, aber das hatte ihn kaum gegrämt. Die Hündin war untreu und verseucht; hatte es verabsäumt, ihn vor der Gefahr zu warnen und hatte einem höllischen Wesen gehuldigt.

Xas kam bis ans Haus und musterte der Reihe nach jedes Fenster, das auf den Hang ging. An den Fenstern zu ebener Erde waren die Läden wie gewohnt geschlossen, die im oberen Stockwerk standen offen, um jeglichen Lufthauch einzulassen. Xas wandte seine Aufmerksamkeit den Läden zu – vier Fenster. Er starrte sie eins nach dem anderen an.

Sobran wich einen Schritt zurück und noch einen, dann einen dritten. Er stand jetzt mitten im Zimmer und sah zu den grauen Lichtstreifen hin. Kein Schatten, keine Hände, keine verstohlenen, weißen Fingerspitzen. Dann hörte er Flügel trommeln, grober Sand prasselte an die Steinmauern, Kies klapperte an die Fensterläden, ein Rauschen, danach alle Geräusche einer gewöhnlichen Morgendämmerung – Hahnenschrei, Vogelsang, ein Hund, der auf einem unweit gelegenen Gehöft bellte, auffrischender Wind –, alles klar, vertraut und verhaßt.

1831
> **C r u** ‹
*Weinberg*

EIN GESETZTER SOBRAN JODEAU mit weißem Hemd, schwarzer
Weste, schwarzer Kniehose und Leibrock, weißem Kragen und
goldenem Kruzifix näherte sich zwischen seinen Reben, um den
gefallenen Engel zu stellen – der schlicht seinen Namen sagte
und dann schwieg, während Sobran eine Hand hochhielt. Die
andere hatte er an der Seite zur Faust geballt, sie umklammerte
die geweihten Perlen seines Rosenkranzes, an dem fünf heilige
Medaillen der Schreine hingen, zu denen er gepilgert war.
»Ich habe ein paar Fragen an dich. Die magst du beantworten,
dann geh und komm nie wieder.«
»Sobran, hast du das auch gut bedacht?« Xas hörte sich sachlich an. »Was ist dir wichtiger, die Antworten auf deine Fragen
oder mein Aufbruch?«

Sobran schlug den Engel mit der Faust, die den Rosenkranz
hielt, dann musterte er eher zufrieden als verärgert das Profil des
Engels, denn die Wucht des Fausthiebs hatte das Gesicht des
Engels zur Seite gedreht. Xas sagte zum Boden gewandt: »Tu
das nicht noch einmal.«

Sobran schlug noch einmal zu, dieses Mal mit dem Handrücken, gemein, furchtlos und mit voller Absicht.

Xas blickte zu ihm hoch. »Du schlägst Gott.«

»Du lügst.«

Xas stand in seine Flügel gehüllt auf, eine Gestalt so glatt wie
ein schlichter Grabstein. »Stell deine Fragen. Und sag bitte
nicht, daß du meinen Antworten nicht glaubst.«

Sobran spürte Tränen, es drückte und stach hinter seinen undichten Augen. Er fragte:»Hast du Nicolette wirklich im Himmel gesehen?«

»Selbstverständlich«, sagte Xas, und das hörte sich an, als wäre er auf die Frage nicht gefaßt gewesen und bedauere sein Versäumnis.»Ich habe sie gesehen, ja. Im fernen Süden gibt es einen Vulkan, dessen blauer Schwefelsee eine Hintertür zum Himmel ist. Es ist eine Reise, die mehr erfordert als menschliche Ausdauer. Meines Wissens wird selten Gebrauch von dem See gemacht. Durch den bin ich gegangen. Ich hatte dafür Wochen einkalkuliert, wegen des Ärgers, den ich voraussah – aber leider nicht den Ärger, vor dem ich soviel Angst hatte. Ich wußte, ich würde einige Zeit, nachdem ich den Himmel erreicht hatte, zu nichts imstande sein. Ich war nämlich schon länger nicht dort gewesen. Entschuldigung, Sobran, daß ich von mir und nicht von Nicolette erzähle, aber von der habe ich vor vielen vielen Jahren berichtet – und dich nicht mit meiner Geschichte belästigt.«

»Du hast mich belästigt.«

»Dort, wo ich Zugang bekam, war der Himmel wie der Vulkan – nicht schrecklich für einen Engel – aber mit Winden voller Eis wie pulverisiertes Glas. Als ich mich in den Himmel stahl, bin ich allen entgangen, nur nicht Gott. Dem ich, wie ich weiß, noch nie entgangen bin. Ich fiel in Seine Arme. Rings um mich lauter Eis und Schweigen, weil Er nicht mit mir sprach, sondern mich nur packte und in das Eis des Himmels hielt und – furchtbar – Sein Kummer. Er ließ mich nicht los, aber nach einer gewissen Zeit bin ich einfach aufgestanden, fortgeflogen und habe Nicolette gesucht. Das war leicht, im Himmel kann ein Engel jeden Gewünschten finden – jeden, der dort ist. Ich sah sie und sprach mit ihr, genau wie ich dir erzählt habe. Der Himmel war, wie ich ihn beschrieben habe – himmlisch. Dann habe ich

– 129 –

Nicolette verlassen, und ich habe den Himmel verlassen. Wieder einmal.«

Xas verstummte. Nach einem längeren Schweigen fragte er: »Wie lautet deine zweite Frage?«

»Du hast deine Geschichte nicht beendet«, sagte Sobran. War der Engel so stolz, daß er nicht auf sein Mitleid aus war? Er hatte nichts von den Schlägen erzählt. Xas wippte ein wenig mit den Flügeln, und etwas glühte auf, da, wo die schlichte (die rote, erinnerte sich Sobran) Unterschrift leuchtete. Für Sobran sah sie grau-weiß aus, sie phosphoreszierte wie eine sich brechende Welle.

»Erzähl mir von den Schlägen.« Sobrans Stimme klang rauh, wesenlos – und falls er noch Farben hätte sehen können, hätte er gemerkt, daß Xas' Mund wieder rosig wurde.

Der Engel berichtete, als er ganz in saures Eis gepanzert aus dem Vulkan hochkam, hatte er nach unten gesehen und zwei glattere Stellen auf der Oberfläche des Kratersees entdeckt und in dem Dampf zweimal Kielwasser, zwei Tunnel, in denen Dunst hochstrudelte – von ihm und von dem Erzengel über ihm. Der Erzengel war hinter Xas durchgekommen, war jedoch schneller und kräftiger. Er beugte sich über Xas wie ein Adler; holte den Engel mit Fäusten aus der Luft und warf ihn auf den Permafrost.

»Bei dem Aufprall habe ich mir die Seite eingedrückt, und ich hatte blutige Eiszapfen in der Nase. Er lag auf mir und flüsterte mir ins Ohr, sagte, ich solle mich aus dem Himmel heraushalten, er würde kein nochmaliges unbefugtes Betreten dulden. Ich sagte, er schlüge Gott. Und er sagte – während er meinen Kopf auf das Eis hämmerte –, daß wir uns jetzt auf der Erde befänden, als ob die Erde nicht auch unter Gottes Gerichtsbarkeit fiele, und falls ich ihm noch einmal über den Weg liefe, würde er mir den Kopf zerschmettern und alles verspeisen, was sich darin befände.«

»Hat er nicht an den Pakt geglaubt?«

»Er hielt ihn für eine schlimme Sache – so vermute ich – und wollte ihn gewiß nicht respektieren. Oder eine Beschwerde einreichen.«

»Willst du damit sagen, daß ein Engel Gottes nicht einverstanden mit Gottes Vorgehen ist und ihm nicht gehorcht?«

»Falls Engel immer mit Gott einer Meinung wären, hätte es keinen Krieg gegeben.«

»Warum hast du dich mit Gott gestritten?«

»Ist das deine dritte Frage?«

Sobran bekreuzigte sich und schüttelte den Kopf. »Ich vertraue auf den Herrn. Und ich bin kein Richter.«

»Freut mich zu hören«, sagte Xas und dann: »Sonst noch etwas?«

»Eine Sache noch.« Sobran erschauerte, schlang die Arme um sich und beugte sich etwas vor. »Weil du wie ein verfluchter Mörder bist – einer, der über Leichen geht – und Mord für Mord Entsetzen verbreitet, weil sich niemand sicher ist, ob die Morde das Werk ein und derselben Hand sind – weil ich so über dich denke und weil du meinen Körper gehalten hast, in meinem Haus und all die Jahre in meinen Gedanken und meinem Leben gewesen bist, muß ich es wissen: Foltert ihr in der Hölle Seelen? Menschliche Seelen?«

Xas blickte ihn groß an.

»Sag es mir«, bat Sobran.

»Warum glaubst du nicht, was du selbst über mich erfahren hast? Glaubst du etwa, ich bin zärtlich zu dir gewesen, weil ich deine Verdammnis und die Anerkennung des Teufels als Lohn für deine Seele haben wollte?«

Die Hölle war fürchterlich und kaum bewohnbar, als die gefallenen Engel dort ankamen, erzählte Xas Sobran. Sie waren die ersten Insassen. Da verdammte Menschen verdammenswert waren, könne sich Sobran unschwer ausmalen, daß sich ihnen reich-

– 131 –

lich Gelegenheit bot, sich gegenseitig zu quälen. Sobran war
Winzer, also solle er sich vorstellen, daß die Engel Sünder in
dunkle Fässer sperrten und sie dann gären ließen. Die Hölle war
nicht überfüllt – die Hälfte der Verstorbenen war im Laufe der
Geschichte im Fegefeuer gelandet, das wie die Welt war, jedoch
ohne Gärten oder Urwälder oder Handwerkszeug oder Ideen –
oder Körperlichkeit, also konnten Engel dort nicht hin. »Die
meisten Seelen im Fegefeuer sind nicht wegen ihrer Sünden an
sich dort, sondern weil sie blind waren – würde ich sagen, aber
ich bin nachsichtig. Ich züchte Rosen und komme und gehe ungehindert – nicht mehr, nicht weniger.«

Sobran sagte: »Du hast mir mehr Schmerzen bereitet als irgend jemand sonst. Hebe dich hinweg.« Jetzt flossen die Tränen
und liefen ihm übers Gesicht.

»Ja. Aber ich komme wieder.«

»Nein.«

»Ich bin noch immer dein Engel, dein Glück. Du weißt noch
immer, daß es wirklich einen Himmel gibt.«

»Ich quäle mich mit dem Wissen, daß meine Lieben dort sind
oder dort hingehen, während ich verdammt bin.«

»Gott ist gnädig, Sobran. Er liebt uns beide.« Xas öffnete die
Flügel und fuhr so geschickt in den Himmel wie ein Leopard,
der vom Waldboden auf einen Ast springt, oder ein Lachs, der
einen weißen Wasserfall in einem rauschenden Fluß hochhüpft.

Als Sobran seine frömmste Phase hatte und oft zum Angelus,
zum Sechs-Uhr-Gebet, die Messe besuchte, gestand ihm Aurora
de Valday, daß sie nicht an Gott glaube. Sie hatte mit diesem Be-
kenntnis gezögert, und Sobran hatte zwar seine Gewohnheiten
geändert, nicht jedoch sein Benehmen – was auch immer sein
Kummer sein mochte, er hatte sich die gutherzige Bauern-
schläue bewahrt, mit der er trotz ihres unterschiedlichen Standes
ihre Freundschaft gewonnen hatte.

– 132 –

Als Aurora frisch verwitwet war und ihr Onkel, der Comte, kränkelte, hatte sie sich bestürzt und ängstlich auf dem Gut umgesehen. Sie hatte ihren Onkel um Rat gefragt, und er hatte ihr eine kurze Liste von Menschen gegeben, auf die Verlaß war. Die Familie vom Château Vully ging nicht regelmäßig zur Kirche, war lau im Glauben, jedoch anständig zu ihren Pächtern und hatte ihren Besitz behalten, als Köpfe rollten, Häuser brannten und Ländereien den Besitzer wechselten. Man hatte eine Tochter quasi als Geisel an Bonapartes Hof geschickt, hatte weiterhin Hütten ausgebessert und wohlüberlegte, jedoch unfruchtbare Ehen geschlossen.

»Wem kannst du trauen?« sagte Auroras Onkel und nannte dann Männer in Paris und Beune, eine Äbtissin in Autun, den alten Pater Lesy in Aluze, »und Jodeau, dessen Familie *cru* ist – wie der Boden, auf dem die Weinstöcke stehen –, er kennt sich mit Wein durch seinen Großvater aus, der die Hälfte unserer Weinstöcke nach dem Brand von '72 von den Toten auferweckt hat. Die Familie von Jodeaus Mutter hatte eine Ader für Gelddinge und wie man mit Geld Geld vermehrt, obwohl keiner von ihnen gebildet war. Ihr Vater hatte zwei Schiffe auf dem Kanal. Baptiste Kalmann – an den erinnerst du dich gewiß nicht mehr, ein frecher Lümmel – hätte seinen Weinberg zugrunde gewirtschaftet. Dessen Vater war ein Winkeladvokat und hat großen Gewinn gemacht, weil er heimlich mitgeholfen hat, die Ländereien der Mönche von Citeaux aufzuteilen. Er hat für den Holzhändler aus Paris, welcher Clos Vougeot – natürlich im Namen des Volkes – gekauft hat, einen betrügerischen Vertrag aufgesetzt. Kalmanns Anteil an der Beute war der kleine Weinberg, der bis dahin auch den Mönchen gehört hatte. Eine schlimme Familie – die Weingärten sind ohne Baptiste Kalmann besser dran. Sobran Jodeau ist zu einem fürsorglichen, klugen, anständigen Mann herangewachsen, und darum habe ich mich auch für

Kalmanns Testament eingesetzt. Jodeau wird gut mit dem Land umgehen. Und du solltest ihn einstellen.«

Aurora nickte, und der Comte nahm ihre Hand und setzte hinzu:»Aber verliebe dich nicht in ihn.«

»Onkel, er ist alles andere als ein Charmeur.«

»Wohl wahr, meine Liebe, aber er hat trotz seiner Anständigkeit etwas von einem Freigeist, und ich weiß, daß dich nach der Gesellschaft von Freidenkern dürstet.«

Nach dieser Unterhaltung begann Aurora, die frisch Verwitwete, Jodeau zu beobachten. Das war 1823. Sie stellte ihn nicht ein – ihr Onkel mußte zwar oftmals das Bett hüten, konnte sich aber noch immer um seinen Weinberg kümmern. Außerdem würde nur eine Närrin die Gesellschaft eines verheirateten Mannes suchen, wenn das Gesicht dieses Mannes (ach, diese Hände, rauhe Haut, verdickte Knöchel, überproportional lang) ihr verborgenes Geschlecht anschwellen und im Takt mit ihren Brüsten und ihrem Mund und ihrem Herzen pochen ließ. Doch Aurora bekam ihr Begehren satt, konnte es jedoch nicht wegreden, weil es kostbar war, aber sie ließ es abstumpfen, lachte es fort. 1828 starb der Comte, und sie stellte Jodeau ein. Und während sie planten oder Buchführung machten oder den Hahn an einem Faß aufdrehten und beide kosteten, unterhielten sie sich. Sie waren gern zusammen. Als Aurora hörte, daß Sobran erkrankt (oder wahnsinnig) war, erschrak sie fürchterlich – denn wer war da sonst noch auf der ganzen Welt, der ihre Denkweise, Offenheit, Ungezwungenheit teilte? Sie hatte einen Sohn, Dienerschaft und liebe, alte Freunde, deren Häuser sie besuchte und die ihr monatlich Briefe sogar aus Piemont schickten, aber Jodeau war vom gleichen Schlag, und sein Verlust bedeutete für sie Exkommunikation ihres Verstandes. Als sie in seinem Haus erschien, wurde sie von seiner Schwester zurückgewiesen. Seine Frau stand am Kopf der Treppe und bedachte sie mit einem bösen Blick – schamlos und eigenartig. Aurora mußte wieder gehen und bekam nur noch Nachrichten über ihn. Warten. Er schickte ihr einen Brief, unnahbar, förmlich, nichts als schwarze Tinte auf Papier. Er entschuldigte sich für seine Indisposition – ob ihr vielleicht Soundso bei dieser Weinlese helfen würde, danach könne er ihr, so Gott wollte, erneut dienen.

Eines frostigen Oktobermorgens stellte sich Sobran wieder ein, wartete nach ihrem Spaziergang auf sie, stand mit dem Hut in der Hand am Kamin ihres Damenzimmers. Er war gealtert, sein Haar weiß, sein Gesicht faltig und trocken, und seine Augen waren ausgeblichen, aber als sie auf ihn zuging, um ihm die Hand zu geben, sah sie, daß sie klar und warm waren wie der rotbraune Schimmer im Fell einer alternden, schwarzen Katze. Ihre Hand zitterte. »Lieber Freund«, sagte sie.

Sie gewöhnte sich an ihn, an seine Gesetztheit, Trockenheit, Emsigkeit – vielleicht trauerte sie weniger als andere um den alten Sobran, weil sie niemals auf so vulgäre Weise vertraut mit ihm gewesen war wie die Kumpane, mit denen er unter den Platanen auf dem Dorfplatz von Aluze Branntwein getrunken und geklatscht hatte. Und sie sah ihn nie in seiner Angst wie seine Söhne, wenn ihn das Zwielicht des Hochsommers unterwegs überrumpelte. Ihre Unterhaltung war nie persönlich gewesen. Sie sprach nicht über ihren Mann, und er nur mit zurückhaltendem Respekt von seiner Frau und seiner älteren Tochter – war jedoch offener was seine Söhne, ihre Streitereien und Siege und ihre Charaktere anging. Sobran war zwar ein frommer Mann geworden, dessen Leben in eingefahrenen Gleisen verlief wie das einer furchtsamen, gottesfürchtigen alten Frau, aber sie sprachen noch immer über Ideen, über das, was im *pays*, in Paris, in der großen weiten Welt geschah. Sie sprachen über Bücher, verglichen miteinander das Verhalten ihrer Nachbarn, was der Bürgermeister von Chalon-sur-Saône zum Richter gesagt hatte oder der Priester zu einem Verführer junger Mädchen.

Und so kam es, daß Sobran ihr drei Jahre nach seiner Krankheit, als sie in Vully über Briefen und Zahlungsanweisungen im Zimmer des Landvogtes saßen, in kleinen Schlucken einen süßen Wein tranken – nicht ihren, sondern einen goldenen aus Savoyen –, von der Tanzerei bei der Beerdigung der greisen Witwe Wateau erzählte, wie die Witwe bei einem wilden Volkstanz auf verschüttetem Bier aus ihrem Sarg gefallen war und über die Stuhllehne gelegt wurde, als hätte sie zuviel getrunken und ihr wäre übel. Aurora merkte, wie fröhlich, wie frei sein Ton von Häme war. Seine Fröhlichkeit erlaubte ihr, mit ihm über seine Frömmigkeit zu sprechen. Sie fragte Sobran, ob er wisse, daß sie nicht an Gott glaube. Er sagte, ihm sei aufgefallen, daß sie nur an hohen Festtagen zur Kirche ginge, und habe angenommen, sie sei keine sehr fromme Frau.

Sie erzählte ihm von den Atheisten, den Rationalisten, denen sie als junges, unverheiratetes Mädchen im Haus ihrer Tante in Paris begegnet war. Sie hatte sich mit ihnen unterhalten und sie bewundert, und sie hatte Gott aufgegeben. »So bequem und einfach, als würde ich die Kleider wechseln. Ich war damals sehr jung und unberührt. Die Klosterschule hatte mir nicht gefallen, der Boden für andere Ideen war vorbereitet. Aber was für die Rationalisten ein Glaubensgrundsatz war – nämlich daß Gott nicht existiert –, habe ich erst viele Jahre später geglaubt. Nach dem Tod meines Mannes mußte ich einen wahren Spießrutenlauf hinter mich bringen, ewig diese Trostworte wie ›unsere Hoffnung auf den Himmel setzen‹ und so weiter. Das war alles lieb gemeint, und hoffentlich bin ich nicht unhöflich gewesen. Aber ich mußte mir wirklich auf die Zunge beißen. Dann ging ich eines Morgens in der Allee spazieren, allein, vermutlich immer noch mit zusammengebissenen Zähnen, als ich auf einmal das

Gefühl hatte, der Himmel höbe sich von mir – die gräßliche Bürde meiner Hoffnung auf den Himmel. Und ich empfand eine Art Ehrfurcht – ach, sie war so leicht und normal, wie Mütterlichkeit – und ich wußte, daß das hier alles ist. Es war eine wunderbare, unschuldige Klarheit, und die fühle ich immer noch.«

Sobran schob ein paar Papiere hin und her. Das Feuer war hinter ihm. Er sah nicht böse aus, und er führte auch nichts dagegen an. Er fragte sie lediglich, was denn ohne die ewige Verdammnis aus den Sündern würde?

»Ich weiß, daß ich mir eine andere Welt vorstellen muß als die, die man mir als Kind beigebracht hat, eine Welt ohne Hauptbücher.« Sie hob das schwere, ledergebundene Buch auf, das zwischen ihnen lag.»Hauptbücher in der Hand eines mächtigen Richters. Wir müssen, glaube ich, dafür sorgen, daß Sünder ihre Strafe – oder Vergebung bekommen – von uns.«

Sobran nickte und fragte dann:»Und was ist mit jenen Verlusten, die uns unerträglich vorkommen? Trennung von Menschen, ohne die wir meinen, nicht leben zu können?«

»Vielleicht ehrt unsere Verzweiflung die Stärke unserer Liebe.«

»Vielleicht.«

»Vermutlich sehen Sie meinen Atheismus als riskante Übung in freiem Willen – und Gott läßt mich einfach machen und gegen Seine Welt anrennen.« Sie lächelte, als sie das sagte, selbstironisch und liebevoll, und war recht erschrocken, weil er ihr so heftig antwortete.

»Ich denke, unserer Freiheit ist die Freiheit, Lügen anzuhören und zum Ende unserer Leine zu laufen, bis sie uns erdrosselt. Ich betone immer, daß ich nur das glaube, was ich gelernt habe, bevor mir der Bart gewachsen ist.«

»Warum vor dieser Zeit?« Jetzt hakte sie nach – jetzt war ihr wirklich an einer Antwort gelegen. Ging es dabei um Céleste, die gestörte Ehefrau, die er all die Jahre behalten und umsorgt und mit der er wieder und wieder sein Blut gemischt hatte? Würde er sich endlich über seine Frau beschweren? »Jemand hat mich verraten«, sagte Sobran. »Und Sie haben mehr als zwanzig Jahre gebraucht, um darüber krank zu werden?«

»Vergiftete Freundschaften sind ein langsam wirkendes Gift.«

*

DER NEUESTE FÄSSERRAUM IN VULLY war kühl wie eine Höhle und über eine Treppe zugänglich, die von zwei großen Türflügeln, die Winterläden an Fenstern glichen, nach unten führte. Hinter der Tür lag ein umschlossener Hof mit einem Seerosenteich in der Mitte. Die zehnjährige Agnès Jodeau und der dreizehnjährige Paul de Valday hockten auf dem Rand, hielten die Hände ins Wasser und wollten Karpfen fangen. Paul griff zu, das Wasser spritzte und färbte den Stein dunkel. Beide Kinder standen auf – dann hustete Paul. Hustend und lachend gingen die beiden um den Teich herum, hockten sich auf die andere Seite und machten sich wieder ans Fischefangen. Aurora bekreuzigte sich. Sobran fing ihre Hand ab, ehe sie das Kreuz beendet hatte. Sie erschrak über die Berührung und war überrascht, daß er sich zum Spießgesellen ihrer Überzeugungen machte. Er ließ sie los, doch sie griff nach seiner Hand, als die zurückgezogen wurde.

Er drückte ihre Hand. »Aurora, Paul hustet nur, wenn er aufgeregt ist. Als er und Martin letzten Monat den Ballon gesehen haben, der über den Fluß flog, und sie zu mir gelaufen kamen, da hat Paul nach jedem dritten Wort gehustet, scheint es aber gar nicht gemerkt zu haben. Und er hält sich dabei niemals die Seite.«

»Ich muß an seinen Vater in der Sänfte denken, wie er im

– 138 –

Schlachthaus von Corbigny Ochsenblut getrunken hat«, sagte
Aurora.

»Hat Paul eine gesunde Gesichtsfarbe?« fragte Sobran.

Aurora blickte ihren Freund an, verwunderte sich über Ton
und Formulierung seiner Frage.

Er zog ihre Hand aus seiner und wandte sich wieder dem
Tisch und dem hohen Meßglas voll Wein zu, den er gerade aus
einem Faß abgefüllt hatte. Er hielt ihn ans Licht. »Was denken
Sie, warum sage ich wohl ›klar‹ und reiche ihn darauf an Sie weiter mit der Frage, wie die Farbe ist?«

»Ich dachte, es ist die Aufforderung zu einer geschraubten
Beschreibung wie ›die Farbe einer Bischofsrobe, wann immer es
den Bischof nach dem Kardinalshut gelüstet‹.«

»Seit meiner Krankheit kann ich keine Farben mehr sehen.
Darum habe ich mich nach Pauls Gesichtsfarbe erkundigt –
kräftig genug ist er ja.«

»Ja, Sie haben recht, er hustet nur, wenn er sich aufregt.«

Sobran sagte: »Es überrascht mich, Sie ein Kreuz schlagen zu
sehen.«

»Wieso? Ich mache zu Weihnachten, Ostern, Hochzeiten und
Beerdigungen durchaus meinen Knicks.«

»Und ich sage voraus, daß Sie auf dem Totenbett einen Priester holen lassen.«

»Da ich Sie überleben werde, Sobran, verschaffe ich Ihnen
diese Genugtuung nicht.« Aurora fragte: »Ist sich Ihre Freundin
bewußt, daß sie schuld an Ihrer Krankheit und Ihren Gesund-
heitsschäden ist?«

»Mein Freund ist keine Frau.« Er blickte streng.

Aurora verneigte sich ein wenig. »Verzeihen Sie meine Unter-
stellung. Weil ich ein Jahr in Pariser Salons verbracht habe und
sowohl Romane als auch Philosophie lese, halte ich mich für eine
Dame von Welt. Aber in Wirklichkeit ist mein Leben ziemlich

beschaulich und eingeschränkt.« Sie blickte ihren Freund an in der Hoffnung, diese Entschuldigung würde ihn besänftigen (oder rühren). Sie wartete auf ein Zeichen von ihm, ein Nicken oder Lächeln – wartete, ohne sich zu ärgern, obwohl sie nicht wußte, was sie davon halten sollte. Auch sie hatte ihn ein ganzes Jahr – das war vor zehn Jahren – strahlen sehen wie einen Verliebten. Später hatte sie ihn geliebt. Und nachdem ihr Mann gestorben war, sah Aurora, daß Sobran litt – daß er Liebeskummer hatte, verdrossen, verstört und voll kranker Säfte war. Doch da war er schon in den Dreißigern und zudem vierzehn Jahre verheiratet. Das war Aurora aufgefallen – man konnte es ihm anmerken, es war bemerkenswert und so fest in ihrem Kalender verankert wie ein astronomisches Ereignis. Doch sie würde ihren Freund nicht einen Lügner nennen.

»Vielleicht sollten Sie wieder heiraten«, sagte Sobran. »Sie sind doch noch jung.«

»Ich bin so alt wie Sie damals, als wir uns kennengelernt haben«, sagte sie, vielleicht, weil sie ihn an diese Zeit erinnern, ihn daran erinnern wollte, daß sie Bescheid wußte.

Draußen war Gekreische und Geplatsche zu hören. Sobran und Aurora liefen ins Licht hinaus. Sobran fischte seine Tochter mit einer Hand aus dem Teich und hielt gleichzeitig Paul, der sie unbedingt retten wollte, davon ab, ihr nachzuspringen. Agnès spuckte. Sie war völlig durchnäßt, und ihre weiße Schürze war grün von Teichschlieren.

»Was wird deine Mutter sagen«, schalt Sobran seine Tochter und schüttelte sie einmal heftig.

Sie war so überrascht gewesen, daß sie nur wenig geweint hatte, doch nun heulte sie zum Steinerweichen, so als hätte sie Angst. Sobran schien erschrocken über die Wirkung, die seine Worte gehabt hatten, und ließ sie los.

Aurora nahm das kleine Mädchen in den Arm, sagte, daß sich

– 140 –

das schnell beheben lasse, es gebe reichlich saubere Sachen und sie würde ihre der Wäscherin geben. Sie führte Agnès zum Château und rief beim Gehen nach ihren Dienerinnen. Paul begleitete sie und hustete und erklärte – brüchige Stöcke, verlockender Karpfen, kleine Mädchen, die nicht das Gleichgewicht halten konnten. Aurora warf Sobran einen Blick über die Schulter zu. Damit forderte sie ihn auf, ihr zu erklären, warum sich ein Kind so vor dem Ärger seiner Mutter fürchtete. Sobran folgte ihnen mit gerunzelter Stirn.

## 1832

# › Claret ‹

*Bleichert, ein klarer, heller,*
*leichter Rotwein*

UNTER IHNEN WAR MONDBESCHIENENER NEBEL, der aus den Hügelkuppen Inseln machte. Es war kalt, und Sobran trug einen Überrock. Er hatte nichts weiter mitgebracht als Kleidung, Kruzifix und heilige Medaillen.

Xas hatte Wein dabei – noch immer Weißwein, fiel Sobran auf, obwohl er mittlerweile zweiundvierzig war. »Gibt es in Spanien zu viele Kirchen?« fragte er.

»Dummkopf.« Xas entkorkte die Flasche. »Blas den Nebel aus deinem Kopf und koste das hier.« Der Engel reichte die Flasche weiter – sie hielten es wieder wie früher, saßen auf der Erde und reichten die Flasche hin und her. Das Etikett der Flasche war handgeschrieben. Unten war sie so abgeschlagen, daß sie sich nicht aufrecht hinstellen ließ. Sobran las, verstand aber nur das Datum – 1828, das Jahr seines Wahnsinns.

»Mach schon, trink, und dann sag mir, was du schmeckst.«

Der wiedergeborene Sobran beurteilte alles nach seinen Mängeln – daher war der Wein nicht hervorragend, sondern gut, es fehlte ihm vielleicht ein wenig an Tiefe, an Eiche. Ein Chablis, aber doch nicht ganz, die Chardonnay-Traube war anders. Er schmeckte Flint, und als er herunterschluckte Holzrauch. Rauch, ja? Aber von keinem Holz, das er kannte. »Was schmecke ich?« sagte er so wie Leute »Du lieber Gott!« sagen.

Xas lachte und streckte die Hand nach der Flasche aus. Er nahm einen Mundvoll, schluckte hinunter und sagte: »Du schmeckst große Hitze und fremden Boden.«

– 142 –

»Der Wein da ist ein Bankert«, sagte Sobran abfällig.

»Er kommt aus einem Tal in der Nähe von Botany Bay.«

Sobran wußte nicht, wo Botany Bay lag, Australien war weit.

Er nahm die Flasche, als Xas sie ihm hinhielt, doch er steckte den Daumen in ihren Hals und stellte sie zwischen seine gekreuzten Beine. »Ich werde tagelang steif sein, wenn ich über eine halbe Stunde so sitze. Ich bin ein alter Mann.«

»Noch nicht. Aber wenn du mir erlaubst, mich neben dich zu setzen, kannst du dich an meinen Flügel lehnen.«

»Nein.«

»Dann trink noch etwas, das lindert deine Wehwehchen. Ich möchte dir ein paar Dinge erzählen, hoffentlich ohne mich gegen die Heilige Schrift zu versündigen, die dir so teuer ist.«

»Wenn du mich beleidigst, gehe ich. Ich bin nur hier, weil ich mich nicht länger eine ganze Nacht lang hinter den Fensterläden ducken will.«

»Du konntest also nicht einfach die Augen schließen und mich völlig vergessen?«

Sobran zeigte mit der behandschuhten Hand auf den Engel. »Rede schnell.«

Xas schwieg kurz, dann begann er: »Was ihr den Höllensturz nennt – das schlimme Ende des Aufstands im Himmel für uns, der Krieg, die Jagd, wem ich beigestanden habe, unsere Einsperrung in ein gräßliches Asyl –, davon will ich nicht reden. Was wir für Pläne geschmiedet haben, unsere Unterkünfte, Städte, Regierungen, davon will ich nicht reden. Stell dir vor, daß eine sehr lange Zeit vergeht – und ich finde einen Weg nach draußen, folge jemandem, der weiß, wie man die Hölle verläßt. Und als ich zum ersten Mal auf der Erde bin, da sagt Gott zu mir: ›Xas!‹ und das hört sich so verwundert an, als wäre ich eine verlegte Brille oder ein verlaufener Hund. Und er legt mir nahe, daß er mich im Himmel haben möchte. Aber Luzifer ist umgekehrt –

– 143 –

denn dem war ich gefolgt – und sucht mich, und ich bin, das weiß ich noch, in einem Wald und völlig durcheinander, weil mich der Herr bemerkt hat, und ich bin hin- und hergerissen, genauso hoffnungslos wie dein Hund Josie, den du dir vom Hals geschafft hast, weil er mich liebte.« Xas blickte Sobran böse an. Dann holte er tief Luft – bislang hatte er nur drei Atemzüge gebraucht. Er fuhr fort:»Luzifer sagt zu Gott, Er kann mich nicht haben.

Und bei diesen Worten setze ich mich auf und sage zu Luzifer, daß er vermutlich nicht einmal meinen Namen kennt, und dann zu Gott, nein danke – sehr dreist, das Ganze – und daß die Hölle erträglich ist, solange noch neue Bücher erscheinen. Das mit den Büchern, Sobran, erkläre ich später. Luzifer sagt: ›Xas liest alles als erster, als müßte er mein Essen auf Gift vorkosten.‹ Ich sage, ich lese, weil ich wissen will, was die Menschen denken, nicht über uns, sondern über sich selbst. Luzifer sagt angewidert, dann soll ich lieber in den Himmel zurückkehren, mir menschliche Liebe verdienen und nichts lernen. Und ich sage zu Gott, obwohl Er mich nicht gefragt hat: ›Ich bin ihm gefolgt, weil ich bis zu Ende hören wollte, was er zu sagen hatte.‹ Da sagt Gott: ›Xas sollte ungehindert kommen und gehen dürfen – er studiert.‹ Sollte, als wäre das lediglich ein Vorschlag. Gott spricht fast immer so, als ob alles schon vollendet ist. Seine Art zu sprechen ist unmöglich wiederzugeben. Ich kann über diese Ereignisse nicht einmal in der Vergangenheit berichten – sie waren von großer Tragweite, und mir kommt es so vor, als ob sie noch immer geschehen. Luzifer lacht jetzt höhnisch, weil er denkt, Gott meint damit, daß ich die Menschheit studiere. Ich denke, Gott meint, daß ich Luzifer studiere – und beschließe, darüber den Mund zu halten, und das habe ich bis heute getan.« Xas verstummte und berührte seinen Mund. Der Nebel war zu ihnen hochgestiegen, und auf seinem Haar lag ein Schleier aus Kondenswasser.

»Darauf hielt mir Gott die Ohren zu, weil Er sich mit Luzifer unterhalten wollte, ohne daß ich mithörte, was Er sagt. Und als ich meine Hände zu meinen tauben Ohren hob, da kniete sich Luzifer vor mich auf die Erde und zog meine Hände herunter. Er schrie Gott an – und dabei konnte ich ihn gar nicht hören – wie ein Vater oder eine Mutter, die glauben, daß man ihrem Kind weh getan hat. So auf diese Art, aufgebracht und fürsorglich. Oder vielleicht verteidigte er mein Recht auf Mithören. Wie auch immer, lange dauerte es nicht. Er hörte zu, dann legte er seine Hände auf meine Ohren und drückte mein Gesicht an seine Brust, so daß ich ihm nicht von den Lippen ablesen konnte. »Und sie schlossen ihren Pakt. Dann haben sie mich unterzeichnet – und eine Unterschrift hat weh getan, die andere war angenehm. Danach war ich mir selbst überlassen.«

Sobran hatte die Augen geschlossen und sagte still die Worte des Psalms:»Meine Seele wartet auf den Herrn mehr als die Wächter auf den Morgen; ich sagte, mehr als die Wächter auf den Morgen.«

»Tut sie das?« fragte Xas.

Sobran öffnete die Augen und stellte fest, daß der Nebel nicht tot an ihnen haftete, sondern weich und halbfest, von geisterhafter Beschaffenheit und wäßrig war. Xas rückte näher an ihn heran, setzte sich neben ihn und streckte einen feuchten Flügel hinter Sobrans Schultern aus.»Lehn dich an mich«, forderte er ihn auf.

Sobran stand mit steifen, schmerzenden Gelenken auf, stampfte mit den Füßen und schlug die Arme an die Seite. Seine Fingerspitzen prickelten und wurden schwer von unterkühltem Blut. Xas erhob sich auch, mit Sobrans Lampe. Er zog den Docht in die Länge. Sie standen in einer Perle, deren schimmernde Wände die Grenzen des Lampenlichts bildeten. Die Flasche war umgefallen, der Wein in der Erde versickert. Xas gab Sobran die Lampe.

»Wenn du mir Zeit geben könntest und ich wüßte wie, ich würde dir von meinen Jahrtausenden erzählen; von meinen Freundschaften; wie ich als Botaniker herumgewandert bin; oder ich würde dir von meinem Garten erzählen, den eine Mauer aus schwarzem Glas schützt. Und ich werde dir davon erzählen, nächstes Jahr.«

Als Sobran nicht antwortete und sich abwenden wollte, sagte Xas: »Wenn du mir doch nur glauben würdest.«

Sobran fuhr heftig zu ihm herum. »Daß du gutartig bist? Daß du keine Lügen erzählst?« Er hob die Lampe zwischen ihnen beiden. Xas' Gesicht war jugendlich, gelöst, unergründlich. »Wenn ich könnte, würde ich diese Lampe zerbrechen und dich, so wie du da stehst, in Flammen aufgehen lassen.« Sobran hatte sich in Wut geredet.

»Warum hast du dir den Bart wieder abgenommen?« fragte Xas und brachte den Mann damit zum Schweigen. Dann sagte er: »Du hast ihn dir wachsen lassen, weil er die Narben aus dem Feldzug verdecken sollte, nachdem du sie mir als Teilzahlung für deine Sünden gezeigt hattest, so jedenfalls hast du gedacht. 1822 kam der Bart wieder herunter – er war in der Nacht nicht mehr da, als du dich so sorgfältig für mich angezogen hattest. Und du hast dich nur zwei Jahre lang rasiert, dann hast du beschlossen, die Überbleibsel deiner Jugend zu verstecken, ja? Mittlerweile ist der gutaussehende, alte Mann wieder sauber, jedoch nicht frisch rasiert. Ich frage mich warum.«

Sobran wartete, bis Xas ausgeredet hatte, dann fuhr er fort, als wäre er nie unterbrochen worden: »Du bist ein Fluch, den ich hinnehmen muß. Auch wenn du sagen würdest, daß du nie wieder kommst, und ich dir glauben würde – selbst dann könnte ich nie mehr ein glücklicher Mensch sein. Ich habe jede Aussicht auf Glück verloren – für immer –, damals, als ich mich dir wegen Céleste anvertraut habe ...«

– 146 –

Xas zuckte zusammen. Sobran hatte bei ihm noch nie eine so fassungslose Geste gesehen.

»Alles, was ich seitdem als Glück erlebt habe, ist nichts als Illusion und Rausch gewesen«, sagte Sobran jetzt. Es kam ihm so vor, als erdolchte er den Engel. Er ließ die Lampe sinken, und als Xas' Gesicht im Schatten lag, sagte der Engel: »Es tut mir leid.« Das klang albern.

Sobran leuchtete sich heim, blickte jedoch zurück – drehte sich tatsächlich um – und sah im Nebel klare Nachtluft dunkel zurückstrudeln, als der Engel von der Kuppe aufstieg.

*

SOBRAN GAB IN SEINEM ARBEITSZIMMER in der Kellerei von Vully einem Küferlehrling seinen Lohn. Der junge Mann zählte nach, während Sobran die Geldkassette verschloß. Da verdunkelte sich der Raum – Aurora de Valday stand auf der Schwelle. Sie ließ ihren Saum fallen. Ihre Stiefel waren verdreckt. Der Mann bei ihr tippte an seinen Hut. Sie traten ins Zimmer, Aurora stand abwartend da, zog sich nicht wie üblich selbst ihren Stuhl heran oder drückte die Hände ins Kreuz und streckte sich oder trat zum Schreibtisch und blätterte in Papieren und las. Statt dessen faltete sie die Hände in den Spitzenhandschuhen, wirkte jedoch durch die Glöckchen an ihren Keulenärmeln affektiert und etwas billig. Sobran legte die Feder hin und holte den Stuhl von der Wand, trug ihn zu Aurora und holte dann dem Herrn in ihrer Begleitung einen weiteren Stuhl. Aurora setzte sich, und Sobran sah, daß sie den Hals verrenkte, weil sie die Grundrisse auf seinem Schreibtisch sehen wollte.

Der Küferlehrling mit dem Hut in der Hand bedachte alle der Reihe nach mit einem Nicken und verließ den Raum.

Aurora stellte Baron Lettelier vor. Der Baron stand nicht auf, schüttelte jedoch Sobran kurz die Hand. (Das Gegenteil der Zu-

– 147 –

geständnisse, die Sobran an Stelle dieses Mannes machen würde –, aber für den Baron stand natürlich nichts weiter zwischen ihnen als der Standesunterschied.)»Monsieur Jodeau, mein Winzer«, sagte Aurora,»und ein alter Freund.« Aurora fragte, ob Sobran eine halbe Stunde Zeit für sie habe. Sie meinte, der Baron könne Gefallen an einer Besichtigungstour der Keller finden. Sobran sagte, es sei ihm ein Vergnügen. Und sie neckend: »Ich weiß doch, wie gern Sie angeben.« Auf sein höflich-zustimmendes Nicken hin kräuselte sie die Stirn. Im Keller war es wärmer. Der erste Frost, der auf die Außenwände bereits Eisblumen malte, war noch nicht durch das Mauerwerk gedrungen.»Hier ist es genau wie letzte Woche«, sagte Aurora, die in ihrem Alter eigentlich hätte wissen müssen, daß jede Jahreszeit langsam heranflutete, daß der Winter in Wellen kam wie das Meer an einer wilden Felsenküste – aber dennoch war sie nicht zu alt, daß sie nicht mehr gern kommentierte, was ihr auffiel. Ihre Bemerkung schien den Baron nur zu verwirren. Er sagte:»Ich hatte ja keine Ahnung, daß Seine Keller so weitläufig sind.« Und dann:»Ah!« beim Anblick von neuem Mauerwerk und helleren Eichenfässern.

»Wir haben von hinten angebaut«, erläuterte Sobran. Auf den Stufen unter der Flügeltür, die zu Hof, Teich und Auroras geliebten Seerosen führte, blieb er stehen. Sie wandte sich ab und sagte:»Wollen wir uns noch das südliche Querschiff ansehen?«

»Dann ist Ihr Keller also eine Kathedrale, Aurora?« Der Baron legte noch etwas nach und sagte:»Und was wird dort angebetet?«

»Unser südliches Querschiff ist dem *vin de réserve* geweiht. Kommen Sie, suchen Sie den Wein für die Tafel heute abend aus.«

Die Flaschen, die in dem am weitesten von Sobrans Lampe entfernten Regal lagen, warfen das Licht zurück wie Augen – der Staub war wie grauer Star oder heller Belag auf dunklen Trauben.

Aurora machte sich den Handschuh schmutzig, als sie den Staub abwischte. »Monsieur Jodeau«, sagte sie, »erinnern Sie sich noch an Jodeau Nord und Süd?« Ohne ihm Zeit zu einer Antwort zu lassen, wandte sie sich an den Baron. »Eines Nachmittags, ich war zwölf, hat mich mein Onkel hier abgesetzt und mich alles kosten lassen, was, wie er sagte ›im *pays* trinkbar ist‹. Er wollte, daß ich zwischen Jodeau Nord und Süd unterscheiden lerne.

Onkel sagte: ›Vor gerade mal zwanzig Jahren, haben sie uns noch ihre gesamten Trauben verkauft, aber dann hat der Sohn‹ – damit war Ihr Vater gemeint, Sobran – ›angefangen, selbst Wein herzustellen und hatte genug Grips, um sofort zu merken, was er an seinen Reben hat.« Sie hob eine Flasche heraus und sagte an Sobran gerichtet: »Jodeau Süd 1808.«

Sobran spürte, daß seine Miene hart wurde.

»Das letzte Jahr, in dem die Trauben getrennt gepreßt wurden«, erzählte sie dem Baron. Der nickte einmal flüchtig Zustimmung – ganz gute Manieren, keine Sympathie, kein Interesse. Aurora blickte wieder ihren Freund an. »Warum eigentlich?«

»Vater hat die Lust verloren. Er war ganz vernarrt in Sabine und immerzu mit ihr zusammen – und sie hatte einen Trabanten: Großpapa tu dies, Großpapa tu das.«

Aurora lachte; sie konnte es sich vorstellen.

»Außerdem war der Wein genau richtig, nachdem wir Nord und Süd verschnitten haben – er war besser. Besonders der 1812er, das Jahr, als es um die Sonnenwende herum geregnet hat, Vaters letzter Jahrgang.«

»Ich mag den 1806er Jodeau Süd. Davon haben wir noch zwei Flaschen.«

»Ich habe fünfzehn«, sagte Sobran, »und sie gehören Ihnen, falls Sie sie haben wollen. Er ist unseren Erwartungen nie gerecht geworden.«

»Ein wahrer Segen, daß Er ihn aufgehoben hat«, meinte der Baron. »Was ist Sein bester Jahrgang?« Er staubte jetzt auch Flaschen ab.

»Vullys?« fragten Aurora und Sobran einstimmig.

Der Baron nickte wieder sein knappes Nicken.

Sobran dachte: »Die Geste hat er einstudiert, hat wahrscheinlich vor dem Spiegel gestanden und die Abstufungen je nach Bedeutung eingeübt.« Laut sagte er: »Der 1810er, aber den gibt es hier nicht mehr, kann sein, irgend jemand hat noch eine Flasche. 1812, 1818, 1820, 1822 ...« Sobran verstummte und bekreuzigte sich, und selbst Aurora blickte erschrocken. »Der 1822er ist der beste von allen. Dann der 1827er aus dem ersten Jahr, in dem ich für das Château gearbeitet habe. Der 1830er macht sich mittlerweile auch gut.«

»Sollen wir den '22er nehmen, Aurora?« sagte der Baron und dann zu Sobran: »Hat Er gerade Gott gedankt oder den Teufel gewarnt? Sollte ich das wissen, ehe ich ihn trinke?«

»Ich habe Gott gedankt.«

Der Baron registrierte Sobrans gedeckte Kleidung und das silberne Kruzifix. »Frömmigkeit ist eine feine Sache, wenn dabei ein *premier cru* herausspringt.«

»Henri, vielleicht ist meine Gottlosigkeit von Einfluß gewesen. Ich bin 1821 hierher gezogen.« Aurora sagte das mit einem Lächeln, und der Baron ergriff ihre Hand. Er musterte Sobran erneut. »Und Seine eigenen Jahrgänge – wir einigen uns auf Seinen 1806er und den '22er des Châteaus, also ...?

»Jodeau-Kalmann 1820. Oder der '22er oder '27er. Die sind hier alle vertreten. Das Château kauft uns noch immer ein gut Teil unserer Weine ab.«

»Und Sobran nimmt Bestellungen von Leuten entgegen, die ihn an meiner Tafel gekostet haben – daher bin ich sein Vertreter so wie er meiner«, sagte Aurora.

»Ein geglücktes Arrangement«, sagte der Baron und dann zu Sobran:»Laß Er die Flaschen hochschicken. Und danke für Seine Mühe.«

*

SOBRAN UND SEIN SECHZEHNJÄHRIGER SOHN schlenderten über den alten Exerzierplatz von Beaune zwischen Buden, Freilicht-Zahnziehern, Trödelläden und Hundeverkäufern dahin. Der Welpe, den Sobran ausgesucht und in seinen Rock gesteckt hatte, war eine Bulldogge, schwarz-braun und mit Haaren so weich wie Maulwurfsfell. Baptiste packte seinen Vater beim Arm, als Sobran die Hand in die Tasche steckte und seine Börse zücken wollte.

»Ich dachte, du hast gesagt, wir wollen keinen Hund mehr halten.«

Sobran hob den Welpen hoch, zeigte ihm seine karamelfarbenen Augen.»Für diesen Burschen haben wir Platz.«

Baptiste nahm seinem Vater den Welpen ab und setzte ihn in den Korb zurück. Der junge Mann zog seinen Vater ein paar Schritte weiter, doch dann blieb Sobran wie angewurzelt stehen.

»Dafür schuldest du mir eine Erklärung.«

Baptiste mied den Blick seines Vaters und sah schräg an dessen Schulter vorbei, als ob dort etwas wüchse.

»Baptiste?«

Baptiste sagte:»Mutter hat Josie umgebracht.«

Sobran packte seinen Sohn bei den Armen. Baptiste riß sich los.»Halt mich nicht fest. Warum mußt du andere Menschen immer anfassen?« Baptiste ging weiter, und Sobran folgte ihm.

»Sie hat gesagt, die Hündin hat dich im Stich gelassen. Das hat sie gesagt.«

Céleste pflegte immer einen der Jungen zu schicken, wenn einem Huhn der Hals umgedreht werden mußte. Sobran konnte sich nicht vorstellen, wie sie sich eines lebendigen, voll ausgewachsenen Hundes entledigt hatte – also fragte er nach.

»Sie hat Josie erhängt. Wir haben alle den Krach gehört, den Josie gemacht hat. Aber Mutter hat uns nicht in ihre Nähe gelassen. Sie hat uns mit einem heißen Schürhaken bedroht. Antoine hat gesagt, wir sollen sie lassen, und Sophie hat die Kinder aus dem Haus geschafft. Vater?« sagte Baptiste, denn sein Vater war stehengeblieben und barg das Gesicht in den Händen.

Der junge Mann sah sich betreten um, während sich Sobran wieder faßte und weiterging.

»Ich schäme mich«, sagte Baptiste. »Ich bemühe mich so sehr, Mitleid und Mitgefühl zu empfinden – wie Léon mir geraten hat.«

»Du hast mit Léon über diese Sache gesprochen?« Sobran war entgeistert.

»Du bist krank gewesen, Vater?«

»Ich bin kein Schwächling.«

Baptiste schwieg, und Sobran merkte, daß sein Schweigen verlegene Mißbilligung war. Armer Junge – zwei Elternteile, die nicht ganz bei Trost waren.

1833

# › A r ô m e ‹

*Das Bukett des Weins*

SOBRAN SASS AUF EINEM STUHL unter dem Schattenbaum und sah den Engel erst, als sich dieser fallen ließ, im Aufwind ein gutes Stück über dem Weinberg schwebte und sich dann zu den Grundmauern des neuen Hauses hinunterschraubte. Xas betrachtete es eingehend, dann legte er sich in der dunklen Luft auf den Rücken, stellte die Flügel schräg und schwebte langsam über die Hügelkuppe. Je näher er kam, desto schneller schien er sich zu bewegen. Sobran kämpfte mit dem Drang, die Augen zu schließen und den Kopf abzuwenden, doch dann hielt Xas an wie ein Falke, blieb in der Luft stehen, ließ sich fallen und stand vor Sobran. Er kam mit leeren Händen. »Das Haus sieht geräumig aus«, sagte er.

»Zwei Stockwerke, Boden und Ställe.«

»Wie viele Dienstboten?«

»Eine Köchin, eine Magd und ein Kindermädchen, das bei den jüngeren Kindern hilft. Und ein Stallknecht. Eine Kalesche, aber noch keine Kutsche. Nächstes Jahr.«

»Wo ist die Familie?«

»Die jüngeren Kinder, Antoine, Aline und Bernard, sind bei Sabine und ihrer Familie. Agnès ist im Kloster in Autun, Martin geht in Chalon-sur-Saône, in der Nähe von Sabine, zur Schule. Céleste war krank und ist mit meiner Schwester ins Bad gefahren. Baptiste ist hier bei mir in Vully. Heute nacht bin ich allerdings Gast bei Antoine Laudel.« Sobran blickte zu der einzelnen hinteren Mauer seines Hauses hinunter. »Auf dem Grundstück kampieren die Maurer. Ich habe es für das beste gehalten hierzubleiben und mußte unhöflich zu Antoine werden, weil er mich auf meinem nächtlichen Spaziergang begleiten wollte. Er war empört, daß ich ›wieder mit all dem angefangen habe‹.« Xas verlagerte das Gewicht und faltete die Flügel hinter seinem Körper. In dieser Stellung glich er einem Seraph aus einem Kirchenfenster, doch er trug nur geschmeidige, schuppige Lederhosen und einen gepanzerten Gürtel. Sobran sah, daß der Gürtel mit kostbaren Steinen und mit einer einzigen Perle oben auf einem goldenen Dorn besetzt war, der an beiden Enden durch Ösen geführt wurde und den Gürtel unter Xas' Nabel zusammenhielt. Sobran überlegte, warum ihm nie aufgefallen war, daß diese Kleidung martialisch und aufreizend zugleich war. Er sagte: »Bedecke dich.« Für Entrüstung war er zu müde. Er fuhr sich mit der Hand übers Kinn. »Bärte sind bei Herren von Stand nicht mehr in Mode, und das schon seit vielen Jahren.«

Xas lachte. »Du hast ein ganzes Jahr gebraucht, bis du auf meinen aus der Luft gegriffenen Vorwurf reagiert hast.«

»Was hattest du mir denn vorgeworfen?«

»Daß du versuchst, dich schönzumachen.«

Sobran kniff den Mund noch fester zusammen, zu einem waagerechten Strich, doch seine Hände hoben sich von den Stuhllehnen und legten sich aufeinander. Er drehte an seinem Siegelring.

Xas ordnete die Flügel, spannte sie zu voller Länge, und das Licht, das sie zurückwarfen, ließ seine nackte Haut schimmern. Dann setzte er sich auf den Grenzstein und umhüllte sich mit ihnen. »Was hast du da?« fragte er mit Blick zu dem Buch auf Sobrans Schoß.

»Ein Roman, *Indiana*, von George Sand – einer Schriftstellerin. Als ich hier hochgekommen bin, war es noch hell. Letzten Monat hat mich Aurora de Valday ausgelacht, als sie sah, daß ich

Caylus, den Antiquar, lese. Und als ich ihr Charles Napoléons *Politische Träumereien* ans Herz gelegt habe – na ja«, er hielt das Buch achselzuckend hoch:»Das hier hat sie mir aus Paris geschickt, wo sie ihre Flitterwochen verbringt.«

»Ach.«

Sobran blickte Xas durchdringend an.»Aurora ist eine Freundin. Wie Antoine, aber mir noch teurer. Sie interessiert sich für Bücher und Ideen. Außerdem nimmt sich eine Freundin der Freundschaft besser an, was nicht weiter überraschen dürfte.«

»Interessiert sich ihr Mann auch für Bücher und Ideen?«

»Ihr Ehemann ist von Adel.« Sobran preßte das Buch zwischen den Händen.»Schade, aber ihre Heirat wird unsere Freundschaft verändern. Die ist mir eine Freude und ein Trost gewesen.« Nach einer geraumen Weile blickte er zu dem stummen Engel hoch.»Xas, sag mir etwas.«

»Ja?«

»Erzähl mir etwas.«

Und Xas erzählte Sobran von seinem Garten. Er hatte etwas gebraucht, womit er sich beschäftigen konnte, denn ihm stand die Reise bevor, zu jenen todbringenden, nicht gekennzeichneten Schneewüsten, einer Abmachung zwischen Gott und Luzifer. Er war mit seinem Leben konfrontiert, und dazu brauchte er irgendeine heldenhafte, ihn völlig beanspruchende Aufgabe. Er beschloß, in der Hölle zu gärtnern.

»Ich habe hinter einem Bergkamm eine Stelle gefunden, wo die Luft dünn und kühl war – das heißt, nur so heiß wie diese Hügelkuppe mittags im Hochsommer. Dann habe ich eine Mauer gebaut, habe Werkzeuge bei den Maurern gestohlen, den Engeln, die die dunkle Zitadelle mit den dicken Mauern hochzogen, den einzigen anderen erträglichen Ort in der Hölle. Wo all die Bücher aufbewahrt werden. Ich habe geschmolzenes Glas geholt, habe es gegossen und geformt, bis ich eine Mauer hatte,

– 155 –

die sich zwischen meinem Hang und den feurigen Weiten erhob, eine Mauer aus schwarzem Glas, die bis zur Hälfte durchscheinend ist und nach oben hin schmaler wird. Du mußt dir meinen Garten in einem Licht vorstellen, das durch Unebenheiten verzerrt einfällt wie Sonnenschein durch Rauch.

Als nächstes habe ich die Scholle vorbereitet. Dazu habe ich Boden von der Erde mitgebracht. Ich habe Flechten und kleine Bodendecker gepflanzt. Erst habe ich Boden herangetragen, dann Wasser. Habe tausend Jahre lang ein um den anderen Tag Wasser geholt. Ja, das ist aufgefallen. Man ist gekommen und hat sich umgesehen. Luzifer hat geraten, man solle sich nicht einmischen, weder helfen noch behindern. Sie hatten ohnedies alle Hände voll zu tun, mußten die Verdammten in ihre Ghettos scheuchen, sie wie Wein im Faß einschließen, wo sie ihre Gefühle äußern konnten. Nachdem meine schlichten Pflanzen den Boden angereichert hatten, habe ich anspruchsvollere Dinge gepflanzt. Ich habe meinen Garten überdacht, daß er wie ein großes Terrarium sein eigenes Klima besitzt. Das habe ich so lange gemacht, bis der Boden hinreichend tief und fruchtbar war, dann habe ich alles ausgegraben, meinen Garten nach oben hin geöffnet, habe ein paar Luken zum Aufklappen in der Luftblase angebracht und wieder von vorn angefangen. Ich habe blühende Büsche und Kletterpflanzen gepflanzt – aber nichts, was viel Wasser brauchte. Ich habe einen Springbrunnen gebaut und ihn immer mit Wasser versorgt – wenn ich mich nicht um das Wasser gekümmert habe, ist es verdampft wie Tropfen auf einem heißen Herd. Die überlebenden Pflanzen haben sich im Laufe der Jahre verändert. Alle sind in der Hitze dunkler geworden so wie Kupferbirken in sehr heißen Sommern schwarze Wipfel bekommen.

Nach mehr als tausend Jahren konnte ich meinen Garten dann für längere Zeit allein lassen – jetzt geht der Ärger erst nach sechs Tagen los, aber dann muß ich fast alle Luken schließen und ihn von seiner ausgeatmeten Feuchtigkeit leben lassen. Es ist ein ziemlich großer Garten. Man kann das Ende nicht sehen – den großen Baum – wo kein Licht mehr hinkommt. Hast du schon mal eine Sonnenfinsternis gesehen? So mußt du dir die Atmosphäre dort vorstellen. Meine lichtempfindlichen Blumen öffnen ihre Blüten nie ganz. In den Wochen, in denen die Bienen ausschwärmen, sorge ich für zusätzliche Beleuchtung. Alle Farben sind satt, üppig. Das Licht ist unbestimmt grau, matt, wie kaltes Wasser und unstet, als ob es von einem Lavastrom zurückgeworfen würde. Man erwartet Kühle, aber die Luft ist sehr warm – und das Wasser, das in den Springbrunnen fällt, hört sich für mich bisweilen an wie eine Zunge, die sich in einem feuchten Mund bewegt. Das Wasser funkelt nicht. Und es gibt keine blauen Blumen. Ich habe sie mitgebracht – Bleiwurz, Kornblumen, Lavendel –, aber alle verblassen zu Weiß. Und Hellgrün gibt es auch nicht, und alle Rosenblätter und Stengel sind dunkel – die roten Blüten sind eher schwarz und sehen an den äußeren Blütenblättern so angesengt aus wie einige irdische Rosen als Knospen, was sich bei denen jedoch verliert, wenn sie aufblühen – sich öffnen, meine ich.«

Xas schwieg.

»Das werde ich nie zu sehen bekommen«, sagte Sobran. »Den einzigen Ort in der Hölle, der nicht unwirtlich ist.«

»Ein schimmernder, duftender Ort im Zwielicht.« Xas verstummte und stellte dann unbefangen eine Frage: »Erwartest du nicht mehr, daß du in die Hölle kommst?«

Sie blickten sich an. Sobran wurde rot.

»Wenn wir das vergessen können«, sagte Xas, »deine Überzeugung, daß ich dir ewige Verdammnis bringe, dann kann ich wieder dein Glück sein – und du bist lediglich böse, weil ich dich nicht ganz ins Vertrauen gezogen habe.«

– 157 –

Sobran knirschte nicht länger mit den Zähnen, sondern sagte: »Du hast die ganze Zeit über dein Spiel mit mir getrieben.«

»Nein. Aber unterhaltsam war es schon.« Xas kam näher, lehnte sich gegen den Baum, machte dessen grau geriffelten Stamm zum Teil seiner Schönheit – helle Federn, Geschmeide, Gold, weißes, makelloses Fleisch. Jeder Kontrast betonte noch seine absolute Vollkommenheit – ein erneuter Überfall und von der blinden Wucht einer gischtenden Woge. »Es hat mich geschmerzt, als du dich vor mir versteckt hast«, sagte er. »Aber ich habe gelernt, Geduld mit deinen Überraschungen zu haben. Weil ich all die Jahre über so sinnlos geschäftig gewesen bin, habe ich nur wenig Freunde gehabt, alle jedoch gut, Männer und Frauen mit einem Gewissen, mit Güte – oder Selbstbeherrschung. Und immer mit dem gleichen Ergebnis: Sie haben ihre Gelüste, ihr eigenes Wesen aufgegeben, als ob sie dazu geboren wären, sich würdig zu erweisen, den Wert der Welt zu beweisen. Sie sind mir begegnet und haben danach alles zur höheren Ehre Gottes getan, wobei Gott für die einen die Liebe war wie für meinen Freund, den irischen Mönch, für andere wie Apharah die Wahrheit. Du warst anders. Du bist geblieben, was du bist, Soldat, Familienvater, Winzer, als wäre ich in deinem Leben eine Würze, eine Prise Salz, die erst den vollen Geschmack hervorbringt, nicht aber sein Mittelpunkt. Ich bin Teil deines Kalenders gewesen. Früher habe ich, glaube ich, immer Eremiten gewählt, Leute, die ich zu den sonderbarsten Zeiten allein angetroffen habe, oder ich habe die von mir Erwählten zu Eremiten gemacht. Schließlich bin ich ein Eremit in der Hölle. Aber du warst anders – hast dich mir gegenüber anders verhalten.«

Sobran ging nicht auf den vertraulichen Ton des Engels ein, sondern meinte, ein gefallener Engel würde natürlich dafür sorgen, daß er sich nur Eremiten anschlösse. Jeder, der mit Verdammten zu tun hatte, brauchte ein Herz wie ein Sklavenhändler. Ein Herz, das nur auf die Geräusche von Handel und Wandel horchte – Plantagen, Hüttenwerke, Bergwerke –, nicht auf Mütter, die um ihre verlorenen Kinder wehklagten. Wieviel bequemer mußte es da für einen so halbherzigen und wählerischen Dämon wie Xas sein, Leuten ohne Familie oder Land Gesellschaft zu leisten – wie seine Freunde da, diese Gelehrten und Klausner.

Xas schwieg eine Minute, dann kauerte er sich hin und schrammte mit einem Flügel am Baum herunter, rieb seine Federn gegen den Strich, so daß sie den Stamm wie flache Finger zu packen schienen. Er blickte Sobran in die Augen: »Heute nacht hast du gesagt: ›Xas, erzähl etwas‹, weil du unglücklich bist. Dann wirst du böse, und schon bin ich Sklavenhändler oder Mörder oder Folterknecht.«

»Ich bin nicht unglücklich«, sagte Sobran steif. Er konnte das Gesicht scheinbar nicht abwenden, daher schloß er die Augen. Zuckte auch nicht zusammen, als der Engel eine warme, schwielige Hand auf seine Wange legte.

»Ich treibe kein Spiel mit dir. Ich hatte ja keine Ahnung. Dennoch – deine Freundschaft hat mir geholfen, aus meinen anderen Freundschaften schlau zu werden. Jetzt kann ich besser verstehen, wie weh ein Streit tun kann.« Xas seufzte. »Aber ich will nicht über Gott sprechen. Warum tue ich es doch? Bisweilen habe ich das Gefühl, Gott sitzt mir am ganzen Leib wie Pollenstaub, und ich laufe herum und stäube alles mit Gott ein.«

Sobran machte die Augen auf, und Xas lächelte ihn an. »Ich dachte, du hast mit mir über Gott geredet, weil du mich davon überzeugen wolltest, daß du gut bist. Aber jetzt finde ich, für dich gereicht alles irgendwie zur höheren Ehre Gottes – ob dir das nun gefällt oder nicht.«

»Ja, das Gefühl habe ich auch. Meine Phantasie wurde zunächst in Gottes Seligkeit geformt. Aber ich glaube, Gott hat

– 159 –

die Welt nicht erschaffen, daher müssen mich meine Gefühle
täuschen.«

Das war also die Ketzerei, deretwegen Xas aus dem Himmel
geworfen worden war. Sobran war froh, daß es endlich heraus
war. Es war wie eine Lichtung. Sobran konnte diese Lichtung
beinahe sehen – ein besonnter, grüner Ort der Stille, die nichts
störte, nicht einmal die Stimme eines Kuckucks. Xas hielt die
Welt für eine leere Lichtung, auf die Gott geschlendert war.

Im warmen, dunkelblauen Zwielicht trat einer von den Maurern aus dem Schutz der Grundmauern des neuen Hauses und
schlug sein Wasser an einer Mauer ab. Er schüttelte die letzten
Tropfen ab, gähnte und blickte sich um. Starrte zur Hügelkuppe, den sitzenden Männern hoch. Sobran hob die Hand. Xas,
der noch immer am Baum kauerte, sagte:»Sieht er mich?«

»Ich bin mir sicher, er weiß nicht, was er sieht.«

*

ALS AURORA EIN KIND WAR, hatte ihr Vater ein lahmes Pferd im
Stall, einen alten Kavalleriegaul, der sein Gnadenbrot bekam.
Die Stute war dicht an eine versteckte Petarde herangeritten
worden. Die Explosion hatte dem jungen Vicomte, der neben
Auroras Vater ritt, die Därme aus dem Leib gerissen und sein
Pferd niedergestreckt. Die Stute hatte eine Sprengladung in
Flanke und Bein abbekommen. Sie machte einen Satz, tänzelte
eine viertel Meile diagonal wie ein hochgezüchtetes Dressur-
pferd und fing dann an zu lahmen. Auroras Vater fing das Pferd
mitten in der Schlacht wieder ein und wies seinen Stallburschen
an, ihr nicht den Gnadenschuß zu geben. Drei Tage später fand
er zu seinem Regiment zurück, und da lebte sie noch immer,
und ihre Wunden heilten allmählich. Die Stute taugte zu nichts
mehr, wurde aber als Pferdepensionär versorgt. Jahre später, als
er die Geschichte des Pferdes erzählte, drängte der Vater Aurora,

– 160 –

die Hand auf die narbige Flanke des Pferdes zu legen und die Verhärtungen um die Granatsplitter unter ihren alten Narben zu ertasten.

Im Alter von dreiunddreißig Jahren und sechs Monate nach dem Fest ihrer zweiten Hochzeit entdeckte Aurora ähnliche Verhärtungen an ihrem eigenen Fleisch. Sie war im Bad, seifte sich unter den Armen ohne ihren Naturschwamm ein und spürte – schmerzlos, geheimnisvoll unter glatter Haut versiegelt – Knoten, die Rehposten glichen.

Tage später, als ihre Zofe ihr das Mieder aufschnürte, merkte Aurora, daß sich ihre Seite steif anfühlte, nicht empfindsam wie eine Wunde, sondern zu straff gespannt.

Sie ging nicht von ihrem Ankleideraum in den ihres Mannes und dann in sein Bett. Sie zündete keine weitere Kerze an und schrieb an keine ihrer Freundinnen. Beim Frühstück teilte sie ihrem Mann mit, sie merke, daß sie in letzter Zeit so rasch ermüde. Paris sei zu geschäftig; sie würde gern nach Vully zurückkehren. Natürlich beantwortete sie seine Fragen, ob sie mit ihm und ihrer Ehe glücklich sei. Doch weitere Informationen gab sie nicht preis. Und sie machte auf dem Heimweg auch keinen Umweg zum Wohnsitz ihrer früheren Schwägerin, wo ihr Sohn mit seinen Vettern unter Aufsicht seines Erziehers lebte – obwohl der Drang, Paul zu besuchen, das einzige war, was zu unterdrücken sie wirklich Kraft kostete.

Ihr eigener Arzt, ein ältlicher Mann ohne Ehrgeiz, untersuchte sie zunächst mittels Stellvertreter – sie zeigte ihm den Sitz ihrer Krankheit an einer Stoffpuppe mit weiblichen Formen. Als er das dann an ihr überprüfte, sagte er, er könne nicht mit Sicherheit sagen, ob es sich um Krebs handele, er müsse erst sehen, wie schnell er wüchse. In der Stadt gebe es Chirurgen, die operieren könnten. Dafür sei jedoch Paris der richtige Ort. Aber eine solche Operation bedeute den Verlust eines Teils ihrer

Weiblichkeit, und sie solle sich mit ihrem Ehemann beraten, herausfinden, was dieser wünsche.

Drei Tage lang nahm Aurora ihre Mahlzeiten im Bett ein, saß in ein Umschlagtuch aus Lammwolle gehüllt und las ihre Lieblingsromane noch einmal. Sie griff sogar zur Bibel, legte sie jedoch nach einer Stunde beiseite und schüttelte sich ihre Zeilen aus dem Kopf.

Sie ließ sich ankleiden und ging nach draußen. Vor zehn Jahren hatte sie einen halben Morgen flaches Land, einen Teil des Obstgartens hinter dem Gemüsegarten für sich reserviert. Sie hatte die Kirschbäume fällen und ein Spalier bauen lassen, an dem in regelmäßigen Abständen an zwölf Fuß hohen Pfählen eßbare Weintrauben wuchsen. Wenn die Weinstöcke Blätter hatten, war das Feld wie ein Zimmer, ein grüner düsterer Raum mit einem Teppich aus abgefallenen Weinblättern, in denen Vögel hüpften und pickten und in dem der Wind raschelte – der stillste, kühlte Platz auf dem ganzen Anwesen. Beim Gehen bearbeitete Aurora ihren Arm – spürte, wie er zog, als hätten sich die Vertäuungen, mit denen ihre Brust an ihrer Seite befestigt war, gestrafft und die Tide schlüge um.

Sie dachte an ihren Sohn, daß sie ihn nicht allein lassen, daß sie ihn unmöglich verlassen konnte. Sie war immer so besorgt wegen seiner Gesundheit gewesen, in der Furcht, er habe die schwindsüchtige Konstitution seines Vaters geerbt. Sein ganzes Leben lang war Paul eine heiße Kohle in ihrer Hand gewesen, einer Hand im Feuer.

Aurora bearbeitete ihren Arm weiter, überlegte, ob sie ihn bald nicht mehr würde gebrauchen können. Sie wußte, daß diese Krankheit sie dazu zwingen würde, ihren Sohn loszulassen; die Krankheit war ein beharrlicher Landvogt und hatte sie in den Klauen.

Sie schlängelte sich zwischen den Pfählen durch. Zwei Amseln hüpften vor ihr her, legten den Kopf schief und behielten sie im Auge. Sie kam zur Mitte des überdachten Raums – blickte sich um und sah die Durchlässe und den Sonnenschein an jedem Ende. Bei wem konnte sie darauf vertrauen, daß er ihr nicht mit dem Himmel kam? Ihr Ehemann Henri. Der würde Vorkehrungen treffen – Arzneien, Chirurgen, Pflegerinnen. Eine Bestattung. Henri würde für Pauls weitere Erziehung sorgen, für die Verwaltung des Anwesens und für Paul ein kühles Auge auf den Heiratsmarkt haben. Aurora traute ihrem Mann zu, daß er alles Erforderliche zu ihrem Trost tat.

Sie würde bald sterben. Sie war sich sicher.

Wenn sie Paul auf der letzten sonnigen Wiese verließ, wenn sie ihn von sich fort in einen dunklen Wald gehen sah, wenn sie wirklich glaubte – wenn sie glauben würde, daß ihr Flügel wüchsen und sie über den Wald fliegen und dasein könnte, wenn er herauskam, unkenntlich, gramverstört, ohne Liebe –, was nutzte das noch? Was nutzte es noch, wenn man daran glaubte und dennoch nicht in der Lage war, Paul einen Teil seines Erwachsenenlebens an die Hand zu nehmen, ihm nach seinen ersten Niederlagen aufzuhelfen? Vergiß den Himmel. Sie würden sich in Angst und Not verlassen, so wie Pauls Vater sie verlassen hatte, aufgebäumt im Bett, die Augen starr auf seine Frau gerichtet, dann jener endgültige Blutsturz.

Aurora hatte Philosophen, Dichter, Romanciers gelesen, die den Tod als einen Ort, als einen Zustand, als das Leben nach dem Tod beschrieben. Oder natürlich als ein Ereignis. Doch sie fand, für sie war Tod das Wissen um den Tod, und alles andere war Verlust, glitschige, blutige Hände und Kummer, über den sie hinlänglich Bescheid wußte. Das Wissen um den Tod war wie eine in ihrem Kopf eingebettete Kugel, irgendwo über ihren Augen, die jenseits des grünen Zimmers mit dem Dach aus

Weinblättern in die Helligkeit ringsum blickten, unter einer Kugelwunde hervorblickten, aus einem Kopf, den bei hellichtem Tag Tod und Schwärze durchbohrt hatten.

*

AURORA SCHRIEB AN IHREN EHEMANN, ihre Schwägerin und entfernte Freunde. Im Augenblick mußten es nur wenige wissen. Doch in dem Schreiben an ihre Schwägerin bat sie diese, Paul vorzuwarnen. In dem Brief an ihre Freunde fand Aurora zu ihrer Einstellung: Zurückhaltung, praktisches Denken – sie würde noch liebevoller sein und ihren Freunden hoffentlich das Gefühl vermitteln, daß nichts ungetan geblieben war. Sobran erzählte sie nichts, sprach jedoch mit ihm.

*

ALS SIE DIE GESCHÄFTLICHEN DINGE beredet hatten, schenkte Sobran Aurora ein Glas *cuvée* ein. Jodeau-Kalmann hatte eine Champagnerpresse, die Trauben kamen aus dem Weinberg von Sabines Mann unweit Chalon-sur-Saône. Es war ein guter, heller Champagner, aromatisch und trocken.

»Er traut sich das nicht zu«, sagte Sobran und lachte stillvergnügt. »Und geniert sich nicht, seine Trauben seinem Schwiegervater zu überlassen.«

»Wenn ich bedenke, daß ich Ihnen die halbe Befehlsgewalt gegeben habe«, sagte Aurora belustigt. »Und jetzt sind Sie überall in der Provinz.«

»Bald stellt man mir ein Denkmal auf«, sagte Sobran mit der Nase im Glas.

»Einem Kaninchenbock?«

»Aurora!«

Sie lachte, genoß sein Entsetzen. Dann sagte sie: »Im Winter bin ich wieder da, ob Henri mitkommt oder nicht.«

Sie schwiegen erneut. Aurora blickte in ihr Glas, sah die Bläschenschnüre, die aus einem Sedimentsprenkel hochstiegen. Nach einer geraumen Weile zuckte sie zusammen und fragte: »Als Sie auf dem Schlachtfeld waren, müssen Sie doch mitbekommen haben, wie Männer, Verwundete nach ihren Müttern riefen. Haben sie nach ihrer eigenen Mutter gerufen? Oder nach übermenschlichen Müttern wie der Muttergottes?«

»Ich weiß es nicht. Ich habe nie nach meiner gerufen. Meine Mutter war noch am Leben und hat bei meiner Familie gewohnt, als ich in der Armee war. Ich habe sie mir dort vorgestellt, wo ich sie immer gesehen habe. Nicht auf Schlachtfeldern. Außerdem bin ich nie schlimm verwundet worden, wäre aber um ein Haar erfroren – als ich dachte, ich sehe ...«

Aurora merkte, daß sich Sobran jetzt vorsah. Gedanken und Worte waren nicht eins, waren wie Ausguck und Steuermann, zwischen denen Botschaften hin- und hergehen, wie man weiter verfahren soll.

»Einen Engel. Der stellte sich dann schlicht als breitschultriger Schrein am Wegesrand heraus. Mutter ist ein Jahr vor meiner Tochter Nicolette gestorben. Gott sei Dank ist ihr dieses Leid erspart geblieben. Sie ist plötzlich krank geworden, war gelähmt und hat zwei Wochen das Bett gehütet, konnte kaum noch sprechen, was sie zunächst sehr geärgert hat. Léon war nicht da, und das hat ihr einigen Kummer bereitet, aber sie hat sich darein gefügt – damit meine ich nicht, daß es ihr gleichgültig war, sondern daß sie ihren Frieden gemacht hat. Ihr Tod war so sanft, wie ich nie wieder einen erlebt habe.«

»Ich habe sie nicht kennengelernt. Als ich hierhergezogen bin, hatten Sie gerade Ihre Tochter verloren. Das war das erste, was ich über Sie und Céleste gehört habe, daß Sie ein Kind am Scharlach verloren hätten.«

»Warum hat man Ihnen das erzählt? Andere haben in dem

Jahr auch Kinder durch das Fieber verloren. Zwei Kleinkinder, eine Vierjährige und eine Dreizehnjährige. Ich weiß nicht mehr genau, wer die waren, weil man die Namen der Kleinkinder wiederverwendet, die toten Kinder mit lebendigen ausgelöscht hat, und die sind nun erwachsen. Das Mädchen war die älteste der Garveys, Jeanne.«

»Warum man mir erzählt hat, daß Sie eine Tochter verloren haben? Als mein Mann gestorben war, haben mich Menschen aus meiner Umgebung auf andere Mitglieder der geheimen Bruderschaft derer hingewiesen, die kürzlich einen schmerzlichen Verlust erlitten hatten. Sie haben eine schwarze Armbinde getragen. Ich weiß noch, daß ich Sie beobachtet habe, wie Sie ein Pferd vor einen Karren voll leerer Fässer gespannt haben. Sie haben den Rock ausgezogen, das Band vom Ärmel abgenommen, es über den Hemdärmel geschoben und dann die Ärmel aufgekrempelt. Sie sind so zartfühlend damit umgegangen, als ob jeder zusähe – was ja auch der Fall war. Mein Onkel hatte eine sehr hohe Meinung von Ihnen, aber er hat – kritisch – glaube ich, gesagt: ›Sobran Jodeau spürt seinen Kummer.‹«

»Aurora, was für eine Erinnerung! Sie haben mich besser durchschaut als – als meine eigenen Kinder.« Sobran beugte sich vor und berührte flüchtig ihren Handrücken. Dann schenkte er sich nach und hielt sein Glas ans Licht, als wollte er sich an der Farbe erfreuen.

»Bereitet es Ihnen Vergnügen, wenn Sie durch das Glas starren?«

»Irgendwie schon. Die Dinge dieser Welt werden nicht gleichmäßig gefiltert. Und die Nacht ist besser als der Tag.« Sobran war in Gedanken versunken. Dann sagte er: »Ich kenne jemanden, der erinnert sich an alles.«

»Solche Leute würde ich gern kennenlernen, damit sie sich an mich erinnern«, sagte Aurora.

– 166 –

Sobran blickte erstaunt, doch es bot sich keine Gelegenheit, darauf einzugehen, denn Aurora fuhr bereits fort:»Würde sie sich auch an die am Scharlach gestorbenen Kinder erinnern, die ihren Vornamen als erste getragen haben?«

»Wenn er die erfahren hätte, ja.«

Die vergiftete Freundschaft. Er. Aurora musterte Sobrans gesenkte Lider. Jählings war sie hin- und hergerissen, und der Mut verließ sie. Unversehens fühlte sie sich durch und durch elend, ihre Jugendblüte war dahin, ihre Brust ein Beutel voller Steine, der an ihren Körper gebunden war, dann ließ man sie über den Rand des Grabes herunter. Was sollte ihre taktvolle Zurückhaltung, ihre Tugend, ihre Selbstverleugnung noch, wenn seine verbotenen Gelüste nicht im entferntesten ihr galten? Das Gift – wie er es darstellte – war genau das, was passierte, wenn sich Männer zu nahe kamen. Daher war er so steifleinen, so zugeknöpft, so gesetzt, ein so eifriger Kirchgänger. Warum hatte sie das bislang nicht erraten?

Sie merkte, daß er sie beobachtete, und riß sich zusammen. Falls sie die Farbe verloren hatte, er konnte es nicht sehen.»Gibt es Bücher, die ich Ihnen aus Paris schicken kann?«

\*

»RUE DU BAC
Paris
7. Dezember, 1833
Monsieur Jodeau!

Da Sie mir nicht geschrieben haben, weiß ich, daß Mama Ihnen nicht erzählt hat, daß sie auf den Tod erkrankt ist. Sie kann den rechten Arm nicht mehr heben. Ein Chirurg in Paris setzt einige Hoffnung auf eine lindernde Operation, sagt aber, daß es bald geschehen muß. Mama besteht jedoch darauf, daß sie trotz ihres geschwächten Zustandes und der Dringlichkeit der

Situation das Château aufsucht. Ich glaube, sie möchte auf dem Land vom Schnee eingemauert werden und vor ihrem Schlafzimmerkamin sterben. Sie wissen doch, sie ist keine fromme Frau. Und auch nicht lenkbar. Ich bin in großer Sorge. Monsieur, ich kann sie nicht davon abbringen. Der Baron ist zornig, benimmt sich aber, als wäre er ihr Gebieter und ist ganz Madame hier, Madame da. Sie will nicht auf uns hören. Sie möchte natürlich, daß ich sie begleite, hat sogar ein halbes Dutzend Erzieher zur Vorstellung dagehabt und einen gräßlichen Deutschen eingestellt – über den ich mich nie wieder beklagen werde, falls Mama am Leben bleibt. Ich habe Henrietta de Valday, der Tante meiner Mutter, und ihren Freundinnen, den Schwestern Lespes in Piemont, geschrieben, das zu tun, um was ich auch Sie bitte, nämlich sie anzuflehen, daß sie alles Erdenkliche tut, um ihr Leben zu retten.

Ich vertraue auf Sie.

Ihr Freund

Paul de Valday, Comte de Vully«

*

»CLOS JODEAU

20. Dezember

Hochverehrte Baronesse!

Paul hat mir geschrieben. Er sagt mir, daß Sie krank sind – ›auf den Tod‹ sind die Worte, die er verwendet – und daß er glaubt, Sie wollen sich vor der Operation drücken, die Sie retten könnte. Er spricht von dieser Operation als lindernd, ich jedoch erhoffe davon Heilung. Ich fände es bedauerlich, wenn meine Worte ein Affront für Sie wären, aber ich schreibe dieses in aller Eile, weil ich unbedingt den nächsten Postabgang erreichen möchte – danach würden sich dieser Brief und Ihre Kutsche möglicherweise unterwegs kreuzen.

– 168 –

Falls Sie Angst vor der Operation haben, weil sie eine Verstümmelung bedeutet –, der Tod bewirkt dies um so gründlicher. Sie werden so oder so leiden, und ich glaube, Ihr Mut ist dem Leiden gewachsen.

Unter diesen Umständen das Château aufzusuchen, ist eine Zeitverschwendung, die Sie sich nicht leisten können – auch wenn es ein allerletztes Mal sein sollte. Ich flehe Sie an, bleiben Sie in Paris und wagen Sie sich unter das Messer. Ich weigere mich, diesen Brief als meine letzte Unterhaltung mit Ihnen anzusehen und kann nur hoffen, daß Sie meinen Rat befolgen. Ich bete um Ihre Genesung und baue fest darauf, daß ich Sie im Frühling bei besserer Gesundheit wiedersehe.

Ihr Freund
Sobran Jodeau«

*

ER SAH SIE EHER ALS erwartet, hörte sie an dem Abend eintreffen, als es heftig schneite. Aus seinem Zimmer im Ostflügel des Châteaus, über der *cuverie*, hörte er einen Vorreiter, Stimmengewirr, Schritte drinnen und draußen, fauchende Pechfackeln und eiserne Kutschenräder auf Kies.

Am nächsten Tag trafen sie sich zu später Stunde im kleinsten Salon des Châteaus. Aurora ruhte auf einem Diwan unter vielen Tüchern. Sie hatte die Füße hochgelegt und ein Buch auf dem Schoß. Ihr Haar steckte in einem Spitzenbeutel, der auf ihrem Nacken lag. Sie sah müde, schmerzgeplagt, blaß aus – doch nicht mager oder gelb oder auf der Schwelle des Todes.

Sobran erkundigte sich, ob sie seinen letzten Brief erhalten habe, und sie sagte, der müsse sich unterwegs mit ihrer Kutsche gekreuzt haben. Sie blickte ihn jedoch bei diesen Worten nicht an; ihre Brauen hoben sich zwar, aber sie senkte den Blick. Sie fragte, ob er das Paket mit den Büchern erhalten habe.

»Ja, und vielen Dank dafür. Aber ich habe nur den Hugo gelesen.«

Sie blickte auf, wollte über Victor Hugo sprechen. Sobran sagte:»Paul hat mir geschrieben. Diese Operation ist keine Hoffnung, die vorhält, Aurora. Hoffnung kann man nicht auf Flaschen ziehen und auf Besserung hoffen. Es ist Ihre Pflicht, alles Erdenkliche zu tun.«

Er sah, daß ihr Blick so schnell erkaltete wie Wachs an einer ausgeblasenen Kerze hart wird. Sie zog die Beine an, und dabei funkelte das Blütenmuster ihres Brokatrocks im Licht ganz wunderschön wie gesundes Gefieder. Sie hüllte sich fester in das Kaschmirtuch.»Das geht Sie nichts an.«

Sobran richtete sich auf, rutschte auf dem Sitz vor und machte sich zum Gehen bereit, falls man ihn fortschickte. Er merkte gar nicht, daß er diese Haltung eingenommen hatte, daß seine Ehrerbietung ihm tiefer in den Knochen saß als sein Gefühl für berechtigte Ansprüche. Er sagte:»Wir sind Freunde.«

Sie sagte:»Sie haben sich mir nie anvertraut.«

Er sagte, er habe stets ihre Intimsphäre geachtet. Beide Feststellungen standen kurz im Raum. Sobran war zwar ihr Angestellter, hatte aber dennoch den Mut eines geläuterten Menschen.»Schreiben Sie diesem Chirurgen und bitten Sie ihn, hierher zu reisen. Bieten Sie ihm ein Vermögen.«

»Er ist jünger als ich und hat fast genausoviel Angst wie ich. Ich habe gesehen, wie ihm Schweißperlen auf der Oberlippe standen, als wir uns über die Operation unterhalten haben.«

»Seien Sie tapfer für ihn mit, Aurora. Machen Sie einen besseren Menschen aus ihm.«

Aurora lachte einmal trocken auf, dann lehnte sie den Kopf an die geschwungene Lehne der Récamière. Sie sah auch ein wenig aus wie Madame Récamier auf dem Gemälde von Jacques Louis David – nur daß sie die dicke, überladene Kleidung ihrer eigenen Zeit trug. »Sie vertrauen sich mir an, Sobran – jetzt. Weil ich jedes Geheimnis, das Sie mir erzählen, nicht mehr lange für mich behalten muß.«

Er merkte, daß sie böse auf ihn war, und das nicht nur, weil er sie überleben würde. Er merkte, daß sie ihn liebte, und das nicht nur als Freund. Ihr Blick glich dem eines in die Enge getriebenen Fuchses. Jeden Augenblick konnte sie ihm erzählen, was sie für ihn fühlte – oder von ihm argwöhnte.

»Ich mache einen Handel mit Ihnen, Aurora. Wenn Sie diesem Chirurgen schreiben und ihn hierher holen, wenn Sie sich operieren lassen und überleben – dann erzähle ich Ihnen meine Geheimnisse. Ich verspreche es.«

»Die Sachen, die Sie niemandem erzählen?«

»Die Sachen, die ich Ihnen nicht erzählt habe.«

Sie sagte noch einmal: »Die Sachen, die Sie niemandem erzählen.«

»Ja. Die einzige Sache, die ich niemandem erzähle.«

\*

ES WAREN KEINE FRAUEN ZUGEGEN. Die Frauen, die sie gebeten hatte dabeizusein, standen eine Zeitlang an der Tür, als sie sich entkleidete. Pauls Kindermädchen war eben noch da, ließ aber gleich darauf die Schale mit Wasser fallen und flüchtete. Der Teppich dampfte – ein guter, geknüpfter Orientteppich und zweimal so alt wie Aurora.

Der Chirurg war in Begleitung eines weiteren Chirurgen und zweier Männer. Das reichte nicht, um sie festzuhalten – also holte man einen ihrer Lakaien. Er lag die ganze Operation hindurch auf ihren Beinen und weinte.

Die Vorbereitungen. Soviel Verbandszeug. Aurora kletterte auf den Eßzimmertisch, auf dem man eine alte Daunendecke ausgebreitet hatte. In dem Kronleuchter über ihr waren alle

Kerzen angezündet, und die Vorhänge waren nicht nur aufgezogen, sondern auch noch mit ihren Kordeln verschnürt, so daß sie wie Baumstämme zu beiden Seiten der Fenster standen.

Aurora wollte es vorkommen, als wäre sie zu ihrer eigenen Hinrichtung erschienen. Sie blickte sich nach einem rettenden Mauseloch um. Der Chirurg stand über ihr. Sein Gesicht hatte alle Farbe verloren. Sie mochte nicht hinsehen, als er seine Messer ordnete. Jemand legte ihr einen Lappen aufs Gesicht. Sie war so gut wie tot.

Der Branntwein stieß ihr auf. Sie spürte Luft auf ihrer Brust, als man sie entblößte. Hörte sie reden und spürte, wie man sie berührte. Dann hielten sie ihre Arme und Schultern fest und begannen zu schneiden.

Jedes Mal, wenn sie aufhörten und sich besprachen, fiel sie in Ohnmacht und wurde durch den Schmerz wieder wach, wenn sie sägten und sezierten. Sie schrie um die lederne Kandare in ihrem Mund herum. Die Brust war nicht weich, kein Berg aus Butter – der Chirurg mußte Gewalt anwenden. Sie fühlte, wo sie schnitten, fühlte, wohin das Messer, das sich durch ihr Fleisch sägte, wollte und wie es vorankam, erst diagonal, dann in zwei Kreisen. Sie spürte, wie ihre Brust Stück für Stück abgelöst wurde wie Kuchenstücke, die unten in der Form festgebrannt sind. Dann spürte sie das Messer auf Knochen entlangkratzen.

Ein Abgrund.

Später spürte sie, wie man ihr das nasse Tuch vom Gesicht zog, es klebte. Das Gesicht des Chirurgen war blutüberströmt. Und tränenüberströmt. Aurora merkte, daß sie ihn trösten mußte. Sie flüsterte: »Es war nötig.«

Sie verbanden die Wunde und trugen sie in ihr Bett. In einen Raum voll Schwarz wie eine tintenfleckige Seite. Ein gräßlicher Schmerz hatte sich in sie gebohrt und sich bei ihr eingenistet.

AURORAS SOHN KAM INS ZIMMER, als ihre Zofe sie mit Suppe fütterte. Eine Brühe von Lammnieren, körnig und grau, aber wohlschmeckend. Aurora hob die Hand – die Hand am Ende des guten Arms, des Arms, den sie hochheben konnte – und wehrte den nächsten Löffel ab. Suppe spritzte auf ihr Bettjäckchen. Hélène entschuldigte sich und tupfte sie mit einer Serviette ab.

»Wer ist das?« fragte Aurora ihren Sohn. Das Fenster stand einen Spalt offen und ließ die Frühlingsluft herein, und sie hatte ein Pferd gehört, keine Kutsche, daher wußte sie, es war nicht der Baron, den man jeden Augenblick erwartetete.

»Monsieur Jodeau, Maman, er war schon mehrfach hier, aber Sie sind sehr krank gewesen und später – mitgenommen.«

»Mitgenommen?« Aurora lachte.

»Schlapp und lahm, Maman«, sagte Paul. »Natürlich habe ich mit ihm gesprochen, habe ihm Bericht über Ihre Fortschritte erstattet, bisweilen täglich. Und wir beiden haben einmal an Ihrem Bett gesessen, als Sie sehr krank waren – hoffentlich stört Sie das nicht«, platzte Paul heraus. »Aber Monsieur Jodeau ist mein Freund!«

»Ich freue mich, daß er dein Freund ist, lieber Paul. Und daß du mit ihm zusammen an meinem Bett gesessen hast.« Sie quälte sich hoch. »Schicke ihn in einer halben Stunde in mein Ankleidezimmer. Hélène« – zu ihrer Zofe –, »ich möchte ein sauberes Nachtgewand und einen Morgenmantel haben.«

Paul verließ das Zimmer.

\*

DURCH DIE GEÖFFNETE TÜR zwischen Auroras Ankleideraum und ihrem Schlafgemach sah Sobran zwei Dienerinnen, die ihr Bett machten. Das geschah so feierlich, als wäre sie gestorben; als wäre der Raum ein Klosterspital und sie Nonnen, die für den

nächsten Kranken das Totenbett herrichteten. Aber da war ja
auch Aurora, nicht mehr so mager und wachsfarben wie zu der
Zeit, als er einen ganzen Tag an ihrem Bett gesessen und Paul
Gesellschaft geleistet hatte. Damals hatte es getaut, und der
Schnee war von den aufgewärmten Bleidächern des Châteaus gerutscht und auf die steinernen Fensterbänke vor den hohen,
schmalen Fenstern des Schlafgemaches geplatscht. Der Schnee
platschte, Aurora atmete, und Sobran hatte, wenn er sich recht
entsann, Paul aus den Psalmen Davids vorgelesen.

Aurora trug ein Spitzenhäubchen auf dem Haar, das man ihr,
während sie fieberte, kurz geschnitten hatte. Sie lag auf einer
Ottomane – zog die Füße an, um ihm Platz zu machen, und forderte ihn zum Sitzen auf.

Und er setzte sich, schlug die Schöße seines Gehrocks hoch
und drapierte sie über ihre Füße, dann legte er die Hand auf die
weißschäumende Spitze am Saum ihres Morgenmantels und umfaßte den Knöchel darunter. Dann – er war sich nicht sicher, wie
es geschah, es überkam ihn unversehens wie eine Welle, die eine
Kaimauer hochspringt, und Angler, die sich dort sicher wähnen,
hinaus aufs Meer trägt – beugte er sich vor und sie setzte sich auf,
und sie lagen sich in den Armen, klammerten sich aneinander, sie
mit nur einem Arm, so daß er ihre halbierte Weiblichkeit spürte,
die knochige Leere an einer Seite ihrer Brust. Er zog sich zurück,
gab ihr einen Kuß auf jede Wange, dann nahm er ihr Gesicht in
eine Hand und liebkoste ihr samtweiches, loses, mageres Fleisch
und den schönen Schädel darunter.

Ihre Dienerinnen sahen ihnen zu.

Sobran lehnte sich zurück, und Aurora legte sich wieder hin.
Lange blickten sie sich nur in die Augen – aus dieser Entfernung –, stille, sonnige Blicke.

Aurora machte ein Ende. Ihre Schwierigkeiten würden seine
Schwierigkeiten sein. »Henris Frau ist an genau dieser Krank-

heit gestorben«, sagte sie zur Verteidigung ihres Mannes. »Aus
diesem Grund ist er ferngeblieben.«

Sobran nickte.

»Aber ich habe ihn auch nicht hierhaben wollen.« Sie spielte
mit der Spitze an ihrer Passe, strich mit Daumen und Zeigefinger über die Rüschen. »Wir erwarten ihn jetzt jeden Tag.«

Sobran nickte erneut.

»Ich bin am Leben geblieben«, sagte sie – und ihre Blicke trafen sich wieder.

»Gott sei Dank.«

Sie hob abwehrend die Hand und fragte: »Was ist das nun für
eine Sache, von der Sie niemandem erzählen?«

»Sind Sie sicher, daß unsere Freundschaft meine Geheimnisse
überleben kann?« fragte Sobran. Sie sah, daß er blaß geworden
war und daß sich sein Rücken versteift hatte, als ob er einen
Stock im Rückgrat hätte. Sie erinnerte ihn daran, daß sie einen
Handel gemacht hätten. Und daß das einzige Geheimnis, um
das sie feilschte, das von der vergifteten Freundschaft sei.

»Sie wissen hoffentlich, daß es um nichts Geringes geht. Hoffentlich halten Sie meine Frömmigkeit nicht fälschlicherweise
für Affektiertheit.«

»Sobran, ich habe diesen ganz entsetzlichen Schmerz überlebt.« Sie wandte den Blick kurz nach oben, ein alter Trick, mit
dem sie die Tränen vom Herunterrinnen abhielt. Bei der Erinnerung an die Operation fing sie noch immer an zu zittern. Sie
blickte wieder nach unten und zupfte an den Bändern auf der
Passe ihres Morgenmantels. »Ich habe es satt, daß ich nie sagen
darf, was ich zu wissen glaube. Ich habe die Angst satt, daß ich
Sie kränke. Dieser ganze Takt, diese Rücksichtnahme, weil Sie
mein Angestellter sind und ich die Höhergestellte bin und eine
Frau und zehn Jahre jünger als Sie – all diese peinlichen Unterschiede –, Ihre Traurigkeit oder Ihr Wahnsinn, meine Krank-

– 175 –

heit.« Sie ballte die Faust und hämmerte auf das gestreifte Seidenkissen ein, an dem sie lehnte, drei Schläge, fest und rhythmisch wie der Hammer eines Richters.

»Nicht bei Sinnen«, sagte Sobran. Das Wort stand zwischen ihnen, er sah sie nur an und sagte nichts, so als wären sie gute alte Whistpartner und er spielte eine Karte aus.

»Und ich habe ›Ihr Wahnsinn‹ gesagt.« Aurora war sehr schwach, neu geboren und hatte nichts mehr für Etikette übrig. Doch sie wollte ihm nicht weh tun, daher sagte sie nicht, daß gemunkelt wurde, Céleste Jodeau sei verrückt, was jedoch ein offenes Geheimnis war.

»Mein Geheimnis ist ein bodenloser Abgrund«, warnte Sobran.

Aurora bemerkte, daß Sobran unbewußt den Kopf ein wenig zurücklegte, und hakte nach. »Haben Sie gehofft, ich sterbe und Sie müssen mir nichts erzählen?«

»Ich wollte, ich habe gebetet, daß Sie leben. Und nun sind Sie am Leben und bitten mich, Ihnen zu schaden.«

Da fiel Aurora etwas ein. Etwas, was sie nicht in Betracht gezogen hatte wie eine Frau, die die Post ihres Mannes öffnet, nach Briefen von einer Geliebten sucht und ein Verbrechen aufdeckt. »Warum habe ich solche Angst?« dachte sie – und kramte in ihrem Gedächtnis, ihrer Geschichte nach einem Anhaltspunkt für die Quelle dieses Entsetzens. Das Entsetzen wollte sie retten, das wußte sie, denn es war beinahe so gütig wie die Sonne, die ihren Hinterkopf beschien und sie zur Umkehr aufforderte wie eine warme Hand, die sie väterlich hielt.

Da fiel Aurora der Comte, ihr Onkel, ein, daß er sie so gehalten hatte, die Hand auf ihrem Hinterkopf, ihr Kopf an seine Schulter gelehnt. Sie erinnerte sich an eine Bibliothek voll gelöschter Kerzen, an einen Morgen, an einen Schreibtisch übersät mit Papieren und tintenfleckigem Löschsand. Und in diesem Augenblick erinnerte sich Aurora an jenen Morgen – den Morgen, der auf die Nacht folgte, in der die Leiche des ermordeten Mädchens, Marie Pelet, ins Château getragen wurde, damit ein Arzt und ein Richter sie sich ansahen –, Aurora hörte ihren alten Freund sagen:»Mein Geheimnis ist nichts, was ich erzählen kann; ich muß es Ihnen zeigen.«

\*

ALS AURORA VON IHRER BADEKUR in St. Florentin zurückkehrte, auf der ihr Mann bestanden hatte, ging es ihr so gut, daß man ihr nach Ansicht des Barons wieder freien Lauf lassen konnte. Und so ging sie: Zur Kirche, zum Seidenhändler in Autun, wo sie Stoff für neue Kleider aussuchte und – entnervt – zur Kirche, bis der Baron die Fährte verloren hatte und sie es schaffte, allein mit Paul die Kutsche zu besteigen und ihren Kutscher anzuweisen, er solle sie in die Werkstatt des heimischen Steinmetzen fahren.

Aurora sagte Paul, sie wolle ihren Grabstein bestellen. Dann beugte sie sich vor, klappte ihm den Mund zu und zupfte neckisch die schlappe Schleife seines Halstuchs aus der Weste.

Als sie ein Stück gefahren waren, erbarmte sie sich.»Mir geht es jetzt besser, aber die Sache hat mir während meiner Krankheit auf der Seele gelegen. Das Epitaph überlasse ich natürlich dir, aber bei der Ausschmückung will ich ein Wörtchen mitreden.« Sie hob den Vorhang und betrachtete die staubige Straße und die aufgereihten Weinstöcke, und schon bald erreichten sie eine niedrige Steinmauer und den Obelisken mit der waagerechten Inschrift: KALMANN. Die Kutsche bog ab.

Der Steinmetz hatte ein neues Haus außer Sichtweite der Werkstatt, die jetzt das ganze alte Haus einnahm. Die Schlafkammern im ersten Stock, in denen seine Familie aufgewachsen war, waren nun Kontore. Antoine und sein Jüngster waren bei der Arbeit. Die beiden anderen Söhne waren in der Ferne, besserten das Mauerwerk eines Châteaus südlich von Chalon-sur-Saône aus.

Auroras Lakai klappte die Stufen herunter und hielt die Tür auf. Paul stieg aus und war seiner Mutter behilflich. Antoine tauchte auf, klopfte sich den Staub von der Lederschürze. »Baronesse«, sagte er. »Kommen Sie aus der Sonne.«

Sie gingen ins Haus. Sie und Paul nahmen Platz, und beide nahmen das angebotene Glas Wasser dankend entgegen.

Aurora sagte zu ihrem Sohn, sie wolle Antoine unter vier Augen sprechen.

»Mutter! Ich muß doch nicht etwa gehen, weil Sie Monsieur le Mason Anweisungen bezüglich eines Reliefs von Athena mit zwei Eulen erteilen wollen?«

Sie blickte ihn lange und ruhig an. Kurz darauf sprang er auf, setzte seinen Hut auf und sagte, er würde hinüber zu Baptiste Jodeau gehen, sie könne ihn dort abholen, wenn sie hier fertig sei. Und stolzierte hinaus.

»Um was geht es, Baronesse?« fragte Antoine.

»Paul glaubt, ich bin verrückt. Aber macht nichts. Ich bin mit Seinem Schwager für die Nacht des 27. Juni auf dem Hügel über Seinem Haus verabredet.«

Antoine errötete bis hinauf zu seiner gebräunten Glatze.

Aurora redete schnell weiter, erläuterte den Handel, den sie geschlossen hatte, als sie krank war. Setzte hinzu: »Sobran und ich sind gute, alte Freunde, und ich bin ein neugieriges Weib. Ich weiß, diese Art Stelldichein ist unschicklich, aber...«

Antoine unterbrach sie: »Und ich dachte, Sie sind das – verzeihen Sie, Madame –, daß Sie in jener Nacht vor sechs Jahren bei Sobran waren. Das war am 27. Juni 1828.«

»Wie bitte?« Aurora war verblüfft.

»Der Tisch war mit einem Tischtuch und Kristallgläsern, Käse und Obst, Wein und Weinbrand gedeckt. An jenem Morgen haben wir ihn gefunden, er war sehr krank.«

»Wahnsinnig«, sagte Aurora.

– 178 –

»Ja, Baronesse, wahnsinnig, das Gesicht mit blauen Flecken übersät, die er sich mit eigenen Fäusten beigebracht hatte. Sobran war schon immer ein stilles Wasser. Groß darin, sich die halbe Nacht herumzutreiben. Das haben sie alle getan, alle Jodeaus, sogar meine Sophie, als sie noch jünger war. Ich bin aufgewacht, und . . .« Antoine klopfte auf die Luft neben sich, »und habe sie im Nachthemd draußen gefunden, auf der Schaukel, die ich für unsere Söhne gemacht hatte. Seit jener Nacht hat Sobran Angst, ist jahrelang nie mehr nach Einbruch der Dunkelheit nach draußen gegangen, und dann vor zwei Jahren, als er bei mir gewohnt hat, damit er ein Auge auf das neue Haus haben kann, das er bauen ließ, plötzlich geht er wieder auf Wanderschaft . . .« Antoines Gesicht trug einen eigenartigen Ausdruck, sein Mund hing herunter, schien das Kinn hinabzurutschen. Er starrte kurz ins Leere, dann blinzelte er und sammelte den Blick auf Aurora. »Das war Ende Juni, am 27., da bin ich mir sicher.« Dann sagte er: »Ich habe nach einer Leiche gesucht.«

Aurora zuckte zusammen. Sie bat ihn, sich bitte deutlicher zu erklären.

»Verzeihung. Nach jener Nacht, die Nacht, in der er verrückt geworden ist, habe ich nach einer Leiche gesucht. Ich habe gedacht, er hat jemanden umgebracht. Die Frau, mit der er sich getroffen hatte.«

»Er behauptet, es ist keine Frau«, sagte Aurora. »Ich meine – er hat nicht gesagt, daß es keine Frau ist, mit der er sich trifft. Er hat nichts über die Begegnungen erzählt. Er sagt, sein Freund, der Freund einer ›vergifteten Freundschaft‹, ist keine Frau.«

»Was für eine vergiftete Freundschaft? Sophie und ich haben gedacht, Sie sind das.«

Jetzt erröteten beide. Dann sagte sie trocken: »Es freut mich, daß ich Gelegenheit habe, das Durcheinander aufzuklären. Sobran und ich sind Freunde, mehr nicht. Außerdem, Monsieur

– 179 –

Laudel, bin ich nicht überzeugt, daß Sobran eine Vorliebe für Frauen hat.«

Antoine schüttelte den Kopf, war fest entschlossen, sich für seinen Freund in die Bresche zu werfen.»Nein, nein. Als Sobran jung war, hat Baptiste Kalmann einen schlechten Einfluß auf ihn gehabt. Sophie sagt, sie weiß, daß die beiden ... und das ist einer der Gründe, warum Sobran Baptiste in die Armee gefolgt ist. Aber das war nur jugendliche Unreife – und seine Ehe war nicht so gelaufen, wie er es sich erhofft hatte – es war, glaube ich, wie bei diesem griechischen Kerl, diesem Denker – ach – Sophie hat mir daraus vorgelesen ...«

»Plato?«

»Ja. Der. Leute, die Bücher lesen wie Sie, können anscheinend auch Gedanken lesen.«

Sie schwiegen einen Augenblick, bemühten sich um Fassung. Aurora faltete die zitternden Hände im Schoß, und Antoine, der die Ellbogen auf die Knie stützte und sich auf seinem Schemel beflissen vorgebeugt hatte, richtete sich auf und löste die Arme.

Aurora fragte:»Als Er an Leichen gedacht hat, sind Ihm da Geneviève Lizet und Marie Pelet eingefallen?«

Der Steinmetz wurde blaß. Er schüttelte den Kopf.

»Sobran hat das Datum unseres Stelldicheins für diesen Frühsommer festgesetzt. Ich habe bei seinen Worten an Marie Pelet denken müssen. Warum, das weiß ich auch nicht genau. Vielleicht habe ich sein Geheimnis da zum ersten Mal für etwas Begrabenes gehalten. Und dann hat es vor vierzehn Tagen wieder einen Mord gegeben. In Chalon-sur-Saône, ich weiß, nicht in dieser Provinz, aber der Baron wurde gebeten, sich wegen der beiden anderen mit dem Fall zu befassen.«

»Und weil es Geneviève Lizets jüngere Schwester war, die ermordet worden ist«, sagte Antoine,»Aline Lizet, Sabine Jodeaus Freundin.«

– 180 –

»Eine alte Jungfer, hat mir Henri erzählt.«

»Aline war sechsundzwanzig. Schon auf dem Weg zur alten Jungfer. Aber Sophie sagt, Léon hat mit ihr darüber gesprochen, daß er Aline einen Heiratsantrag machen wollte. Aline ist Patentante von Sabines Mädchen. Wir waren eng mit ihr befreundet.«

»Henri sagt, der Verdacht ist auf ihren Vetter Jules gefallen, der schon immer ein wenig sonderbar war.«

»Er ist ein Simpel, der Dinge sieht. Jules war in Geneviève verliebt – das hat jeder gewußt.« In Antoines Augen standen Tränen; offenkundig war er sehr durcheinander. »Wie konnten Sie Sobran nur des Mordes verdächtigen?«

»Weil diese Morde meines Wissens seit Menschengedenken die einzigen furchtbaren, unerklärlichen Ereignisse in dieser Provinz gewesen sind. Weil Sobran sagt, sein Geheimnis ist ein bodenloser Abgrund. Weil er mir sogar einmal erzählt hat, wie er die erste Leiche, nämlich Geneviève, gefunden hat, und als er das erzählte, wirkte er eher beleidigt als entsetzt – aber Sobran kann Verstörung bisweilen nur mittels Ekel deutlich machen. Monsieur Laudel, ich verdächtige Sobran nicht des Mordes, ich argwöhne, daß er weiß, wer der Mörder ist. Ich glaube, das Gift seiner vergifteten Freundschaft ist schuldhaftes Wissen.«

Aurora mußte es herausbekommen, und bei ihren Nachforschungen brauchte sie einen Verbündeten, damit es weniger wie eine Einmischung wirkte. Es handelte sich dabei um einen Plan, wie ihn ein schlafloser Mensch mit dem Kopf auf dem verschwitzten Kissen faßt, kindisch, doch Aurora war es leid, höflich zu sein. Sie erinnerte sich, wie sie den Chirurgen ermutigt hatte: ›Es war nötig.‹ So mitfühlend, so damenhaft, eine Heilige, die sich noch für ihre Folter bedankte. Ja, es stimmte, es war nötig, aber sie hätte am liebsten gebrüllt, ihn in den Arm gebissen. Für kultivierte Manieren gab es keine richtige Zeit, das wußte Aurora jetzt, kultivierte Manieren waren eitles Getändel.

– 181 –

Antoine sagte:»Was kann ich für Sie tun, Baronesse?«
»Ich möchte, daß Er dabei ist. Er soll sich unweit jener Hü-
gelkuppe verstecken, so nahe, daß er mir helfen kann, falls ich
Hilfe brauche. Ich möchte, daß Er mit mir Wache hält, heimlich.«
Antoine nickte. »Es wird Zeit, daß Sobran auffliegt – was
auch immer er treibt. Aber, Madame, wie könnte es sich um
Mord handeln? Sie täuschen sich, glaube ich, Baronesse. Ich
glaube, er trifft sich mit einer Geliebten, einer alten Geliebten,
jemand Bedeutendem und Vornehmem – aber nicht mit Ihnen.«
Aurora rief sich alle ihres Standes vor Augen, die auf dreißig
Meilen die Runde rechts oder links des Flusses lebten, keine darunter viel jünger als sie. Sie erinnerte sich, wie er 1822 gestrahlt
hatte, wie er 1828 wahnsinnig gewesen war. »Mir wäre lieber, Er
hätte recht«, meinte sie zu dem Steinmetz.
Ihre Mienen spiegelten beider Bedrückheit. Aurora sagte, sie
würde Nachricht schicken, sollte sich an der Verabredung etwas
ändern. Antoine nahm ihren Arm, als sie aufstand. Er begleitete
sie hinaus in die Sonne und half ihr in ihre Kutsche.

*

EINEN MONAT VOR DER SONNENWENDE besuchte Aurora Sobrans schönes, neues Haus an dem Morgen, an dem sich der
Haushalt in alle Winde zerstreuen würde – Martin und die jüngeren Kinder zu Sabine in Chalon-sur-Saône, Léon, Agnès und
Céleste ins Bad nach St. Florentin. Aurora brachte den Reisenden Geschenke, zwei Deckelkörbe mit Süßwein, Trockenobst,
verschiedenen Käsesorten, Sülzen und Dosen mit Brotkrusten,
die in Butter und Gewürzen geröstet waren. Und natürlich die
Gesellschaftsjournale, die Agnès so gern las und über denen sie
Stunden verbrachte und hauptsächlich die Stiche mit Porträts
modischer Damen studierte.

Sobran half Aurora aus der Kutsche. Auf der Zufahrt blieb sie stehen, schloß ihren Sonnenschirm und sagte: »Ich kann unsere Verabredung nicht einhalten.« Eilig fuhr sie fort: »Eine Tante von Henri liegt im Sterben, und man erwartet von mir, daß ich anwesend bin.«

»Natürlich«, sagte Sobran. Er sah zu, wie sie mit der Seidenkordel am Griff des Sonnenschirms herumspielte. Sie schob sie auf ihr Handgelenk und sagte ohne hochzublicken: »Alle Frauen sind wie Pandora – sie brennen darauf, verschlossene Büchsen zu öffnen.« Das klang schon fast affektiert.

»Ich verstehe«, sagte Sobran und ebnete ihr damit den Rückzug.

Sie warf ihm einen Blick zu. »Ich weiß noch nicht, wann ich zurückkomme, es hängt alles davon ab, wie zäh sich Henris Tante ans Leben klammert.« Sie blickte über Sobrans Schulter zur Hügelkuppe und dem Pfefferbaum hinüber, unter dem Tisch und Stühle feste Bestandteile des Sommers geworden waren. Vor allem Sobran und Baptiste saßen gern dort, wenn es heiß war, weil man von da überblicken konnte, was von den Hängen Jodeau-Kalmann und ihrem aufrechten Heer an Weinstöcken zu sehen war. Man hatte am Pfefferbaum ein dreieckiges Sonnensegel befestigt, das von zwei langen Stangen gehalten wurde und wie der überdachte Eingang eines Beduinenzeltes wirkte. So hatte man mehr Schatten. Aurora meinte, die Leinwand von ihrem Standort aus zu hören; sie sah, wie sie sich bewegte und hörte sie japsen wie einen gut erzogenen, jedoch eifrigen Hund einer Jagdmeute – der wartete. Sie ließ von ihrem Sonnenschirm ab und reichte Sobran die Hand. Er begleitete sie zur Kutschentür und half ihr hoch. Sie rief Paul zu sich, der an der Tür stand und sich mit Agnès unterhielt. Paul küßte Agnès die Hand und kam angelaufen, während sich Aurora und Sobran ansahen, als fragten sie: »Haben Sie das gesehen?« Doch Paul

– 183 –

wirkte vollkommen unbefangen und sagte, während er herbei-
eilte, zu Sobran, er freue sich, daß Baptiste bliebe und hoffe, sie
könnten ein paar frühmorgendliche Angeltouren unternehmen.
Er schüttelte Sobran die Hand, lächelte, stieg nach seiner Mutter
ein, die Sobran über dem Kopf ihres Sohnes noch immer mit
schwarzem und feierlichem Blick ansah.

*

DER BRIEF BEZÜGLICH DER TANTE des Barons wurde bei Ker-
zenschein am Bett der Tante gekritzelt. Er lautete, daß die alte
Dame rasch dahinschwinde, daß ihr Leben versickere wie Pum-
penwasser, wenn niemand mehr den Schwengel betätigte. Ihre
Füße seien bereits kalt, stand da, und der Schreiber forderte
Henri und Aurora auf, an der Bestattung teilzunehmen. Aurora
war nur eine Woche fort und hielt ihre Verabredung ein – die,
die sie mit Antoine getroffen hatte, als ihre Angst überhand
nahm. Antoine hatte Bedenken hinsichtlich einer Dame von
Stand, nächtens und heimlich in Begleitung von ihm, dem kleinen Mann ...

»Zwischen dieser Verabredung und meiner früheren mit Sobran besteht kaum ein Unterschied. Außerdem wird über Sobran
und mich geklatscht, nicht über Ihn und mich«, argumentierte
Aurora.

»Ich hintergehe ihn nur ungern.«

»Welchen Unterschied macht es schon, wenn ich neben ihm
stehen und Er sich verstecken würde oder wenn wir uns beide
verstecken und ihn ausspähen?«

»Sie haben einen Handel mit ihm gemacht.«

»Den hat er mit mir gemacht. Ich habe nur darum gefeilscht,
daß er mir sein Geheimnis erzählt.«

Antoine blickte unschlüssig.

»Was wir sehen ist das, was normalerweise passiert«, erinnerte ihn Aurora. »Und Er läuft nicht Gefahr, daß er mich eiligst retten muß. Was immer wir erfahren, bleibt unser Geheimnis. Falls wir das so wollen.«

Antoine erschauerte.

»Zwei Zeugen«, sagte Aurora, »wie es das Gesetz erfordert. Und nichts, was von Sobran gestellt ist –, sondern was wirklich geschieht.«

1834

## › Boire ‹

*Trinken*

DAS HAUS WAR STILL. Die Magd schlief nach dem anstrengenden
Einseifen der Teppiche und Waschen der Vorhänge zweifellos
den Schlaf der Gerechten. Die Köchin hatte Urlaub, und die Familie – abgesehen von Baptiste – war fort und sammelte Kräfte
für die lange Zeit der Weinlese.

Sobran fror, weil er sich nicht vom Fleck rühren konnte. Er
hatte seinen Stuhl unter dem Sonnensegel nicht verlassen, wo er
zusammengesunken im milchigen, gefilterten Mondschein saß.
Er drehte das Stundenglas erneut um. Es war spät. Er stand auf
und schlenderte hin und her, nahm den Hut ab und ließ sich vom
Mond bescheinen. Dessen Berührung war wie Wintersonne
durch beschlagenes Glas und sogar ein wenig warm. Er war ein-
sam und litt unter Auroras Abwesenheit, und da ging ihm auf,
daß er sein Geheimnis wirklich mit ihr hatte teilen wollen. Es
hätte ihm gutgetan, mit ihr allein bis in die Morgenfrühe zu warten, wenn alle menschlichen Wesen wehr- und schutzlos waren.
Was sie sich dabei erzählt hätten?

Seiner Ansicht nach gab er Familie und Freunden seit sechs
Jahren die Genugtuung, schonend mit einem Mann umzugehen, der stärker war als sie. Sie hatten sich in Güte, Zurückhaltung und Übersehen geübt, weil er nicht ganz richtig im Kopf
war. Sabine war verheiratet, doch seine übrigen Kinder ließen
sich gehen, weil sie beide Elternteile für labil hielten.

Sobran wußte, daß er nun nie mehr etwas erzählen würde.
Und Aurora würde nie wieder nachfragen. Sie war ausgewichen,

hatte sich in ihren Winkel zurückgezogen, unabhängig und züchtig. Weiter als bis zu der Umarmung in ihrem Schlafgemach würde ihre Freundschaft nicht gehen.

Sobran hörte auf hin- und herzuschlendern und blickte zum Nordosthang, zur Straße, zur Mauer und den ansteigenden Reihen von Kalmann hinüber. Alles war still. Dennoch hatte er das Gefühl, er stünde an einem hochgehenden Strom und sähe zu, wie eine gesamte, ertrunkene, entwurzelte Stadt vorbeitrieb – ein schönes Heim, ein Gasthof, eine Kirche. Das hier war der Höhepunkt seines Jahres, die einzige Stunde, die ein Fixpunkt war. Er konnte spüren, wie die Augenblicke an seinem Körper herunterrannen, die des 27. Juni seit sechsundzwanzig Jahren.

Auf der Straße entstand Lärm, eine Explosion, Sobran erkannte, es war der klirrende Aufprall einer vollen Glasflasche. Er sah einen großen, dunklen Fleck auf der Straße unter der Brücke, einen Fleck und schmelzende Glassterne. Er trat aus dem Schutz des Baums und zog mit zurückgelegtem Kopf seine Runden.

Der Engel fiel aus dem Himmel, als hätte man ihn abgeschossen, stürzte mit geschlossenen Flügeln geradewegs zu Boden und öffnete sie erst im allerletzten Augenblick – Krach –, so daß die verdrängte Luft Sobran das Hemd an die Brust drückte. Xas lag bäuchlings auf der Erde und streckte die Flügel von sich. Doch er hatte den Kopf gedreht und blickte Sobran an.

Sobran fiel auf die Knie. Der Engel hatte zwar einen klaren Blick, aber Sobran fürchtete, er könnte sich verletzt haben.

»Leg dich hin«, sagte Xas.

Sobran streckte sich neben ihm aus.

»Ganz in der Nähe verbergen sich zwei Menschen zwischen den Reben. Sie könnten uns sehen, wenn wir uns hinstellen. Ich habe eine halbe Meile von hier stundenlang gekreist, wollte aber nicht fort, ehe ich dich nicht gesehen hatte. Ich habe die Flasche fallen lassen und damit ihre Aufmerksamkeit auf die Straße gelenkt und bin so schnell wie möglich heruntergekommen.« Die flach ausgebreiteten Flügel bewegten sich wie Ruder und kräuselten den Dreck. Xas legte die Wange auf den ausgestreckten Arm.

Als müßte ausgerechnet Xas beschwichtigt werden, legte Sobran eine Hand auf seinen Rücken, auf die harten Muskelbänder, die seine Flügel hielten und seinen Rücken anders machten als den jedes Menschen, wie kräftig er auch immer gebaut sein mochte. Xas' Haut war heiß, und seine Muskeln zuckten. Der Engel fragte:»Hast du eine Ahnung, wer das ist?«

»Zwei?« erkundigte sich Sobran.

»Ich habe zwei wache Menschen gewittert. Als ich näher heran war, habe ich sie gesehen. Beide tragen Umhänge.«

Sobran hatte Paul und Baptiste in Verdacht. Selbst wenn sie Xas verpaßt hatten – in die andere Richtung geblickt hatten, als die Flasche barst –, es würde nicht lange dauern, und Baptiste würde den Hügel hochkommen und nachsehen, was mit seinem Vater los war. Sobran merkte, daß er aufstehen und zu seinem Stuhl zurückgehen, sich blicken lassen mußte. Vielleicht gelang es ihm, den Stuhl ein wenig näher zu Xas zu rücken und mit ihm zu reden, wenn er ihn auch nicht ansehen konnte.

»Ich muß aufstehen. Falls einer dieser Spione Baptiste ist, dann sorgt er sich jetzt, wenn er mich nicht sieht. Und ich muß es gleich – jetzt – tun, damit ich ein wenig Zeit für uns heraushole.«

Xas machte einen harschen, bekümmerten Laut tief in der Kehle. Er streckte den Arm aus und bekam Sobrans Rock zu fassen, zerrte den Mann unter seinen Flügel, der erstickend, dick und warm wie eine Daunendecke war – jedoch nach Salz roch. Sobran spürte, wie die Naht am rückwärtigen Saum seines Rocks riß.

Xas' Gesicht lag an Sobrans Kehle. Sobran ergriff den Kopf des

Engels, berührte gebündelte Kinnmuskeln; der Engel schwieg, weil er die Zähne zusammenbiß. Sobran hatte jahrelange Erfahrung in Gesten großzügiger Vergebung, und so tat er das, was er immer mit Céleste tat, wenn sie nach einem ihrer Mißtrauens- und Eifersuchtsanfälle Frieden schließen wollte – er küßte Xas auf die Stirn und sagte: »Du mußt mich loslassen.« Xas lockerte den Griff und hob den Flügel ein paar Zoll an. Sobran stand auf, ging zum Baum und lehnte sich dagegen. Die Schramme an seinem Ohr tat weh, und das träge rinnende Blut kitzelte. Er musterte die Hänge, die Schattenstellen. Er hatte das Gefühl, sein Herz setzte aus und rauschte nur noch stetig in seinen Ohren.

»Wo sind sie?«

»Nordöstlich.« Die Stimme des Engels war kaum zu hören. Sobran warf ihm einen Blick zu; Xas hatte das Gesicht wieder im Arm geborgen. Sobran entschloß sich zum Improvisieren. Da er wie ein Mann wirkte, der Nachtwache hielt, mußte er den Anschein erwecken, als hielte er noch immer nach jemandem Ausschau. Er zündete die Lampe an, ging zum Grenzstein, hob die Lampe und schwenkte sie langsam hin und her. Dann kam er zurück, stellte sie auf den Tisch und nahm seinen Platz wieder ein.

»Einer von ihnen hat Wasser gelassen, das kann ich riechen. Hat sich vor Angst in die Hose gemacht«, sagte Xas und schloß daraus: »Man hat mich gesehen.«

»Warum sind deine Flügel voll Salz?« fragte Sobran.

Der Engel rührte kein Glied, und obwohl er die Flügel stillhielt, bewegten sich seine Federn, als hätte jeder Federkiel einen eigenen Muskel. Xas sagte, daß der Weg in die Hölle, der einzige Weg, den ein Körper nehmen konnte, durch schmale Durchlässe in den Salzfelsen einer Salzhöhle in der Türkei führe. Ja, er ginge tatsächlich hinein in die Erde, ob er nun in den Himmel oder in die Hölle wolle, aber niemand könne nachgraben und sie finden. Er könne keine Karte mit Himmel und Hölle als Hohlräumen unter der Oberfläche der Erde zeichnen – so war es nicht. Sobran solle sich das so vorstellen, als würde er irgendeine Karte, die er kannte, gefaltet lesen – immer gefaltet –, und daß sich ganze Territorien in den Falten verbargen und daß die Küsten, Flüsse und Gebirgsketten der bekannten Welt auf diesen Knicken lägen, sie überlagerten, als wäre der Raum, den sie ausfüllten, so ganz wie ein glattes Tischtuch ohne verborgene Falten. Er komme und gehe durch das Salz, sagte Xas, ein Durchgang voll mit losem Salz. Die Tunnel veränderten sich im Laufe der Jahre, oftmals unerwartet. Es hatte Zeiten gegeben, da hatte Xas Stunden damit zugebracht, wie ein Wurm zu bohren, ohne den Weg hinein oder hinaus zu finden. Zeiten, in denen er atemlos auf der Erde angekommen war, verbrannt und zeitweilig blind, und dann hatte er sich schlicht in den Schutz eines Salzpfeilers gehockt, bis die Blindheit nachließ. Das Salz war ätzend und erstickend – wie das Wasser in dem See des antarktischen Vulkans, der als Tor zum Himmel diente – daher mußte er alles, was er trug, einwickeln. Sich selbst verhüllte er auch, legte sich Seide auf Augen, Nase und Mund, ruderte jedoch mit den Flügeln, und darum waren die immer so verdreckt wie die eines Sperlings nach einem Staubbad. Der Weg in die Hölle war nur einmal frei gewesen, nämlich nach dem Erdbeben zur Zeit der Kreuzigung – bei Christi Höllenfahrt. Dieser Weg stand ein Dutzend Jahre offen. Damals begann Xas damit, seinen Garten zu bepflanzen, in diesen zwölf Jahren Gnadenfrist, als das Wassertragen leicht war.

»Es gibt kein Süßwasser in der Nähe des Durchgangs«, sagte Xas, »aber ich habe in der Hölle eine Entsalzungsanlage.« Und dann: »Einer der Spione ist eine Frau. Sie war es, die das Wasser gelassen hat. Die Angst hat es überdeckt. Sie ist seit kurzem schwanger.«

Sobran fing an zu überlegen. Céleste war mit Agnès in St. Florentin, beide unter der Obhut von Léon; Aurora mit ihrem Ehemann am Totenbett einer seiner Tanten. Falls es Baptiste mit einer Herzallerliebsten war, wer würde schon seine Herzallerliebste unweit seines Vaters als Wachposten aufstellen? Sophie und Antoine konnten es nicht sein. Sophie war seit Jahren über das Kinderkriegen hinaus; außerdem würde sie ihm nicht nachspionieren.

»Ich kehre ihnen jetzt den Rücken zu«, entschied Sobran. »Das gibt ihnen Gelegenheit, sich davonzuschleichen, ehe es dämmert. Dort unten haben sie außer Schatten keine richtige Deckung.« Er blickte zum Halbmond hoch. »Du mußt, glaube ich, hier ausharren, bis sie fort sind.«

»Ich bin gesehen worden«, sagte Xas. »Wieso muß ich mich noch verstecken?«

»Weil die davon beansprucht sind, ihren Augen nicht zu trauen. Und außerdem würde es keiner wagen, das Thema bei mir anzuschneiden.« Sobran, der Herr und Gebieter.

Darauf schwieg Xas ein paar Minuten, und als Sobran ihn ansah, ließ sich seine Miene nicht deuten. Schließlich stand er auf und ging näher heran, so daß er über dem Engel stand. »Du könntest aufstehen, dich strecken, gemächlich davonfliegen und damit bestätigen, was sie gesehen haben. Überlaß sie getrost mir.«

»Ich möchte ein Geheimnis bleiben.«

Sobran sah, daß Xas' Wangen glänzten. Er fragte: »Hast du geweint?«

»Tue ich das? Tue ich das jemals?«

Sobran sorgte sich zwar wegen seines Hauptverdächtigen – Baptiste –, begab sich jedoch außer Sichtweite und hockte sich neben den Kopf des Engels. »Seit der Nacht, als mich die Erkenntnis in den Wahnsinn getrieben hat, habe ich keine Farben mehr sehen können. Das einzige, was die Grautöne aufhellt, ist Feuchtigkeit. Ich sehe so gern in den Regen.« Er berührte die nasse Wange.

Xas starrte Sobran an, und weil er auf dem Bauch lag, kam der Blick von unten und schräg und wirkte trotz der Anzeichen von Tränen berechnend. Dann schloß Xas die Flügel um den Leib, drehte sich um, ließ die Flügel wieder sinken und lag jetzt auf dem Rücken. Sobran konnte sehen, wie sich die Rippen des Engels bei jedem flachen Atemzug hoben. »In Ordnung«, sagte Xas.

Plötzlich lag Sobran auf den Knien und beugte sich hinunter, und seine Arme zitterten, als sie das Gewicht seines Körpers tragen mußten. Für solche Sachen war er zu alt. Dann entzündete sich Jugend, wo die Berührung anfangs versengte. Sein Mund, sein Kopf, dann sein ganzer Leib, alles stand in Flammen. Er kam zu sich und spürte und schmeckte, was wirklich da war, einen festen, liebkosenden Mund mit zarter Haut und taufrisch, ein altersloser, nichtmenschlicher Leib, der sich an seinen schmiegte. Zum zweiten Mal in seinem Leben war er kurz davor, durch eine einzige Berührung zu kommen, und diese Berührung war genau festzumachen – dort hatte ihn Baptiste Kalmann zum ersten Mal berührt, als er vierzehn war. Die Hände des Engels umfaßten sein Gesicht und seinen Hals, und er wurde geküßt, aber es war kein aufreizender Kuß, der gekreuzte Klingen bedeutete, sondern ein Kuß mit zweifacher Wirkung – plötzlich machte die Gegenwart an der Vergangenheit fest. Sobran erinnerte sich an Baptiste, erinnerte sich so heftig, daß er Tabak und Branntwein roch und Bartstoppeln spürte – ähnlich den Stoppeln, den trockenen Stengel der Nachmahd, die durch das schorfige Eis des ersten Schnees zu sehen waren, der jedes Jahr fiel und liegenblieb, in dem er sich nach seinem toten Freund gesehnt hatte, die Augen nach seinem Gesicht, die Ohren nach seiner Stimme. Der Kuß des Engels war wie eine Welle, die über ihn hinwegspülte, ihn bewußtlos in seine Vergangenheit spülte, zurückebbte und ihn wieder zu sich zurückführte – zu einem

Mund, dessen Feuchtigkeit kein Essen kannte, keinen Wein, nicht einmal das Gefühl des Hungers.

Sie wandten beide den Mund ab, lagen Wange an Wange. Sobran nahm Xas in die Arme und drückte den Engel an sich.

»Küß mich nie wieder«, sagte Xas. »Was da mit dir passiert ist, das gefällt mir nicht.«

»Du bist mein, du gehörst mir«, flüsterte Sobran. Er wollte gar nicht mehr, als Xas im Arm zu halten – und nicht Angst ließ ihn innehalten, sondern Zärtlichkeit, die schnell zu einer Art Müdigkeit wurde. Er würde nicht versuchen, sich aus dieser Umarmung zu lösen. Er spürte, wie ihn die schicksalsergebene Erstarrung eines Tieres überkam, das stundenlang im Treibsand gekämpft hat.

»Du hast Nasenbluten«, teilte Xas ihm mit.

Es stimmte. Sobran bewegte den Kopf und sah Blut auf dem Gesicht des Engels und einen hellen Streifen des heraufdämmernden Morgens in jedem großen, dunklen Auge.

Sobran machte »Schsch, schsch.«

»Sie sind fort«, sagte Xas. »Sowie du sie nicht mehr sehen konntest, haben sie sich verstohlen, dann immer schneller entfernt. Ich kann sie nicht mehr wittern. Aber im Haus ist jemand wach. Das habe ich mir immer gesagt, als du dich vor mir versteckt hast, Sobran. Ich habe auf der Hügelkuppe gestanden und bei mir gesagt: ›Im Haus ist jemand wach.‹«

Das Blut trockete zu sprödem Schorf; der Engel sah aus, als hätte er sich in Blättermulch gewälzt.

Sobran erkannte, daß er eine Grenze überschritten hatte. Er war, wo er nie zu sein erwartet hatte – zwölf Jahre zurückversetzt, als er sich nach Xas gesehnt hatte wie ein Verliebter. Zum ersten Mal begriff er, daß der Engel in Gefahr schwebte, nicht er. Er mußte vorsichtig sein. Der Engel war nicht stark; Sobran hatte Zähigkeit mit Stärke verwechselt. Er sagte: »Mach dir nichts aus dem, was mir da passiert ist. Sei nicht böse. Ich bin ein schwaches Geschöpf mit gewissen rohen Reflexen.«

Über den Hügeln im Osten zeigte sich die Sonne mit ersten stachligen Strahlen. Der Weinberg färbte sich golden und fing an zu dampfen.

»Im Haus ist entweder Baptiste oder die Magd wach. Falls es Baptiste ist, kommt er vor dem Frühstück nach draußen und feuert einen Schuß zwischen die Rebenreihen, um die frühen Vögel zu erschrecken.«

»Dann sollte ich lieber losfliegen.«

»Ich wollte dir noch so viel erzählen – von Auroras Krankheit. Und von einem Mord. Ich habe dir noch nie von den Morden erzählt. Und über das, was du gerade, ich meine vorhin, gesagt hast. Ich wollte dich fragen...« Sobran verstummte, obwohl sein Hirn krampfhaft die verlorene Zeit aufzuholen versuchte. Wiederum würde ein ganzes Jahr vergehen, bis er den Engel sah. Der Mord an Aline war nicht weiter wichtig. Er hatte Xas die anderen aus einem Grund vorenthalten, vor dem er innerlich zurückzuckte; aus Angst, wohin ihn das führen würde, was er gesehen und nicht eingeordnet hatte. Er brauchte jemanden, der ihm befahl zu denken, nicht zurückzuweichen, klar zu denken. Doch er schaffte es nur, dem nachzugehen, was ihn am meisten interessierte und berührte. Er wollte an einem der wenigen Orte aus der Vergangenheit des Engels, der im Licht lag, neben Xas stehen – der Rest war unvorstellbar, geheimnisvoll, dunkel. Er fragte:»Als Christus zum Predigen in die Hölle gekommen ist, warum bist du da nicht mit ihm gegangen? Hast du dich versteckt?«

»Wir haben uns nicht versteckt. Wenn ich mich recht entsinne, so haben wir herumgehangen wie ein Schwarm waghalsiger Motten. Christus hat den Seelen gepredigt, nicht den Leibern. Er hat nichts gesagt, was wir nicht schon gehört hätten. Aber ich erinnere mich, daß mich die Ähnlichkeit erschreckt hat. Das gefällt mir ganz und gar nicht – heute nacht habe ich schon zweimal gesagt, daß mich dies oder das beunruhigt.«

Vom Haus her kam ein Flintenschuß, und vier Drosseln stoben auf und über die Hügelkuppe, flogen dicht über der Erde und über Mann und Engel hinweg.

»Unser Herr Jesus hat wem ähnlich gesehen?« Sobran war solcherlei Schocks gewöhnt – fast genoß er sie –, die Lust, übermannt zu werden, wie es ihm auf sehr unterschiedliche Weise geschehen war, das Begehren, das er für seinen Freund Baptiste empfunden hatte, seine Liebe zu Céleste, dann Xas, dann Aurora; oder die Reisen, die er mit der *grande armée* gemacht hatte – der Schock der Fremde, Dörfer mit Fensterläden, die man hochklappte oder mit Schornsteinen wie umgedrehte Schaufeln.

»Sag es mir«, bat Sobran.

»Ich sollte lieber aufbrechen.«

Sobran gab den Engel frei, ließ ihn aufstehen.

Xas spähte wachsam zum Haus hinüber, dann bewegte er sich ein paar Schritte fort – Sobran erwartete schon, daß er loshüpfte wie Hennen, wenn sie es eilig haben. Der Engel legte den Baum zwischen sich und die Fenster des Hauses. Sobran stand auf, krumm und lahm und stellte sich neben ihn. Er schlang einen Arm um den Engel, ungezwungen und locker.

»Christus hat ausgesehen wie ich«, sagte Xas.

Um zu zeigen, daß er nicht erschrocken war, sagte Sobran, daß sie sich möglicherweise ähnlich sähen, weil beide ein Pakt seien: Das Wort ein Pakt zwischen Gott und Menschen und Xas einer zwischen Gott und Teufel.

»So könnte man denken – durchaus«, sagte Xas belustigt. »Glaubst du, es gibt eine« – er beschrieb mit den Händen eine Form – »Vorlage für mein Gesicht und das von Christus, vorzugsweise für Verträge? Als wäre Gott vergeßlich oder faul und

– 195 –

würde nach einer Schablone arbeiten wie jemand, der feines Knochenporzellan herstellt?«

»Falls es stimmt, daß eine Ähnlichkeit besteht, dann muß es dafür auch einen Grund geben.«

»Derselbe Mund, der mich geküßt hat, sagt ›Falls es stimmt‹ – wenn ich dir sage, daß es stimmt. Kann sein, ich bin ein Abklatsch, aber ich bin keine Fälschung. Sobran, ich muß los. Es ist ein klarer Tag, ich bin meilenweit zu sehen, wenn ich aufsteige.«

»Was sagt denn der Teufel zu der Ähnlichkeit?«

Xas blickte Sobran tief in die Augen, meinte, Sobrans Bitte, ihm Luzifers Worte wiederzugeben, sei sehr kühn. »Er sagt: ›Frag mich nicht.‹ Er sagt: ›Geh mir aus den Augen.‹«

Xas entfernte sich von dem Baum und sprang in die Luft. Er war meilenweit zu sehen. Anfangs ein Schatten wie Gänse in V-Formation, dann weiß und golden, keine Gans, kein Schwan und keine Wolke, sondern ein Engel.

*

GEBROCHENES LICHT. BÄUME, DURCH die die Sonne Strahlen warf. Die Kutsche rumpelte, und Aurora hob eine Hand zu dem herunterklappbaren Klöppel am Bock, auf dem ihr Kutscher saß. Die Kutsche wurde langsamer, und der Kutscher öffnete die Luke und blickte zu ihr hinunter, die Augen verquollen vom gestohlenen Schlaf. Sie hatte ihm gesagt, er solle schlafen, als sie ihn in der Nacht zuvor verlassen hatte, und hatte ihn eben erst geweckt. Jetzt reizte sie sein schlaftrunkenes Gesicht – wie konnte es der Mann wagen, noch immer in einer Welt der Vernunft zu leben, in der man im Freien einnicken konnte, während ihre Welt unversehens voller Löcher war wie ein Spinnennetz nach einem Hagelschauer. Aurora rief, er solle anhalten, hieß den Steinmetz aussteigen und vergaß, sich bei ihm zu bedanken, daß er ihr Gesellschaft geleistet hatte. Antoine plapperte noch immer »verehrte Baronesse« hier, »verehrte Baronesse« da, war besorgt und brannte vor Neugier, was sie gesehen und wovon sie solche Zustände bekommen hatte.

Antoine ging. Aurora bedeutete dem Kutscher weiterzufahren. Sie lehnte den Kopf an die gepolsterte Rückenlehne der Kutsche und schloß die Augen.

Etwas war auf der Straße explodiert. Durch die Reben sah sie etwas, was sie für einen Blutfleck und gesplitterte Lampen hielt. Antoine sah weiter in die Richtung, versuchte, der Sache auf den Grund zu kommen. Später sagte er, er habe gedacht, jemand hätte geschossen, möglicherweise auf sie beide. Er hatte einen Arm um sie gelegt und sie zu Boden gedrückt. Aurora gehorchte, und während sie das tat, drehte sie den Kopf so rechtzeitig zur Hügelkuppe, daß sie die Beute des Flintenschusses sehen konnte. So jedenfalls dachte sie. Sie sah einen fallenden Schwan. Dann taten ihre Augen ihren Dienst und machten aus der Größe der Flügel und dem fallenden Leib frommen Schwachsinn. Ein zweiter Knall hörte sich an, als öffneten sich Flügel, groß und hell wie zwei sich gegenüberstehende Spiegel am Morgen. Ein Engel ließ sich zur Erde fallen und war für Aurora nicht mehr zu sehen. Sobran bewegte sich und stellte sich dicht an die Stelle, wo er herabgestürzt war. Dann legte er sich hin; war auch nicht mehr zu sehen. Auroras Blase stach und schmerzte, gab nach und durchfeuchtete Unterhose, Unterröcke, Rock – doch am Futter des Umhangs kam das Wasser zum Stehen. Sie spürte, wie der Steinmetz etwas an ihrem Ohr sagte, knurrte und schob ihn fort. Dann sah sie Sobran wieder aufstehen und zum Pfefferbaum gehen, wo er stehenblieb und die Straße musterte. Er trat zum Tisch, hob die Lampe hoch und schwenkte sie hin und her, gab Signale; danach setzte er sich, knüpfte sein Halstuch auf und betupfte eine Seite seines Gesichtes. Aurora meinte ihn sprechen zu sehen, da war sie sich sicher.

Später beugte er sich vor und lauschte – wandte aber den Blick zum östlichen Horizont, ein gutes Stück über ihrem verborgenen Kopf. Aurora sah, daß sein Rock hinten geplatzt war; sie sah einen weißen Riß, sein Hemd blitzte durch. Lange verhielt er sich ruhig. Dann wandte er das Gesicht vom Osten ab und nach unten – ein Blick –, stand auf und ging langsam zu dem, was auch immer da lag, bis Aurora an seinem eingezogenen Kinn erkennen konnte, daß er auf etwas umittelbar zu seinen Füßen hinabsah. Dann bückte er sich und war verschwunden. Aurora ergriff Antoines Arm. »Wir müssen jetzt gehen.« Gebückt rannten sie zwischen den Rebenreihen und hinter der Mauer an der Straße entlang. Sie warf einen einzigen Blick über die Schulter zur Hügelkuppe, sah Baum, Tisch, helles Sonnensegel und den Grenzstein wie einen Wachhund mit großem Schädel, der auf den Hinterbacken sitzt. Dann erreichten sie und Antoine die Straßenbiegung, wo die lange Eichenallee begann, und fanden die versteckte Kutsche, deren Pferde angeschirrt dösten.

Als Antoine fort war, ließ Aurora ihren Kutscher die Kutsche noch einmal anhalten, ehe sie das Château erreichten. Sie kam an der Stelle zum Stehen, wo die Straße neben dem Fluß verlief. Sie stieg aus und ging zum Wasser hinunter. Der Fluß floß trübe und spiegelte den Morgenhimmel mit seinen weichen Farbschattierungen von Rosig über Golden hin zu Weiß, unschuldiges und kindliches Wasser, ein Kind in der Krippe. Aurora schritt in dieses Wasser. Sie wollte ihren Rock auswaschen, schritt aber immer schneller und schob erst mit dem Unterleib, dann mit ihrer verstümmelten Brust, Ringe vor sich her.

Die Strömung packte sie, und sie wehrte sich. Der Kutscher trug die Schluchzende und Triefende ans Ufer zurück. Er lehnte sie an das lackierte Holz der Kutschenwand und flehte sie mit Tränen in den Augen an, doch an ihren Mann und ihren Sohn zu

– 198 –

denken. Sein Atem roch nach der Wurst, die er die halbe Nacht
über in seinem Mantel stecken gehabt hatte, ehe er sie beim
Fahren frühstückte. Er hob sie in die Kutsche, zog seinen Mantel aus und hüllte sie ein – dann kletterte er auf den Bock und
fuhr weiter.

So lautete die Geschichte, die der Kutscher erzählte, die Geschichte, die als Gerücht und beinahe vollständig die Runde
machte. Der Kutscher sagte, er habe die ganze Nacht auf die Baronesse gewartet, deren Kutsche in den Eichen an der nordöst-
lichen Grenze von Clos Jodeau versteckt stand. Er schlief. In der
Morgendämmerung kam die Baronesse zurück, nicht allein,
sondern mit dem Steinmetz Antoine Laudel, den sie bei dem
Pfad aussteigen ließen, der hinten um Clos Kalmann herum-
führte. Die Baronesse befahl dem Kutscher beim Fluß noch einmal zu halten, stieg aus und ging ins Wasser, ohne sich Zeit für
ein Gebet zu nehmen.

Es dauerte einen Monat, ehe das Gerücht von dem Selbst-
mordversuch Sobran erreichte, denn der war durch ein furcht-
bares Ereignis ans Haus gebunden.

*

SOBRAN BEWEGTE DEN SCHWENGEL, holte einen Eimer Wasser
aus dem Brunnen und setzte ihn auf dem Brunnenrand ab. Er
wusch sich das Gesicht. Baptiste kam von der Weinkellerei her
über den Hof und hatte seine Flinte in der Armbeuge. Er
wünschte seinem Vater einen guten Morgen, dann fragte er, ob
dieser die ganze Nacht auf gewesen sei – deutete mit der Schuh-
spitze auf die Lampe zu Sobrans Füßen. Sobran zog das Hemd
aus der Hose und trockte sich damit das Gesicht ab, dann nickte
er zustimmend. Er blickte seinen Sohn forschend an, doch dessen Miene war wie seine, weder schuldbewußt noch wißbegierig.
Sobran fragte: »Hast du gut geschlafen?«

»Ja.« Baptiste zögerte und fragte: »Letzte Nacht war die Nacht, ja? Es ist jedes Jahr die gleiche.«

Jetzt galt es zu lügen. Sowie sich Sobran zum Lügen entschlossen hatte, erkannte er, daß er endgültig jede Hoffnung aufgegeben hatte, die Wahrheit zu erzählen. Er sagte: »Ich habe einen Mann umgebracht.« Zog das Schweigen in die Länge. Er hatte diese Geschichte seit ein paar Jahren parat gehabt, hatte aber nicht lügen wollen. »Als ich in der *grande armée* war – in der Nacht, ehe uns die Brände aus Moskau vertrieben haben –, es war ein österreichischer Infanterist, ein Plünderer, und eine Russin, hochschwanger.« Er hielt inne, stieß den Eimer vom Brunnenrand, ließ das Seil laufen, daß sich das Rad drehte, hörte, wie der hölzerne Eimerboden viele Zoll tief unter ihm auf dem Wasser aufschlug. »Ich wollte nicht darüber sprechen. Was ich getan habe, war falsch.« (Die Wahrheit war schlimmer – der wahre Kern dieser Geschichte –, verderbt und schmählich. Sobran erinnerte sich lebhaft an die Russin und an das, was er ihr angetan hatte. Er sah die Frau jetzt klarer als die toten Wespen und die verschrumpelten Birnen in der Schale neben ihrem Bett, die er seinerzeit für Zeichen eines verratenen und heiligen Schutzengels gehalten hatte. Und da stand er und machte Baptiste weis, daß er ein Leben ausgelöscht hatte, weil er die Ehre einer Frau retten wollte. Und sie mit seiner Lüge noch einmal schändete.)

Sein Sohn fragte: »Hast du das überhaupt schon jemandem erzählt?«

»Baptiste Kalmann hat Bescheid gewußt. Ich erzähle es dir jetzt, weil du ein erwachsener Mann bist.«

Baptiste streckte die freie Hand aus, nahm seinen Vater beim Arm und führte ihn zum Frühstück.

\*

SIE SASSEN NOCH BEIM MILCHKAFFEE, als die Kutsche eintraf, die Familienkutsche, in der sich Kisten türmten. Der Stallknecht stieg ab und machte die Tür auf, wurde aber von Léon beiseite geschoben. Der Knecht fuhr zurück, klappte dann die Stufen aus und half erst Céleste, dann Agnès herunter. Céleste lächelte verträumt. Agnès war so blaß, daß sie aussah, als hätte man ihr die Augen tief in den Kopf geschoben.

Sobran und sein Sohn sahen dem Ganzen vom Salon aus zu, traten hinaus in die Diele, kamen aber zu spät, um Léon abzufangen. Sobran packte Céleste beim Arm.

»Liebster, laß mich doch erst einmal den Hut absetzen«, sagte sie mit einem koketten, gezierten Lächeln, obwohl ihr Sohn und ihre Tochter zugegen waren.

Sobran ließ sie los. »Du dürftest kaum einen Tag in St. Florentin gewesen sein, bevor du dich auf die Rückfahrt gemacht hast.«

»Ja, das stimmt. Es hat mir nicht zugesagt.«

»Was ist mit Léon los?«

»Dem ist die Galle übergelaufen. Wir sind sehr schnell gefahren.«

»Und was hat dir im Bad nicht zugesagt?«

»Hörst du das, Agnès? Mir scheint, dein Vater will uns nicht haben.«

»Ich freue mich, daß ihr wieder daheim seid – aber wie ihr seht, ist es hier sehr heiß, und Teppiche und Vorhänge sind noch nicht wieder an Ort und Stelle.«

Céleste machte einen Bogen um Sobran und gab Baptiste einen Kuß. »Ich mache mich frisch«, sagte sie. »Komm, Agnès.« Damit ging sie die Treppe hoch.

»Gleich, Mutter.«

Céleste drehte sich um. »Komm schon, liebes Kind.« Sie streckte die Hand aus.

Agnès warf ihrem Vater einen Blick zu, und der sagte ruhig, er wäre in der Kellerei zu finden. Sie lief nach oben.

\*

ALS SIE SICH FREIGEMACHT HATTE, berichtete Agnès, sie habe nicht gewußt, daß ihre Mutter unzufrieden mit der Unterbringung im Bad gewesen sei, bis man sie packen hieß. Zwei Tage wären sie dort gewesen – Agnès war beschäftigt, hatte von einem anderen jungen Mädchen ein Klavierstück gelernt, hatte zweimal gebadet und war mit ihrem Onkel im Wald gewesen und hatte nach Glühwürmchen Ausschau gehalten. Mutter war bei den Abendessen, zu denen man sie gebeten hatte, in guter Verfassung, hatte sich manierlich benommen, und sie hatten eine weitere Einladung zum Picknick. Doch unversehens wurde Agnès von Mutter und Onkel Léon nach Haus verfrachtet. Beide sprachen in der Kutsche kein Wort. Mutter hatte sich einmal übergeben. Sie verbrachten eine laute Nacht in einem großen Gasthof in Précy-sous-Thil. Zu jeder Tages- und Nachtzeit schienen Leute zu kommen und zu gehen. Aber, und das war das Allerseltsamste, letzten Abend hatten sie in einem Gasthof in Aluze haltgemacht. Der Wirt war von ihrem Eintreffen sehr überrascht, aber Mutter sagte etwas von Teppichen und Vorhängen, die gerade gewaschen würden. Niemand fragte, warum man, wenn im Haus alles drunter und drüber ging, nicht einfach zu Antoine und Sophie weiterfuhr. Mutter und Léon stritten sich. Agnès konnte sie die halbe Nacht im Zimmer nebenan hören – ihr heftiges Gemurmel. Von Aluze fuhren sie dann nur noch vierzig Minuten, und Onkel und Mutter redeten kein Wort miteinander.

\*

SOBRAN TRAF LÉON AN SEINEM Schreibtisch beim Schreiben eines Briefes an. Er sah aus, als fröre ihn, hatte sich das Halstuch so hoch gebunden, daß es unmittelbar ans Kinn stieß, vielleicht machten ihm ja auch wie früher die Ohren zu schaffen. Léon stand auf, drehte seinen Stuhl halb um und setzte sich wieder, als wollte er zuhören, sagte jedoch: »Darf ich das hier fertigschreiben – es ist dringend. Danach habe ich Zeit für dich.« Er redete und blickte dabei seine Katze an, die im Sitzen vor einem Feuer aus brennenden Papieren döste – der Vorleger fehlte, wurde gereinigt, und die Katze war zu verwöhnt, als daß sie sich auf den nackten Dielen ausgestreckt hätte.

»Die paar Briefe von Aline«, sagte Léon mit einem Blick auf das Feuer.

Es waren mehr als ein paar.

Als Sobran hinausgegangen war und die Tür gerade zumachen wollte, hörte er seinen Bruder zerstreut sagen: »Sobran, es tut mir leid.«

*

MITTAG. MAN SPEISTE WIEDER um eins. Agnès und Baptiste kamen zu Tisch. Die Magd sagte, Céleste habe Kopfschmerzen und wolle ein Bad nehmen. Die Magd hatte an Monsieur Léons Tür geklopft, aber keine Antwort bekommen. Sobran sagte der Köchin, sie könne auftragen, nahm seinen Löffel (zunächst in die Faust wie ein Bauer, weil er Agnès necken wollte, dann richtig), aß jedoch nichts. Er sah die Fettaugen auf der Suppe treiben und zu gelben, optischen Linsen zusammenlaufen. Sein Kopf war vor Müdigkeit ganz leicht. Er legte seinen Löffel hin und drückte oben auf seinen Kopf, als wäre der ein Korken, den er in die Flasche drücken wollte. »Was war das?« fragte er.

»Vater?« fragte Baptiste zurück.

Sobran hatte nichts gehört. Das Nichts – Stille, wie sie auf einen Kanonenschuß folgt. Er zog sich die Serviette aus dem

Kragen, stand auf und ging nach oben. Célestes Tür stand einen Spalt offen. Er hörte Wasser in der Zinkwanne plätschern, stieß die Tür auf und warf einen Blick ins Zimmer – goldenes Haar über das Laken gebreitet, das auf dem Wannenrand lag, dralle, dampfende Arme. Er ging in Léons Zimmer. Diese Tür stand auch offen. Sobran stieß sie weiter auf.

Léon hing an dem Strick, mit dem der Kerzenhalter in der Mitte der Decke hochgezogen oder heruntergelassen wurde. Léon hatte die Leuchte abgeschnitten, sie lag umgekippt auf dem Fußboden neben dem umgefallenen Schemel. Der Schemel war gegen eine der Kerzenschalen aus Milchglas gefallen, Glasscherben lagen auf dem Fußboden. Eine Kerze war an den Fuß der Kommode gerollt und lag da zusammengedrückt, als hätte man sie zertreten. Sobran ging ins Zimmer, machte die Tür zu und lehnte sich dagegen.

Einer von Léons Schuhen war heruntergefallen. Es war ein neuer Schuh; die kaum abgenutzte Sohle war Sobran zugekehrt. Der Fuß mit der heruntergerutschten Socke wies zu Boden und war so schlaff und nutzlos wie die Füße einer Statue, die einen hochschwebenden Heiligen darstellt. Die Farbe von den Innensohlen der neuen Schuhe hatte Ferse und Spitze der Socken an den Füßen verfärbt. Das Seil war nicht zu sehen, war im Halstuch verschwunden, das noch immer den verzerrten Hals verdeckte. Léon blickte auf den Fußboden, zu dem seine Zunge einen dicken Speichelfaden zum Vertäuen auswerfen wollte.

Auf der Kommode lag ein einziges Blatt Papier. Sobran griff danach. Léon hatte geschrieben:

*

»BRUDER,

Ich habe mich bemüht, die mir erwiesene Gnade zu verdienen, obwohl Deine Mildtätigkeit ohne Deine Freundschaft – ja, ich weiß, ich habe sie ganz und gar nicht verdient – für mich eine wahre Qual gewesen ist. Ich habe Deine Gastfreundschaft mißbraucht und bin ein Feigling, der zwar gern alles beichten möchte, Dir dabei aber nicht ins Gesicht sehen kann. Gott wußte, was für ein Mensch ich war, als Er mir vor zehn Jahren Seinen Engel nach St. Lawrence schickte. Ich habe nie begriffen, warum mir gesagt wurde, ich solle mein Leben retten, ich jedoch nicht angewiesen wurde, hinfort nicht mehr zu sündigen. Ich bekenne mich zu meiner Fleischeslust, zu dem Irrweg, der mein Weg war. Ich habe Schuld auf mich geladen. Ich war es, der Alines Schwester Geneviève umgebracht hat, weil sie tat, was mir Lust bereitete und was ich zugleich verabscheute, und ich habe später Marie Pelet, meine Geliebte, ermordet, weil sie mein Verbrechen entdeckt hatte. Warum hat mich Gott –«

\*

LÉON HATTE ›VERSCHONT‹ DURCHGESTRICHEN und es durch ›gerettet‹ ersetzt

\*

»– WENN ER WUSSTE, DASS ICH, der reuige und bußfertige Sünder, doch wieder rückfällig werden würde? Warum mir auf so wundersame Weise Seine Gnade zeigen? Der Besuch des Engels war ein heiliges Lesezeichen im schlimmen Buch meines Lebens. Früher habe ich frohlockt und gesagt: Dein Wille geschehe. Aber seit Jahren ist es mir nicht mehr möglich, am Willen Gottes etwas Gutes zu erkennen. Warum hat Gott mich so geschaffen? Ich habe die liebe, reine Aline geliebt, und doch bin ich Grund und Anlaß.«

\*

DER IN LETZTER ZEIT SPARSAME Léon hatte Vorder- und Rück-
seite beschrieben, aber mehr war nicht da.

Sobran zerknüllte das Papier und steckte es in die Tasche. Er
verließ das Zimmer und schloß die Tür. Er stolperte die erste
Treppe hinunter und mußte sich auf den Treppenabsatz setzen –
seine Beine versagten den Dienst. Baptiste kam die Treppe
hochgesprungen und ihm zu Hilfe.»Vater, bist du krank?«

Sobran bohrte die Finger in Baptistes Kleidung, zog ihn an
sich und sagte ruhig:»Dein Onkel hat sich erhängt. Bitte hole
Antoine und Sophie.«

Baptiste zog seinen Vater hoch und rief nach Agnès. Zusammen halfen sie Sobran nach unten und setzten ihn auf einen Stuhl
am Kopfende des Tisches. Sobran bedeutete Baptiste:»Geh.«

Baptiste rannte aus dem Raum. Sobran hörte, wie er in der
Diele stehenblieb und dann verstohlen nach oben ging, weil er
sich selbst überzeugen wollte.

»Deine Hände sind ganz kalt, Vater«, sagte Agnès.

»Gib mir eine Minute.«

Sie setzte sich vor ihn, rieb seine Hände und musterte ihn besorgt. Er hörte Baptiste auf der Treppe zurückkommen und sah
ihn durch den Türspalt ins Zimmer lugen, das Gesicht fast kern-
seifenfarben, wie bräunlicher Talg, blutleer.

»Geh«, sagte Sobran erneut.

Baptiste ging.

*

SOBRAN SASS AUF EINEM STUHL am Fußende des Bettes, während die Frauen Léons Leichnam wuschen. Agnès, die erst kürzlich in diese traditionelle Aufgabe eingeführt worden war, stand
daneben und hielt Wasserkrug und Handtücher. Der Raum war
kerzenhell, die Vorhänge hatte man trotz eines rosigen, hoch-
sommerlichen Sonnenuntergangs zugezogen.

– 206 –

Sobran sah, wie Céleste einen Lappen auswrang, hörte das Wasser hell ins Becken plätschern. Die Magd hob Léons Kopf, während ihm Sophie das Halstuch abband. Es knisterte, als es aus dem Einschnitt befreit wurde, den der Strick ins Fleisch geschnitten hatte. Sophie seufzte, ein Seufzer, der flackerte wie eine von der Brise gestörte Kerzenflamme. Sophie knöpfte Léon das Hemd auf, und zusammen hoben sie und die Magd Léons Körper an, damit sie es ihm ausziehen konnten. Sophie schob ihrem jüngeren Bruder den Arm unter den Hals und legte ihn wieder hin. Céleste trat näher und wollte seinen Oberkörper waschen.

Von seinem Sitzplatz aus konnte Sobran sehen, daß Léon unter der eingegrabenen, dunkelroten Wunde unter dem Kinn einen weiteren Ring aus blauen Flecken hatte ähnlich einem schmutzigen Kragen, gerade und gleichmäßig. Das hatte Sobran schon einmal gesehen, erkannte es wieder. Ebendieser Anblick hatte ihn an jenem fernen Morgen erschreckt, als er Léon beim Anziehen am Herd in ihrem früheren Haus zugesehen hatte. An dem Morgen, an dem man ihn, Léon und ihren Vater geholt hatte, daß sie Geneviève Lizet suchten. Sein Erschrecken, das begriff Sobran jetzt, rührte daher, daß er an Léon nicht etwa Anzeichen von Unsauberkeit entdeckte, was nicht zu Léon gepaßt hätte, sondern den Beweis dafür, daß jemand versucht hatte, seinen Bruder zu würgen. Die blauen Flecken waren genauso wie die hier gewesen. Und Sobran hatte das sofort beiseite geschoben.

Er saß ganz still da und sah den Frauen zu, die sacht einen schlaffen Arm hoben und die Achselhöhle wuschen. Er sah zu, wie sie Léon die Kniehose aufknöpften und herunterzogen, das Band von Léons Unterhose aufschnürten, ihn nackt auszogen, ihn dann behutsam auf den Bauch drehten und ihm den Kot von der Kehrseite abwischten.

Agnès stand da und drückte den Wasserkrug an die Brust. Tränen tropften von ihrem Kinn in das saubere Wasser.

DER PRIESTER AUS ALUZE WOLLTE Léon nicht auf dem Gottesacker ruhen lassen. Er sagte, er verlasse sich darauf, daß sich –
ausgerechnet – Sobran nicht als Heuchler erweise, der mit den
Gesetzen der Heiligen Mutter Kirche hadere. Es sei den Erlösten
nicht zuzumuten, das Ende der Zeit neben denen zu erwarten,
die keine Absolution erhalten hatten. Ausnahmen gebe es nicht.
Sophie flehte tränenüberströmt. Céleste trat einen Schritt zurück und nahm ihren Rock zusammen, als hätte sie Schlamm
oder einen Dunghaufen vor sich, alsdann verschränkte sie die
Arme und schaute durch den Priester und durch die weiß
getünchte Wand der Sakristei hinter ihm hindurch und weiter,
so schien es, durch den kleinen Kirchhof mit den Grabsteinen.
Der Priester wankte unter diesem Blick – woher sollte er auch
wissen, daß sie sich auf diese Weise allen Diskussionen über das,
was sich schickte, entzog.

Antoine sagte:»Pater, Léon ist vier Jahre auf dem Priesterse-
minar gewesen. Er ist sein Leben lang zur Kirche gegangen.
Mehr als dreißig Jahre in diese Kirche.«

Der Priester nickte, das wußte er und auch, daß die Familie
Jodeau für die neue Statue der heiligen Barbara gezahlt hatte, die
unweit des Altars stand. Aber dennoch.»Nichts zu machen«,
sagte er.»Tut mir leid, aber ich möchte keine weiteren Argu-
mente hören.«

»Der alte Pater Lesy hätte gewußt, wie man die Gesetze ein
wenig hinbiegt.« Sobran schloß die Hände, öffnete sie und ließ
etwas heraus.

»Nicht in dieser Sache. Gut, wir haben einen Platz für unge-
taufte Kinder innerhalb der Kirchhofmauern, aber Sie müssen
sich hiermit begnügen ...« Er zeigte durch das Seitenfenster der
Sakristei und über die Grenzmauer am hinteren Teil der Kirche,
wo in einer Bresche Brombeeren wucherten.»Der Sarg Ihres
Bruders darf unter der Leichenpforte stehen, und ich werde über

– 208 –

ihm beten. Wir werden die Glocken läuten – Ihrer Familie zu Ehren, Monsieur Jodeau –, aber Ihr Bruder wird in ungeweihter Erde bestattet.«

Falls das sein letztes Wort sei, sagte Sobran zu dem Priester, dann teile er ihm mit, daß er, Sobran, diese Kirche nach Léons Beerdigung nie wieder betreten werde, weder lebendig noch tot. Nachdem er das gesagt hatte, setzte er seinen Hut auf und verließ die Sakristei, durchmaß die Kirche mit bedecktem Kopf und trat hinaus in die Sonne.

»Falls Sie Léon nicht auf dem Gottesacker ruhen lassen, ist Sobran nicht der einzige, der wegbleibt«, sagte Antoine. Er ergriff Sophies Arm, dann Célestes, drehte beide Frauen um und folgte seinem Schwager.

*

LÉON JODEAU WURDE IN EINER TROCKENEN Grube zwischen Brombeeren und neben drei schiefen, hölzernen Grabkreuzen vor der Kirchhofmauer beerdigt.

Drei Tage danach kamen Sobran, Baptiste, Martin und Antoine und machten sich daran, die Steinmauer hinter der Kirche abzubauen. Antoines Söhne schafften eine Wagenladung Steine heran. Gegen Mittag zogen die Männer die Mauer von den beiden hinteren Ecken neu hoch. Sobrans Freunde aus dem Dorf halfen ihnen dabei. Alle Männer hatten sich bis aufs Hemd ausgezogen und schwitzten tüchtig. Sophie, Céleste und ihre älteren Töchter brachten ihnen ein Mittagessen aus Brot, Käse, Zwiebeln, Wurst und einer Flasche von Jodeau-Kalmanns *vin bourru*. Während sich die Männer ausruhten, kam der Priester aus der Kirche – das dritte Mal an diesem Tag – und versuchte, ihnen die Arbeit auszureden. Er wurde böse und verwünschte sie. Antoine bot ihm von dem Wein an.

Um ein Uhr nahm man die Arbeit wieder auf, und gegen Sonnenuntergang war die neue Mauer fertig, und die Grenze zwischen geweihter und ungeweihter Erde war nun nur noch durch eine leichte Erhebung gekennzeichnet, die sich im Laufe der Jahrhunderte auf dem Kirchhof ergeben hatte; wie Wasser in der Badewanne, wenn sich ein Mensch hineinlegt, war der Boden langsam von den sterblichen Überresten verstorbener Generationen verdrängt worden. Rings um Léons blumenbedeckten Grabhügel war weitere umgegrabene Erde, denn die Männer hatten die Brombeeren ausgerissen.

Im letzten Tageslicht zogen die Arbeiter die dicken Handschuhe aus, legten Spitzhacke und Spaten in Antoines Karren, wuschen sich im Pferdetrog neben der Leichenpforte, zogen ihre Jacken an und setzten die Hüte wieder auf, schüttelten sich die Hand und gingen auseinander.

*

SOBRAN ERBLICKTE PAUL DE VALDAY hoch zu Roß auf der Landstraße, die an dem langen, sich weit erstreckenden Hang südlich von Vully entlangführte. Er gab dem Erntearbeiter, den er darin unterwiesen hatte, wie man Trauben abschneidet, das Rebmesser zurück, zog den Hut und winkte Paul zu. Der Comte zügelte sein Pferd und stieg ab. Sofort stellte ein Erntearbeiter den Korb zu Boden, trat herzu und hielt das Pferd am Zügel. Paul begegnete Sobran auf der Hälfte der Reihe, zog beim Näherkommen den Hut und blickte seinem Winzer etwas beklommen entgegen.

»Warum will Ihre Mutter mich nicht empfangen?« fragte Sobran unhöflich und ohne Vorrede.

Paul hatte den Hut wieder aufgesetzt, ergriff Sobrans Arm, drehte ihn um und zog ihn von der Schar der Erntearbeiter fort.

»Sie sind klüger als ich«, sagte Paul.

»Schmieren Sie mir keinen Honig ums Maul.«

Paul wurde rot.»Ist mir einerlei.« Er warf einen Blick auf die Arbeiter ganz in ihrer Nähe, die sich über ihre vollen Körbe mit bereiften, roten Trauben bückten.»Übrigens kann man Ihnen und Ihrer Frau, wie man hört, gratulieren ...«

Sobran schwieg.

»Wieder einmal«, sagte Paul, den Sobrans fehlende Reaktion reizte.

Sobrans Miene war hart und nicht zu entziffern.

Paul verfolgte das, was er als Vorteil sah, und senkte die Stimme.»Mutter ist krank, weil sie ein Kind verloren hat. Es war noch ganz im Anfang, und ich habe mir sagen lassen, dann ist es nicht weiter schlimm. Aber sie ist enttäuscht.«

»Und das erklärt wohl auch das Gerücht?«

»Welches Gerücht, Monsieur Jodeau?«

»Daß sie eines Morgens vor sechs Wochen in den Fluß gegangen ist und versucht hat, sich zu entleiben.«

Jetzt verstummte Paul. Er hatte gehofft, Sobran würde etwas mehr privates Interesse an der Fehlgeburt seiner Mutter zeigen.

»Hat sie die Fehlgeburt gehabt, ehe sie ins Wasser gegangen ist oder hinterher?«

»Hinterher«, sagte Paul leise.»Der Kutscher des Barons hat sie gerettet. Baron Lettelier hat es noch vor mir gewußt. Die Nachricht mußte sich erst im ganzen Gesinde bis zu meiner alten Kinderfrau herumsprechen, ehe sie mir zu Ohren gekommen ist.« Paul baute sich vor Sobran auf und blickte ihm mitten ins Gesicht.»Ich weiß nicht, warum sie das getan hat. Sie hat gesagt, sie will Sie nicht sehen. Und sie hat Ihnen auch nicht ihr Beileid zum Tode Ihres Bruders ausgesprochen. Als sie hörte, daß sich Monsieur Léon erhängt hatte, da hat sie gelacht. Hat gelacht und gesagt: ›Der Mensch denkt, Gott lenkt.‹ Fraglos ein ungesundes Gefühl.« Es betrübte Paul sichtlich, daß er diesen Satz wiederholen mußte, aber er machte gute Miene zum bösen Spiel.

Sobran bedeckte das Gesicht mit beiden Händen und rieb es kräftig.

»Mir war klar, Sie wissen, was sie damit meint.« Paul hörte sich an, als nähme er das übel und wäre neidisch.

»Um so mehr Grund für sie, mich zu empfangen.«

»Sie ist heute morgen ins Bad, nach St. Florentin gefahren. Es ist hier zu heiß, sagt der Baron. Der Baron ist ein Christenmensch – er kann Leiden nicht mit ansehen. Baptiste erzählt mir, daß Madame Jodeau in Begleitung Ihrer Schwester auch im Bad ist. Sie müssen sich wegen Madame Sorgen machen – schließlich ist sie ein paar Jährchen über vierzig.«

»Vorsicht, Paul.«

Doch Paul, der über die Älteren und ihre Geheimnisse erbost war, fuhr giftig fort:»Als ich Mutter berichtet habe, daß bei Ihnen ein weiteres Kind erwartet wird – irgendwie folgt auf eine schlechte Nachricht – ich meine den Tod Ihres Bruders – immer eine gute –, da hat sie gesagt, Sie müssen sich für Noah halten und den göttlichen Auftrag haben, das *pays* neu zu bevölkern.«

»Schon gut, hören Sie auf. Es schickt sich nicht für Sie, die Beleidigungen Ihrer Mutter zu wiederholen oder Bemerkungen über das Alter meiner Frau zu machen.«

Paul kniff die Lippen zusammen, wurde ziemlich blaß um die Nase und entgegnete:»Ich wiederhole ihre Beleidigungen, weil ich Sie zu einer Erklärung provozieren möchte.«

Sobran versuchte, Paul die Hand auf die Schulter zu legen, doch der junge Mann schob sie heftig beiseite.»Sie gefährden ihr Leben!«

»Ihro Gnaden«, Sobran verwendete die ehrerbietige Anrede in der Hoffnung, Paul würde dadurch wieder zu sich kommen. »Ihre Mutter und ich sind kein Liebespaar. Und wir haben uns auch nicht gestritten – falls Sie das meinen.«

Paul hatte gedacht, das verlorene Kind sei von Sobran und

nicht vom Baron gewesen – und daß seine Mutter wegen ihres eigenen Verlustes neidisch auf Céleste Jodeaus Schwangerschaft wäre und schlicht verstört über den Beweis, daß zwischen Monsieur Jodeau und seiner Frau noch immer eheliche Beziehungen bestanden. Und nun stritt Sobran die Beziehung ab. Aber eine Sache stand für Paul fest. Er sagte:»Sie sind der Grund dafür, daß sie unglücklich ist.«

Sobran schüttelte den Kopf.»Es ist noch gar nicht lange her, da hat sie auf der Schwelle des Todes gestanden. Und Sie sollten ihre Gefühle berücksichtigen was die Verstümmelung ihrer Weiblichkeit angeht, die Operation und dann diese Fehlgeburt – ein Unglück kommt sozusagen selten allein.«

»Nein, Jodeau, sie ist unglücklich Ihretwegen. Das ganze *pays* richtet sich nach Ihren Stimmungen, Launen und Meinungen. Ihretwegen hat Anton Wateau einen Weinkeller gebaut, hat seine Kühe verkauft, die Pflaumenbäume gerodet, die sein Urgroßvater gesetzt hatte, und hat einen guten, flachen Acker mit Rebstöcken bepflanzt. Ihretwegen steht die heilige Barbara weiter vorn in der Kirche als der heilige Vincent – der Schutzheilige des Weins. Die Heilige der Kanoniere – vermutlich zu Ehren von Kalmann. Ihretwegen sind die Familien Lizet und Laudel seit über einem Monat nicht in der Kirche gewesen – nicht einmal die Frauen. Tun Sie doch nicht so, als ob Sie keine Ahnung von Ihrem Einfluß hätten.«

»Ich glaube, ich weiß, was Ihre Mutter anficht – und darum sollte man mich nicht hindern, sie aufzusuchen.«

»Zu spät. Und – ja – Sie wissen Bescheid und lügen mich dennoch an. ›Verstümmelung ihrer Weiblichkeit!‹« fauchte Paul. »Warum tätscheln Sie mir nicht gleich den Kopf. Sie glauben doch nicht, Sie können mir weismachen, daß sich meine Mutter bloß wegen einer entstellten Figur etwas antun würde?«

Sobran merkte, daß man auf Paul aufmerksam wurde. Die

Erntearbeiter in ihrer Nähe lugten durch die Reben wie Fuchsjunge aus einem Dickicht. Er konnte ihre Augen, ihre Klatschlust spüren. »Paul«, sagte er, konnte aber den Redeschwall nicht eindämmen.

»Mein Großonkel war noch Ihr *patron*, und wen habe ich unter mir? Nichts als Hausgesinde, alte Weiber, junge Mädchen, den lahmen, alten Mann, der die Gärten pflegt, ein, zwei Stallknechte, wenn es hoch kommt. Sie haben ein hübsches Vermögen gemacht, aber ich – was habe ich? Latein, Deutsch, modische Hüte, eine Mutter, die mir nicht sagen will, warum sie so verzweifelt ist, und . . .«

Sobran merkte, daß Paul zu irgendeinem Entschluß gekommen war.

». . . und Agnès sagt, daß sie Nonne werden will, weil ihr Onkel ein Selbstmörder ist und ihre Mutter wahnsinnig!«

»Also«, Sobran scherzte, »um eine Berufung zu erhalten, müßte Agnès erst einmal wieder zur Kirche gehen.« Er bedeutete dem Comte mit der Hand: »Steigen Sie auf und besuchen Sie Agnès. Machen Sie ihr ruhig den Hof. Aber hören Sie auf, mich anzubrüllen.« Sobran wandte sich mit den Worten ab: »Ich schätze, Ihre Mutter wird es überleben.«

Paul setzte den Hut auf, riß ihn wieder herunter, warf ihn auf die Erde und trampelte auf dem trockenen Kalkboden darauf herum. Dann ging er zur großen Erheiterung der Erntearbeiter großen Schrittes und fluchend zur Straße zurück. Er riß dem Mann, der das Pferd hielt, die Zügel aus der Hand, stieg auf und galoppierte davon.

\*

AURORA SASS AUF EINER STEINBANK in einer sonnigen Nische, die von einer Hecke aus Eiben umgeben und so zurechtgeschnitten war, daß sie Mauerwerk ähnelte. Sie konnte einen Springbrunnen hören und seine höchsten Tropfen über einer Reihe gestutzter Orangenbäume sehen. Sie hatte gelesen – wieder einmal Hugo –, hatte das Buch jedoch aufgeschlagen in den Schoß gelegt und ein Stück Brot aus der Tasche geholt, das sie essen wollte. Sie zerbröselte die Rinde für die Vögel und streute die Krumen auf den Kies und die Steinbank gegenüber. Aurora musterte die Bank, den gleißenden Marmor, und malte sie sich besetzt aus. Und während sie sich dort eine Gestalt statt Luft vorstellte, zählte sie zwei und zwei zusammen, eine Rechnung, die sie lieber nicht gemacht hätte. Denn falls es einen Engel gab, gab es einen Gott. Und als sie jetzt an ihren Atheismus dachte, holte sie Luft, wie sie es tat, wenn sie ›meine Brust‹ zu der großen, verlaufenden Narbe sagte, wo einst ihre Brust gewesen war.

Aurora hörte Schritte, zwei, die spazierengingen, jedoch nicht redeten. Sie erkannte Sophie Laudel und Céleste Jodeau trotz der Hauben, die den beiden Frauen wie Scheuklappen anhafteten. Sie bogen zu ihr ab und erblickten sie. Sofort lächelte Sophie und hob die Hand so höflich und ruhig wie schon am gestrigen Tag, als man sich im Bad getroffen hatte. Zuvorkommend lud Aurora sie zum Sitzen ein, und das taten sie und hielten beide den Sonnenschirm schräg, damit ihnen die Sonne nicht ins Gesicht schien. Die strahlte durch die Perlenfransen von Célestes Sonnenschirm und fiel wie bunte Spitze auf die vielgefältelte Passe ihres Kleides. Céleste war in dem losen Gewand der werdenden Mutter schon sehr stattlich.

Sie seien nach dem Mittagessen auf dem Fluß gewesen, erzählte Sophie Aurora, hatten heute jedoch noch nicht gebadet. Für morgen erhoffte sich Sophie einen Ausflug zur Salinenquelle.

Céleste sagte, ihr sei ein wenig kalt. Ob Sophie bitte in ihre Zimmer gehen und ihr Umschlagtuch holen könne? Das wirkte auf Sophie wie eine kalte Dusche. Mit ihrer Lebhaftigkeit war es vollkommen vorbei. Sie war weder verlegen noch ängstlich, das konnte Aurora sehen. Ihr Blick traf sich mit Auroras, Sophies abwägend und abschätzend. Dann entschuldigte sie sich und ging, um Célestes Wunsch zu erfüllen.

Madame Jodeau schloß ihren Sonnenschirm, stieß die Spitze in den Kies und faltete die Hände auf dem Knauf. Ihre Haube war wie der Schirm auf einer Sturmlaterne, ihre Augen leuchteten wie Butzenscheiben, hinter denen Licht aufflammt. Sie fragte Aurora: »Wer ist Ihr Schneider?«

Aurora nannte den Mann in Autun, über dessen provinzielle Schnitte sich der Baron immer beschwerte.

»Richten Sie ihm bitte aus, wie sehr ich seine Kunstfertigkeit bewundere«, sagte Céleste mit einem Blick auf Auroras Brust.

»Ja – nichts Fehlendes zu sehen«, sagte Aurora. »Er versteht sich wirklich auf sein Gewerbe. Und ist diskret.«

»So ist es.« Céleste nickte zustimmend.

»Und ich möchte Sie beglückwünschen, Madame Jodeau«, sagte Aurora.

Céleste lächelte und berührte ihren Leib. »Eine frohe Bürde. Wenn auch bei heißem Wetter immer so lästig.«

»Wann sollen Sie niederkommen?«

»Im Februar. Das Kleine wird bis zu seiner Taufe keine Sonne zu sehen bekommen.«

»Wie wollen Sie das schaffen? Mit der Taufe, meine ich. Paul erzählt mir, daß Monsieur Jodeau und der Priester zerstritten sind.«

»Wir wollen zur Taufe nach Chalon-sur-Saône fahren. Eine weitere Patentochter für Aline.«

Aurora standen die Haare zu Berge. Sie fror in ihren Kleidern, fror im hellen Sonnenschein.

»Ach nein – stimmt –, Aline ist ja tot«, sagte Céleste so still wie Wasser kurz vor dem Einfrieren. Sie überlegte kurz und sagte dann: »Ob Sie uns die Ehre erweisen würden?«

–216–

»Gewiß, Madame. Aber ich muß Ihnen gestehen, daß zwischen mir und der Kirche seit Jahren, nein, kein Streit, aber eine gewisse Kühle herrscht. Folglich bin ich nie Patin geworden.«

»Vielleicht nicht in diesem Sinn, jedoch in Ihrer Großzügigkeit Sabine gegenüber, für deren Ausbildung Sie gebürgt haben.«

Das bestätigte Aurora mit einem Nicken.

»Und da Sie nichts von Etikette halten, bin ich mir sicher, Sie stören sich auch nicht daran, daß das Kind nicht von meinem Mann ist.«

Aurora saß mit den Händen im Schoß da und kam sich vor wie ein zum Braten zusammengebundenes Huhn. Sie fing ihr Buch auf, als das herunterrutschen wollte. »Wie bitte?« sagte sie.

»Gut. Abgemacht.« Céleste berührte ihren Leib und lächelte. »Glückliches Kind.«

Aurora spürte, wie sich ihre Lippen bewegten, doch sie hatten keine Muskeln und brachten kein Wort heraus.

Céleste stand auf. »Da kommt Sophie mit meinem Tuch.« Sie öffnete ihren Sonnenschirm und legte den Stock auf die Schulter. »Baronesse, ich weiß, daß mein Mann alles mit Ihnen teilt. Daher stört es Sie hoffentlich nicht, wenn ich mir die Freiheit nehme, meinerseits ein kleines Geheimnis mit Ihnen zu teilen.«

Sophie war jetzt da und legte Céleste das Tuch um die Schultern. Céleste reichte ihrer Schwägerin den Arm. »Gehen wir weiter, liebe Sophie?«

Sophie musterte Auroras blasses Gesicht. »Entschuldigen Sie uns, Baronesse, es tut mir leid.«

Strahlend und majestätisch gab Céleste vor, nichts gehört zu haben. Sie zog ihre Schwägerin den Spazierweg entlang.

*

MAN SPRACH NICHT MEHR MITEINANDER. Sobran sagte sich, daß es Aurora überleben würde. Die wiederum verfaßte Briefe, doch nur in ihrer Vorstellung. Sie stand für eine Befragung nicht zur Verfügung, obwohl beide, Sobran und Antoine, Fragen hatten. Aurora fuhr von St. Florentin auf das Gut des Barons und dann nach Paris mit der Absicht, den ganzen Winter über dort zu bleiben. Paul schloß sich ihnen an und ließ eine immer noch ungeküßte Agnès zurück. Céleste ging es prächtig, sie fuhr mit ihren jüngeren Töchtern nach Chalon-sur-Saône, zu Sabine. Sobran brachte ein Drittel seiner Bücher und Kleider in sein Zimmer über der *cuverie* in Vully und überließ seinen älteren Söhnen während der Woche die Oberaufsicht über seinen eigenen Weinberg. Er wartete nicht auf Auroras Rückkehr oder häuslichen Frieden, auf die wohlbehaltene Geburt seines letzten Kindes oder auf Heilung seines Bruchs mit der Kirche. Er wartete auf den Sommer, auf den einen, mit dem er Léons Brief teilen konnte.

*

AN EINEM WINDIGEN ABEND ANFANG Dezember war Sobran trotz des Getöses draußen endlich eingeschlafen, während Schnee, trocken wie Salz, an seine Fensterläden prasselte und der Wind mit erstickter Stimme klagte. Ein wenig später wachte er wieder auf. Der Wind stürmte noch lauter, und ein Fensterladen schlug, aber anscheinend nicht gegen die steinerne Fensterbank; es gab einen leisen Plumps, dann krachte er wieder ans Mauerwerk. Sobran hörte ein Klopfen von Knöcheln auf Glas. Er stand auf und ging zum Fenster. Hinter dem Fenster sah er den Schnee mitternächtlich leuchten und dann seinen Engel, der sich mit einer Hand und zwei verkrampften, bloßen Füßen an Fensterrahmen und Fensterbank festhielt, sah schwarzes Haar wild hin- und herflattern wie eine zerfetzte Fahne. Sobran entriegelte das

– 218 –

Fenster, das nach außen aufging und Xas umwarf. Er fiel in den Schnee auf dem Hof, sprang sofort wieder auf und ließ dabei ein paar Abdrücke und eine verwischte Stelle zurück, jedoch nichts was den Engeln ähnelte, die Kinder im Schnee machen.

Xas kam zum Fenster herein, schob sich an Sobran vorbei, naß, wo seine Haut warm war, Haar und Federn steifgefroren.

Sobran fing einen Fensterflügel ein, machte ihn zu, dann beide Läden, dann das andere Fenster mit den beiden geborstenen Scheiben.

Xas hatte sich bereits auf dem Fußboden vor dem Kamin ausgestreckt und blies in die Glut. Jetzt, bei geschlossenen Läden, leuchtete nur noch sein Atem, ein rosiger Hauch, der beim Blasen kam und ging. Sobran suchte nach Feuerstein und Kerze. »Ich stehe gewiß nicht auf«, sagte Xas, »und schleife meine Flügel nach. Die Decke hier ist zu niedrig. Ich bin gekommen, weil ich nicht warten wollte, bis man uns wieder beobachtet.« Er fing an, das Feuer zu füttern, tat das mit viel Gefühl und so interessiert, als wäre es ein Tier, dessen Geschmack und Appetit er herausfinden wollte. »Wir sollten unsere Nacht verlegen. Sagen wir, auf die nächste. Das allein schon würde sie aus dem Konzept bringen und dennoch in die Wochen fallen, in denen du deine Familie üblicherweise außer Sichtweite von Baptiste Kalmanns ›Grabstein‹ schickst.«

Xas hatte in wenigen Sätzen ganz beiläufig eine Menge Spitzen untergebracht. Sobran lachte darüber, und der Engel musterte ihn über seine Flügel hinweg und spritzte Wassertropfen aus seinen Haaren auf den heißen Rost, wo sie verzischten. »Apharah hat mir gesagt, daß sie dir einen Brief geschrieben hat. Ob du den schon bekommen hast? Ich sorge mich, was sie dir mitgeteilt haben könnte.«

Xas setzte sich auf und ordnete die Flügel um sich herum, so daß Sobran nur noch seinen Kopf und eine Reihe nackter, sauberer Zehen ohne Schwielen sehen konnte. »Das ganze letzte Jahr hat Apharah einen verkrüppelten, russischen Pelzjäger gepflegt. Ich habe geglaubt, Kumilew wäre für Apharah eine Liebhaberei oder eine Anzahlung auf einen Platz im Paradies. Und dann stellt sich heraus, daß sie ihn wegen seiner Französischkenntnisse aufgenommen hat, weil sie dir schreiben wollte. Die Menschen sind ja so verschlagen! Ihre Schwäche macht sie gerissen. Man denke nur – es waren Menschen, nicht Engel, denen wir die Entdeckung verdanken, daß die Planeten um die Sonne kreisen.«

Sobran schüttelte den Kopf. Er traute seinen Ohren nicht.

»Nur jemand mit einem Fernrohr kann sehen, daß die Planeten um die Sonne kreisen. Und wer keine Brille braucht, erfindet auch kein Fernrohr. Benachteiligt, bedürftig und verschlagen – ja, so ist die Menschheit.« Und weil er die Unterschiede zwischen Menschen und Engeln veranschaulichen wollte, ordnete Xas das Feuer neu. Er streckte die Hände in die Flammen und schob brennende Holzscheite hin und her, holte verrußte heraus und wischte sie mit den Flügeln ab.

»Noch kein Brief da«, sagte Sobran. Und dann: »Xas, ich möchte dich in den Arm nehmen – läßt du mich?«

»Ich mag nicht gern angefaßt werden. Das möchtest du auch nicht, wenn dein Leib ein Guckloch wäre und an einer Seite Gott und an der anderen der Teufel durchgucken würde. Für mein nächstes optisches Abbild wähle ich entweder ein Periskop oder ein Kaleidoskop.«

Sobran sagte mit Würde: »Na schön, du willst nicht aufstehen, und ich denke nicht daran, mich auf den Fußboden zu setzen. Ob du es glaubst oder nicht, aber nach meiner Sonnenwendnacht auf der Erde konnte ich mich eine Woche lang nicht rühren. Doch so vergreist bin ich nun auch wieder nicht, daß meine Wehwehchen und Gebrechen – unter den gegebenen Umständen – Vorrang haben.« Sobran schloß seine Schreibmappe auf, holte Léons Abschiedsbrief heraus und reichte ihn dem Engel.

»Muß ich das unbedingt lesen?« fragte Xas. Er hielt die Seite an einer Ecke hoch und wirkte gerührt, doch das Papier verriet nicht das leiseste Zittern.

»Nein. Aber bist du auf einmal feige?«

»Sobran, ich habe meinen Mut noch nie beweisen müssen.« Xas fing an zu lesen. Drehte die Seite um, las den Rest und blickte hoch. »Gibt es eine zweite Seite?«

»Nein.«

»Ich glaube doch.«

»Léon hat jahrelang unter meinem Dach gelebt, und dennoch habe ich das Gefühl, daß ich dich besser kenne als ich ihn gekannt habe.«

»Deine Gastfreundschaft scheint für ihn ein wunder Punkt gewesen zu sein.«

»Léon hatte Anspruch auf einen Platz in unserem Haus. Ich dachte, er begreift das. Ich dachte, ich habe ihm das gesagt.«

»Wir hatten alle keinen Anspruch auf dich, Sobran.«

Sobran setzte sich auf das Fußende des Bettes. Dabei stießen seine nackten Fersen an den Nachttopf, dessen Deckel klapperte. Sobran merkte, daß er sich nicht erinnern konnte, ob er noch Wasser gelassen hatte, ehe er sich in sein Zimmer zurückzog, und horchte auf schwappenden, abgestandenen Urin. Er schämte sich – wieder einmal – für seinen Körper, für sich selbst, blickte am Nachthemd herunter zu seinen knochigen Knien und seinen knotigen Händen mit der rauhen Haut. »Léon hat sich nicht wegen irgend etwas umgebracht, was ich getan habe. Er war es gewesen. Er war der Mörder.«

»Die Morde sind neu für mich«, sagte Xas. »Das mindert den Schreck über die Entdeckung um einiges. Du hast es versäumt, sie zu erwähnen.« Seine Augen blickten flüchtig trübe und nachdenklich. »Außer daß ich – bei längerem Nachdenken – dir wie ein Mörder vorgekommen sein muß, der herumgeht und ein ums andere Mal Entsetzen verbreitet.« Er streckte Sobran den Brief hin, doch der rührte keinen Finger, sondern befahl: »Verbrenn ihn.«

Xas legte die Seite ins Feuer. »Es hat sich nicht angehört, als wollte er auch den Mord an Aline beichten. Aber ihr Tod muß es ihm unmöglich gemacht haben, sich seine Verbrechen aus dem Kopf zu schlagen, obwohl er sie bereut hat.«

»Er hat gesagt, daß er, nachdem er bereut hat, erneut gesündigt hat.« Der Brief war mittlerweile eine zarte Kohleflocke, und Sobran mußte über seinen Bruder nicht mehr sagen ›er sagt‹, sondern ›er hat gesagt‹, auch dann nicht, wenn sie über diesen Brief sprachen.

»Rückfällig, sagt er, nicht Mord.« Bei diesen Worten blickte Xas das glänzende, schwarze Blatt an, als könne er es noch immer lesen – aber natürlich erinnerte er sich genau, wie es lautete, und er hatte noch nie Grund gehabt, an seinem Gedächtnis zu zweifeln. »Vielleicht war der Mord an Aline ein bloßer Zufall und hat ihn gequält.«

»Ich hätte nie gedacht, daß du an Zufälle glaubst.«

»Aber ja doch – nur stoßen sie mir nicht zu.«

»Weil du wichtig bist. Man hat sich gegen dich verschworen, dich bespitzelt, in Gefahr gebracht. Auch wenn es nur armselige Geschöpfe waren, die sich in Weinbergen verstecken und ihr Wasser nicht halten können.« Sobran wandte den Blick ab und ließ die Schultern hängen. »Nämlich – seit der Sonnenwende ist es mit meinem Leben stetig bergab gegangen.«

»Ja?« sagte Xas sanft. Er stand auf und ging zu Sobran, der betrübt den Kopf hängen ließ.

»Besonders seit der letzten Sonnenwende? Oder nach jeder Sonnenwende? Sobran, so wie du redest, verleitest du mich zu dem Glauben, daß es in meiner Macht steht, dich glücklich zu machen. Und das ist ein Irrglauben, was auch immer du dir vorstellst.« Xas seufzte. »Aber jetzt muß ich mir wohl eingestehen, daß diese Katastrophe meine Zukunft ist.«

Sobran wollte das Gesicht heben. Doch als sein Kopf auf gleicher Höhe mit Xas' Nabel war, betrachtete er ihn, diesen glatten, schimmernden Unterleib über dem juwelenbesetzten Gürtel. Kein Wunder, daß er davon genauso berührt wurde wie vor nahezu zwanzig Jahren, aber verwunderlicherweise noch genauso wie damals, von genau demselben Leib, der so unverändert war wie ein teures Andenken.

Xas legte Sobran die Hände auf die Schultern, schob und kam mit Sobran in eine liegende Stellung, so daß beider Gesicht im Schein der einzigen Kerze an Sobrans Bett klar zu sehen war. Es geschah unversehens, aber dennoch mit einer fließenden Bewegung. Der Engel hatte kaum Gewicht, das er nutzen konnte, und brachte den Mann daher auch nicht aus dem Gleichgewicht. Er nahm dazu die Muskeln, zögerte nicht, hatte sich entschlossen, und nichts störte den Schwung seiner Entscheidung. Falls Sobran von schiefen Bahnen sprechen wollte, würde der Engel den Neigungswinkel vergrößern, bis kein Halten mehr war, bis der Abhang zur Felswand ohne Halt wurde und die einzige Rettung des Mannes in den Armen des Engels war.

Xas schob die Hände in den Ausschnitt von Sobrans Nachthemd, daß die Knöpfe aus den Knopflöchern sprangen. »Wie alt bist du?« fragte der Engel. »Fünfundvierzig, ja? Ist das alt?« Sobran spürte, wie die zarten Finger von Xas' schwieliger Hand seine Brustwarzen berührten, über sein Herz, seinen Bauch glitten und dann – das Nachthemd riß – über seine Oberschenkel zu beiden Seiten seines Geschlechts. Beide Hände, denn der Engel stützte sich auf seine Flügel. Sobran bewegte die eigenen Hände, bekam schuppiges Leder zu fassen, und darin tat sich überhaupt nichts.

»Warum auch?« Xas las Sobrans Gedanken mittels seiner Berührung. »Muß ich steif werden, damit ich in irgendein weibliches Wesen eindringen kann? Nein. Ich bin das schöne Abbild eines Menschen. Meine Schönheit ist nur Rüstung – und zur Freude Gottes.«

Sobran drückte die Perle auf der Schnalle des juwelenbesetzten Gürtels. Er zog den Dorn heraus, und der Gürtel fiel an Xas herunter wie eine zweigeteilte Schlange. Sobran zog Xas an den Hüften näher, zog den Engel an sich. Er drehte sich und den Engel, bis sie nebeneinander lagen, von Angesicht zu Angesicht, und er blickte dem Engel in die Augen. »Ich weiß, daß du jungfräulich und so körperlos bist wie ein Gelähmter. Ich weiß, daß ich alt und nicht mehr so schön bin wie früher. Aber ich weiß, daß du mich liebst wie ich dich liebe.« Und er küßte den Engel.

*

XAS WOLLTE ETWAS SAGEN, und Sobran wollte zuhören, aber er war schläfrig. Gleich würde er wieder wach werden. So ging es ihm immer. Niemand war hier außer ihnen, keine Schnüffler, weder heilige noch weltliche. Nichts zählte, weder Vergangenheit, Branntwein, Tabak, Bartstoppeln noch Frostbeulen. Er hatte geweint. Der Engel war ein Inkubus – natürlich, Gott sei Dank. Der Geschmack und Duft seines Leibes hatten Sobran in die schwülen, stickigen Träume seiner frühen Mannesjahre zurückversetzt. Xas sagte gerade: »Sobran, ich liebe mich nicht – nur weil du es tust. Nein, Sobran. Sobran, ich will, daß du aufwachst, bitte, und das tust, was du getan hast. Noch einmal, bitte?«

Und anscheinend unerschöpflich und einfallsreich.

*

SOBRANS KEHLE WAR SO GESCHWOLLEN, daß sie ihm bis zu den Ohren reichte, und die klangen ihm. Er konnte seine Stimme hören, heiser vor Erschöpfung, ein Knurren, das sich nirgendwo mehr menschlich anhörte. Xas sei überall sauber, sagte er, aber er sähe sich gern aus dem Engel herausströmen. Doch er konnte keine Druckstellen sehen, nur Rückstände, seine runden Perlen und die sterilen, eiweißen des Engels, jedoch keine blauen Flecken, keine rote Schramme vom ruppigen Umgang, auch wenn die Haare des Engels zerzaust neben einem Ohr lagen und auf seinem Gesicht Schlieren trockneten.

Xas ehrte jeden vergänglichen Zoll seines Leibes, und Sobran antwortete, ließ seine Hände wandern: »Ich will immer noch . . .« und schlief wieder ein.

*

SOBRAN ERZÄHLTE XAS GERADE von den Morden. Wie der alte Comte gewollt hatte, daß er sich Marie Pelets Leiche anschaute – er und Léon und Jules Lizet – die drei, die das erste tote Mädchen, Geneviève Lizet, gefunden hatten. Ob ihnen etwas auffalle, was sie früher schon gesehen hatten? Das wurde damals so gesagt, heute jedoch dachte Sobran, daß man sie des Mordes verdächtigte. Der Arzt war noch im Raum, stand über Marie gebeugt, hielt eine Kerze neben ihrer Hand. Es sah aus, als wollte er sie in Brand setzen.

»Der Comte hat neben mir gestanden und mich gefragt, ob mir etwas auffällt. Ich sei doch im Krieg gewesen. Ich konnte mich nicht erinnern, wie Geneviève Lizet ausgesehen hatte, mein Kopf war bis obenhin voll Leichen. Beide Frauen waren erwürgt worden, und man hatte ihnen den Schädel eingeschlagen. Sonst habe ich nur noch bei Léon Würgemale gesehen. Seine sind mir an dem Morgen des Tages aufgefallen, an dem wir Geneviève gefunden haben. Das war der Zusammenhang, den ich

– 225 –

übersehen habe. Dennoch begreife ich bis jetzt nicht ganz, worum es ging.«

»O doch, Sobran.«

»Was denn?«

»Leg deine Hände um meine Kehle.«

»...«

»Mehr.« Fingerspitzen auf der Wirbelsäule, Daumen auf der weichen Haut über dem kantigen Knorpel der Luftröhre. »Wie fühlt sich das an? Hast du dir das jemals von jemandem antun lassen?«

»Du scheinst mir völlig zu vertrauen.«

»Laß mich bei dir machen.«

»Nein.«

»Ja. Hab Vertrauen.« Also anders herum. Warme Hände, leichter Druck von katzenartigen Pfoten. Sobran seufzte. Xas bewegte ein Bein, sagte: »Ja?«

»Das wollte ich gar nicht wissen.«

»Soll ich meine Hände wegnehmen? Ich mache das recht gern. Aber, Sobran, denk daran, alles was ich tue, scheint bei dir eine Wirkung zu haben. Vielleicht hat bei Léon nur das hier gewirkt. ›Ich habe Alines Schwester Geneviève umgebracht, denn sie hat getan, was mir Lust bereitet hat, eine Lust, die ich verabscheut habe‹«, zitierte Xas und sagte: »Komm, du mußt dich nicht schämen.«

»Ich bin überzeugt, daß neue geistige Strömungen entstehen würden, wenn uns die Vorstellungen über fleischliche Lust nicht mehr in die Quere kämen. Lust – dein Gefallen an meinen Händen um deinen Hals. Léons Lust. Du und Céleste – so wie du ursprünglich von ihr erzählt hast, hat es sich angehört, als ob du anfangs auf ihre Schönheit reagiert hast und dann erst auf die

Verachtung, die sie für dich empfand. Oder – denk einmal nach – hast du mich zunächst begehrt, als ich dich wegen deiner Bitte, mich im Himmel nach deiner Tochter umzusehen, erbost zu Boden geworfen habe, oder als du entdeckt hast, daß Michael meine rechte Seite zu Brei gemacht hatte.«

»Der heilige Michael, der Erzengel?«

»Du kannst es nicht lassen, ewig diese Nebensächlichkeiten. Ich glaube, ich habe etwas entdeckt, was mit Gewalttätigkeit und Begehren zu tun hat, und du interessierst dich nur dafür, wer mich angegriffen hat.«

\*

»ICH BIN HUNGRIG.«

»Dann hol dir etwas zu essen.«

»Xas, geh nicht fort.«

»Nein.«

»Bist du hungrig?«

»Machst du Witze?«

\*

»ALS ICH MIT AURORA das erste Mal nach ihrer Krankheit ge-sprochen habe, da habe ich erkannt, was sie für mich empfindet. Wir haben uns in ihrem Salon umarmt. Wir verspürten beide eine große Zärtlichkeit so wie die zwischen Ehemann und Ehe-frau.«

»Und jetzt glaubst du, daß es Aurora war, die sich versteckt und mich gesehen hat? Eine Schwangere, aber nicht Céleste.«

»Sie hatte irgendeine Krise. Aurora ist Atheistin – was du ihr wahrscheinlich als großen Einfallsreichtum anrechnest. Was muß sie jetzt von ihren Überzeugungen halten? Und es sind wirklich Überzeugungen, Atheismus bedeutet nicht einfach lose Sitten. Aurora hat geglaubt, sie kennt mich. Was meinst du mit ›Hmm‹? Xas, meine Hände können hören, daß du tief in deiner Brust zweifelst.«

»Was wirst du tun, falls sie sich weiterhin weigert, dich zu empfangen?«

»Wir müssen bald miteinander reden. Paul macht Agnès den Hof. Das kann man wohl kaum unkommentiert durchgehen lassen. Obwohl ich es nicht erlauben sollte. Ich möchte den Stammbaum des Comte nicht mit der Gemütskrankheit meiner Familie beflecken.«

»Also sagst du zu Agnès ›Nein‹, wie dein Vater ›Nein‹ zu dir gesagt hat. Und abgesehen von der Gemütskrankheit der Jodeaus gibt es auch noch das sprichwörtliche Glück der Jodeaus. Glaubst du nicht mehr an dein Glück?«

»Du bist nicht mein Glück, mein gefallener Engel, und auch nicht mein teuerster Freund. Du bist meine Liebe. Meine große Liebe.«

\*

»HAST DU GESCHLAFEN?«

»Ich glaube, das hast du vorhin auch schon gefragt. Ich schlafe ein und falle in Abgründe, wenn mein Verstand aufhört, hofzuhalten wie ein König auf seinem Thron. Jahrelang habe ich beim Aufwachen an dich gedacht, daß du mich – so wie jetzt – still ansiehst. Bisweilen stelle ich mir eine ganze Zukunft aus dem Augenblick vor, wenn ich gestorben bin und du noch immer neben mir sitzt.«

»Du stellst dir vor, daß ich da bin, wenn du stirbst?«

»Ja.«

»Und falls ich fortbliebe, würdest du dann ewig leben?«

\*

XAS ERZÄHLTE SOBRAN, DASS GEFALLENE Engel sehr belesen seien. Die Hölle sei voller Abschriften, eine Kopie von allem Kopierten. Der Himmel sei gefeit gegen Vervielfältigungen jeglicher Art. Engel seien die einzigen Abbilder, die Gott dulde. »Das heißt, Er duldet die Abbilder, die Er macht. Unsere Zitadelle in der Hölle hat eine gleichbleibende Bevölkerung, muß aber für immer mehr Bücher Platz schaffen. Sie sind überall – an den Wänden gestapelt, bis die aufgetürmten Bücher Zimmer um Zimmer füllen. Engel sind zwar belesen, aber fast unzugänglich für Erfahrungen. Sie sind blöde. So sind sie beschaffen – haltbar, unveränderlich, friedfertig.«

»Du nicht.«

»Vielleicht macht das mein Garten, mein Umgang mit Vergänglichem.«

Reiche Männer würden ein Vermögen für eine einzige Unze vom Speichel des Engels zahlen. Jede seiner Absonderungen ein wirkungsvoller Liebestrank, lieblich duftend, unschuldig wie Schnee, frisch noch nach Tagen in der Wärme, in der aufgegangenen Hefe verfleckter Bettlaken. »Ich wußte, ich war in Gefahr, seit ich dir vorgeschlagen habe, dich ein zweites Mal aufzusuchen. Ich wußte es, weil Gott mich gewarnt hat, er hat den Wirbelwind geschickt, der mir ein paar Federn ausgerissen hat.«

»Aber dennoch bist du jedes Jahr gekommen.«

»Gott ist mein Schöpfer, aber nicht mein Herr. Und ich glaube nicht, daß Er sagen wollte ›Du sollst nicht‹, sondern eher ›Ich glaube, das wirst du noch bereuen‹.«

»Dann darfst du zwar ungehindert kommen und gehen, aber man gibt dir die Richtung vor. Sollte Gott mir etwas nahelegen, ich würde ihm bestimmt gehorchen. Ich meine, vermutlich hat Er das schon getan, nur ich habe ihn falsch verstanden.«

\*

SOBRAN MERKTE, DASS ER AUF dem Fußboden neben dem Kamin lag. Er konnte die Augen nicht offenhalten – kam sich vor wie eine Fliege, die versucht, die Füße aus einer Honigpfütze zu ziehen. Dann spürte er warmes Wasser und rauhes Tuch, seine Beine wurden angehoben, gespreizt und gewaschen. Später lag er im Bett auf gestärkten und sauberen Laken. Xas lag auf der Bettdecke und berührte sein Gesicht. »Ich muß fort und meinen Garten gießen. Der Schneesturm ist der einzige Grund, warum man uns so lange in Ruhe gelassen hat.«

Sobran befreite die Arme aus der Bettdecke und packte den Engel bei den Ohren. Er sagte: »Komm bald wieder.«

»Ja. Schlaf jetzt eine Woche lang. Iß zu jeder Mahlzeit Fleisch. Schreib einen Brief an Aurora.« Er schob Sobrans Hände fort. Stand mit gefalteten Flügeln hinter ihm, lächelte, beschwerte sich erneut über die niedrige Decke und ging zur Tür hinaus.

*

»RUE DU BAC
Paris
20. Januar 1835

SOBRAN!
Ich weiß nicht so recht, wie ich anfangen und welchen Ton ich anschlagen soll. Ja, Paul hat mit mir über Agnès gesprochen. Mein einziger Vorbehalt ist die Jugend der beiden. Sie sollten noch nicht heiraten, jetzt, mit fünfzehn und siebzehn. Beide sind vom Wesen her geduldig und fügsam und könnten eine lange Verlobungszeit ertragen. Ihr Leben ist weder zu unruhig noch zu einsiedlerisch gewesen; dennoch finde ich, beide müssen noch weltgewandter werden. Paul hat vorgeschlagen, daß er mit seinem Hauslehrer eine Reise durch die Alpen und Piemont unternimmt. Und ich hätte Agnès gern als Begleiterin auf einer

– 230 –

Pilgerfahrt, die ich nach Santiago de Compostela machen möchte. Natürlich schreibe ich auch an Madame Jodeau und frage, ob sie Agnès entbehren kann.

Ich fasse Ihre Bedenken hinsichtlich der Verbindung so auf, wie sie beabsichtigt waren, nämlich als Mahnung, wie unterschiedlich beschaffen auch Pauls eigene Abstammung ist. Sie fragen mich, ob sich Vully mit einer Familie verbinden möchte, ›die durch zweifelhafte geistige Gesundheit besudelt und durch Selbstmord befleckt ist‹? Und das, obwohl ich mich, wie Sie sehr wohl wissen, zu der Überzeugung bekenne, daß Selbstmord eine vertretbare, rationale Tat und Verzweiflung keine Sünde ist, sondern schlicht Folge von zuweilen unerträglichen Sorgen, die mit unserem Menschsein zusammenhängen. Was Madame Jodeau anbetrifft, so finde ich mehr Berechnung in ihrer Gestörtheit, als Sie sehen wollen. Ich glaube – und jetzt bin ich kühn und spreche frei von der Leber weg –, die Zweifel an der geistigen Gesundheit Ihrer Frau sind Ihnen gut zupaß gekommen, denn so können Sie sie, mit der Sie Ihre tiefsten Geheimnisse teilen sollten, hinter der gläsernen Wand Ihrer Enttäuschung oder Ihres Mißtrauens absondern und sozusagen mundtot machen.

Demzufolge akzeptiere ich Ihre Skrupel nicht als Skrupel. Und, ja, Ihre Skrupel gemahnen mich daran, die Schwindsucht von Pauls Vater zu erwähnen und wie ich, wie Sie wissen, immer um die Gesundheit meines Sohnes gebangt habe. Damit ist es gesagt. Was ihren unterschiedlichen Stand angeht – dank Ihrer Voraussicht, Ihres Ehrgeizes und Glücks ist Ihre Tochter zur Dame erzogen worden – und ich hoffe, daß ihr in Adelskreisen keinerlei Hindernisse begegnen, die sie nicht mittels ihres Charakters überwinden kann.

Henri hat die Brauen hochgezogen, als er gehört hat, auf wen sich Pauls Neigung richtet, aber schließlich ist er nur Baron, während mein Sohn Graf ist. Außerdem, und mit diesem erneuten Eingehen gestehe ich, daß auch ich mir Sorgen mache, aber wegen Agnès, selbst wenn man Agnès nicht schneidet, sie wird ohnehin leiden. Wie könnte man sie wohl vor Leid schützen? Kümmern Sie sich lieber um Ihre eigene Sicherheit und sehen Sie ein, wie falsch dieser fromm-ergebene Ton mit Hinblick auf das Leben Ihrer Tochter ist. Wie kann jemand mit Ihren Vorrechten nur so fatalistisch sein?

Das Ganze hier habe ich nur geschrieben, weil ich Ihnen eine Antwort schulde. Ich habe Paul bereits geraten, Agnès einen Heiratsantrag zu machen. Ich habe ihm gesagt, er solle nicht warten, nicht an das denken, was morgen sein kann, daß sich ihm vielleicht etwas Besseres bietet. Paul hat nicht Ihren göttlichen Freibrief, Recht und Unrecht und Tugend und Laster unschlüssig zu betrachten und den Mund zu halten, bis sein Haar weiß geworden ist.

Was die andere Sache angeht, ich habe meinem Landvogt geschrieben und ihm gesagt, daß Sie selbstverständlich die alte Soldatengalerie über der Remise haben können. Ich könnte mir vorstellen, daß Sie die großen Türen an einem Ende verschließen wollen, durch die man einst die Rüstungen zur Aufbewahrung hochgekurbelt hat. Unter den Türen ist ein Sandkasten, in dem Paul als Kind gespielt hat und in dem, soviel ich weiß, in vergangenen Jahrhunderten die Kettenhemden gesäubert wurden. Doch trotz des Sandes und weicher Landungen möchte ich nicht, daß einer Ihrer Gäste Gefahr läuft, herunterzufallen. Auf dem Dach müssen Ziegel ersetzt werden, aber Balken und Dielen sind aus Eiche und nicht morsch. Sie haben dort eine große Galerie zum Auf- und Abgehen, Platz für all Ihre Bücher. Sie müssen nie wieder eine Nacht auf Clos Jodeau verbringen. Ich habe den Raum über der *cuverie* immer für zu niedrig für meinen Winzer gehalten, aber vermutlich paßt er zu seiner Demut.

Aurora de Valday, Baronesse Lettelier«

»DAMASKUS, 15. NOVEMBER 1834

Mein Name ist Apharah Al-Khirnig. Sie wissen, glaube ich, wer ich bin. Denn wenn die Sterne funkeln und sich die Augen der Menschen geschlossen haben, sind Sie mein Bruder.

Die Hand, die gerade Buchstaben auf dieses Papier setzt, gehört einem alten russischen Pelzjäger, auch er einst Soldat (erinnert er mich) und wie Sie Veteran der Schlacht von Borodino. Isaak Kumilew erkrankte, als er in Geschäften in dieser Stadt war. Weil er kein Geld mehr hatte, ließen ihn seine Diener im Stich. Ich fand ihn in einem christlichen Hospiz, einem schlimmen Ort, in dem auf zwanzig Insassen voller Schwären nur eine einzige gesunde Nonne kam. Ich pflegte Kumilew ein halbes Jahr lang, und in dieser Zeit merkten wir beide, daß er zu krank zum Weiterreisen war. Und während dieser Zeit lehrte er mich etwas Russisch und ganz wenig Französisch – jedoch nicht genug, daß ich ohne seinen Unterricht auskommen oder Ihnen selbst schreiben könnte. Kumilew hat unseren gemeinsamen Freund kennengelernt – daher dürfen Sie mir glauben, dieser Brief geht nicht mit Argumenten und Anklagen weiter.

Der Engel Xas ist seit fünfzig Jahren ein häufiger Besucher gewesen. Er kam im ersten stillen Jahr meiner Witwenschaft zu mir. Für mich war der Ehestand kein Gewinn, doch zu meinem Glück wurde ich mit einem zerstreuten und kränklichen Mann verheiratet – seine achte Frau –, wurde kurz darauf Witwe und kehrte in das Haus meines Vaters zurück, um ihn während seiner letzten Krankheit zu pflegen. (Beim Schreiben geht mir auf, daß ich in meinem ganzen Leben keine halbe Stunde mit einem jungen Mann verbracht habe.) Da ich ein Einzelkind war, vermachte mir mein Vater den Teil seines Vermögens, der nicht zum Geschäft gehörte – dieses Haus, einen Obsthain mit Mandelbäumen und einen kleinen Weinberg.

Der Engel hatte Freude an meinem Dachgarten und erzählte

mir von seinem eigenen Garten, wobei er sich nicht die Mühe machte, mir dessen Standort zu verhehlen. Als ich nach ungefähr zehn angenehmen Begegnungen äußerte, er scheine ein sehr höflicher und äußerlich ansehnlicher Dämon zu sein, da erklärte er mir, was er tatsächlich ist. Er erzählte mir, daß Dämonen Insassen der Hölle sind, daß gefallene Engel die Dämonen gezähmt haben und daß die Dämonen für die gefallenen Engel arbeiten und die Sünder auf den ausgedehnten Plantagen des Leidens beaufsichtigen. Er sprach, als wollte er meinen kindlichen Fehler berichtigen, nicht verschämt oder geziert oder mit abbittendem Getue.

Darüber unterhielten wir uns.

Ich fand Xas schon auf den ersten Blick bezaubernd – und war entzückt, als ich herausfand, wieviel er gelesen hat und wie gebildet er ist. Dennoch gab es Zeiten, da entsetzte mich mein Glaube, und ich bangte um meine bereits laue, schwankende Seele, und mein Herz pflegte bei jeder Begegnung still zu sagen: Dieser Engel ist ein reiner Geist.

Diesen Gedanken habe ich viele Jahre in meinem Herzen bewegt. Unser Freund ist, nein, er hat einen reinen Geist. Ich begriff, daß er mich verstand, wußte, daß ich ihm keine Predigt halten oder vielleicht weitergeben würde, was er mir erzählte, weil es mir einerlei war, wenn ich meinen sicheren Platz in der Welt verlor. Xas begriff, daß ich ein selbstzufriedener Feigling bin, der es genießt, etwas zu wissen, was andere nicht wissen (insbesondere meine frommen Vettern, die ich nicht ansehen darf, wenn ich ihnen im Vorraum der Moschee begegne). Xas betörte mich mit seinem lieblichen, festen Gesicht und seinen befremdlichen Wahrheiten, und ich versuchte nicht, auf ihn oder die Welt Einfluß zu nehmen, indem ich weitererzählte, was er berichtete.

Viele Jahre lang hielt ich mich mit einem Urteil über den

Wahrheitsgehalt seiner Erzählungen zurück. Je schweigsamer ich war, schweigsam und unveränderlich in meinem beschaulichen Garten, desto gesammelter, sachlicher und zusammenhängender wurden seine Berichte. Und desto weniger glaubte ich seinen Worten. Meiner Ansicht nach war er zu gelassen, um ehrlich zu sein. Irgendwann in diesen Jahren erzählte er mir dann von dem jungen Franzosen, den er kennengelernt hatte, wie er daran dachte, zurückzukehren und nachzusehen, ob ›der Junge geheiratet hat‹. Ich sagte ihm, er solle weitere Freundschaften pflegen, und schlug ihm vor, Ihnen zu versprechen, Sie jedes Jahr aufzusuchen. Auf mich wirkten Sie wie Xas' erster Freund, der ganz von dieser Welt war, ein Familienvater, ein guter Geschäftsmann.

Dann veränderte sich Xas. Er wurde sorgenvoll und unsicher, verstört und zärtlich. Er fing an, von Ihnen zu erzählen – gab Ihre Worte und Taten für meine weise Deutung wieder. Und ich merkte, daß seine Sorge mit seiner früheren Gelassenheit eins war, und da begriff ich mit einem Entsetzen wie ... (Isaak sagt, er muß ›Gnade‹ schreiben, daß ich Gnade meine. Und ich habe die Hände hochgeworfen, wie man es bei staunenswerten Katastrophen oder dem Schicksal gegenüber tut und dabei sagt: ›Gott ist groß‹.) Mit einem Entsetzen wie Gnade begriff ich, daß ich auf mancherlei Weise für das Leben dieses ungeformten Unsterblichen verantwortlich war.

Und jetzt, Sie schwieriger Franzose, hoffen Sie darauf, daß ich Ihnen erzähle, was Ihr Freund über Sie zu sagen hatte. Dennoch scheint mir, die im muslimischen Glauben aufwuchs, eher die Gefahr zu drohen, daß ich mich in einem katholischen Fegefeuer wiederfinde – in Gesellschaft anderer unseliger Ketzer, die allesamt in den tausend Zungen der Menschheit wehklagen. Ich bin jetzt eine alte Frau. Im Gegensatz zu Ihnen – einem Mann mittleren Alters, der der Blüte seiner Jahre nachtrauert, weil er meint, sie nicht genutzt zu haben – bin ich wahrlich unverbraucht, heil und ganz, eine ungekostete Frucht, die um ihre Samenkörner herum verschrumpelt ist. Ich muß jedoch meine Schuld mit der Welt begleichen, die ich ungeachtet der Verschwendungssucht Ihres Herrn geliebt habe. Hoffentlich hat unser Freund Ihnen diese Gedanken mitgeteilt. Falls ja, so biete ich Ihnen erneut an, was wir beide gehört haben. Doch falls Sie bei Ihrer Unterhaltung, wie ich argwöhne, laut über Liebe und Leid räsonierten und sie sich völlig um die belanglose Schönheit des Alltagslebens drehte, über das Sie sich beide unbedingt austauschen mußten, dann hören Sie auf das wenige, was ich bezeugen kann.

Xas fürchtet sich vor Ihrer Angst. Aber mit mir spricht er von Gott in allen Schattierungen zwischen Anbetung und Abscheu. Engel haben kalte Herzen. Xas sagt (und dabei liegt sein Kopf auf meinem Schoß), sie sind auch blöde. Hosianna ist so ungefähr ihr ganzes Repertoire. Mehr hat Gott nicht hinbekommen. Er möchte es besser machen. Vielleicht plant Er, eine andere Welt zu erschaffen. Vielleicht dient dazu der Himmel; dort sammelt Gott die Zutaten für eine Welt. Gott fängt und bewahrt das, was wir Seelen nennen, sagt Xas. Gott hat Seine Entnahmemaschine. Ein Königreich hat Er bereits aus unserer Glückserwartung erbaut, hat den Himmel aus unserer Hoffnung auf den Himmel erbaut.

Ich weiß, ich habe mir viele dieser unerquicklichen Erkenntnisse selbst zuzuschreiben. So hielt ich mich beispielsweise für sehr schlau, als ich ihn fragte, warum er einen Nabel hat – er, der keine Nabelschnur, keinen Schoß, in dem er heranwuchs, kein weibliches Elternteil, keine blutige Geburt und keine Kindheit mit Gebrüll kannte. Xas antwortete mittels einer Frage: »Warum haben Männer Brustwarzen, wenn sie doch nie ein Kind stillen werden?« Dann fragte ich aus Mutwillen, ob Männer nach dem Bild der Frau geschaffen wurden. Darauf sagte er, daß alle

–236–

Warmblüter zuerst Frauen sind, aber das ist keine Ketzerei. Doch dann folgte seine ketzerische Aussage: Alle Engel wurden nach dem Bild des Menschen geschaffen.

Sprach er von diesen Dingen zu Ihnen? Über diese Ketzereien, deretwegen er seinem Freund (wie er Satan nennt) in die Verbannung aus dem Paradies folgen mußte. Soll mir das Paradies verschlossen sein, weil ich diese Dinge hörte? (Und dabei bin ich überzeugt, daß Xas' Wahrheiten – denn das sind sie wohl – mich nicht dazu bewegen konnten, Gott weniger zu lieben. Ja, ich habe großes, persönliches Interesse an Gott und liebe ihn wie einen Freund, so wie ich König Mutamid wegen der Gedichte liebe, die er verfaßt hat.)

Franzose, was sollen wir unseren Freund lehren? Wir müssen ihn, glaube ich, lehren, ins Paradies zurückzukehren.

Er sagt, daß in großer Höhe und an einem klaren Tag, jedoch nicht in diesen Breiten, die Luft unter ihm wie eine erhabene Linse ist, dicht und schwer, und ihn so sehr drückt, daß es leichter scheint, aufzusteigen statt sich fallen zu lassen. Mit leicht geöffneten Flügeln liegt er dann einfach auf der Luft, sagt er, bis die Sonne untergeht und sein Atem seinen Leib mit Eis bedeckt. Wir müssen unseren Freund, glaube ich, lehren, wie er in den Himmel zurückkehren kann. Ich glaube nicht, daß Xas gefallen ist – nein, er ist nach unten geflogen wie ein Pelikan, der auf der Suche nach Fisch das Wasser durchteilt. Er gehört, glaube ich, in den Himmel, wo man ihn – so spricht Gott mit der Stimme meines Herzens – vermißt und willkommen heißt.

Aber, Franzose, wie kann er in den Himmel fliegen, wenn ihn Ihre Freundschaft so sehr zu Boden zieht? Halten Sie ihn nicht länger fest. Er ist bereits viertausend Jahre aufgehalten worden, weil er Gottes Verschwiegenheit mit Satans Ehrlichkeit verwechselt hat. Bitte, machen Sie Ihren Einfluß geltend. Schicken Sie ihn fort. Lassen Sie ihn gehen.«

1835

# › Fleuraison ‹

*Das Blühen des Weinstocks*

ES WAR EINE HEISSE NACHT, und ihr Lager stand weit entfernt von dem heruntergebrannten Feuer, das Sobran als Lichtquelle zusammen mit den Kerzen an der Tür zur Treppe entzündet hatte. Die Tür war verschlossen und verriegelt. Am anderen Ende der langen, spitzgiebligen Galerie ging es durch die geöffnete Flügeltür zwanzig Fuß tief nach unten, auf Baumwipfel und Nachthimmel. Der Raum duftete nach dem Bienenwachs, mit dem der Fußboden gebohnert worden war, das Wachs hatte sich in den Schrammen festgesetzt, die von Sporen, Stiefelnägeln und Rüstungen herrührten.

Sobran war gerade Apharahs Brief eingefallen. Die Erinnerung überkam ihn (wie etwas, was man verstecken mußte) nach einem langen, wunderbaren Anfall von Selbstvergessenheit, der ihn trocken, blank geschmirgelt und so sauber wie alte, in Sand gesäuberte Kettenhemden gemacht hatte. Als erstes bemerkte er die Nacht, das Mondlicht auf den Kirschzweigen vor der geöffneten Tür. Dann erinnerte er sich an den Geschmack von Xas' Geschenk - Kavalierii, ein moussierender Wein aus hellen Trauben nach *méthode champenoise*. Aus Finnland. Er war wie Likör, stark und aromatisch. Er blühte in seinem Kopf auf, und da fiel ihm der Brief ein. Ohne weiter nachzudenken, erwähnte er ihn.

»Darf ich ihn lesen?« fragte Xas.

»Nein. Das geht nur Apharah und mich an.«

»Ich gehe dich und sie an.«

Sobran log, er habe den Brief nicht mehr. Er war am Boden

– 238 –

zerstört, kam sich um einige Zoll geschrumpft vor, besaß jedoch noch einen Selbstverteidigungsreflex: Rundheraus lügen.

»Hast du ihn verbrannt?«

Sobran machte die Augen auf. Was Xas sagte, blieb ihm unerklärlich – als wäre das Verbrennen eines Briefes ungefähr so, als gäbe man ihm den in die Hand.

»Und wenn schon, dann wissen nur sie und ich, was darin gestanden hat. Und vermutlich ihr russischer Schreiber, der Invalide Kumilew.« Sobran gefiel sich darin zu beweisen, daß er einen Brief von ihr und damit Einblicke in Apharahs Haushalt hatte.

»Falls du ihn vernichtet hast, kommt er in den Himmel.«

»Dann ist der Himmel also voller Wäschelisten und unanständiger Bücher? Die Sorte, die die Menschen verbrennen.«

»Zerstörte Originale kommen in den Himmel. In der Hölle befindet sich eine Kopie von allen Kopien. Im Himmel sind lauter dünne Häute von verlorengegangenen Manuskripten wie die Haut, die Schlangen abstreifen, wenn sie wachsen, durchscheinend, aufgerollt und mit körperlosen Schuppen bedruckt. Aber diese Häute sind unzerstörbar und schön wie Blattgold. Es gibt auch Wäschelisten, ja, und Liebesbriefe, Wettkupons, Wirtshausrechnungen, verbrannte Verse« und Xas zitierte:

»Guter Ruf, Politik, Statuten, Versprechen
Alles erweist sich mit der Zeit
Meine Zunge ist ein Stein und eins mit meinem Mund
Meine Lider können meine Augen nicht befeuchten.

Sappho, eines ihrer Gedichte, das bei dem Brand der Bibliothek von Alexandria verlorenging. In meiner Übersetzung.«

»Dem entnehme ich, daß du seit den Tagen von Pompeji mehr als einmal im Himmel gewesen bist. Ich kann mir nicht vorstellen, daß du eine Lesepause eingelegt hast, als du Nicolette besucht hast.«

»Schnell von Begriff, wie?«

»Gehst du oft in den Himmel? Vielleicht um verlorene Korrespondenz aufzutreiben?«

»Ich bin seit meinem Sturz viermal dort gewesen. Einmal, weil ich lesen wollte, was verbrannt war. Luzifer hatte mich geschickt – er fand, es käme Unserem Vater gut zupaß, daß die Bibliothek in Alexandria abgebrannt war. Aber uns sollten keine Ideen verlorengehen. Ideen von Menschen. Ihr nehmt uns nämlich das Denken ab. Ich bin erneut hingeflogen, weil ich Gott eine Frage stellen wollte – Er hat mir nicht geantwortet. Und ich bin noch einmal hingeflogen, weil ich einen menschlichen Freund suchen wollte – übrigens habe ich ihn nicht gefunden. Und ich bin für dich hingeflogen, weil ich Nicolette sehen wollte. Frag nie danach, was ich Meinen Vater gefragt habe, Sobran, oder was aus meinem Freund geworden ist.«

»Wohl keiner von deinen ›Heiligen‹, sondern schlicht ein ›Einzelgänger‹ – und jetzt vielleicht im Fegefeuer.«

Xas schüttelte den Kopf.

Sobran musterte ihn eingehend, atmete auf, weil er wenigstens das aus ihm herausgeholt hatte. »Als du Léons Brief verbrannt hast, hast du ihn also in den Himmel geschickt?«

»Ja.«

Sobran lachte. Anscheinend konnte er weder Erinnerungen noch Beweismaterial loswerden. »Würdest du dir die Mühe machen, im Himmel nach Apharahs Brief zu suchen? Bist du immer noch neugierig?«

»Nein. Ich würde sie fragen, was sie geschrieben hat. Oder ich würde dich dazu bringen, mir davon zu berichten.«

»Bitte«, sagte Sobran mit einem kurzen Atemstoß, denn er wurde in zwei Flügel gehüllt, die strahlende Hitze des Engelsleibes war jetzt über ihm wie Sonnenschein, an einer gewissen Stelle jedoch gebündelt wie durch ein Brennglas, das die Strahlen sammelt. »Du glaubst, weil du mich wieder steif machen kannst, erzähle ich dir auch, was sie geschrieben hat? Was bist du doch für ein Kind.«

Xas seufzte und ließ ihn los. Er ließ sich so schwer fallen, wie es ihm möglich war, und machte etwas, was annähernd einem Schmollmund gleichkam. Er sagte: »Ich hatte durchaus daran gedacht, in den Himmel zu gehen und nach der anderen Seite von Léons Brief zu suchen.«

»Es gibt keine andere Seite.« Sobran fröstelte; er spürte, daß sich seine Rute abkühlte und schlaff an einem Bein baumelte.

»Ich denke doch.«

»Nein. Er hat mich die Treppe heraufkommen hören, er...«

»Warum hast du nicht um Hilfe gerufen und ihn abgeschnitten?«

»Ich weiß nicht. Er war still. Er war tot.«

»Wo lag der Brief?«

»Auf der Kommode.«

»Wo wurde er geschrieben?«

»Er hat an seinem Schreibtisch geschrieben.«

»War Sand auf dem Schreibtisch? Hatte er, als er dich heraufkommen hörte, genug Zeit, die Seite abzulöschen und sie zur Kommode zu bringen? Wie viele Schubladen hat dieses Möbelstück?«

»Es ist hoch und hat auf Kopfhöhe einen Spiegel.«

»Also hat Léon seinen Brief nicht auf der Kommode geschrieben. Muß ich so ausführlich sein? Er hat sich erhängt, ehe du die Treppe hochgekommen bist. Warum bist du überhaupt nach oben gegangen?«

»Um Léon zum Mittagessen zu holen.« Auf einmal hatte Sobran überall eine Gänsehaut, woraufhin Xas seufzte, eine Mi-

– 241 –

schung aus Mitleid und Entzücken. »Nein, ich habe etwas gehört«, sagte Sobran. »Eher gewußt, daß ich horchen mußte, weil selbst das Haus eingehend zu horchen schien. Ich habe etwas zu Baptiste gesagt, dann bin ich nach oben gegangen. Ich habe bei Céleste hereingeschaut, sie badete gerade. Mein erster Gedanke war, daß mit ihr etwas nicht stimmte. Dann bin ich zu Léons Tür gegangen.«

»Céleste hat die andere Seite.«

»Nein«, sagte Sobran. Er wollte sich bewegen, sich von dem Entsetzen befreien, das überall zustach wie Schmeißfliegen an einem schattigen Fleckchen. Doch Xas hielt ihn fest und fing an ihn zu küssen, als genieße er den Geschmack des Entsetzens, und Sobran spürte zum ersten Mal, daß seine Begierde unrecht war. Dann ging er in der rauschenden Welle der Lust unter, war blind für alles, nur nicht für das Unmittelbare, den Druck des kundigen, ausdrucksvollen Engelsmundes, für den erhitzten, gequälten Leib, den er – er mochte es nicht glauben – berühren durfte.

Später gab Sobran Xas Apharahs Brief. Übergab ihn mit den Worten, sie habe ein Recht auf ihre Meinung. Xas las ihn mit krauser Stirn.

Und während Xas las, schlief Sobran ein. Als ihn der Druck in seiner Blase weckte, torkelte er hoch, stellte sich in die Flügeltür und pinkelte, stand noch eine Minute länger da, und als er die sommerliche Morgendämmerung einatmete, merkte er, daß der Raum hinter ihm leer war. Während sich die Kohlen mit Asche bepelzten, war der Engel gegangen.

*

IN DER ABENDDÄMMERUNG DES TAGES, an dem die Trauben in Vully getreten wurden, kehrte Sobran in die Soldatengalerie zurück, weil er die Kleidung wechseln wollte, um dann zu den Festgästen zurückzukehren, zu seinen Söhnen und jüngeren Töchtern, zu den Leuten vom Château, zu Essen, Musik und Tanz, zu Armen und Beinen, die streifig von frischem Traubensaft waren.

Sobran trat in den dämmrigen Raum und zog sich dabei das Hemd über den Kopf. Er konnte also nichts sehen, als er in Eiswasser trat. Seine Füße waren nackt, er hatte sie gerade unter der Pumpe von Traubenbrei und Schalen gesäubert. Sein Fuß war kühl, das Wasser jedoch kalt und voller Eismatsch.

Sobran befreite den Kopf und blickte auf eine große Wasserlache, die auf dem gewachsten Fußboden seidig glänzte. Dann hob er den Blick zu Xas, der von Kopf bis Fuß in Eis gepanzert war, das Haar ein gefrorener Wasserfall. Der Engel lag auf dem Rücken und atmete ganz eigenartig. Er hielt die rechte Hand auf die Seite unter seinen linken Arm gepreßt, wo die Unterschriften waren, und drückte den Arm auf diese Hand, der freie Raum dazwischen war jedoch mit Eis versiegelt.

Sobran ging zu ihm und fragte: »Was ist los?« Er zerrte an Arm und Hand. Bei diesen Worten blickte er Xas ins Gesicht – sah, daß er erkannt wurde, sah ein Aufglimmen und Erleichterung. Das glich dem Tod auf dem Schlachtfeld, den er gesehen hatte, zu sehr, und während Sobran Arm und Hand aus der eisigen Umklammerung löste, rann Blut hervor, anfangs schwarz wie Öl, dann leuchtend rot, in einem Raum, der erhellt war von dem Licht, das die grünen Baumwipfel vor der Flügeltür zurückwarfen. Sobran sah alles in Farbe, Farbe, die mit dem Blut zurückkehrte.

Sobran versuchte, die Blutung zu stillen, legte seine Hand auf die Wunde und stellte fest, daß sie tief war, die Haut zerrissen, die verschlungenen Unterschriften verschwunden und ein Loch, als hätte ein Bulle den Engel aufgespießt. Blut strömte zwischen Sobrans Fingern. Der Mann stand auf, rutschte und stolperte zum Bett hin, zog ein Laken ab und brachte es dem Engel. Er machte sich daran, ihm die Brust zu verbinden. Er hob Xas hoch, und die Flügel des Engels bogen sich, als sein Leib in einem letzten Aufzucken von Bewußtsein zu entkommen versuchte. Ein Flügel stieß die Lampe um, sie zerbrach, und Petroleum mischte sich unter Blut und getautes Eis.

Sobran hob Xas auf und legte ihn aufs Bett. Blut perlte auf den Flügeln wie Wasser auf dem Rücken eines Schwans. Sobran drückte seine Hände auf die Wunde und sah Xas ins Gesicht, sah etwas hinter den Augen des Engels auslaufen. Dunkles Blau. Sobran hatte diese Farbe vergessen gehabt, hatte vergessen, daß es sie gab. Dann schlossen sich die Augen, das Gesicht entspannte sich, und das Ringen nach Luft hörte auf.

Sobran hob die Hand vom blutdurchtränkten Laken. Im Zimmer war es sehr still. Sobran fragte sich, was er da machte. Er blickte vom Engel zu den funkelnden Baumwipfeln, eine Menschenmenge, die sich an der Tür zu einem Raum drängelte, in dem sich ein Unglück ereignet hatte. In einer beinahe heiteren Stille roch Sobran schwefliges Eiswasser und alles übertönend das Blut, nicht wie Blut im Schlachthaus, sondern ein Duft von Schicht um Schicht aus frischem Schnee. Ein Augenblick von sauberer Leere, sogar die Zeit schien den Raum zu fliehen. Dann bückte sich Sobran und wickelte die klebrigen Strähnen von Xas' blutigem Haar um seine glitschigen Hände. Er hob das Gesicht des Engels an seins – dann legte er sich neben den Engel, um ihn zu wärmen, bereits jetzt schon gelähmt von Sorge, und legte die Lippen leicht auf die des Engels.

*

BAPTISTE SCHICKTE ER MITTEN in der Nacht von seiner Tür fort. Log in seinem sachlichsten Tonfall, daß er einen Gast habe, hörte den Schreck in Baptistes Gestammel, doch es war ihm einerlei.

Am darauffolgenden Tag pellte Sobran vorsichtig das blutige Laken herunter und zog das Bett unter Xas ab, so daß der Engel auf einer nackten, mit getrocknetem Blut verkrusteten Matratze lag, auch seine Flügelspitzen waren blutverkrustet, doch die großen, hohen Gelenke unbefleckt. Sobran verwendete die Bettwäsche zum Aufnehmen von Wasser, geronnenem Blut und Lampenpetroleum. Er stopfte die Wäsche in den Kamin und zündete sie an. Sie qualmte, dann brannte sie unter großer Rauchentwicklung.

Sobran trug eimerweise Wasser von der Pumpe die Treppe hoch. Er füllte seine Badewanne und hob den Engel hinein, setzte sich hinter Xas, so daß der Kopf des Engels auf seiner Schulter ruhte, und wusch ihm die Haare – wusch sie, bis sie schimmernd, dunkel und zerzaust waren. Er wusch Xas' Gesicht und Leib und berührte nur einmal das dunkle Fleisch der Wunde. Zu guter Letzt säuberte Sobran die Flügel des Engels mit einem seifigen Lappen und wischte, bis die bräunlichen Spitzen nur noch zartrosa waren.

Sobran verwendete seine letzten sauberen Laken zum Abtrocknen des Engels, dann schob er die Wanne zur Flügeltür und kippte das rote Wasser langsam in den Sand tief unten. Er hing die Laken so auf, daß sie die Öffnung abschirmten, dann trug er den Engel an die frische Luft und in das weiß gefilterte Licht an der Tür. Er setzte sich, legte Xas' Kopf auf seinen Schoß und breitete das leuchtende, schwarze Haar im Sonnenschein aus, dort trocknete es langsam und lag warm auf seinen Handflächen.

Nach achtzehn Stunden war der Leib des Engels noch immer warm, anschmiegsam und vollkommen. Seine Haut schimmerte kaum weniger, es fehlte ihr nur jenes gewisse Wechselspiel von

Licht und Schatten, das seinen Leib zu beleben schien, selbst wenn er sich nicht bewegte.

Gegen Mittag nahm Sobran die getrockneten Laken ab und machte das Bett. Er legte den Engel hinein und zog sich an. Es war nämlich Sonntag, und er wurde zum mittäglichen Sonntagsmahl zu Haus erwartet. Die Uhr schlug fünfzehn Minuten nach der vollen Stunde. Xas schien zu schlafen. Komisch sah er aus, wie ein junger Mann, der sein Bett mit zwei großen Hunden teilt, denn seine Flügel machten unter der Bettdecke zwei Buckel. Sobran befreite einen und breitete ihn auf dem Bett aus, streichelte seine reglose Weichheit. Dann ließ er den Finger um den Mund des Engels wandern – der warm und federnd war wie eh und je –, eine Geste, die bei seiner Großmutter an ihrem eigenen Mund immer bedeutet hatte, was sie dann auch sagte: »Geheimnisse bleiben hier drinnen.«

Sobran saß am Kopfende des Tisches und musterte seine unvollständige Familie. Sophie und Antoine waren mit zwei ihrer vier Söhne, einer Schwiegertochter und einem Kind gekommen. Baptiste, der einzige Mensch, der Sobrans Blick mit besonderer Aufmerksamkeit erwiderte, saß am anderen Ende. Am Tisch fehlten Sabine und ihre Familie, die an Festtagen in der Regel zugegen waren, und Céleste, die sich mit ihrem jüngsten Baby, Véronique, das Sobran noch nicht einmal gesehen hatte, bei ihrer ältesten Tochter in Chalon-sur-Saône aufhielt. Agnès war noch nicht wieder da, sie befand sich auf dem Rückweg von Spanien und von Auroras Pilgerfahrt. Die anderen Kinder, Martin, der junge Antoine, Aline, Bernard und Catherine widmeten sich ihrem Essen. Sobrans und Baptistes Blicke kreuzten sich, aber das störte ihn nicht mehr – er kam sich vor wie ein gesitteter Gast auf der eigenen Beerdigung. Denn während er so blickte, ein Gericht auf eine Bitte hin weiterreichte, sein Essen salzte, wußte er, daß er wählen mußte. Er spürte, wie er wählte. Ein Ge-

– 246 –

fühl, als verlöre man das Gleichgewicht, der Augenblick, wenn man weiß, daß man das Gleichgewicht nun nicht mehr wahren kann und sich auf die eine oder andere Art mit dem Sturz befassen muß. Denn seine Wahl würde einen Sturz zur Folge haben.

Er würde das Gesicht zur Wand drehen. Falls er die Wahl hätte, sein Leben nicht zu opfern, mußte er auch seine Phantasie nicht opfern und sich ausmalen, wie seine Familie ihn finden, was sie denken, was sie empfinden würde.

Er kostete von seinem Essen, legte die Gabel hin und verkündete: »Ich muß geschäftlich verreisen.«

»Wohin, Vater?«

»Nur nach Autun. Für etwa vierzehn Tage.«

Baptiste fragte, ob er unterwegs Céleste besuchen würde – und das war so gar nicht Baptiste, daß Sobran nicht gleich eine Antwort einfiel, bis ihm dämmerte, daß Baptiste unter dem Eindruck stand, Sobran habe sich eine Geliebte genommen.

»Vielleicht«, sagte er beschwichtigend.

Die Suppe mit viel Safran hatte die Farbe von Ringelblumen, und die Tomaten, große, runde Kugeln, waren sehr rot. Farbe war schön, sogar Antoines matte und Sophies aschfarbene Haut. Martins Haar war golden wie das seiner Mutter, Baptistes so rötlich braun wie Sobrans Haar einst gewesen war. Die Farbe machte, daß die Familie Sobran wunderbar und unbekannt vorkam, der Tisch ein Paradies, zu dem er nicht richtig gehörte.

Die Familie sah zu, wie Sobran aufstand und das Zimmer verließ. Er kam mit einer Flasche zurück, wischte den Staub mit dem Rockärmel ab und begann, das Blei vom Korken zu lösen.

»Was ist das?« fragte Antoine – und leerte voll Vorfreude sein Glas.

»Der 1808er Jodeau Süd.« Sobran schenkte Sophie, Antoine, ihren Söhnen und der Schwiegertochter etwas ein, dann sich selbst, Baptiste und Martin – die übrigen Kinder seien noch zu

jung, um den Wein zu würdigen, sagte er, woraufhin sie pflichtschuldigst aufbegehrten, um sich dann wieder dem Essen zu
widmen.

Sobran trank einen Schluck. Jetzt war der Abgang des Weins
kräftig und hatte sich über die vielen Jahre erhalten.

»Der wurde in dem Sommer gekeltert, als ich sechzehn war«,
sagte Sobran zu seiner Schwester.

»Das drittletzte Mal, daß die Südlage getrennt gekeltert worden ist«, antwortete sie. »Vaters bester Jahrgang.«

»Den ich früh in Angriff genommen habe. Er war erst ein Jahr
abgefüllt, als ich zwei Flaschen des *friand* genommen und mich
eines Nachts betrunken habe, weil eure Mutter« – das war an
seine Kinder gerichtet – »nicht sehr beeindruckt von meiner
Werbung war.«

»Es war keine Werbung. Darum war sie nicht beeindruckt«,
sagte Sophie. »Aber du hast dich entschieden.«

»Er hat nur geliebäugelt«, sagte Sobran, »der Wein. Der
schwache Abgang damals. Zu der Zeit war es nur ein Liebäugeln.«

»Aber jetzt ist es wahre Liebe«, sagte Antoine. »Also darf
mich niemand schelten, wenn ich das Glas mit der Zunge aus-
lecke.«

»Auf was trinken wir?« fragte Baptiste.

»Auf unseren Vater.« Sobran nickte seiner Schwester zu, die
den Trinkspruch ausgebracht hatte. »Auf Martin Jodeau, er ruhe
in Frieden.«

»Oh, damit habe ich Probleme«, sagte der junge Martin, hielt
aber mit, als sein Onkel Antoine drohte, ihm das Glas wegzu-
nehmen.

*

– 248 –

FÜNF TAGE SPÄTER KEHRTE AURORA aufs Land zurück. Sie hielt zuerst an Clos Jodeau und übergab Agnès ihrer Familie, und da sagte man ihr, daß Sobran nicht daheim sei. Er fehlte ihr allmählich. Ihr Zorn und ihr Kummer waren verraucht. Doch Sobran war in Autun und stand für ihre mildere Stimmung nicht zur Verfügung.

Am Tag nach ihrer Rückkehr fand Aurora, sie könne sich während seiner Abwesenheit getrost ansehen, was er aus der Soldatengalerie gemacht hatte.

Und so schritt sie vormittags vom neuen (hundertjährigen) Westflügel des Schlosses, in dem sie wohnte, vorbei an dem altehrwürdigen Bergfried und dem alten ›neuen‹ Flügel (den man zweihundert Jahre lang ›neu‹ nannte, bis der neuere neu gebaut wurde), zu den weit auseinandergezogenen Wirtschaftsgebäuden, in denen das Vieh untergebracht war (*cuverie* und Weinkeller lagen nach Westen). Hier befanden sich Taubenschlag, Hundezwinger, Molkerei, Pferdeställe, Sattlerei, Futterkammer, Knechtekammern, Remise und die Räume darüber, in denen zuletzt Vullys Kavalleristen gewohnt hatten, bis der alte Comte die letzten zusammen mit dem Geld für ihre Offizierspatente Kaiser Napoleon überlassen hatte.

Unterwegs blickte sich Aurora um, ob man sie beobachtete, und konnte dabei die Oberin ihrer Klosterschule hören, wie sie ihnen über die Neugier und Gelüste der ›Evastöchter‹ die Leviten las. Aurora entgegnete der Stimme in ihrem Kopf, daß es besser sei, sie interessiere sich für die Angelegenheiten ihres Freundes, als daß sie ihn völlig vergaß und es verabsäumte, ihm zu verzeihen.

Der Kies schien in der Hitze zu schwirren, so als brütete jeder Stein einen anderen aus.

Am Rande des Gemüsegartens, dicht bei den Pferdeställen, stellte Aurora fest, daß das ganze Gemüse verwelkt war, ja, fast dahingeschmolzen, als hätte es jemand mit kochendem Wasser gegossen. Darum mußte sie sich später kümmern. Sie machte die Pforte auf, überquerte den Hof und bemerkte eine Katze, die alle viere von sich gestreckt im Schatten des Pferdetrogs lag. Sie trat näher, hielt sie für tot. Doch die Katze hob den Kopf und blickte sie erschöpft an, dann streckte sie sich wieder aus. Aurora sah, daß die Katze ein vielleicht zwei Wochen altes Junges hatte, das hielt die Augen bereits offen und hatte einen kuschligen Schwanz. Das Junge schlief mit dem Maul an einer Zitze. Aurora merkte, daß es Léons Katze war, sie wußte, daß Sobran sie seit dem Tod seines Bruders in Vully hütete. Sie hockte sich hin und streichelte die Katze, dann ging sie zur Remise – und trat in einen Blätterberg, Blätter, die nicht gelb noch braun, sondern grün und vertrocknet waren. Aurora blickte zu den gelichteten Wipfeln der Bäume. Das vertrocknete Laub und das Gemüse glichen sich eigenartigerweise. Aurora sah sich um, sah das Unkraut und Moos in den schattigen Ritzen des Mauerwerks – alles schlaff und leblos.

Sie hastete in das düstere Innere der Remise, fand die Steintreppe zur Soldatengalerie und blieb mit dem Fuß auf der ersten Stufe stehen. Drei Katzenjunge, zwei davon Schildpattkatzen wie die Mutter, und eine schwarze, lagen zusammengerollt und leblos am Fuß der Treppe. Die kleine Spitze hinten auf jedem Nacken zeigte, wie die Mutter sie im Maul nach unten und außer Gefahr getragen hatte. Alle drei waren tot.

Aurora rannte die Treppe hoch. Die Tür war verriegelt. Sie dachte bereits an Gift, hämmerte auf die Tür ein und rief laut: »Sobran!« Dann fielen ihr der verwelkte Garten und die Bäume ein und sie hörte auf zu hämmern. Was für eine Art Gift hatte sowohl Pflanzen als auch Tiere getötet?

Sie legte das Ohr an die Tür. Hörte nichts, doch gleich darauf spürte sie, daß die Tür erzitterte, weil der Riegel zurückgezogen wurde. Sie schob, und die Tür gab nach.

Sobran stand ein paar Schritte von ihr entfernt, angekleidet, aber barfuß, das Kinn dunkel von Bartstoppeln.

Aurora trat ins Zimmer, ergriff ihren Freund bei der Hand und musterte ihn. Sobrans Haut hatte einen gelblichen Ton, unter seinen Augen lagen dunkle Ringe, und er hatte Mundgeruch – roch nach wildem Lauch, der Geruch eines selbst auferlegten Hungertodes. Sie blickte um ihn herum und bemerkte zum ersten Mal das Licht, das durch die geöffnete Flügeltür weißlich auf den alten Eichenfußboden fiel und einen Haufen von – wie sie anfangs dachte – Blättern beleuchtete. Sie sah, daß es tote Insekten waren, Zikaden und Bienen, Fliegen und Motten. Die Brise, die durch das Zimmer wehte, blies einen Weg vom Fenster zum Kamin frei, und die toten Insekten kreiselten und raschelten.

Das lag an dem Engel auf dem Bett, er war die Ursache für Tod und Verwüstung. Aurora begriff auf der Stelle.

Sie trat näher ans Bett, weil sie ihn sich genauer ansehen wollte.

Er war so schön wie der helle Tag. Seine Schönheit hatte etwas Richtiges; sie machte aus den vielen Spielarten menschlicher Schönheit, die Aurora gesehen hatte, einen Kunstgriff des Lichts. Der Engel war auch so stark wie der helle Tag – unvergänglich – wie die Sonne, die der Seide ihren Glanz raubt.

Sie fragte: »Wie lange geht das schon so?«

Sobran brauchte viel Zeit für die Antwort und hörte sich an wie jemand, der nicht mehr erwartet hat, noch einmal Gebrauch von seiner Stimme zu machen. »Er hat sich zu Tode geblutet.«

»Wie lange ist das her?«

»Eine Woche.«

Aurora sah ihren Freund an. »Sobran, ich glaube nicht, daß er tot ist.«

»Ich habe ihn doch sterben sehen. Aber er verwest nicht.« Das hörte sich frohlockend und entsetzt zugleich an.

Aurora trat noch einen Schritt näher. »Alles ringsum stirbt. Vermutlich weil er nicht tot ist.« Sie nahm all ihren Mut zusammen, streckte einen Finger aus und berührte die glatte Schulter des Engels. »Er ist noch warm.«

»Ich habe ihn im Arm gehalten.«

Aurora versuchte erst gar nicht, ihre Angst oder andere Gefühle zu verhehlen. »Lieber Freund, das dürfen Sie nicht länger, ich glaube, es ist Ihr Tod, wenn Sie hierbleiben.«

Sie fuhr zu Sobran herum, packte ihn bei den Schultern, denn er war auch zum Bett getreten, und hielt ihn zurück. »Bitte, Sobran, sagen Sie mir. Oder nein, lieber nicht – alles oder nichts –, es ist mir einerlei. Kommen Sie einfach mit mir. Er ist nicht tot – er bringt Tod mit sich –, Léons Katze hat ihre Jungen hinausgetragen, aber zu spät, am Fuß der Treppe liegen drei tote Kätzchen. Er tötet alles, was in seine Nähe kommt. Er tötet auch Sie!« Sie legte die Hände auf seine Wangen, die rauhe, schlaffe Haut, und drehte sein Gesicht zu sich herum, doch sein Blick hing an dem Engel.

Sie überlegte kurz, ob sie sich ihm an den Hals werfen, ob sie weinen sollte, doch sie sah den Wahnsinn in seinem Blick oder den festen Entschluß oder beides zugleich und ließ ihn einfach los.

Sobran kehrte zum Bett zurück, legte sich hin und nahm den Engel in die Arme.

Aurora stand vielleicht eine halbe Stunde vor den beiden und schüttete ihnen ihr Herz aus, all ihre Geheimnisse. Sie sprach von ihrer Krankheit, wie die Angst davor sie dazu gebracht hatte, mit dem Tod zu liebäugeln. Sie sprach von dem Morgen, an dem sie in den Fluß gegangen war und ins Wasser wollte, ohne überhaupt Verzweiflung zu verspüren. Sie merke durchaus, wenn jemand verzweifelt sei – aber Sobran solle an seine ihn liebende Familie denken und was Léons Selbstmord ihr angetan habe, und dabei sei Léon nicht annähernd so geliebt und gebraucht worden wie er.

Sie fuhr ihm mit zitternden Fingerspitzen durchs Haar, ließ die leuchtenden, weißen Strähnen durch ihre Hand gleiten. Sie berührte seinen Unterarm, liebkoste den Pelz aus sonnengebleichtem, messingfarbenen Haar. Zwar respektierte sie seinen Todeswunsch nicht, brachte es aber dennoch nicht fertig, Sobran mit dem aufzurütteln, was ihr Céleste im Bad anvertraut hatte. Aber Sobran wirkte, als könne man ihn nicht mehr provozieren, er sah sie nicht an oder schien sie nicht zu hören. Nach geraumer Zeit hörte Aurora auf zu reden und betrachtete sie einfach, ihren Freund und das Wesen da – das zur Erhaltung seiner giftigen Schönheit anderen den Lebensodem aussog.

Dann schritt Aurora zur Tat.

*

DIE BARONESSE SUCHTE IHREN SCHAFHIRTEN. Sie fuhr in ihrem Landauer zum Schafpferch und kehrte mit zwei, an den Pfoten zusammengebundenen Lämmern zurück. Ihr Lakai mußte jedes mit Halsband und Leine versehen – dann bat sie ungemein heiter um ein paar Geißen und Zicklein – ach, und ob man die bitte waschen würde? Ihretwegen sollten sie ruhig denken, daß sie wie Marie Antoinette und ihre Hofdamen die Schäferin spielen wollte.

Ihre Diener waren verdutzt, gehorchten jedoch. Comte Armand habe als junger Mann auch gern Experimente gemacht, mahnte der alte Haushofmeister, als sie beim Abendessen in der Küche darüber klatschten. »Mustergehöfte und der ganze Kram. Aber immer noch besser als damals, als der Vater der Baronesse und der Comte sich auf das Herumspielen mit Schießpulver verlegt haben. Hoffentlich müssen wir das nicht noch einmal erleben.«

»Vielleicht hält sich die Baronesse ja einen Panther«, sagte einer der Lakaien, wurde aber durch einen Blick zum Schweigen gebracht.

\*

AURORA ZERRTE DIE SCHAFE EINS nach dem anderen die Treppe in der Remise hoch. Ihre kleinen, gespaltenen Hufe rutschten unbeholfen über den gewachsten Fußboden. Sie band beide Tiere an die Beine von Sobrans Bett.

Als sie eine Stunde später mit den Ziegen zurückkam, setzte sich Sobran auf.

»Die Erstlinge meiner Herde und von ihrem Fett«, witzelte Aurora – und zitierte damit das 1. Buch Mose, Abels Angebot an Gott. Sie war außer Atem.

Sobran starrte sie mit stumpfem Blick an, dann legte er sich wieder hin.

\*

AURORA SCHAFFTE MÜHSAM FRESSEN für die Schafe und Ziegen nach oben, dann Wasser und stellte alles in deren Reichweite ab. Die Schafe lagen bereits keuchend auf den Knien, und ihre Augen wirkten fiebrig.

Aurora ging und ruhte sich aus.

Morgens unterhielt sich Aurora beim Frühstück mit ihrer Zofe und sah sich dann den seltsamen, grauäugigen Messerschleifer selbst an, der sich mit Esel, Waren und Schleifstein noch vor dem Morgengrauen eingestellt hatte, und bot ihm an, er könne jede Klinge im ganzen Haus schleifen. Köchin und Näherin hatten auch Arbeit für ihn. Er hatte sich in seinen Schuhen blutige Blasen gelaufen, und das Fell seines Esels war schweißverklebt. Aurora fragte ihn – wie vorher ihre Dienerin –, woher er komme. Er antwortete, daß er drei Tage ohne Unterbrechung geritten

– 254 –

und gegangen sei, nur um hierher zu gelangen und daß er unterwegs nicht gearbeitet habe, weil er wußte, daß in Vully wie jedes Jahr nach der Weinlese ein guter Verdienst auf ihn wartete. Und als Aurora ihm sagte, es sei noch zu früh, um die Rebmesser zu schleifen, zu ölen und wegzupacken, da blickte er sie verständnislos an, und sein Blick schien all die Meilen zurückzublicken, die er hinter sich gelegt hatte, um hierherzukommen.

Aurora bezahlte ihn gut und bot ihm Unterkunft an, bis die Lese vorbei war. Darauf ging sie zur Remise.

Alle Tiere lagen jetzt auf den Knien, die Schnauzen auf dem Boden, sie waren nicht verhungert, wirkten aber geschrumpft.

Sobran war wach und sah sie an. Anscheinend hatte sich sein Zustand nicht verschlimmert. Also ging Aurora hin und holte weitere Schafe. Der Schäfer wollte wissen, was sie mit den beiden anderen gemacht hatte, und sagte, er habe von den Ziegen gehört.

»Gefällt Ihm seine Arbeit?« fragte Aurora.

Er wurde rot. Bislang hatte die Baronesse seine Nachfragen nie als Dreistigkeit aufgefaßt. Er tat, wie ihm geheißen wurde, ließ einen Jungen die Schafe auf den Hof vor der Remise treiben, wohin sie diese gebracht haben wollte. Sie schickte den Jungen fort. Dann stand sie kurz da und musterte jedes Fenster in jeder Mauer, das nicht blind war; der Hof lag still und heiß, sie selbst war allein, denn fast alle waren jenseits des Flusses bei der Weinlese. Aurora scheuchte oder zerrte die Schafe der Reihe nach ins Haus und nach oben.

*

ALS ES DÄMMERTE, SASS AURORA auf der Treppe vor Sobrans Zimmer und trank ab und an einen Schluck aus einer Flasche Portwein. Die Treppe war mit Schafskot verdreckt. Aurora hatte einen Platz für ihre Stiefel gesäubert, doch die Treppe stank.

Im Raum darüber war es still: in regelmäßigen Abständen flogen Fliegen herein und fielen zu Boden. Aurora hörte sie kommen, mitten im Flug verharren, hörte ihr Getorkel und Gesumm auf dem Fußboden, dann schwiegen sie. Die frischesten Schafe atmeten noch. Die ersten lagen zusammengefallen, tot, und streckten die Zungen weit heraus. Sie waren apathisch, kampflos gestorben. Die Tiere wirkten nicht ängstlich, und Aurora konnte Schnee riechen – über dem Schafskot und dem Gestank nach wildem Lauch aus dem Maul der Tiere –, und dieser Duft war stärker als ein verschneiter Gebirgszug, schwer und betäubend, wie eine ganze Welt aus Eis.

Sobran war bei Bewußtsein, unverändert, und Aurora dachte allmählich, daß der Engel – dieser warme Leichnam ohne Puls – bei seinem Freund eine Ausnahme machte, während sein Leib jedem anderen Wesen in seiner Nähe das Leben aussog.

Als das Licht von Bronzefarben zu Blau wechselte, hörte Aurora Hunde bellen. In den Hundezwingern von Vully schlugen die Jagdhunde an, etliche Hofhunde fielen ein, dann alle Schäferhunde. Einen Augenblick später hörten sie allesamt jäh wieder auf, als hätte man sie niedergeknüppelt, damit sie Ruhe gaben und lediglich winselten. Aurora hörte den Wind. Eine Woge von Insektenkadavern raschelte über den Fußboden, dann brachen sich Kot- und Schneegeruch wie eine Flutwelle am Uferdeich, kamen durch die Tür und die Treppe herunter, angetrieben von einem starken Duft – Gewürznelken oder Zimtäpfel, irgend etwas aus der Küche, jedoch mit der Gewalt eines Gletschers hinter dem Wohlgeruch. Und mit dem Geruch kam ein Gefühl, als blase jemand ein wenig in Auroras Ohren. Sie ließ die Flasche fallen, und die kollerte heil und ganz bis zum Fuß der Treppe. Ihr schwindelte, als sie aufstand und langsam hochstieg, das Dröhnen in ihren Ohren wurde jetzt stärker, es klang wie ein großer Stahlreifen, der auf der Kante rollt.

Aurora sah Flügel, als sie ins Zimmer blickte. Für den Bruchteil einer Sekunde dachte sie, der Engel wäre aufgestanden und in der Luft. Die Flügel waren gefaltet, Schwarz mit Rot, Bronze mit Blau durchsetzt, irisierend weiß, sechs Flügel mit nur einem Leib dazwischen, mächtig, halb gepanzert, die Rüstung schimmernd und mit ungeschliffenen Steinen in Grün und Eisenschwarz besetzt. Aurora sah weiße, makellose Haut, mehrere dicke Flechten aus schwarzem Haar. Ihre Augen schmerzten, sie fiel auf die Knie und legte das Gesicht auf den Boden.

*

SOBRAN SPÜRTE, DASS MAN IHN von Xas trennte. Hände zogen seine Finger aus denen des Engels, zerrten sie auseinander, drehten ihn herum und hoben ihn hoch in die Luft. Er wurde fallen gelassen, dann aufgefangen und mit sandelholz-duftenden Flügeln beiseite geschoben. Er blickte hoch in ein Gesicht, und sein Blick kreuzte sich mit einem leidenschaftslosen, ernsten, fürchterlichen. Es war, als käme man einem Meteor in die Quere. Er taumelte, fiel hin, kroch zurück und kauerte sich neben Aurora.

Sobald der fremde Engel sprach, hörte das Dröhnen in ihren Köpfen auf. Er hatte die Schafe und Ziegen gesehen und sagte: »Hier hat jemand Gebrauch von einem Verstand gemacht, wie ihn Gott den Menschen nicht geschenkt hat.« Er sprach das Pariserisch aus Auroras Gesellschaftskreisen, als wüßte er, wem er diesen ›Verstand‹ zuordnen mußte. Er blickte Aurora an und sagte: »Ich brauche eine Reihe frisch geschärfter Messer – Obstmesser mit dünnen Klingen, die schweren Messer, mit denen man Geflügel schneidet, ein Beil. Ich brauche sauberes Leinen, Verbandszeug, Nadeln, Seidenfaden.« Als sie sich nicht rührte, sagte er: »Überlegen Sie, ob Sie mir eine Frage stellen?«

Aurora stand auf und tat, was man sie geheißen hatte.

Der Erzengel – Sobran wußte, welcher es war – wandte sich wieder dem Bett zu und zog das Laken von Xas herunter, daß es fortflog und sich säuberlich über die vier erstarrten Schafe legte. Luzifer drehte Xas auf die Seite und untersuchte die Wunde. Sobran musterte verstohlen sein Gesicht, sah, daß der Engel nachdachte. Sobran kniff die Augen zusammen, wartete einen Augenblick und sah dann noch einmal hin. Xas lag jetzt bäuchlings und mit ausgebreiteten Flügeln, die sich zu beiden Seiten des Bettes herunterbogen. Luzifer war durch die Flügeltür hereingekommen, hatte sich dagegengelehnt, um sich – so vermutete Sobran – Salz aus dem Haar zu schütteln. Er sagte etwas in der Sprache, die Xas einst verwendet hatte, als er sich zärtlich mit Sobrans Hund Josie unterhielt, eine Sprache aus geschmeidigen, komplexen Silben. Er sprach gelassen, jedoch mit großer Leidenschaft. Es gab ein vielfaches, leises Geraschel, und alle vertrockneten Blätter an den Bäumen am Scheunentor lösten sich und fielen zusammen ab. Luzifer hörte auf zu reden, verhielt sich einen Augenblick lang vollkommen still, machte einen Schritt rückwärts, schloß die Türen, schob den Riegel vor und kam in den Raum zurück, so daß der Fußboden unter seinem Schritt erzitterte. Sobran sah, daß sich Kerzen und Lampen entzündeten, als er sich dem Bett näherte, und Flammen in den kalten Kohlen des Kamins emporzüngelten.

Sobran merkte, daß er jeden Augenblick zweimal erlebte – wie die Berührung einer Schneeflocke, erst trocken und weich, dann, wenn die Flocke schmilzt, kalt.

Luzifer näherte sich Sobran, hockte sich hin und beugte den Kopf, doch sein Gesicht dräute noch immer um einiges über Sobrans. Er war ungemein hochgewachsen, maß an die acht Fuß, war jedoch nicht drahtig und breithüftig, wie es Hünen in der Regel sind. Er war riesig und vollkommen. Seine duftenden, fülligen Flügel hatte er auf dem Fußboden um sich ausgebreitet.

– 258 –

Sobran sah die langen Narben auf der Brust des Erzengels unter den Perlenschnüren, die in allen Schattierungen von Weiß bis Blauschwarz schimmerten. Luzifer nahm Sobrans Gesicht in die Hände und zwang den Mann, ihm in die Augen zu schauen.

Er sagte: »Ich werde ihm die Flügel abschneiden, und du kannst ihn behalten. Er wird für immer ein Hemd tragen müssen, aber du kannst ihn behalten.« Er sprach im Dialekt des Chalonnais und so unkultiviert wie Sobrans Großvater, der Bootsmann. Er ließ Sobran los und erhob sich.

Der Mann merkte, daß er zwar denken, jedoch nicht beten konnte. Er hörte die Tür gehen und sah Aurora mit Nähkorb und Messern, die sie in Tuch gehüllt wie einen Säugling im Arm trug. Sie ging schnurstracks zu dem Erzengel und überreichte ihm beides, Paket und Nähkorb. Der stellte alles am Fußende des Bettes ab, griff nach hinten, hob die Perlenschnüre über den Kopf und sah sich nach etwas um, wohin er sie legen könnte — und hängte sie über den baumelnden Kopf des letzten Schafes, das noch bei Bewußtsein war.

Luzifer machte sich an die Arbeit, drehte einen von Xas' Flügeln hin und her, prüfte, wie er gebaut war, und erforschte die flaumige Vertiefung, wo der Flügel an einem Quermuskel auf dem Rücken des Engels befestigt war. Er tastete und überlegte. Dann nahm er ein Messer in die Hand, schob mit der Schulter einen Zopf zurück, der nach vorn gerutscht war, und legte die gewölbten Gelenke seiner obersten Flügel flach an, damit sie das Licht nicht verdunkelten.

»Nein!« sagte Sobran. Er schaffte es nicht aufzustehen, und so hangelte er wie ein Affe auf Füßen und Knöcheln durchs Zimmer. Er packte das Handgelenk der Hand, die das Messer hielt (eins der schönen Obstmesser, sah Aurora, ein Messer mit kurzer, gebogener Klinge).

»Jede Demonstration von Widerstand gegen Autoritäten findet bei mir Anklang«, sagte der Erzengel, »aber der Augenblick ist nicht glücklich gewählt.«

Sobran kniff die Augen fest zusammen, wandte das Gesicht ab, ließ aber nicht los.

»Ich bin überzeugt, du liebst ihn nicht weniger«, fuhr der Engel in lieblichem, unbeschwertem Ton fort, »wenn etwas weniger an ihm dran ist.« Und dann sagte er mit einer Stimme, die unterschwellig drohte: »Jodeau, ich möchte, daß du mir hilfst. Hilf mir, den Flügel zu halten.«

Sobran reagierte nicht.

Luzifer scheuchte ihn fort, jäh, brutal, und Aurora sah flüchtig etwas, was sie für echte Gefühle hielt – eine Art Neid oder Not, nicht stärker als menschlicher Neid oder menschliche Not, jedoch brennender, gesammelter.

Der Erzengel machte einen Schnitt, schob das Messer unter die Haut und ließ Haut übrig, damit er die große Wunde vernähen konnte, wo der Flügel am Körper befestigt gewesen war.

Aurora und Sobran kauerten dicht nebeneinander, berührten sich aber nicht. Sobran hatte die Arme über den Kopf gelegt und weinte. Aurora sah zu. Sie sah Schnitte durch so blutleeres Fleisch, daß das Blut lediglich sickerte; sie sah, wie die Messer ausgewechselt wurden, jedoch nicht die Hände wechselten; ein Gelenk wurde ausgebeint, Blut befleckte die schönen Arme des Chirurgen. Luzifer richtete sich auf, hob einen Flügel, dessen eines Ende zerfetztes Fleisch war, und barg das Gesicht in den Federn, stand da und drückte ihn an sich, daß der Flügel wie eine schmale Frau aussah, die sich an einen starken Mann schmiegt. Dann ließ er ihn fallen und folgte ihm mit den Augen, sah, daß er das eine aufrechte und mehrere liegende Schafe bedeckte. Er reckte sich, bückte sich, zog den Flügel beiseite und begann, Ziegen und Schafe an den Hinterbeinen einzusammeln. Er streckte die Arme aus, und die Tiere baumelten zu mehreren in

– 260 –

seinen Händen, eines trat noch ein wenig um sich. Der Erzengel ging zur Flügeltür, entriegelte sie und warf die toten Tiere nach draußen. Er wischte sich die Hände an den Wangen ab. Jetzt redete er wieder, leise, ärgerlich, unverständlich.

Als er zurückkam, nahm er mit ruhiger Hand den zweiten Flügel in Angriff. Aurora konnte jetzt das Weiße in seinen Augen sehen, die vorher nur aus Iris zu bestehen schienen. Als er mit einem kleinen Messer geendet hatte und es hinlegen wollte, schien er zu überlegen und stieß es statt dessen in den gewölbten Muskel der eigenen Schulter, als ob er es dort besser zur Hand hätte. Rotes, ein wenig leuchtendes Blut rann ihm den Arm hinunter.

Er löste Xas' anderen Flügel, ließ ihn fallen, musterte sein Werk und schickte sich an, das Zuviel an beflaumter Haut zu kappen, damit er über jeder Wunde eine säuberliche Naht machen konnte. Er wählte eine Nadel aus dem Nähkasten und gelben Seidenfaden, biß den Faden wie eine geübte Näherin mit den Zähnen ab und fädelte eine Nadel ein. Dann fügte er durchtrennte Muskeln an dazugehörige Muskeln und brachte sie wieder an, paßte die schlüpfrigen, elastischen Enden der Sehnen aneinander und nähte sie zusammen.

»Mehr Kerzen«, sagte er nach einer geraumen Weile. »Nicht einmal ich kann bei diesem Licht anständig arbeiten.«

Aurora machte sich auf die Suche nach weiteren Kerzen. Sie hatte weiche Knie und war unsicher, ihre Kleider waren schweißfeucht wie das Tuch auf ihrem Gesicht, als der Chirurg ihr die Brust abgenommen hatte. Hinter der Remisentür regnete es; die Steinplatten hatten dunkle, feuchte Flecke, und der Boden glänzte. Sie fand in der Remise weitere Kerzen und mußte also nicht nach draußen.

Luzifer hatte jetzt neben dem Messer drei Nadeln im Arm stecken, keine war ihm mehr scharf genug. Er ließ Aurora die

Kerzen anzünden und blickte ihr in die Augen, als wolle er ihre Gedanken lesen, als müsse er hinsehen, um Bescheid zu wissen – nicht anders als jedermann. Seine Augen waren schwarz, standen sehr weit auseinander, waren geduldig wie die eines Ochsen und kalt wie der Fluß.

Er machte seine erste Naht längs des Einschnitts. Und als er merkte, welche Form sie annahm, da lachte er einmal und bitter auf – denn jeder abgeschnittene Flügel hinterließ eine Naht, die sich sechs Zoll unter und parallel zu Xas' Schultern, dann an seinem Rückgrat entlangzog und sich unter seinem Schulterblatt wieder leicht zum Arm bog. Ein großes ›J‹ auf einer Seite und auf der anderen Seite ein gespiegeltes großes ›J‹.

Nachdem er den letzten Faden abgeschnitten und die Nadeln aus seiner Schulter gezogen hatte, schloß Luzifer Xas in die Arme und legte sich neben ihn, die blutbefleckten Arme hinter Xas' Kopf verschränkt und die Flügel um beide gehüllt, so daß sie zusammen eine übergroße Schmetterlingspuppe bildeten.

Die Stunden vergingen. Aurora schlief ein.

Als der Morgen dämmerte, stand Luzifer auf, öffnete einen Flügel der Flügeltür und kehrte zurück, um Xas im Frühlicht zu betrachten. Er beugte das schöne, blutbespritzte Gesicht zu Xas und küßte ihn einmal, aber neben den Mund, so als hielte ihn im letzten Augenblick etwas zurück. Er ging zu den Fenstern, überlegte, ob er fliegen sollte, blickte jedoch nach unten und sprang statt dessen.

Aurora folgte ihm, sie wollte sehen, was er tat, und überraschte ihn dabei, wie er dem toten Schaf seine Perlenschnüre abnahm. Anscheinend konnte auch ein Erzengel im Eifer des Gefechts so vergeßlich sein wie ein Mensch. Er blickte zu ihr hoch, wirkte am hellichten Tag so farbenfroh wie die schwärzlichen, juwelenschimmernden, tropischen Motten in der Schmetterlingssammlung ihres Mannes. Er wählte eine Perlenschnur aus und warf sie ihr zu. Sie fing sie – er schenkte ihr ein Lächeln, traurig und bezaubernd und ruchlos, dann flog er fort. Der Windstoß von seinen Flügeln warf sie um.

# 1836
## › Cep ‹
*Rebstock*

»DIESES MAL BRICHT ER SEIN Versprechen«, sagte Sobran. Es dämmerte, und die weite Ferne war wieder sehr fern, da keine Hitze die Luft zu durchsichtigen Wirbeln zusammentrieb. Es war klar bis an alle Enden des Kompasses; der Osten ein offener Feuerofen, der Westen blaue Luft.

Aurora schmiegte sich unter Sobrans Arm, hielt eine seiner Hände mit ihren beiden, ihr kleiner Finger von einer Faust umschlossen, der Daumen in der anderen.

»Er kommt nicht wieder. Wenn er sein Versprechen erst einmal gebrochen hat, gibt es kein Versprechen mehr.«

Aurora bat Sobran, nicht zu vergessen, daß sie beide befürchtet hatten, Xas würde sich nie mehr bewegen. »Er hatte soviel Geduld, daß er ein Jahrhundert lang in der Ecke hocken geblieben wäre.«

Sie schwiegen und erinnerten sich.

Xas hatte gesagt, er sei ›aus der Zeit gefallen‹. Als er in die Zeit zurückkam – zu sich kam –, hatte er versucht zu fliegen, hatte einen Satz vorwärts zum offenen Fenster gemacht wie ein gefangener Vogel, linkisch, kraftvoll, kipplig. Dann hatte er sich gefaßt – kam zu einer Erkenntnis wie einige zu Geld, und es ruiniert ihr Leben. Er hatte sich in die Ecke zurückgezogen, hatte seinen Rücken versteckt – die Nähte und die beflaumte Haut –, nicht jedoch sein nacktes Geschlecht.

Eine halbe Woche nach Xas' Erwachen, waren die Schafe und Ziegen aufgedunsen und stanken. Xas hatte sich noch immer

– 264 –

nicht gerührt, gesprochen oder Sobran an sich herangelassen. Aurora hatte sich ein Kopftuch umgebunden und hatte den Engel gebeten, ihr bei dem Vergraben der verendeten Tiere zu helfen. »Ich möchte nicht Antoine oder Baptiste holen lassen«, hatte sie gesagt. »Oder meine Dienerschaft hineinzuziehen. Schließlich bist du für den Tod dieser Geschöpfe verantwortlich. Das weißt du auch, nicht wahr? Nicht nur du bist in einer heiklen Lage – meine Dienerschaft würde Sobran und mich für wahnsinnig oder pervers halten, wenn sie diese Kadaver zu sehen bekäme. Falls sie sie nicht schon gesehen hat.« Sie sagte: »Hilf mir jetzt, dann kannst du wieder machen, was du willst.«

Der Engel blickte sie an. »Ich mache gar nichts.«

»Hast du Schmerzen?«

»Ja. Es ist befremdlich. Der Schmerz – ist mir fremd.«

Aurora wußte nicht, was sie von ihm erwarten konnte, machte sich also keine zu großen Hoffnungen. Sie bat einfach weiter um das, was sie haben wollte. »Sobran kann mir nicht helfen. Er ist krank – genau wie ich.« Sie nahm das Kopftuch ab und sah zu, wie ihre Strähnen sacht herabschwebten und um die Füße des Engels zu liegen kamen. Das Haar war ihr in dicken Strähnen ausgegangen und im Kamm hängengeblieben. Xas wirkte heil und ganz. Sie sah seine Füße, Hände, Haare an – nichts fehlte. Die Flügel lagen eingewickelt unter dem Bett versteckt. Das hatten sie und Sobran getan, ehe Xas erwachte.

»Ich bin aus der Zeit gefallen«, sagte der Engel. »Erzähle mir, was geschehen ist.«

Aurora hatte ihm eins von Sobrans Nachthemden zum Anziehen gegeben – und Holzpantinen, damit er auf die Kante des Spatens treten konnte. Als es ganz dunkel geworden war, gingen sie nach draußen. Sie beobachtete, wie er gehen lernte. Er lernte sehr schnell, wie ein Fohlen und als wäre Flügellosigkeit eine Möglichkeit, die in seinem Wesen angelegt gewesen war. Bis

– 265 –

zum Fuß der Treppe war er schwerfällig. Dann unbeholfen. Und als sie Spaten geholt hatten und neben den aufgetürmten Tieren gruben, sah Aurora, wie geschickt er geworden war – und mit jeder Faser seines verstümmelten Leibes noch immer ein Engel. Doch sie merkte, daß der Engel seine ganze Selbstdisziplin aufbringen mußte, damit er sich nicht abwandte und fortlief, wie er nach Ausflüchten suchte, wie der Stoff schmerzlich an seinem Rücken klebte. Am Ende mußte sie mit dem Graben aufhören und konnte ihm nur noch bei der Arbeit zusehen. Sie setzte sich an den Rand der Grube und erzählte ihm, was sich zugetragen hatte – was sich ihrer Meinung nach zugetragen hatte.

Xas schwitzte nicht, wurde nicht müde, machte keinerlei Gebrauch von seinem Gewicht, stellte sich nie auf die Kante des Spatens. Er blickte sie nicht an, sondern sagte ein einziges Mal warnend: »Deine Meinung«, als sie ihre Ansicht von Luzifers Tun gab, ehe sie das Tun beschrieb. Er wollte keine Ansichten, sondern nackte Tatsachen.

Sie fand, er war verzweifelt. Dann fand sie, er war kalt und methodisch.

Als die Kadaver in der Grube lagen, machte er eine Pause und blickte auf sie herab. »Wo sind die Flügel?« fragte er. »Vielleicht sollte ich die Flügel vergraben.« In dem verschmutzten Nachthemd wirkte er wie ein Geist, und sie konnte sein Gesicht nicht mehr sehen.

Sie verbesserte ihn: »Deine Flügel.«

»Meine Flügel.«

Aurora betrachtete das Gewirr von Kadavern, aufgedunsenen, fleckigen Bäuchen, die allmählich das Fell verloren – blank wurden wie abgewetzter Samt –, ein Dutzend steife Beine, eine schmollende Vagina. »Die darfst du dort nicht hineintun«, sagte sie.

Xas schwieg, dann machte er jäh eine ungeduldige Bewegung

– 266 –

mit Beinen und Schultern, eine Geste, die ohne Flügel sinnlos war. »Sind sie Reliquien oder Abfall?«

»Meine Brust war kein Abfall.«

»Hast du deine Brust aufbewahrt?«

Aurora fing an zu weinen. Sie preßte die Hände vors Gesicht und schwankte über dem Gestank.

Der Engel kam um die Grube herum. Er entschuldigte sich.

Aurora sagte: »So rede doch wenigstens mit Sobran, wenn er auf dem Weg der Genesung ist. Ich muß jetzt ihm helfen.«

»Sobran will mich anfassen. Ich will aber nicht angefaßt werden.«

»Er will dich trösten.«

Dazu äußerte Xas weiter nichts, sondern begann, die Grube zuzuschaufeln. Aurora trocknete ihre Tränen.

Als Xas fertig war, führte sie ihn zur Pumpe und drehte die Winde für ihn, während er sich auszog und wusch.

»Die Fäden müssen gezogen werden. Läßt du mich das tun?«

Sie gingen nach oben. Er setzte sich hin und umschlang seine Knie, ließ sich hinten von einem Kerzenhalter anleuchten. Sie kniete sich hin und schnippelte, zog jeden Faden einzeln heraus. »Die Nähte sind vollkommen regelmäßig, alle Stiche im gleichen Abstand und gleich groß.«

»Vollendete Symmetrie beleidigt Gott. Luzifer macht alles so vollkommen wie nur möglich.«

»Was er dir angetan hat, hat Gott beleidigt.«

»Gott hat es zugelassen. Oder ist insgeheim einverstanden gewesen. Ich will es gar nicht wissen. Ich will mit beiden nichts mehr zu tun haben.«

Seine Hände zitterten jetzt. Ein Faden war noch übrig. Die Schere bekam Haut zu fassen, schnitt nicht. Oder sie konnte es nicht. »Fertig«, sagte sie.

Er seufzte und richtete sich auf. Flüchtig hatte sie den Eindruck, er wollte sich zurücklehnen und in ihren Schoß legen, doch er stand auf und ging zu der Wand weit entfernt vom Fenster, lehnte sich dagegen und setzte sich.

»Du brauchst Kleider«, sagte sie, »und Schuhe.«

*

»WEISST DU NOCH, SEINE ersten Schuhe«, fragte Aurora Sobran. Sobran jedoch erinnerte sich, daß Xas anscheinend Raumangst gehabt hatte. Tageslicht duldete er, ging aber nicht gern nach draußen. Es machte ihm keine Freude, die Augen mit der Hand zu beschatten und Entfernungen abzuschätzen. Er blieb im Haus, immer an der Wand und wollte Sobran nicht in die Augen schauen, sondern blickte auf seine Füße, wenn sich der Mann ihm bis auf sechs Fuß näherte. Es war, als hätte er eine Linie gezogen und ließe den Mann durch einen Blick wissen, daß seine Füße die Grenze verletzt hatten.

»Ich habe keinerlei Aussichten«, sagte er zu Sobran und Aurora. Er zeigte ihnen, was er meinte, indem er mit seinen Händen Scheuklappen machte, die seinen Blick durch das offene Fenster einengten.

Er hatte keine Angst vor Raum, sondern vor Ferne. Alles war zu weit fort. Ermüden konnte er nicht – aber warum ein Zimmer durchqueren, die Treppe hinuntersteigen, den Hof überqueren, warum unter den Bäumen spazierengehen? Entfernungen zurückzulegen schien befremdlich und sinnlos zu sein. Er stand über diesen Dingen.

»Ich weiß, daß du dir wehrlos und unansehnlich vorkommst«, sagte Sobran, als er sich wieder einmal bemühte, den Engel zu bewegen, ins Leben zurückzukehren. »Aber du kannst nicht dein ganzes Leben mit dem Rücken zur Wand sitzen.«

»Dann suche ich mir eben eine andere Wand«, sagte Xas ärgerlich – was gut war.

– 268 –

»Da sind deine Schuhe«, sagte Sobran und schob ihm ein Paar mit einem Fuß zu. »Sie sind nach einer abgepausten Form gefertigt, aber sehr schön. Vom Feinsten. Aurora hat Hemd, Kniehose, Jackett und Halstuch für dich. Komm mit nach draußen und sieh dir die Reben an. Die Arbeiter verbrennen gerade das Reisholz.«

»Komm nachts mit nach draußen und sieh dir den Fluß an«, sagte Aurora. »Du könntest auch schwimmen. Im Wasser würdest du schwerelos sein.«

»Sie hat mehr Phantasie als du«, sagte Xas zu Sobran, ohne ihn anzusehen.

»Da sind deine Schuhe, Xas, deine ersten Schuhe.«

*

DER ENGEL LITT, WENN ER sich nicht geborgen fühlte. Anfangs umschlang er sich beim Sitzen immer mit den Armen, später wickelte er sich in eine Decke. Der Herbst wurde zum Winter, aber er fror nicht. Sobran verbrachte seine Sonntage auf Clos Jodeau – später fuhr er auch montags, dienstags und mittwochs dorthin, bis ihn die Arbeit nach Vully zurückrief. Als er Xas das erste Mal sah, da hatte er ihn mit einer Statue verwechselt; jetzt hatte sich Xas tatsächlich in ein Wesen verwandelt, das weder essen noch trinken mußte, das auch nichts ausschied und dem es gleichgültig war, wie die Zeit verging.

Aurora besuchte Xas jeden Tag.

Bisweilen fiel ihr auf, daß seine Kleidung aussah, als wäre sie naß gewesen und er hätte sie am Leib trocknen lassen. Als Aurora eines Sonntagabends zur Soldatengalerie ging, stellte sie fest, daß die Türflügel zurückgehakt waren und Schnee ins Zimmer wehte. Sie wickelte sich in die abgelegte Decke des Engels – anscheinend blieb die Wolle durch Berührung mit seinem Leib fast wie neu. Sie wartete am Fenster. Nachdem einige Stunden vergangen waren, sah sie ihn in Hemd, Hose und Schuhen um die Ecke der Remise biegen. Sie zog sich an die Wand zurück, doch er sah sie, sowie er hochblickte, sein Blick durchdrang die Schatten, in denen sie sich verbarg. Sie sahen sich an. Das Haar flatterte ihm ums Gesicht wie schwarzer Rauch vermischt mit dem weißen Dampf seines Atems – Atem, der so warm war wie bei jedem Säugetier. Er hockte sich hin und sprang zwanzig Fuß hoch, ergriff die Fensterbank mit den Händen und kam ins Zimmer.

Aurora stand auf und überließ ihm die Decke. Sie konnte sehen, daß seine Kleidung völlig durchnäßt war, doch er legte sie nicht ab und wickelte sich auch nicht wegen der Wärme ein, sondern weil ihm das ein Gefühl von Geborgenheit vermittelte.

»Sobran denkt, daß du dich nie bewegst«, warf Aurora ihm vor.

»Es ist mir einerlei, was er denkt.«

Aurora kniete sich in seiner Nähe hin. Er war wie ein wildes Tier mit seinem Schmollen, seinem Sprung und seinem grollenden Argwohn. »Ich weiß, daß du dir jetzt unsauber vorkommen mußt und nicht von ihm angefaßt werden möchtest. Ich weiß, daß ihr ein Paar gewesen seid – obwohl Sobran und ich nicht darüber gesprochen haben. Ist dir aufgefallen, daß er nie mehr hier ist?«

Xas antwortete ihr nicht, daher schlug sie eine andere Taktik ein. »Als ich von meiner Operation genesen war, als ich Berührungen dulden konnte« – sie faßte an ihre Brust, die im Augenblick nicht durch ein gepolstertes Korsett aufgefüllt war, denn sie war im Nachtgewand und in einem alten Mantel von Paul gekommen –, »wollte der Baron die ehelichen Beziehungen wieder aufnehmen. Er wollte mir unbedingt beweisen, daß ich für ihn noch immer schön war. Aber ich wollte nicht, daß er mich schön findet – es war wie eine Beleidigung meines Verlustes.«

»Du denkst, ich finde mich häßlich?«

– 270 –

Aurora machte den Mund auf, wollte sagen, daß sie das so nicht gemeint habe – doch sie besann sich; es kam nicht darauf an, daß er sie verstand, sie wollte lediglich, daß er mit ihr redete. Sein unvollkommenes Begriffsvermögen gab ihr das Gefühl, ihn beschützen zu müssen – denn dieses uralte, kluge Wesen in seinem glatten Kokon aus Kummer dachte nicht richtig.

Xas sagte: »Ich möchte nicht, daß er mich anfaßt. Anfassen war ein Fehler. Ich hätte keusch bleiben sollen. Ich hätte nicht unkeusch in den Himmel gehen sollen.«

Aurora nickte. »Kann sein. Gott hat dich nicht errettet – stimmt – abgesehen davon daß du noch am Leben bist. Aber es war Luzifer, der dir die Flügel abgeschnitten hat, und ich glaube nicht, daß das irgend etwas mit Keuschheitsgeboten zu tun hatte. Ich habe dir doch erzählt, was er zu Sobran gesagt hat: ›Du kannst ihn behalten. Er wird für immer ein Hemd tragen müssen, aber du kannst ihn behalten.‹«

Xas Hände stahlen sich unter der Kante der Decke hervor, er legte sie auf die Ohren. »Ja«, sagte er.

»Was meinst du?«

»Ja. Ich begreife.«

»Wer hatte dich verwundet?«

»Michael. Er hatte mich schon früher vor unbefugtem Betreten gewarnt.«

»Ich glaube, daß sich Luzifer mit Gott über dich unterhalten hat – als er hier gestanden hat, wo wir jetzt sitzen. Gott hat ihm geantwortet, indem er alle Blätter von diesen Bäumen abfallen ließ. Zumindest glaube ich, daß es so war. Das hat mir Sobran erzählt. Luzifer hat die Tür da zugemacht, ist erbost zurückgekommen und hat dir die Flügel abgeschnitten. Was meinst du, hat er Anweisungen ausgeführt oder wollte er Gott ärgern?«

Xas schüttelte den Kopf.

»Hast du denn gar keine Ahnung?«

»Ich war mir sicher, daß mich beide lieben.«

Aurora hätte gern mehr gewußt und äußerte eine Vermutung. Da der Gott, der die Welt erschaffen hatte, einen Plan hatte, mußte Xas' Bestrafung Teil dieses Plans sein.

Xas sagte: »Gott hat die Welt nicht erschaffen.«

»Ich habe versucht, Frieden mit meiner Vorstellung von Gott zu schließen – aber immer gebrauche ich meine Phantasie«, sagte Aurora. »Außerdem sind mir Tatsachen lieber als Glaube, und das war schon immer so. Als ich Atheistin war, habe ich nicht gehofft, daß es Gott nicht gibt – ich habe es gewußt, es war eine Tatsache für mich. Aber da habe ich vermutlich versucht, mir meinen eigenen Schöpfer zu machen, nicht irgendeinen allmächtigen Plagiator, jemanden, der seinen Namen unter die Arbeit eines anderen oder das Werk der Natur setzt. Luzifer mit seinen sechs Flügeln und seinem furchtbaren Blick hat mich fast zu Tode erschreckt, aber er hat mir ein paar Mal in die Augen geblickt, als wäre ich wirklich und wir wären gleich – in dieser Sache gleichermaßen elend –, und er hat gewußt, daß ich mir irgendwie zusammenreimen konnte, warum er das getan hat.«

\*

AURORA HÖRTE, DASS SOBRAN LUZIFERS Worte verwendete. »Ich habe nicht deutlich gemacht, daß ich ihn behalten wollte. Er wird nicht zurückkommen.«

Die Sonne war aufgegangen. Die Nacht des 27. Juni war vorbei und auch die frühmorgendliche Dunkelheit des 28. Juni. Aurora sah Baptiste und Martin Jodeau mit ihren Flinten aus dem Haus kommen. Die jungen Männer waren in ledernen Jagdröcken, die man trug, damit die Kleidung kein Schießpulver abbekam. Sie stiegen den Hang hoch. Eine Magd zog die Vorhänge an den Fenstern eines Schlafzimmers im oberen Stock auf.

»Habe ich Ihnen erzählt, was ich ihm angetan habe?«

»Sie haben mir erzählt, daß Sie ihn aus dem Fenster geworfen haben.«

»Viel schlimmer.«

Eines Abends war Sobran nach Haus gekommen, nachdem er den ganzen Tag über den Büchern verbracht hatte. Er hatte den Winter, hatte seine Arbeit satt, seine Fingerspitzen waren bei der Papierarbeit trocken geworden und um den Knochen herum geschrumpft. Er hatte seinen Zorn satt, war jedoch erzürnter als je zuvor und mit seiner Geduld am Ende. Und da saß Xas eingemummt an der geöffneten Flügeltür. Im Raum war es bitterkalt, das einzige andere Fenster war innen überfroren. Sobran ging großen Schrittes zu dem Engel, ergriff die Decke an einer Ecke und zog so, daß der Engel hinfiel und einen Augenblick am Boden lag, überrumpelt, ausnehmend schmuddelig, die Kleidung dreckbespritzt, das Haar verfilzt. Sobran fing an, ihn zu beschimpfen, dann trat er nach ihm, dann fiel er auf die Knie und bearbeitete ihn mit Fäusten. Xas wehrte sich nicht, sein Gesicht wurde bei jedem Schlag hin- und hergeworfen, aber es blieben keine blauen Flecken zurück. Da packte der Mann den Engel unter den Achselhöhlen und schubste ihn aus dem Fenster. Er sah Xas fallen; er rollte sich leicht wie eine Spinne zusammen, dann streckte er sich im Schnee und hob das Gesicht. Sobran schlug die Tür zu, verrammelte sie, lehnte sich dagegen und sagte so etwas Ähnliches wie: »Geh fort. Geh mir aus den Augen.«

*

»ICH WERDE IHN NIE WIEDERSEHEN«, klagte Sobran. Aurora drückte seinen Kopf an ihre Schulter. Sie blickte auf, als Martin und Baptiste in der Senke im Hang wieder in Sicht kamen. Sie blieben stehen und machten große Augen. Sie hörte, wie Baptiste zu seinem jüngeren Bruder sagte: »Überlaß das mir. Geh du weiter.«

Baptiste stand über ihnen, lehnte die Flinte an den Grenzstein und hockte sich neben sie. »Baronesse. Vater. Der bewußte Jahrestag, ja?« Er blickte nicht gerade überzeugt. Aurora wußte, was er dachte – wie konnte sein Vater Schuld oder Kummer nur so säuberlich auf eine Nacht im Jahr begrenzen. »Er hat mir von der Russin und dem österreichischen Infanteristen erzählt«, sagte Baptiste zu Aurora. »Aber, Baronesse, ich muß schon sagen, ich bin erstaunt, Sie hier anzutreffen.«

»Warum? Wenn man bedenkt, was man in den letzten zehn Jahren so alles über mich und Ihren Vater geklatscht hat.«

Gehässig gab Baptiste zurück: »Aber Sie waren auf Pilgerfahrt nach Santiago de Compostela, als ich Vater mit einer Frau im Zimmer ertappt habe.«

Darüber mußte Sobran lachen und erzählte Aurora, die sich empört zu ihm umgedreht hatte, er habe Baptiste durch die geschlossene Tür von einem Gast erzählt. Baptiste habe ihn mitnichten ›ertappt‹.

»Ach«, sagte Aurora.

»Mir steht das bis hier«, sagte Baptiste. »Vater, ich mache mir Sorgen um dich. Du bist nicht mehr der Stärkste.«

Sobran stand auf, schüttelte sich, ordnete die Kleidung, reichte darauf Aurora die Hand und half ihr hoch. »Damit ist es jetzt ein für allemal vorbei«, sagte er zu seinem Sohn und klopfte ihm besänftigend auf die Schulter. Als er Aurora den Arm bot, bedeutete sie ihm, er solle den Hügel hinuntergehen und sagte: »Baptiste wird mich zu meinem Pferd begleiten – dieses Jahr habe ich keinen Kutscher im Freien warten lassen.«

Baptiste wurde rot. Sie reichte ihm den Arm, und das zwang ihn, ihren Arm zu ergreifen. Er ließ seine Flinte stehen, und sie gingen den Hang zur Straße hinunter.

»Vorsicht«, rief Sobran ihnen nach.

»Damit meint er, ich soll den Mund halten«, sagte sie.

»Baronesse...«

»Schsch. Sie wollen alles wissen, entsetzen sich aber schon über das, was Sie bereits wissen. Wie Antoine Laudel und ich uns einmal hier versteckt haben und Ihren Vater ausspionieren wollten. Wie ich in den Fluß gegangen bin. Das alles wissen Sie.« Sie seufzte. »Ich werde Ihnen nicht alles erzählen. Ihr Vater hat seine Geheimnisse.«

»War das ein Mann in seinem Zimmer?«

Aurora schwieg kurz, dann sagte sie: »Nein.«

»Wer ist sie denn dann? Und was kann das mit toten Schafen und Ziegen zu tun haben?«

»Nichts. Die Tiere sind an einem Experiment gestorben.«

Baptiste war empört. »Was für eine Art Experiment?«

»Ein wissenschaftliches.«

»Na wunderbar! Sie und Vater machen wissenschaftliche Experimente. Er hat eine Mätresse, die noch kein Mensch zu Gesicht bekommen hat. Er tut an einer Nacht jedes Jahr Buße für einen fünfundzwanzig Jahre verjährten Mord – sagt er. Und nun machen Sie auch noch mit.«

»Baptiste, es war mein Experiment. Ihr Vater war in Autun. Nach seiner Rückkehr hat er mir beim Aufräumen geholfen.«

Der arme Baptiste – mußte ihm nicht jede Frau äußerlich lieblich und innerlich ausgesprochen wahnsinnig vorkommen? Er ließ ihren Arm los. »Ich bleibe nicht hier und kümmere mich um seinen Weinberg. Das sehe ich mir nicht an – wie Paul und Agnès auf ihrem blumenbestreuten Weg zum Altar über wer weiß was für Abgründe an Sünde und Wahnsinn schreiten. Ihr seid doch alle verrückt.«

»Auch gut, suchen Sie sich also anderswo eine Frau«, sagte Aurora in ungemein vernünftigem Ton – ihrerseits jedoch schalkhaft, denn sie konnte nicht anders, er ähnelte seinem Vater so sehr in seiner Überheblichkeit, Erregbarkeit und Bekümme-

– 275 –

rung. »Na, machen Sie schon, lieber Baptiste, bringen Sie mich zu meinem Pferd.«

Nach einer Minute, in der er nur böse dreinblickte und mit den Zähnen knirschte, ergriff Baptiste erneut ihren Arm. Er machte die eiserne Pforte in der Mauer des *clos* auf, und sie schritten hindurch.

»Man hat Ihrem Vater das Herz gebrochen, Baptiste.«

Mit der Nase schnaubte er, enthielt sich jedoch eines Kommentars.

»Und wenn er recht hat, daß alles vorbei ist, dann brauchen Sie auch nicht mehr zu wissen. Sie müssen bedenken, daß Sie zwar seine Not seit Jahren mit ihm teilen wollten, er Sie aber gern noch als Kind sieht – das man nicht betrüben darf.«

»Dann sind Sie es nie gewesen – Entschuldigung, Baronesse, aber es war so einleuchtend.«

»Es ist auch einleuchtend. Ich liebe Ihren Vater. Aber ich kann nicht mithalten.«

Sie kamen zu ihrem Pferd, das an einem Apfelbaum angebunden war, der vor der Mauer stand.

»Was ist jetzt, falls ›alles vorbei ist‹?« fragte Baptiste, und weil er ihr nicht in die Augen blicken mochte, bückte er sich und formte mit den Händen einen Steigbügel.

»Ich bin eine verheiratete Frau.«

Baptiste hob sie in den Sattel. »Das vergesse ich immer.«

»Ich auch.« Sie schenkte ihm ein Lächeln. »Lieber Baptiste – ich kümmere mich schon um Ihren Vater. Sie sollten ausziehen und Ihr Glück suchen. Wie wäre es, wenn ich Sie in Geschäften nach Paris schickte? Soll ich Sie Paul aufhalsen? Würde Ihnen das gefallen?«

Baptiste nickte, alle Farbe war aus seinem Gesicht gewichen. Das machte nicht irgend etwas, was sie gesagt hatte, sondern die Unterhaltung hatte ihn schlicht erschöpft. Er war gerad-

linig – genau wie sein Vater – besaß jedoch nicht Sobrans Steh-
vermögen.

»Er wird sich doch nicht – aufhängen, oder?« fragte Baptiste.

»Ach, ich sehe es richtig vor mir – Sobran, wie er wutentbrannt die Hölle stürmt. Nein, er würde sich nicht entleiben.
Ich glaube, wir haben beide die schlimmste Verzweiflung hinter
uns.«

Das Pferd tänzelte, und Baptiste trat zurück. »Dieses Tier ist
nicht sanft genug für Sie, Baronesse.« Galante Mißbilligung – er
versuchte aus irgendeinem Grund, die Oberhand zu gewinnen.

»Kindskopf – ich bin doch keine alte Frau. Ich bin genauso alt
wie das Jahrhundert, und mein Vater war Kavallerist.« Mit diesen Worten ritt sie davon.

1837

# › Casse ‹

*Bruch, eine abträgliche Trübung oder*
*ein Sediment im Wein*

EIN JAHR DER LEERE. DIE NATUR machte immer weiter, die Reben, um die sich der Winzer nicht kümmerte, setzten Blüten und Frucht an und warfen mehr Schatten. Sobran war den ganzen Tag über müde, jeden Tag, und lag jede Nacht gereizt wach. Als Paul bat, die Trauben des Südhangs pressen zu dürfen, bekam Sobran den Mund nicht auf und reagierte nicht. Briefe wurden nicht beantwortet – weder Baptistes aus Paris, noch Auroras und Agnès' aus Dijon.

An ihrem Jahrestag holte Sobran heraus, was er versteckt hatte, die Flügel, die noch immer frisch und weich waren. Aus ihnen machte Sobran auf seinem Bett eine Totenbahre oder ein Boot, darin lag er und ließ sich von der Woge seines Kummers erfassen und aus seiner Dumpfheit forttreiben. Tag für Tag, Woche für Woche, drangen Schmerz und Verlangen, Geschmack und Wärme der Welt erneut an seine Ohren und seine Haut.

– 278 –

1838

## › B u v a b l e ‹

*Trinkbar*

AM MORGEN DES 27. JUNI wurde Paul de Valday in der Kapelle
von Vully mit Agnès Jodeau vermählt. Die Hochzeit wurde
mit einer prächtigen, stilvollen Zeremonie gefeiert. Danach
hob die Braut ihren Schleier – Brüsseler Spitze, stolze fünfzehn
Fuß lang und fünfzig Jahre alt – und ging zum Feiern nach
draußen, zu den Schragentischen auf der Terrasse vor dem Château. Alle wohlhabenden Bauersfamilien des *pays* nahmen an
dem Fest teil – die Laudels, Wateaus, Pelets, Garveys, Tipoux.
Unter ihnen etliche, die noch ein wenig besser gefahren, die
noch höher geklettert waren wie beispielsweise Sabine und
ihr Winzer aus Chalon-sur-Saône. Pauls adlige Paten, noch
lebende Verwandte des alten Comte, Pauls Pariser Freunde,
ein paar von Agnès' Schulkameradinnen aus dem Kloster von
Autun nahmen auch teil. Die Braut war ein wenig zu mager für
ihr Kleid – die Nerven natürlich. Der Bräutigam wirkte ziemlich mitgenommen, aber froh. Die Brautmutter strahlte vor
Glück.

Der Brautvater blieb immer in der Nähe der Bräutigamsmutter. Allen Einheimischen fiel das schon längst nicht mehr auf – jeder wußte, daß die Baronesse und Sobran Jodeau innig befreundet
waren. Und der Baron, Henri Lettelier, schien diese Gestalt in der
weiteren Umgebung seiner Frau hinzunehmen, als wäre das die
natürlichste Sache der Welt – ein zuvorkommender Mann, darin
waren sich alle einig. Und schließlich bekam am Ehrentisch alles
wieder seine richtige Ordnung, saß Braut neben Bräutigam,

– 279 –

Brautvater neben Brautmutter, Bräutigamsmutter neben ihrem Gatten.

Baptiste beugte sich hinter Célestes Rücken zum Vater und flüsterte ihm ins Ohr, daß er geheiratet habe – und damit Paul überrundet –, nein, er halte die elterliche Zustimmung für eine überholte Pflichtübung. Anne war sechzehn und Lehrling bei einer Pariser Modistin. Anne hatte die Zustimmung ihrer älteren Schwester. Er wollte Anne heimholen, noch ehe es Winter wurde.

Sobran beugte sich zur anderen Seite, zu seiner Tochter. Wußte Agnès, daß Baptiste geheiratet hatte?

Sie machte große Augen. »Nein!«

»Ja«, neben ihr Paul.

»Was ist das? Was ist das?« Aurora neben Paul.

»Was?, Was?« äffte Paul sie liebevoll nach. »Nicht mehr lange, und sie stößt mit dem Hörrohr nach mir. Mutter, Baptiste wollte ja seinem Vater erzählen, daß er geheiratet hat, aber jedes Mal war es ungelegen.«

»Mir hast du auch nichts gesagt«, schalt Agnès. Sie konnte es nicht glauben.

Paul legte den Mund auf ihr Ohr. »Ich bin nicht einverstanden. Aber ich habe gewartet, daß er dir das Mädchen vorstellt, damit du dir eine eigene Meinung bilden kannst.«

Agnès nickte. Sie blickten sich in die Augen und freuten sich, daß sie einer Meinung waren.

»Ich freue mich darauf, Anne kennenzulernen«, sagte Sobran zu Baptiste. Dann: »Teile bitte deiner Mutter die gute Nachricht mit.«

\*

NACH EINBRUCH DER NACHT fand Baptiste seinen Vater mit einem Glas Branntwein in der Hand, wie er von der Terrasse die Zufahrt entlangblickte, die zum Haus, zur Landstraße und dann weiter zu den ersten vier Senken mit ihren Hängen führte, von denen einer den Jodeaus gehörte.

»Geh da nicht hoch«, sagte Baptiste.

»Wie?«

»Ich bin da, weil ich dir von Anne erzählen möchte.«

Sobran hob die Schultern. »Ein schönes Mädchen, aber du hast nicht aufgepaßt. Vermutlich willst du mir das erzählen.«

»Nein. So war es nicht. Sie lacht über mich, und ich mag sie.«

»Das hört sich gut an.«

Ein großer Ast fiel aus einem der Freudenfeuer, und die Hochzeitsgäste kreischten.

»Sind Paul und Agnès fort?«

»Ja. Aber am Ehrentisch prostet man sich noch immer zu. Baron Lettelier und Onkel Antoine liegen, glaube ich, im Wettstreit.«

»Antoine hat sich immer eingebildet, daß er trinkfest ist.«

Baptiste lächelte. Er streckte die Hand aus, als sein Vater das Gewicht verlagerte und stolperte, berührte Sobran jedoch nicht – der wiederum trinkfest, aber langsamer geworden war.

»Noch einen Trinkspruch«, sagte Sobran sehr bedächtig und hob sein Glas zu dem fernen Hang. »Auf dreißig Jahre.«

*

NACH DER WEINLESE WURDE Jodeau Süd zum ersten Mal nach dem Tod des alten Martin Jodeau getrennt gekeltert. Die Trauben wurden in der großen Steinpresse im Weinkeller von Château Vully gepreßt, gärten sechs Tage lang in den Gärbottichen der *cuverie*, und Sobrans zwei ältere Söhne kletterten zweimal am Tag hinein und brachen den ›Tresterhut‹ oder Kuchen aus Kernen und Häuten auf, der sich auf der Oberfläche des gärenden Mosts gebildet hatte. Nach sechs Tagen wurde der Vorlaufmost in zwei neue Fässer umgefüllt, die der Winzer und seine Arbeitgeberin Engel Eins und Engel Zwei getauft hatten, Namen, die binnen einer Saison von anderen interessierten Parteien – Comte Paul, dem Baron, den Kellermeistern – zu ›die Engel‹ verhunzt wurden.

1839

# › Délayer ‹

*Verwässern*

PAUL UND AGNÈS BEKAMEN EIN Mädchen, das in Paris geboren
und auf den Namen Iris getauft wurde. Anne gebar einen Jungen, den man Paul taufte.

Aurora und Sobran waren beinahe zufällig ein Liebespaar geworden, zumindest hatten sie an jenem Abend nichts dergleichen
vorgehabt, dem Abend, als sie noch spät aufblieben – wie sie es oft
taten, ganz gleich ob Henri nun in Paris oder Vully weilte. Aurora
und Sobran stritten sich über die gerade veröffentlichten *Idées
Napoléoniennes*. Auroras Waden schmerzten, daher zog sie die
Schuhe aus und legte ihrem Freund den bestrumpften Fuß auf den
Schoß, weil sie einen ausnehmend bombastischen Redeschwall
ihres Freundes unterbrechen wollte. Er verstummte und blickte
sie groß an. Sie grinste. Und schon lagen sie sich in den Armen.
Es folgten Wochen des Entdeckens, der Wärme, des Lachens,
der natürlichen Intimität, der Vertraulichkeiten wie Falltüren,
die eine nach der anderen aufgingen und bislang verborgene
Orte ihres Lebens preisgaben, der Unterhaltungen, bei denen sie
Gesicht an Gesicht in seinem Bett in der Soldatengalerie lagen,
ihre Hand unter seiner Wange.

1840

> **Piqué** <

*Ein umgeschlagener,*
*essigartiger Wein*

DIE ZEITEN, ALS ANDERE MENSCHEN ihnen Andeutungen oder
Vorhaltungen machten oder sie unter vier Augen baten, doch
bitte vorsichtig zu sein oder nett miteinander umzugehen, die
waren vorbei. Sie waren befreundet; er ging in ihrem Haus aus
und ein – obwohl er sich niemals oben im Château blicken ließ.
Er kam nie zu ihr. Wenn Aurora zu ihm kam, verließ sie das
Haus im Nachtgewand durch die Tür der Bibliothek, ging die
Terrassenstufen hinunter und um das Gebüsch herum, durch den
ummauerten Obstgarten, den Gemüsegarten und überquerte
den Hof vor der Remise. Ihr Haushalt zählte sechzig Dienstboten, und sie wurde gesehen, doch ihre Dienerschaft dachte,
daß Aurora und Sobran Besseres verdienten als die Ehegatten,
die sie gewählt hatten – sie verdienten einander und waren beide
Großeltern, warum also noch darüber klatschen. Gewiß, beide
hatten auch ihre dämonischen Seiten, sie mit ihren ganzen
Büchern, darunter auch *Corinne*, die auf dem Index stand, und er
mit seinen nächtlichen Spaziergängen, seltsamen Neigungen
und dann ihre Experimente, das Massengrab mit den Schafen
und Ziegen im Sand neben der Remise. Und dann die umständ-
liche, heimliche Anweisung, die der Küfer für den Bau der ›Engel‹ bekommen hatte – in die, so wurde gemunkelt, etwas mit
eingebaut worden war. Dennoch waren die Baronesse und Monsieur Jodeau anständige Menschen, in deren Diensten es einem
gut ging. Sollten sie doch.

Als Céleste Jodeau zu Ostern mit ihren jüngeren Kindern und

– 284 –

deren Kindermädchen vorbeiging – einer der seltenen Anlässe, daß sich die Frauen der Jodeaus und Laudels zum Kirchgang herabließen –, kam es, wie es kommen mußte, eine Witwe flüsterte der anderen zu: »Nein, wie das Kind dem toten Bruder seines Vaters ähnlich sieht«, und zeigte mit gekrümmtem Finger auf die kleine Véronique. Darauf sahen sich die beiden alten Frauen mit großen Augen an, hatten sie doch unverhofft einen Skandal aufgedeckt und eine Erklärung für Léon Jodeaus Selbstmord gefunden. Bald hatte das ganze Dorf Aluze etwas Neues hinter Sobrans Rücken zu tuscheln: »Oh, und sieh dich vor der Wahnsinnigen vor, daß sie dich nicht hört, übrigens auch vor Sophie Laudel oder dem Comte und seinem lieben, kleinen Frauchen, und schon gar vor diesem hitzigen, ältesten Sohn von Jodeau.«

Jules Lizet hörte es jedoch im Irrenhaus von Autun und weinte in seiner Zelle, weil Léon Jodeau Aline geliebt hatte, nur Aline, der er nicht den unschuldigen Schädel eingeschlagen hatte, er nicht, er, Jules, hatte es nicht ...

– 285 –

1841

# › G r u m e ‹

*Eine einzelne Weinbeere*

IRIS DE VALDAY, DIE KLEINE Comtesse, gedieh prächtig, und ein berühmter Pariser Künstler malte ihr Porträt, dralle Ärmchen in einer Wolke aus Spitzen auf dem Schoß ihrer neunzehn Jahre alten Mutter.

Baptiste und Annes Sohn war nie richtig gesund. Er war groß, hatte aber eine rauhe, dunkle, behaarte Haut und schrecklichen Durst und schien nie genug Wasser im Körper zu behalten. Er starb mit achtzehn Monaten. Die einzigen Worte, die er überhaupt lernte, lauteten »Wasser« und »Salz«.

\*

DER PRIESTER FOLGTE SOBRAN vom Grab. »Monsieur Jodeau?« sagte er und zögerte, dann ergriff er Sobrans Arm. »Mein Sohn.«

Sobran sagte: »Christophe Lizet hat mich gerade daran erinnert, daß es in mehr als dreißig Jahren erst das fünfte Begräbnis in der Familie Jodeau ist. Er führt eine Strichliste, stellt ein paar Zahlen über unser Glück zusammen.« Dann zählte Sobran die Namen auf, damit die Unterhaltung mit dem Priester höflich blieb. »Mutter und Vater, Nicolette, Léon, Paul.«

»Mögen sie in Frieden ruhen und möge sich Gott ihrer Seelen erbarmen. Kehren Sie jetzt in den Schoß der Kirche zurück?«

»Bitten Sie mich um Verzeihung, weil Sie meinen Bruder nicht auf dem Gottesacker haben wollten?« Sobran dräute über dem Priester, lächelte jedoch. Der Priester blickte böse. Jodeau hatte soeben ein Enkelkind begraben, stand aber da in seiner ganzen Machtfülle, ein stolzer Mann, eine Beleidigung des Ortes und des Anlasses. Der Priester biß sich auf die Lippen, so daß sein Gesicht nur noch aus Kinn bestand, Schaufel mit Backenbart sozusagen.

»Die Kirche ist kein Ort für mich«, sagte Sobran.

»Wollen Sie Ihre Sünden an Gottes Barmherzigkeit messen? Keine Sünde ist größer als Gottes Barmherzigkeit.«

»Ich weiß nicht, was Gott vorhat oder was Ihn dazu ermächtigt, mir zu vergeben«, sagte Sobran zu dem ratlosen Priester, »also entscheide ich mich nicht für Ihn, indem ich zur Kirche gehe.« Er sah, wie sich der Priester bekreuzigte. »Tut mir leid, Pater, Buße und Gebet nutzen mir nichts. Aber trösten Sie bitte meinen Sohn und seine Frau so gut Sie können. Darf ich Sie darum bitten? Es soll kein Kuhhandel sein, aber wenn es Ihnen gelingt, den beiden ein wenig Trost zu spenden, schicke ich meine Familie wieder zur Kirche.«

»Glauben Sie, daß Ihre Söhne gehen, wenn Sie nicht hingehen?«

Sobran war überrascht. »Meine Söhne tun, was ich ihnen sage.«

*

Der Brief lautete:

»Ich könnte dir nicht sagen, wo ich gewesen bin. Damit meine ich nicht, daß ich es dir sagen kann, aber nicht will – ich meine, ich weiß es nicht. Wenn mich Menschen ansprachen, habe ich ihnen in der Sprache geantwortet, die sie gebraucht haben. Ich mußte mir Sachen einfallen lassen – beispielsweise Namen. Das ist mir schwergefallen, und zuweilen habe ich gesagt, ich bin du. Meine Füße sind hart geworden. Ich bin herumgezogen und habe so getan, als ob nichts hinter mir wäre – entweder diese Selbsttäuschung oder still sitzen bleiben. Nachdem man mich einmal überwältigt hatte, hielt ich es für geraten vorzugeben, daß ich jemand bin, und die Welt hinter mir zur Kenntnis zu nehmen. Es ist ein Jammer mit den Aussätzigen, nämlich daß es keine Aussätzigen mehr gibt, die mit ihren Glöckchen und Holzrasseln durch die Lande zogen und die Menschen fortscheuchten. Das wäre das Richtige für mich gewesen. Ich habe ein Franziskanerhabit gestohlen und den Bettelmönch gespielt, aber die Menschen haben mir immer Essen und Geld gegeben, was ich nicht brauchte. Da war es einfacher, die Einladungen wohlhabender Männer und Frauen anzunehmen und ein wenig Unterhaltung und Nähe zu genießen – zusammen mit dem Rest. Was sie haben wollten. Und allmählich haben mir Wärme und Sauberkeit gefallen.

Das hier ist mein erster Brief. Das erste Mal, daß ich zur Feder greife. Ich habe immer nur gelesen und gedacht, Schreiben wäre wie Lesen. Es fällt mir schwer, mir vorzustellen, daß ich ein Blatt Papier auf diese Weise verändern kann – wie andere Menschen auch.

›Andere Menschen‹ – diese Lüge habe ich gelernt. Ich gebrauche diesen Begriff, weil es ohne ihn nicht geht. Man kann nicht ohne ›andere Menschen‹ leben. ›Andere Menschen‹ sage ich, um mich abzusondern, wenn ich über mich rede. Wenn ich lüge. Früher, als ich noch ehrlich war, habe ich wie ein Simpel, wie ein Idiot, wie ein Wahnsinniger gewirkt. Typische Unterhaltungen verliefen ungefähr so: Eine Kutsche hält an, ich gehe barfuß im Schnee am Straßenrand, und jemand sagt hinter einem Schal oder Schleier: »Sie müssen ganz verhungert sein.« Und ich bestätige, ja, das bin ich, zu nachdrücklich, denn ich brauche Gesellschaft, friere aber überhaupt nicht. Jetzt sage ich: »Gott segne Sie«, und schnattere mit den Zähnen. Ich habe mir seinen Federhalter geborgt. Er schreibt Gedichte. Er hält sich, glaube ich, für einen zweiten Lord Byron. Er ist ständig unterwegs, hat aber nichts, wovor er weglaufen muß. Er ist zurückgekommen und war überrascht, mich noch in einer seiner gemieteten Villen vorzufinden, in dämmrigen Räumen voller verhüllter Möbel, in denen das Licht durch strömenden Regen vor den Fensterscheiben fällt. Er sagt, fast habe er erwartet, daß ich in der Ecke des Ballsaals ein großes Netz spinne. Spiegel. Dort bin ich jetzt. Er nennt mich seinen ›Elf‹. Ich passe auf, daß ich mit dem Rücken immer schön auf dem unteren Laken bleibe, so sieht er die ›J‹s und die Federn nicht und merkt nicht, wie recht er hat.

Ich weiß, daß es dir nicht gefällt. Ich habe einen großen Verbrauch an Seife, aber das ist mir schnurz. Ein Ausdruck von ihm, und er gefällt mir. »Wer sind Sie?« »Ich bin, wer ich bin« – und das heißt »Das kann Ihnen schnurz sein.« Hoffentlich lerne ich das – wie man durch Ablenken abweist. Die Narben auf meinem Rücken, das ›J‹ und das gespiegelte ›J‹, sind Jahwes Antwort auf Moses' Frage: »Wer bist du?«, die Worte eines Gottes, der Sich nicht erklärt, der Sich nicht ausfragen läßt, der will, daß man gehorcht, nicht versteht, der Menschen mit ihrem eigenen Licht, der Schönheit ihrer eigenen Welt blendet. Ich verbrauche Seife und denke an nichts anderes als an Seife – im Bad, wo ich sie zwischen den Händen rolle, so glatt und hell, und ich gebe die Hoffnung nicht auf, daß ich wie Seife durch Anfassen aufgebraucht werde.

Ich habe zuviel über Unglück erfahren. Ich erlebe es jetzt, es ist ein Dauerzustand wie Taubheit. Wenn ich nach draußen gehe und die helle Gischt der Brandung sehe, die in die kleine Bucht rauscht, kann ich es nicht hören – ich bin nicht zum Hören da –, sonst quetscht mir irgend etwas die ganze Zeit über den Verstand aus.

Sobran, ich liebe dich, aber ich komme nicht in deine Nähe, bis ich diesen Schmerz nicht mehr mittels Schmerz wegbrennen möchte.«

1842

# › Épluchage ‹

*Vorlese, das Entfernen fauliger*
*und schwarzer Beeren*

SOBRAN ZEIGTE AURORA DEN BRIEF nicht. Auch den nächsten nicht, der ganz kurz vor dem Jahrestag im Juni eintraf:

*

»ICH HABE ARBEIT ALS GÄRTNER gefunden, habe dem Obergärtner versprochen, daß ich den lieben langen Tag arbeite und daß ich Unkraut von Edlem unterscheiden kann. Er hat gelacht, hat mich aber eingestellt. Wir haben Pfirsich auf Pflaume gepfropft. Er sagt: »Wen hat Er umgebracht?« Daß er mich entdeckt hat, ist als hätte er im Obstgarten ein verirrtes Vollblut gefunden, ich kenne mich gut aus, ich muß einfach jemandes Gärtner sein, sagt er. Ich erfinde ein Elternteil, mit dem ich zerstritten bin. Das fällt mir nicht schwer. Er hat mir angeboten, mich in die Lehre zu nehmen, und die anderen Untergärtner sind schrecklich eifersüchtig. ›Andere Untergärtner‹ – das trifft es besser als ›andere Menschen‹, ich bin kein Mensch, sondern ein Untergärtner.

Ich bleibe nicht hier – ehe ich aus der letzten Kutsche stieg, die ich bat, mich mitzunehmen, sah ich aus ihrem Fenster auf einem Felsvorsprung eine lange Rampe, und so etwas wie einen Apparat zum Fliegen. Dorthin will ich zurück. Ich werde laufen oder für die Fahrt zahlen müssen, denn ich ertrage es nicht länger, für so mancherlei Tannhäuser im Gehrock oder Reifrock die Venus zu spielen. Ich muß stärker geworden sein, denn die dunklen Mächte, die mich zu Beginn meiner Wanderschaft immer wieder gefunden haben, lassen mich mittlerweile in Ruhe. Ich weiß nicht, wo sie sind. Vielleicht gibt es in Deutschland keine. Niemand bestraft mich, und ohne Schmerzen bin ich taub für alle anderen Gefühle.«

*

»GARMISCH

5. März, 1843

Dieser preußische Graf – er ist fünfundvierzig – hat im Kanonenfeuer ein Bein verloren und redet davon, daß ein Chirurg ihm auch das andere abnehmen soll, damit er seinen Apparat, der schwerer ist als Luft, steuern kann. Er sagt, er strebt keineswegs einen Ersatz für den menschlichen Gang an – er will nur wissen, ob man es schaffen kann.

Ich arbeite jetzt für ihn. Ich hatte natürlich kein Empfehlungsschreiben, und niemanden, der mich einführte. Ich sorgte aber dafür, daß ich mich bei ihm in etwas besserer Kleidung einstellte, als der schäbigen, in der ich normalerweise herumziehe. ›Normalerweise‹ – was für ein sonderbares Wort. Normalerweise schleppe ich Wasser durch das Salz in meine Entsalzungsanlage. Normalerweise liege ich auf einem Dach, bin durch den gewaltigen Palast vor den Feuern tief unten geschützt, und lese. Normalerweise fliege ich hoch oben, wo die Luft dünn und der Horizont gekrümmt ist.

Ich besorgte mir also einen neuen Rock und neue Schuhe. Ich ging hin und stellte mich selbst vor, unter anderem Namen. Ich erzählte etwas Wahres – daß ich in Brügge neben der Tür eines Wirtshauses gesessen und zugesehen habe, wie ein Schotte einen Gleiter zeichnete. Ich sagte dem Grafen, falls er es wünsche, könne ich die Zeichnung des schottischen Ingenieurs nachzeichnen. Der Graf ließ sein eigenes Zeichenbuch holen, und ich zeichnete. Ich sagte, daß ich seinen Gleiter letztes Jahr im Vor-

– 291 –

beifahren aus der Kutsche erblickt habe. ›Warum ist Er nicht schon damals gekommen?‹ fragte der Graf. Ich mußte mich um die Geschäfte meines Vaters kümmern, antwortete ich, und dann, daß der Apparat so, wie er aussehe, nicht fliegen könne. ›Die Dinger fliegen auch nicht, junger Mann‹, sagte der Graf, ›diese Apparate gleiten.‹

Ich fragte, ob ich ihm nur gegen Essen und Unterkunft helfen dürfe, und er stellte mich ein.

Ich erzählte ihm gleich zu Anfang, daß ich keine Einfälle habe, also redet er mit mir über Theorie und graphische Darstellung – von seinen unordentlichen Berechnungen blättert der Kreidestaub wie Farbe von Heiligenbildern.

Ich mag diesen Mann. Gerade hat er gesehen, daß ich ihm zugelächelt habe und hat mich gefragt, was ich da schreibe. Ich sagte, einen Brief an einen Freund, und er sagte, er habe gar nicht gewußt, daß ich Freunde habe, er habe gedacht, ich sei vom Himmel gefallen.

Es gibt zwei Bewerber um die Ehre des Fliegens. Der eine ist ein beflissener und einfallsloser Knabe von fünfzehn Jahren. ›Du könntest dir die Knochen brechen‹, sagt der andere Bursche zu ihm, und der Knabe schaut, als hätte er noch nie gemerkt, daß er Knochen hat, die brechen können. Er will es einfach nicht wahrhaben. Der andere Bursche ist ein verhungerter Hänfling, der Kammerdiener des Grafen und schon lange von der Besessenheit seines Herrn angesteckt. Ich zeige ihnen, wie der Mensch sein Gewicht verringern kann. Ich gehe über weichen Flußsand und hinterlasse nur den Hauch eines Abdrucks. Ich rede darüber, wie man das Gleichgewicht von Fuß zu Fuß verlagert und wie man sein Gewicht mit der ganzen Sohle trägt und wie weich man jeden Fuß aufsetzen muß. Der Graf hat es satt, mir zuzuhören und brüllt, daß wir es ein für allemal herausfinden wollen – er wird mich höchstpersönlich wiegen. Er geht so wissenschaftlich vor wie ein gereizter Bulle. Er hebt mich hoch, und sein Holzbein versinkt neun Zoll tief im Boden. Seine Augen quellen hervor, nicht von der Anstrengung, sondern vor Überraschung, er läßt mich fallen und erklärt, daß ich leicht wie eine Feder bin und daß ich den Gleiter fliegen darf.

Drei Wochen lang saßen wir auf einem zugigen Boden und sahen den landenden Tauben zu. ›Was macht der Schwanz?‹ fragte ich dann wohl, oder: ›Sehen Sie, daß die Flügel nicht allein fliegen? Es ist der Vogel, der ganze Vogel.‹ Wir machten Modelle und schließlich einen Flügel, einen einzigen Flügel, weil er gleiten, nicht fliegen will. Einen Flügel aus fünf gebogenen Bambusstäben, die in Seide eingenäht sind. Die Streben sind mit diagonal verlaufenden Drähten verstärkt. Der Gleiter hat ein Geschirr mit Hebelsystem, das den Körper eines Menschen nach dem Absprung parallel zum Flügel zieht, damit er seine Beine zum Steuern gebrauchen kann wie die Vögel.

Der Graf hat jahrelang auf dem Problem des Materials herumgebrütet, danach welche Form der Luft den wenigsten Widerstand bietet. Jetzt hat er seine Gedanken darauf gerichtet, wie er sich den Luftwiderstand zunutze machen kann, wie der Luftdruck einen Flügel anhebt. (Das ist viel leichter durch Fühlen zu lernen als durch Beobachtung. Ich ließ ihn Vögel beobachten und flüsterte ihm ein: ›Sieht so aus, als ob unter den Flügeln mehr Luft ist. Ich meine nicht den Flügelschlag – vergessen Sie den –, denken Sie an ihre Form.‹ Das veranlaßte ihn dazu, Wochen in seinem Laboratorium zu verbringen, das allmählich wie eine Geflügelrupfkammer aussah, denn auf langen Bänken türmten sich gefiederte, nach Alkohol stinkende Kadaver. Wir sezierten Flügel, machten Kreuzsektionen von Flügeln bei Taubenseglern, Mauerseglern und Schwimmvögeln. Er findet mich auf dem Flur, wie ich weine, und lobt mein weiches Herz, warnt mich jedoch, daß die Natur Rohlinge bevorzugt. Dann geht ihm ein Licht auf, und er sagt zu mir: ›Unter den Vogelschwingen ist mehr Luft, weil sich die Luft unter den Flügeln schneller bewegt.‹)

Der Probeflug soll in zwei Tagen stattfinden. Ich darf nur noch Bienenwaben essen – jede Unze zählt, sagt er. Und als ich ihn frage, ob er unter die Unzenzähler, will sagen Erbsenzähler gegangen ist, verzieht er das Gesicht. Und sagt: ›Nehme Er noch ein wenig, Er ist leichtsinnig.‹ ›Überall leicht und licht‹, sage ich, und dann: ›Das Licht der Welt.‹ (Der Gedanke ans Fliegen hat mich dahinschmelzen lassen, ich bin eher flüssig als fest, dann steige ich auf und werde unsichtbar wie Dampf.) Der Graf will, daß der Junge fliegt oder dieser schläfrige, durstige, halb verhungerte Kammerdiener. Er ist ein gebildeter Mensch‹, sagt er, ›und ich habe Ihn noch gar nicht richtig an die Arbeit gesetzt.‹ Dann bezahlt er mich. Ich gebe ihm das Gold zurück – zu schwer, sage ich. ›Bewahren Sie es für mich bis nach dem Flug auf.‹ Dann sage ich, er meint ja nur, daß die Gefahr zu groß ist, daß er es ungern sieht, wenn mein gebildetes Hirn an ungebildeten Felsen zerschmettert würde. ›Der Knabe und der Mann wollen den Lohn, der ihnen versprochen ist, und der Knabe möchte Ihnen einen Gefallen tun‹, sage ich. ›Ich jedoch möchte in der Luft sein. Darum lassen Sie mich machen – Sie glauben, daß meine Sehnsucht mir beim Aufsteigen hilft.‹

Er ist jetzt mit Pfirsichschnaps abgefüllt, faselt, daß er einen Mann hat laufen sehen, irgendwo im englischen Flachland, der hing an einem Apparat mit Flügeln, stieß sich ab und wurde bei jedem Mal ein paar Fuß hochgetragen. Und ich möchte ihm erzählen, daß Fliegen zwar schön, ein noch größerer Kitzel jedoch der Sturzflug ist – man legt die Flügel an und stürzt sich kopfüber in den Dunst über Meeren oder Hügeln oder in einen Abgrund im Gebirge, wo man die Schnelligkeit des Falls abschätzen kann –, ein Verschwimmen, dann Klarheit, ein jäher

Halt mit ausgebreiteten Flügeln, der Himmel abrupt wieder oben und die Schwerkraft zieht am Körper wie eine hungrige Flamme, die nach Brennstoff züngelt, der so gerade außer Reichweite ist.

Du, Sobran, weißt, wie ich das geliebt habe, wie oft ich es unmittelbar über deinem Kopf getan habe.

Verzweiflung ist Schwerkraft. Was für einen Appetit sie hat, heißer als Höllenfeuer. ›Komm, laß dich fressen‹, sagt sie.«

1843
## › Épondage ‹

*Stutzen von toten Zweigen*
*und Wurzelschößlingen*

»JUNI 1843

Ich kann bei einer Geschichte die Füllsel nicht ausstehen. Ich denke an die Zeiten, die ich schweigend oder insgeheim redend zugebracht habe, und es erscheint mir unmöglich, selbst eine kurze Reise zu beschreiben, denn jeder Schritt hängt von anderen, früheren Schritten ab und meine Warums und Weshalbs sind so verschwindend gering wie die kleinsten Teilchen der Duftspuren, die wir in der Luft hinterlassen – unerheblich, nichts beweisend, aber vorhanden.

Ich muß dir berichten, was geschehen ist, ehe ich dir erzähle, wo ich bin. Dennoch wäre es mir lieber, ich könnte diese Formalitäten übergehen und nichts über den Gleiter sagen.

Ach ja, der Gleiter. Wir hatten einen guten Tag dafür und waren alle beim Morgengrauen auf den Beinen, denn dann ist die Luft ruhig. Ich hatte den Grafen dazu überredet, daß ich von der Rampe auf der Steilwand abheben durfte, wo der einstige Bergfried seiner Familie steht und von wo er unbemannte Vorgängerapparate abgeschossen hat. Die Klippe überragt ein Gebiet von mehreren Meilen Wald.

Die Helfer banden mich im Gleiter fest. Ich konnte sehen, daß der Knabe am Ende doch froh war, daß er nicht fliegen mußte. Er war blaß und starrte mich mit wäßrigem, anbetenddümmlichem Blick an, als wäre ich sein Lebensretter. Der Graf band mir Stricke um die behandschuhten Hände, Stricke, die über Kreuz zu dem Flaschenzug führten und meine Beine anheben würden sowie der Gleiter gerade in der Luft lag. Er fragte mich, warum er das Gefühl habe, daß es meinerseits ein Glaubensakt sei, daß es mir nicht um das Vertrauen in seinen Apparat ginge –, und er müßte es doch haben, sonst würde er mich nicht fliegen lassen. »Glauben Sie, daß dieser Gleiter fliegt?« fragte ich ihn. »Ich weiß es nicht. Ich glaube, daß Er fliegt. Seine Überzeugung fasziniert mich – Er muß den Gleiter fliegen, denn ohne Ihn wird der nicht fliegen. Das hat Er mir eingeredet. Wie hat Er mich nur dazu gebracht, daß ich so unwissenschaftlich denke?« Dann packte er mich beim Arm. »Falls Er fliegt, dann weil der Gleiter in der Luft bleibt.« Er sagte, er dürfe es nicht zulassen –, daß ich ins kalte Wasser springe. »Ich habe Ihr Geld nicht genommen«, erinnerte ich ihn. »Ich bin nicht Ihr Diener. Ich bin Wissenschaftler wie Sie. Aber leichter. Darum geht es doch überhaupt – ich bin hier das am wenigsten stoffliche Wesen.«

Der Knabe kniete zu meinen Füßen und schnürte mir die Stiefel auf, zog sie mir aus und krempelte meine Strümpfe herunter. Ich war fertig. Die Helfer leckten einen Finger an und prüften den Wind, der Graf hielt sein seidenes Taschentuch hoch. Dann wünschten sie mir viel Glück und gaben den Weg frei. Ich spürte durch die Bretter unter meinen Füßen Aufwind. Ich lief die paar Schritte zur Felskante und machte einen Satz, denn der Schwanz des Gleiters sollte nicht auf die Rampe schlagen. Das Aufrollen der Seile, die meine Beine hochzogen, ging rasch und reibungslos, dann bewegte ich sie schnell nach links, damit ich nicht in eine Querlage kam und verspürte das erste Erzittern eines Überziehens. Die Narben auf meinem Rücken zuckten, weil mein Hirn unaufhörlich den Winkel meiner Flügel verstellte: Phantomflügel. Das Zittern ließ nach, und ich blickte auf Kiefern herunter, die aussahen, wie sie sollten, wie ein Bett voller Nägel. Hinter mir auf dem Felsvorsprung konnte ich Geschrei hören, schwach, jubilierend.

Da überkam mich etwas. Der Augenblick zog sich zu Stille zusammen. Es war, glaube ich, Verzweiflung. Wie damals, als ich versuchte, mich zu verstümmeln und die anstößigen Unterschriften mit dem Messer zu entfernen, das ich dir entwendet hatte – weißt du noch? So war es auch dieses Mal. Aber während es damals die Stille in dem Wirbel hinter einem Körper war, der sich durch die Luft bewegt, oder das glatte Wasser vor dem Bug eines Schiffes mit dem Kielwasser seitlich und dahinter, war diese Stille durch die Mächte ringsum zu Härte und Festigkeit geworden. Ich verfestigte mich. Ich wußte, daß ich fortgeflogen war, weil ich fallen wollte. Also griff ich mit einer Hand zu und zog an dem Knoten, der erst einen, dann den anderen Fuß freigab. Der Gleiter legte sich in die Kurve, und ich ließ los.

Ich lag auf der Luft.

Dann fiel ich durch Bäume, brach Äste ab und landete auf Felsen. Ein Felsbrocken splitterte. Eine geraume Weile lag ich still da und blickte zu dem wunden Rot der Bruchstellen über mir hoch. Dann erhob ich meinen unseligen, unzerstörbaren Leib und ging.

Eine Stunde später hörte ich vom Kamm des nächsten Hügels, wie man nach mir suchte. Ich konnte den Grafen deinen Namen rufen hören – ich hatte wieder einmal deinen Namen verwendet –, seine Stimme war aus den anderen wegen der Tränen darin herauszuhören. Ich konnte den Gleiter sehen oder ein großes Stück davon, das die Bäume aufgespießt hatten, und ging weiter, immer weiter.

Wo bin ich jetzt? Bei Zigeunern an der Grenze unweit von Straßburg. Als ich in meiner zerrissenen Kleidung an ihrem Lagerfeuer auftauchte, durfte ich mich zu ihnen setzen. Sie starrten mich nur an. Dann nahm die Älteste die Pfeife aus dem Mund und sagte – auf rumänisch, eine Sprache, die ich nicht sehr gut spreche –, ich würde besser fahren, wenn ich mir die Haare abschneiden würde. »Besser fahren?« fragte ich. »Besser durchgehen«, sagte sie. Sie bot mir an, sie mir zu schneiden, das hieß, sie würde mir helfen, die Schere richtig anzusetzen, das Schneiden müßte ich selbst tun. Und so geschah es, wir schnitten sie auf Schulterlänge ab, und das so säuberlich, wie es uns möglich war. Die anderen Frauen hatten ihre Kinder unter den Wagen zu Bett gebracht und kehrten uns den Rücken zu, hatten sich die Umschlagtücher über den Kopf gezogen. Die Männer saßen da, sahen zu und schwitzten. Die alte Frau begann, aus dem abgeschnittenen Haar einen Zopf zu flechten, dann noch einen – je einen für den Stammeshäuptling und seinen Sohn, sagte sie. Als Schutz vor dem Bösen gebe es nichts Besseres als mein Haar, erläuterte sie. Sie versprach, mir zu zeigen, wie man sich das Gesicht mit Reismehl pudert, Weiß, das meine Blässe verbarg, damit ich abends Zirkusvorstellungen geben könne – Seiltanzen beispielsweise, sie war überzeugt, daß ich das könnte. »Und du darfst bei geschlossenen Fensterläden im Wagen mitfahren, solange du mein Volk nicht ausplünderst.« Dann winkte sie einem der Männer, und er brachte ihr einen angespitzten Stock, den sie mir zeigte. »Wir müssen alle vorsichtig sein«, sagte sie. Ich sagte ihr, daß mir ihr Stock nichts tun würde – was dachte sie nur von mir? Und sie stieß damit durch einen Riß in meinem Hemd und ritzte meine Haut – und als sie keine Wunde sah, war sie sehr beunruhigt und legte ihre gichtigen, alten Hände auf meine Brust. Sie platzte heraus: »Sein Herz schlägt, und seine Haut ist warm!« Und jemand kicherte hämisch – einen Augenblick sah ich ihre Autorität wanken –, darauf hob sie ihr Gesicht dicht an meins und wollte wissen, was ich wäre, wenn ich nicht das wäre, wofür sie mich hielte. »Ich bin ein Mann.« Sie lachte. »Falls mich mein Gedächtnis nicht trügt« – und bei diesen Worten lachten alle –, »ist kein Mann so schön wie du.« Aber sie setzte mir nicht weiter zu. Ich zog mit ihnen, schlief in ihrem

Wagen und in ihrem Bett und wärmte sie. Sie pudert mir jeden Morgen und Abend das Gesicht mit Reismehl und kleidet mich in ein Hemd mit bauschigen Ärmeln, in schwarze, samtene Beinkleider und ein rotes Jäckchen, und dann tanze ich auf dem Seil oder jongliere wie die Mädchen (Männer treten nicht für Geld auf, das ist unter ihrer Würde). Die Zigeuner wollen nach Paris. Die alte Frau sagt, sie wird mich bei den Funambules absetzen – daß ich aufs Theater gehöre, falls ich dabei bleibe, daß ich ein Mann bin.«

*

AM SPÄTEN VORMITTAG, ES WAR Markttag, nahm Sobran eine Mietdroschke zu den Funambules und schlenderte in der Menge herum. Er stand vor Bühnen, die mit Fähnchen aus baumwollenem Flaggentuch geschmückt waren, das steif gestärkte Kanten hatte, damit es nicht ausfranste – behelfsmäßige, schmuddelige Dekorationen. Die Kostüme waren besser, die abnehmbaren Kragen wurden jeden Abend gewaschen und von Fettschminke befreit, aufgenähte Pailletten funkelten im Sonnenschein wie Rüstungen aus Flittertand. Sobran sah den Radschlägern zu, bis sie Ruhe gaben. Alle, die gelenkig waren und von seiner Größe, musterte er eingehend – erkannte in ihren geschmeidigen Bewegungen fälschlicherweise für höchstens eine halbe Minute etwas –, doch immer landeten die Füße zu hart, und die Bühne erzitterte. Da gab es einen Pierrot von Kopf bis Fuß in weißer Seide, das Gesicht eine traurige Maske. Doch nein.

Sobran ging in die Zelte, sah sich die Sehenswürdigkeiten an, Mißbildungen oder schöne Mädchen, die gleichnishaft für Schönheit oder Wahrheit oder wunderschöne Wahrheit posierten. Er sammelte Handzettel von allen Vorstellungen. Er ging zurück in sein friedliches Zimmer in Pauls und Agnès' Stadthaus und legte sich mit einem feuchten Tuch auf den Augen zu Bett. Er schlief ein Weilchen, wachte unter dem Eindruck auf, daß jemand im Zimmer wäre – doch es war nur Iris' Kindermädchen, das an die Tür klopfte, weil ihr Schützling unbedingt den Großpapa sehen wollte. Sobran saß in dem großen Kinderzimmer oben im Haus und unterhielt sich mit Iris über ihre Puppen. Agnès kam und eine halbe Stunde später auch Paul – die Erwachsenen saßen in Sesseln am Kamin im Kinderzimmer, und Iris lehnte sich an die Knie von Vater oder Großvater, dann an die Seite ihrer Mutter.

Morgens gingen Sobran und Agnès zur Eisbahn und sahen den Paaren und Kindern beim Herumgleiten zu, während sie in einem schmiedeeisernen Pavillon saßen und Iris mit Eis fütterten.

Sobran ging allein zur Nachmittagsvorstellung. Er gab vor, sich die eine oder andere berühmte Kirche ansehen zu wollen. Und Agnès sagte zu Paul: »Dieses Interesse an Architektur kommt mir ein wenig verdächtig vor.«

»Ihr Jodeaus unterstellt eurem Vater ständig Gott weiß was für Fehltritte oder Spitzbübereien. Baptiste hat immer gesagt . . .«

»Ach – Baptiste! Baptiste ist ein Miesmacher.«

»Dein Vater ist nie der geborene Bauer gewesen. Warum sollte er sich nicht für die Schönheiten der Chapelle de l'Hôtel-Dieu interessieren?«

»Er liest Bücher, Paul, das ist seine ganze Bildung. Seine große Bildungsreise hat er mit einer Artilleriekanone gemacht, vergiß das nicht. Und was verstehst du eigentlich unter einem ›geborenen Bauern‹? Eine gewisse Duldsamkeit gegenüber nassen Füßen?«

Und Paul darauf entnervt: »Du bist genau wie er.«

Sobran hatte die Straßen vor den Zelten im Auge – die Zigeunerjongleure und komischen Sänger. Er nahm sich einen Platz auf der Galerie und sah zu, wie das Volk nur so hereinströmte, als die Preise um die Hälfte gesenkt wurden, Arbeiter, abgerissene

Studenten, Verkäuferinnen. Abends wimmelten die Straßen von den Armen der Stadt. Im Chalonnais trugen die Armen Bauernkleidung, Holzpantinen, Arbeitskittel – ihre eigenen Sachen. Die Menschen hier trugen Abgelegtes, modische Röcke, Kleider, Hauben, die zehn Jahre zuvor Mode waren, der Zierat ungepflegt, die Seidenblumen verdreckt und flachgedrückt.

Sobran wanderte die Straßen auf und ab. Zerlumpte Jungen boten ihm ihre Dienste als Schuhputzer an. Offene Türeingänge atmeten den Gestank von Kot, verdorbenem Fleisch, Kerzenrauch aus. Er durchkämmte die billigen Theater, sah sich Schauspieler, Radschläger, Farcen an. In den Fluren, die auf die Ränge gingen, wurde alles und jedes feilgeboten. Schmutzige, hartgesichtige Männer mit ihrer Ware, Huren, Frauen mit nackten Brüsten, die nur spärlich mit einem Schleier bedeckt waren. Sobran betrat palastartige ›Nobelbordelle‹, war geblendet von den Gaslampen. Hier betranken sich reiche Männer tierisch und musterten die Edelhuren, herausgeputzte Huren, die verlockend an höher stehenden Tischen vorbeiparadierten. Sobran sah sich alle genau an: Die auf den Sofas hingeflegelten Männer; die Frauenparade; die Diener in üppigen Livreen, beflissen und katzbuckelnd. Niemand, den er kannte.

Damit brachte Sobran eine Woche zu, dann sah er einen Handzettel, auf dem ein Mann angepriesen wurde, der über Schwertspitzen ging, und erkannte Xas, wie er selbstgefällig und nonchalant auf einem Zaun aus altmodischen, flachen Klingen balancierte.

Er besuchte die Vorstellung.

Xas trug das Haar kürzer, voll und fransig, mit einer leichten Welle, die sich am Kinn zu zwei glatten Kringeln bog, als er den Kopf senkte und seine Füße betrachtete. Er trug seine Kleider hauteng, die vordere Passe seines Hemdes war aus feinster, hellblauer Seide, durch die seine rosigen Brustwarzen schimmerten.

Er ging auf aufgereihten, blank geputzten Schwertklingen entlang, einige hochkant, andere mit der Spitze nach oben. Ging mit ausgebreiteten Armen von Ebene zu Ebene, behutsam wie ein Kind, das auf schlüpfrigen Felsen unweit des Abbruchs zum Meer herumklettert. Stille im Publikum. Im Orchestergraben vor der Bühne spielten Musikanten Flöte, Trommel und Dudelsack – etwas orientalisch Anmutendes. Xas tat so, als wäre es eine Kunst. Einmal blieb er auf einem Fuß stehen und wartete, während jemand eine Puderquaste an einem Stock hochhielt, mit der er zunächst eine Sohle, dann die andere dick einstäubte. Am Ende machte er eine Drehung, ehe er zurückging – das war gleich nach dem Einstäuben, also mußte er da auch den Beutel mit dem unechten Blut angebracht haben, das an der Schwertklinge herunterlief, als er sich umdrehte. Seine Lippen teilten sich, er ließ die Schultern sinken, aber nicht sacken, sondern nahm sie zurück, so daß sich sein Hals bog, nur ein klein wenig, und er nahm das Kinn zurück, nur ein klein wenig, alles Anzeichen von Schmerz – wie von Freude –, und eine Frau im Publikum fiel in Ohnmacht. Xas ging mit seinen blutverschmierten Füßen zum Ausgangspunkt zurück, trat auf eine Plattform, verbeugte sich aus der Mitte heraus und kam ruckartig wieder hoch, doch die Haarkringel blieben an seiner schweißfeuchten Kehle haften. Das Publikum brüllte und trampelte, Xas hüpfte von der Bühne und schonte dabei seine blutigen Füße, was an seinem Gang deutlich wurde ...

»Wieso suche ich eigentlich nach diesem Teufel?« knurrte Sobran. Er war amüsiert und gerührt, zugleich aber fühlte er sich so erschöpft, als hätte er sich die ganze letzte Stunde mit einem seiner Söhne gestritten (Baptiste – immer war es Baptiste, der Widerworte hatte).

Er bestach den Mann am Bühneneingang und ging durch vollgestellte Flure zu den Garderoben und durch falsche Flure aus gelagerten Kulissen, Gewittermaschinen, Gestellen mit Kostümen. Er fragte nach ›Sobran, dem Schwerttänzer‹. Ein Mädchen von ungefähr dreizehn – eine Radschlägerin – bot sich an, ihn hinzuführen. An der Tür zu einem Raum, der schier platzte von bunten Kostümen, Kerzen, gepuderten Leibern, von denen die meisten im Aufbruch zur Bühne waren, meldete sie ihn an: »Sobran, da ist ein Herr, der dich sehen möchte.«

»Nein! Sag ihm, er soll sich verziehen!« befahl Xas. Sobran konnte ihn nicht sehen. Als sich der Raum leerte, erblickte Sobran nur einen Spiegel und einen mit geschmolzenem Wachs überzogenen Kandelaber, Flammen, die zwischen den Kerzen und der Oberfläche des Spiegels zu schweben schienen. Das Mädchen machte langsam die Tür zu und sagte zu Sobran: »Er hat sich den Fuß aufgeschnitten.«

»Dummes Zeug. Er hat so getan, als ob er sich den Fuß aufgeschnitten hat, nur damit jemand schön in Ohnmacht fallen kann.« Er schwieg, denn ihm war eingefallen, wie jung das Mädchen war. Ihre Augen staunten entzückt, und sie lachte ihn an, entweder wegen seines Temperamentausbruchs oder wegen seiner Taktlosigkeit.

»Pardon«, sagte er, während sie sich lachend und tänzelnd entfernte. »Du weißt zuviel.«

Sobran stieß die Tür auf, trat ein, machte sie zu und lehnte sich dagegen. Er sagte: »Sobran der Schwerttänzer.«

»Oh, Sobran der Winzer.« Xas hatte die Füße auf einen anderen Stuhl gelegt, eine Sohle rosiger als die andere und zwischen den gepuderten Zehen getrocknetes Blut. Er hatte das Hemd ausgezogen und schüttelte es vom Arm frei. Es schwebte zu Boden wie abgestreifte Schlangenhaut. Sein Gesicht war weißer als seine Brust und mit einer rissigen Maske aus Reispuder bedeckt.

»Ich bin überrascht, dich allein anzutreffen«, sagte Sobran. »Sobran der Schwerttänzer, Wissenschaftler, Lustknabe ...«

»Ich bin nicht allein. Du bist da.« Xas stand auf und trat zu Sobran. Er nahm dem Mann den Hut ab und legte ihm eine Hand aufs Haar, strich es ihm aus der Stirn. Aus dieser Entfernung konnte Sobran sehen, daß die Pudermaske auf einer Wange abblätterte; die Haut darunter war glatt und schimmernd. Sobran merkte auch, daß Xas begutachtete, wie er im Laufe von sieben Jahren gealtert war. Sobran mußte herausgerutscht sein: »Sieben Jahre.« Weil Xas ruhig antwortete: »So lange schon?«

Sobran ergriff die Hände des Engels und hielt sie fest. »Ich habe dich gefunden«, sagte er und dann: »Ich habe da eine Idee. Hör zu.«

1844
# › Délicat ‹
Zart

VON DEN SECHSEN, DIE AUF seine Anzeige wegen eines Hauslehrers geantwortet hatten, komme nur einer in Frage, verkündete Sobran seiner Familie beim sonntäglichen Mittagsmahl. Er fragte Céleste, ob sie die Empfehlungsschreiben des Hauslehrers sehen wolle.

»Diese Sache überlasse ich lieber deinen fähigen Händen«, sagte Céleste.

»Und wir? Dürfen wir uns die Empfehlungsschreiben dieses Burschen ansehen?« fragte Bernard. »Schließlich sollen Antoine und ich bei ihm lernen.«

»Ich habe Pater André gemocht. Und allmählich reicht es«, sagte Antoine.

»Ihr müßt Deutsch und Englisch lernen.«

»Ich habe die Bücher satt.«

»Antoine, ich möchte darüber nicht schon wieder mit dir streiten. Paul hat Arbeit für jemanden, der Englisch kann.«

Antoine gab nach. Er mochte Paul de Valday und hatte keine Lust, untätig herumzusitzen. Martin arbeitete mit Sobran im Weinkeller von Vully, und mit Baptiste – der Jodeau-Kalmann unter sich hatte – war nicht gut Kirschen essen. Sobran hatte diesen gewissen Widerstand erwartet: Antoine hielt Bildung für unmännlich und neckte seine ›gebildeten‹ Schwestern – obwohl Aline kaum noch zu Haus war, daß er sie necken konnte, sondern eifrig damit beschäftigt, sich von Sabine in Chalon-sur-Saône oder ihrer Mutter und Tante in verschiedene Modebäder begleiten zu lassen; man erhoffte sich von der ganzen Reiserei eine vorteilhafte Partie. Das alles ging Sobran nichts an, und es war ihm recht, daß Céleste und Sophie die Ehen seiner unverheirateten Töchter stifteten.

»Kennt sich der Hauslehrer auch in Naturwissenschaften aus? Botanik oder Chemie?« fragte Bernard.

»Ja. Und in Astronomie, Anatomie, Physiologie, Physik ... eine ziemliche Latte.«

»Und Sprachen!« Bernard wurde rot. Sobran konnte sehen, daß sein Sohn diesem Ausbund von Hauslehrer schon jetzt gefallen wollte.

»Wir haben gerade genug Platz für uns alle«, sagte Céleste. »Soll das heißen, daß wir in diesem Sommer schon wieder anbauen müssen?«

»Anne hat mir geschrieben und gesagt, daß man ihrer Schwester noch acht Wochen Bettruhe verordnet hat. Das Fieber hat sie geschwächt«, sagte Baptiste.

Niemand wußte, daß er einen Brief bekommen hatte. Anne war vor zwei Wochen aufgebrochen – ihre Schwester hatte nach der Geburt des dritten Kindes Kindbettfieber bekommen. Anne fuhr fort ohne zu wissen, ob sie ihre Schwester und das Kind pflegen oder ob sie entweder beide oder einen von ihnen beerdigen sollte.

»Ist das Annes erster Brief gewesen?« Céleste mochte ihre Schwiegertochter nicht, hielt sie für einen ziemlichen Reinfall in dem, worauf es ankam, nämlich im Kinderkriegen (auch ein zweites Kind war im ersten Lebensjahr gestorben, war durstig gewesen und hatte eine dunkle Haut gehabt).

Baptiste gab seiner Mutter keine Antwort, ja, er blickte sie nicht einmal an. Er schenkte sich Wein nach – zum vierten Mal. »Daher«, so sagte er, »steht unser Zimmer für das erforderliche Arrangement von Schlafplätzen frei. Ich schlage mein Lager zur

Weinlese im Keller auf. Aber zunächst will ich nach Paris und mich um meine Frau kümmern. Ich wohne bei Paul und Agnès.«

»Die Glücklichen«, brummelte Antoine.

»Na, wenigstens das trifft sich gut«, sagte Céleste.

Bernard fragte: »Wie heißt er?«

»Der Hauslehrer? Niall Cayley. Er ist Ire.«

»Ein Ausländer?« Antoine, der Steinmetz, blinzelte erstaunt. Die ganze Familie starrte Sobran an.

»Admiral Lord Nelson war auch Ire, oder?« setzte Baptiste noch eins drauf und blickte seinen Vater von unten her an, der sagte: »Reize sie nicht.«

Antoine, der Steinmetz, fragte: »Kennen wir überhaupt Ausländer?«

Sie dachten darüber nach. Schließlich fiel ihnen Jean Wateaus spanische Frau ein.

»Ich habe geschäftlich mit zwei englischen Weinhändlern zu tun«, sagte Sobran.

»Hast du nicht«, fiel Martin ihm ins Wort. »Ich mache die ganzen Geschäfte. Du weigerst dich doch, mit irgend jemandem Englisch zu sprechen. Der Sturz des Kaisers und so.«

Sobran blickte finster. »Außerdem ist Bernard recht eigen in seinen Ansprüchen. Ich wollte einen Lehrer für Deutsch und Englisch haben, Bernard einen Naturwissenschaftler – und das alles bekommen wir.«

»Wann kommt er?« Bernard schien sich auf ihn zu freuen.

Sobran sagte, der Hauslehrer werde zum Ersten des Monats erwartet.

»Also hast du drei Wochen, in denen du deine Rechtschreibung auf Vordermann bringen kannst«, sagte Baptiste zu seinem jüngsten Bruder, »für den Aufsatz über das Teichleben, den dich Monsieur Cayley mit Sicherheit schreiben läßt.«

1845

# › Équilibré ‹

*Ein harmonischer,*
*ausgewogener Wein*

DAS DORF ALUZE TAUFTE DEN neuen Hauslehrer der Jodeaus
den Schönen Cayley und schloß ihn ins Herz. Sobran war ziemlich befremdet und gekränkt, und das wiederum fand Aurora
lustig. »Da hast du die ganzen Jahre gedacht, du hättest ihn erwählt – und dabei hat er dich erwählt. Wer hätte ihn wohl nicht
genommen.«

Monsieur Cayley war ein sonniger, hart arbeitender, kluger
junger Mann, der jedem in die Augen blickte, sich von einer Begegnung zur anderen an den Namen jedes einzelnen erinnerte
und auch an dessen Vorlieben, und er erkundigte sich immer, wie
es bei jedem stand. Trotz seiner Schönheit und seiner gepflegten
Redeweise hielt sich der Hauslehrer nie für etwas Besseres. Stets
krempelte er die Ärmel hoch und half einen festsitzenden Karren
mit gebrochenem Rad freizuschieben, den er auf der Landstraße
angetroffen hatte; fing auf einem Jahrmarkt ein entlaufenes
Kleinkind ein oder machte einen Umweg, weil er einer alten
Frau das Reisig nach Haus tragen wollte. Die Männer, die unter
den Platanen des Wirtshauses von Aluze Branntwein oder Cassis
tranken, ließen ihn nie einfach vorbeigehen – nicht einmal,
wenn er seine Schüler dabeihatte. Stets riefen sie ihn zu sich und
hakten ihn unter, und oft genug saß er ein Weilchen bei ihnen,
trank ein Gläschen und legte seinen Chronometer auf den Tisch,
weil er nicht immer so unhöflich in seiner Weste herumkramen
wollte. Die Frauen der Jodeaus (oder ihre Mägde, wenn die
Herrschaft nicht da war) fragten Niall, wenn sie ihn gerade

– 309 –

schnappten, nach seiner Meinung zu dieser Schärpe und jener Haubenlitze, ungeachtet der Tatsache, daß seine Halsbinde nicht ordentlich gebunden war und er sich das Haar hinters Ohr geschoben hatte. Er beantwortete jede Frage, die über ›Möchten Sie noch mehr Kartoffeln?‹ hinausging, wohldurchdacht – konnte aber Fragen der ersteren Art nur schlecht beantworten und aß wie ein Spatz. Abgesehen nur von Fragen zu seiner Person. »Da gibt es nicht viel zu erzählen«, pflegte er zu sagen und ein paar spärliche Tatsachen anzuführen. Er war der Jüngste von neunzehn. Seine Eltern waren tot, und seine Brüder und Schwestern lebten zwischen Irland und dem Hafen Sydney verstreut. Weil er vielversprechende Anlagen zeigte, hatte eine unverheiratete Dame aus der Grafschaft für seine Schule gezahlt. Er hatte ernstlich mit dem Gedanken gespielt, Priester zu werden, aber das war doch nicht das richtige für ihn.

Eine Gruppe alter Frauen scharte sich um die Schragentische, auf denen während des Pressens am Ende der Lese aufgetischt wurde, und wollte wissen, ob Niall sich schon einmal verliebt habe. Ihr Alter berechtigte sie, alles zu fragen – ihr Alter und der Gesang, Nialls gelöstes Haar, sein weißes Hemd, das tropfnaß von Traubensaft war.

»Ja, aber ich hatte nichts zu bieten.«

»Kein Geld, meint er!« Sie lachten. Dann untereinander: »Und dann gibt er sein Geld für Bücher aus, die er anschließend seinem Arbeitgeber und der Baronesse leiht.« Die Frauen bogen sich vor Lachen, dann warf sich die, die als letzte gesprochen hatte, die Schürze über den Kopf, weil sie gesehen hatte, daß sich die Baronesse von hinten näherte.

»Monsieur Cayley?« Aurora berührte seinen Arm, und er folgte ihr.

»Das sind die Frauen, die behaupten, daß du Baptiste Kalmanns Sohn bist, für den Sobran einen Platz in seinem Haus ge-

– 310 –

funden hat. Sie begründen es damit, daß du um einiges älter bist, als du aussiehst und führen deine Gelehrsamkeit als Beweis an«, sagte Aurora. »Andere behaupten, daß du mein und Sobrans Kind und jünger bist, als du behauptest.«

»Aurora, ich habe noch ein Buch für dich. Aber es steckt in meiner Jackentasche.«

»Willst du damit sagen, daß du deine Jacke verlegt hast?«

»Nein. Sie hängt da drüben. Hat dir der Esquirol gefallen?« Xas hatte ihr *Des Maladies Mentales* gegeben.

»Es war sehr interessant – ziemlich revolutionär. Ich weiß, glaube ich, worauf du hinauswillst. Du wolltest doch auf etwas hinaus, nicht wahr?«

»Du hast zu mir gesagt ...«

Aurora machte sich auf ein vollendetes Porträt gefaßt. Xas würde sie wortwörtlich zitieren, und das sogar in dem Tonfall, in dem sie gesprochen hatte.

»... daß mir Mitleid keine Mühe macht, daß es meine Natur ist. Aber ich habe *Des Maladies* gelesen, Aurora, und ich glaube nicht, daß ich Mitleid mit Céleste verspüre. Hoffentlich aber Verständnis.«

Xas hat gehofft, Esquirols Buch werde seinem Benehmen etwas Autorität verleihen. Esquirol argumentierte, daß Wahnsinn nicht nur gestörtes Verstehen, sondern auch eine Störung von Gefühlen, Leidenschaften mit sich bringe. Aurora sagte, sie habe Xas nicht vorwerfen sollen, daß er sich nie anstrengen müsse. »Du solltest doch nur einsehen, daß es anderen nicht so leicht fällt wie dir, Freundlichkeit und Geduld zu üben. Aber mir ist tatsächlich aufgefallen, daß du da, wo der Begriff *lypemania*, abgeleitet vom griechischen *lupeo* ›ich bin traurig‹ zum ersten Mal auftaucht, ein Eselsohr gemacht hast. Ich glaube, wenn du Céleste betrachtest, siehst du abgrundtiefe Traurigkeit – siehst deine eigene Traurigkeit. Wohingegen ich robusten, hartherzigen Wahnsinn sehe.«

»Hast du nun recht? Habe ich unrecht?« fragte Xas, und dabei drehte er sich um und blickte ihr im Dahinschreiten ins Gesicht. Das wirkte ein wenig eigenartig, und jeder andere wäre dabei gestolpert, doch Xas hatte ein um zehn Grad erweitertes Gesichtsfeld und konnte sie anblicken und gleichzeitig auf seine Füße achten.

»Ist das dein Ernst?« Aurora konnte diese Art Fragen nicht ausstehen.

»Warum hast du mich geholt?«

»Niall, ich habe dich gerettet, vor der Inquisition. Und hoffentlich rettest du nun Paul.«

Denn da stand Paul mit Bernard und Antoine, die ihm beide in den Ohren lagen, Bernard mit Vogeleiern und Antoine, der sein Deutsch an ihm ausprobierte.

»Monsieur le Comte ist gewiß in Geschäften hier«, sagte Xas und wies in seine Richtung. »Richtig. Da sind ja Monsieur Jodeau und Messieurs Baptiste und Martin mit den Trauben von Jodeau Süd. Gewiß erwartet man euch beide mit euren Schwestern im Bottich.« Und er bot ihnen an, ihre Schuhe zu halten.

Paul eilte seinem Winzer entgegen. Das hier war sein größter Coup, Clos Jodeau verkaufte Vully seine besten Trauben zum Pressen – und er mußte nichts dafür tun. Sobran und Aurora hatten die beiden neuen Fässer machen lassen – und natürlich – nun mußten sie auch einen neuen Wein herstellen. Château Vully l'Ange du Cru Jodeau. Der achte Jahrgang. Dieser Wein war ein Triumph. Der 1838er hatte beim Treffen von Gevrey-Chambertin bei Winzern bereits für ungemein hochgezogene Augenbrauen gesorgt. Und dabei sagten diese Herren außer Hörweite des Comte, seiner Mutter und seines Winzers: »Der hält sich nicht lange, der kann sich gar nicht halten.« Das Chalonnais konnte gar keinen *grand cru* hervorbringen; kein Verfahren, keine heimliche Verwendung von Holz konnte wettmachen, was dem Boden fehlte.

Der Karren wurde gekippt und die Beeren mit den Armen in den Bottich geschoben. Die Familie stand drumherum, und alle Arbeiter schwiegen, als der Winzer zum heiligen Vincent betete. Darauf kletterten all die leichten und zartfüßigen Jünglinge und Mädchen des *pays* in den Bottich und begannen, die Trauben zu treten.

Die einzige Meinung, die Céleste Jodeau je über den Hauslehrer äußerte, lautete dahingehend, daß ihr seine Manieren gefielen. Seit dem Tag seiner Ankunft gab sich Niall Cayley der Dame des Hauses gegenüber zurückhaltend und besänftigend. Wenn sie sich in Gesellschaft schlecht benahm, pflegte die übrige Familie das Zimmer zu verlassen oder sich zu winden oder auf die Füße zu blicken – alle mit Ausnahme von Sophie, die Célestes Hand zu ergreifen pflegte und etwas Beruhigendes sagte oder sie ablenkte wie ein widerborstiges Kind. Der Hauslehrer jedoch blickte Céleste sanft und aufmerksam in die Augen, und sie setzte zu einer Erklärung an und steuerte langsam auf eine Art Ausrede zu, die sich wie die ›Vernunftgründe‹ von jedermann sonst anhörte. Céleste hörte, daß sie nicht mehr wie sie selbst klang und war beruhigt. Wie Baron Lettelier war auch Monsieur Cayley ein vornehmer Herr. Es gab Tage, an denen der Hauslehrer der einzige war, der sie nicht reizte.

Bernard und Monsieur Cayley legten einen Garten für ihre Züchtungsversuche an. Sie lasen Lamarck. Bernard quälte sich durch das Englisch von Erasmus Darwin, dann lasen beide den im Katalog ihres Buchhändlers danebenstehenden Titel, nämlich Charles Darwins Tagebuch über seine Reise auf der *HMS Beagle.* Was sie auch immer studierten, immer unterbrach der Hauslehrer die Stunde mit einem ›übrigens‹ und spann ein Netz aus Querverweisen, gab andere Tatsachen, Theorien, Geschichten zum besten oder, wie er es nannte, ›uralte Gerüchte‹. Wenn Bernard mit dem Schmetterlingsnetz eine Wiese mit hüfthohem Gras betrat, pflegte sich Cayley mit Antoine zu unterhalten und ihn mittels Konversation Deutsch zu lehren, nicht die endlosen Konjugationen des Verbs. Cayley sagte dann wohl: »Die Schmetterlinge da beschäftigen sich mit wirklich wichtigen Dingen. Bernard nicht. Er will alles über sie wissen. Das Wesen der Grammatik, all diese Konjugationen, diese Paarungen, das sind auch wirklich wichtige Dinge, aber Unterhaltung heißt wissen wollen.« Dann pflegte er auf deutsch zu fragen: »Was interessiert dich?«

»Schon wieder so ein netter, kleiner Einfall«, sagte Baptiste, als er hörte, wie sich Antoine für die Lehrmethode seines Hauslehrers begeisterte, »unseres drolligen Monsieur Cayley.«

Antoine sagte: »Na ja – ich weiß jetzt, es war nicht recht von mir, daß ich mit Büchern so ungeduldig gewesen bin. Bücher können wie Menschen sein, denen wir niemals begegnen, Vorfahren oder entfernte Nachbarn.«

»Entfernte Nachbarn?« witzelte Baptiste. »Ein ungemein poetischer Ausdruck für ›Ausländer‹.«

Baptiste gab sich keine Mühe, seine Abneigung gegen den neuen Hauslehrer zu verbergen. Er redete, als ob der viermalige Zimmerwechsel, mit dem die Familie Platz für einen Dienstboten schuf, den man nicht gut auf dem Dachboden unterbringen konnte, seine Frau Anne von der Rückkehr abhielte. Denn Anne kehrte nie wieder aus Paris zurück – nicht einmal als Baptiste hinfuhr, um sie zu holen. Daran war niemand schuld außer den Schuldlosen, und trotzdem wandte Baptiste immer das Gesicht von den beiden Gräbern ab, wenn er am Gottesacker vorbeiritt. Er konnte nicht über seine beiden toten Söhne sprechen, noch viel weniger sich eingestehen, daß ihr Tod seine Ehe zerstört hatte. Sobran schlug vor, Baptiste solle sich von Anne scheiden lassen und wieder heiraten – eine neue Familie gründen. Die Krankheit, die die Haut der beiden Kinder dunkel gemacht und sie hatte verdursten lassen, wäre schließlich noch nie in der Familie Jodeau aufgetreten. Iris und Sabines fünf Kinder gediehen prächtig.

»Nein«, sagte Baptiste, »ich hätte mir das Haar abschneiden und es ihnen in die kleinen Hände geben sollen, ehe wir sie begraben haben, so wie es die Witwen im *pays* noch immer halten. Ich hätte ihnen versprechen sollen, daß ich nie wieder heirate.«

»Das wollte ich auch«, sagte Aurora, die der Unterhaltung bis zu diesem Punkt gefolgt war. Sie saßen in ihrer Kutsche. Sie und Sobran hatten Baptiste auf einem Meilenstein zwischen Chalon-sur-Saône und Aluze sitzend gefunden, das Pferd hatte den Betrunkenen abgeworfen. »Als mein erster Mann neben seinem Sarg aufgebahrt wurde, habe ich um eine Schere gebeten, weil ich mir die Haare abschneiden wollte. Mein Onkel hat mich daran gehindert. Er hat gesagt, man weiß nie, was noch kommt und ob man nicht anderen Sinnes wird. Und es stimmt.«

»Henri Lettelier«, sagte Baptiste mit abgrundtiefer Verachtung. Er hörte, wie sein Vater losprustete und kam auf seine ursprüngliche Beschwerde zurück. »Wenn es nicht so gut gepaßt hätte, daß Anne weg ist . . .«

»Du kannst deiner Mutter nicht vorwerfen . . .«

»Warum nicht?«

»Weil es genau ihre Art selbstgerechter Denkweise ist.«

Aurora berührte Sobrans Arm und sagte warnend: »Sobran.«

»Außerdem werfe ich Mutter gar nichts vor. Anne war offensichtlich nicht fein genug für eine Familie, die mit einem Comte verschwägert ist. Eine Familie, die von Tag zu Tag gebildeter wird.«

»Pater Lesy hat dir Unterricht erteilt«, sagte Sobran gekränkt. »Einen besseren Lehrer hättest du dir nicht wünschen können.«

– 315 –

»Bis ich zwölf war. Für mich hat es keinen letzten Schliff gegeben. Jetzt sind meine Schwestern allesamt Damen, und meine jüngeren Brüder werden durch einen Gelehrten, dessen Anzug an den Ellenbogen durchgewetzt ist, zu feinen Herren erzogen.« Das war eine so merkwürdige Mischung aus Groll und Überheblichkeit, daß Aurora nur noch staunen konnte.

»Ach, schon?« wich Sobran aus. »Am Ellenbogen durchgewetzt. Das kann ich nicht dulden.«

»Sie werden ihm das Geld für einen neuen Anzug vorstrecken müssen«, sagte Aurora. Sie lächelten sich an. Der Engel, seine Absonderlichkeiten, seine Bedürfnisse, etwas Liebliches, das nur zwischen ihnen war.

\*

SIE WAREN NOCH IMMER LIEBENDE. Aurora und Sobran. Sobran und Xas. In so mancher Morgendämmerung verließ Aurora Sobrans Bett und stahl sich über das Gelände des Châteaus und durch die Flure in ihr eigenes Zimmer. Sobran wachte gerade so weit auf, daß er ihren Kuß auf seiner Stirn spürte. Dann wurde die Wärme, die mit ihr gegangen war, durch einen heißeren Leib ersetzt, Xas – Regen auf der Staubspur von Engelsschweiß –, der sich freute, weil er es so gut abgepaßt hatte, daß er nicht warten mußte. Er hatte Aurora auf der Treppe sogar angesprochen, und sie hatte gesagt: »Xas, hab um Himmels willen Erbarmen mit ihm.« Und dann beugte sich Xas über Sobran und fragte: »Möchtest du, daß ich, na du weißt schon, schonend mit dir umgehe?«

Er pflegte bei Sonnenaufgang zu gehen und hatte nur noch vierzig Minuten bis zum Frühstück. »Ich laufe schnell«, sagte er dann wohl. Sobran sah zu, wie sich der Engel in seiner Eile das Hemd falsch zuknöpfte und sich dann flüchtig über ein überzähliges Knopfloch am Hemdzipfel wunderte. »Ich gehe querfeldein und werde hügelan nicht langsamer.«

»Ja, ja, du bist beides, der Lachs und der Fluß«, sagte Sobran, dem die Augen wieder zufielen, so daß er nicht mitbekam, wie Xas von der Flügeltür einen Blick zurückwarf, darauf hinaustrat und sich fallen ließ.

Wenn Baron Lettelier zu Besuch auf dem Land war, freute sich Niall Cayley immer sehr auf die Begegnung. »Monsieur le Baron, ich bin entzückt, Sie wiederzusehen«, pflegte er vollkommen aufrichtig zu sagen, und das so herzlich, daß sogar der Baron lächeln mußte. Und als Ausrede für seine Freude fragte er den Baron über Politik aus – zum Beispiel was dieser Louis Napoleon als nächstes tun werde?

Aurora blieb etwas zurück, als man sie und den Baron zu ihrer Kutsche geleitete. »Du benimmst dich wie ein Hund«, sagte sie unauffällig zu Xas, »bist verderbt und scharwenzelst.«

»Wenn du das auch noch mit zusammengebissenen Zähnen sagst, hörst du dich an wie Sobran«, wisperte Xas.

»Das war nicht beifällig gemeint«, zischte sie zurück. Dann war Céleste auch schon da und ergriff hämisch lächelnd ihre Hand. »Liebe Baronesse, nun werden wir Sie wohl ein Weilchen entbehren müssen.« Céleste warf dem Baron, der bereits in der Kutsche saß, von unten einen koketten Blick zu.

»Leider ja. Lassen Sie es sich gutgehen, Madame.« Aurora stieg zum Baron in die Kutsche und blickte Sobran an, der gelassen mitfühlend dreinsah. Und dann spielte Xas, die Ratte, hinter aller Rücken *commedia*, gab den sentimentalen Pantalone, den Hanswurst, stützte eine Hand auf die andere und schenkte ihr ein kleines, mattes Winken.

1846

# › Tête de Cuvée ‹

*Spitzenlage*

IM SCHULZIMMER WAR ES STILL, die Spätnachmittagssonne drang gedämpft durch die geschlossenen Fenster. Xas säuberte die Tafel. Sobran saß da und drehte ein Stück Kreide in der Hand, deren feiner, haftender Staub seine Fingerspitzen klebrig machte. Sie hatten über Antoine und Bernard und ihre Fortschritte gesprochen. Xas redete noch immer, zählte weitere Gründe auf, warum man Bernard ermutigen solle, es mit der Sorbonne zu versuchen. Er interessierte sich für die Zukunft des Jungen. Mehr als Sobran – und in diesem Moment auch mehr als für Sobran. Xas hatte die Tafel gesäubert und begann, Landkarten zusammenzufalten. Er war verstummt, und Sobran nahm an, daß er auf eine Antwort wartete.

Der Engel hatte die Hemdsärmel nicht zugeknöpft, wie es sich für einen Angestellten in Anwesenheit seines Arbeitgebers gehörte, hatte sich den Kreidestaub nicht von der Weste gewischt, wartete jedoch ehrerbietig – fand Sobran –, bis er das noch einmal überdacht hatte. Xas äußerte seine Gedanken, preschte jedoch nicht vor, sondern lenkte Sobran genauso wie es all diese vernünftigen Frauen machten – Aurora und Sophie, Sabine und Agnès –, vermutlich hatte sich der Engel das bei ihnen abgeschaut. Oder vielleicht – Sobran fiel auf, wie geduldig beflissen der Engel Landkarten zusammenlegte, und die Haare standen ihm am Nacken zu Berge –, vielleicht war Xas mit den Gedanken woanders, an Orten, wo er gelebt hatte, die sich Sobran einst als in den Falten von Landkarten verborgen hatte vorstellen sollen.

– 318 –

Sobran ging zum Fenster und machte es auf, sah zwei Spatzen zu, die eine kleine, weiße Motte auf dem Dach des Gaubenfensters unter ihnen verfolgten. »Ich denke, einen kann ich der Wissenschaft zuliebe entbehren, da ich keinen im Heer stehen habe.«

Eine Wolke zog vor die Sonne, doch Sobran spürte noch immer die Hitze, die von den Dachziegeln ausstrahlte. »Die Zeit jetzt werde ich vergessen«, sagte er.

Xas kam zu ihm, stützte sich auf die Fensterbank und kreuzte die Knöchel.

»Deine Besuche sind wie Trittsteine zurück in meine Vergangenheit. Ich erinnere mich an jeden einzelnen. Die Zeit, in der du wie jetzt unter meinem Dach lebst und in der ich dich jeden Tag zu sehen bekomme, an die werde ich mich nicht so gut erinnern. Als ich krank war – wahnsinnig –, da habe ich mich so kalt und teilnahmslos benommen, daß mein Arzt ›Nostalgie‹ diagnostiziert hat. Er hat folgende Behandlung verschrieben: Ich müsse lernen, die Vergangenheit zu vergessen.«

»Und du hast gesagt – das rate ich jetzt mal –, ›Bitte, bringt den Arzt hinaus und holt Pater Lesy.‹«

»Ungefähr so. Ich habe an meine Erlösung gedacht, an meine Zukunft. Nostalgisch bin ich jetzt.«

Xas antwortete: »Gestern hat Aurora mir gesagt, wie sehr sie sich darüber wundert, daß sie mehr an die Vergangenheit denkt als an die Zukunft. Sie erinnert sich noch genau daran, wie sie mit dreizehn im Obstgarten von Vully im Gras gelegen und selbstgefällig gestaunt hat, am meisten über sich selbst. ›Das ist im Nu vorbei‹, hat sie gesagt. ›Dieses Gefühl, daß man unendliche Möglichkeiten hat. Oder vielleicht alle Zeit der Welt, aber weil man sich so gut daran erinnert, scheint es erst gestern gewesen zu sein. Doch die Kraft ist dahin.‹ Das hat sie gesagt. Die Kraft und die Möglichkeiten, die sie für ihr Geburtsrecht gehalten hat.«

– 319 –

»Über so etwas redet sie mit dir?«

»Aurora fühlt sich nicht für das verantwortlich, was mir zuge-stoßen ist. Es gibt Sachen, die kann ich ihr sagen, aber dir nicht. Auch wenn ich das nicht tue. Aber sie redet so mit mir, damit ich weiß, daß ich es immer tun kann.«

Sobran ergriff die Hand des Engels und küßte die Knöchel.

»Ich danke dir für deine Geduld.«

»Sobran, das bin ich nicht. Geduldig. Wenn ich spüre, wie deine Zeit vergeht, fangen meine Handflächen an zu jucken.«

»Ich bin sechsundfünfzig.«

»Immer rechnest du.«

»Ich bin ein eitler Mensch.«

Das einzige, was Aurora und Sobran in diesem Sommer äng-stigte, war sein Vorgefühl, daß sich sein Glück dem Ende zu-neigte. Er konnte sich auf sentimentale Weise vorstellen, wie seine Frau, Kinder und Großkinder gut gekleidet und schicklich weinend sein Grab umstanden. Seine beiden Liebsten, sie zehn Jahre jünger als er und eine gutaussehende Frau, und sein schö-ner Unsterblicher, die stellte er sich vor, wie sie ihre Füße aus sei-nem Brustkasten befreiten und weitergingen.

Selten hatte man in der Gegend einen so schönen Sommer ge-habt und einen so guten Jahrgang, Vully und Jodeau-Kalmann waren einfach himmlisch. Die Weinberge hielten alle die ganze Woche mit Ausnahme von Sonntag auf Trab, und sonntags ver-gnügten sie sich wie die Heiden – das jedenfalls klagte Pater André dem Bischof in Beaune. Eines schönen Sonntags speisten sie im Freien, am Ufer der Saône, neben dem Bootshaus des Châ-teaus. Martin und seine Liebste lagen in einem vertäuten Boot, dessen Riemen sie durch die großohrigen Dollen gezogen hat-ten. Die weniger gelenkigen Älteren und die jungen Frauen im Korsett saßen auf Stühlen, während sich die übrige Familie auf Decken rekelte, alle Kinder in Weiß, die Frauen in gestreifter

Seide und mit gerüschten Sonnenschirmen in der Hand. Baptiste und Paul lagerten etwas entfernt von ihnen – jeder mit einer Flasche, und Baptiste trank auch aus der Flasche. Beide lachten gerade. Aurora beobachtete Sobran, der wiederum Antoine und Bernard beobachtete, die ihren Hauslehrer ins Wasser locken wollten – es wäre so heiß, warum denn nicht? Der schüttelte den Kopf, warf sein Jackett ins Gras, legte sich darauf und blickte in den Himmel. Und Aurora und Sobran sagten wie aus einem Mund, wie Eltern: »Ich glaube, er ist glücklich.«

Beide hatten gesehen, daß er sich gegen den einzigen Menschen behauptete, mit dem er noch nicht warm geworden war. Beim Mittagessen hatte Baptiste erzählt, daß Sobran aus Protest gegen das, was die Engländer mit Napoleon gemacht hatten, den vier anderen einheimischen Veteranen eine Rente zahle; damit wollte er den Hauslehrer in Verlegenheit bringen. Die übrige Familie blickte betreten. Céleste sagte: »Baptiste, darüber spricht man nicht.« Und Niall Cayley sagte: »Die Iren sind keine Engländer, Baptiste.« Sehr milde. Antoine amüsierte sich, wie sich sein älterer Bruder schämte, und erzählte Sobran, als Baptiste, er und Monsieur Cayley Martin dabei halfen, das Boot ins Wasser zu schieben, habe Baptiste etwas Beleidigendes über Hauslehrer als Dienstboten mit Dünkel losgelassen und Monsieur Cayley habe erwidert: »Unser Bürgerkönig war in der Schweiz auch Hauslehrer, haben Sie das nicht gewußt? Ein guter Beruf für einen Mann von Stand.«

»Ich habe gelacht«, sagte Antoine. »Dann hat Baptiste gehöhnt und gefragt, ob Monsieur Cayley etwa hofft, daß sich auch seine Aussichten so dramatisch zum Guten ändern wie die von Louis Philippe? Und Monsieur Cayley hat gesagt: ›Gott bewahre. Davon habe ich reichlich gehabt.‹«

»Er ist glücklich, weil er einfache Bedürfnisse hat«, sagte Aurora. »Er mag Menschen und Arbeit. Wenn er sich doch nur darum kümmern würde, wie er Baptiste herumbekommen kann. Ich habe keine Ahnung. Du etwa?«

\*

»STREITE DICH NICHT MIT BAPTISTE«, sagte Sobran zu Xas, als sie das nächste Mal allein waren. »Bitte.«

Xas hörte auf, den Schlafenden zu spielen, und brummelte gereizt.

»Warum nickst du nicht einfach kalt wie Frauen, wenn ihnen die Worte eines Mannes nicht gefallen, sie aber nicht taktlos sein und sich nicht durch Widerrede unbeliebt machen wollen. Ein paar Zeichen hoheitsvollen Nachgebens wären besser als diese Zänkereien. Außerdem ist er zu oft betrunken. Wenn ich doch nur wüßte, was ich gegen seine Trunksucht unternehmen kann. Er arbeitet gut. Ich kann ihn nicht einfach vor die Tür setzen wie Léon.«

»Nein«, sagte Xas.

»Er ist sehr unglücklich.«

»Ja«, sagte Xas.

»Und du nicht.«

»Nein«, sagte Xas.

1847

# › Cellier ‹
*Weinkeller*

DIE FAMLIE TRAT AUS La Madeleine in Velay, wo man zusammen
mit anderen Reisenden die wunderschönen Kapitelle bewundert
und die Söhne von Antoine, dem Steinmetzen, besucht hatte, die
allesamt an der Restaurierung der Kirche arbeiteten. Als man
herauskam, redete nur Bernard. Sobran blieb stehen und wollte
seine Handschuhe anziehen. Céleste blickte die lange, gerade
Straße entlang und seufzte lustlos angesichts der Strecke, die sie
bis zum Hotel zurücklegen mußte. Sobran ergriff ihren Arm.

Bernard erzählte seinem Hauslehrer gerade, ihm hätten die
Riesen und Zwerge und die Menschen mit den Schweineschnau-
zen am besten gefallen.

Unten auf der Straße rief ein Mann Sobrans Namen. Der
drehte sich um und sah einen vornehmen Herrn, den er nicht
kannte, auf sich zukommen; er ging über den großen Onkel wie
Menschen, deren Füße immer zu lang für ihre Schritte sind. Auf
den zweiten Blick merkte Sobran, daß sich der Mann nicht ihm
näherte, sondern schräg auf die Treppe zusteuerte, wo Bernard
mit seinem Hauslehrer stand. Sobran rief seiner Tochter Aline
zu: »Bring deine Mutter in das Café da drüben.« Und zu der
übrigen Gesellschaft: »Geht weiter. Ich komme nach.«

Es gelang ihm nicht, den Mann abzufangen, er kam eine Minute zu spät und schob den Arm zwischen den Mann und Bernard und seinen Hauslehrer. »Ja?« sagte er. »Ich bin Sobran
Jodeau. Kennen wir uns?«

»Habe ich Sie angesprochen, Sir?« Der Mann sprach Franzö-

– 323 –

sisch mit starkem Akzent. Er war größer als Sobran und schwerer, jünger, wohlhabender – gemessen an seinen beringten Händen. »Sobran«, sagte er noch einmal und redete dann auf englisch an Xas gewandt weiter. Sobran konnte nicht verstehen, was er sagte, aber er merkte, daß Bernard Augen und Mund aufriß. Sobran blickte die Straße entlang und sah den Großteil der Familie dem Café zustreben – aber Antoine machte kehrt. Nur die Frauen bleiben verschont, dachte Sobran. Er wußte, was passieren würde und daß er es nicht würde erklären können. Er wußte nicht einmal, wie er sich selbst aus der Klemme ziehen sollte. Er sagte ein einziges Mal: »Xas«, und das bedeutete: »Tu etwas.«

Xas sagte gar nichts. Er schob Freund und Schüler beiseite, dann packte er den Engländer so hart beim Handgelenk, daß alle Farbe aus dem Gesicht des Mannes wich. Der Engel schob ihn mit ausgestrecktem Arm unerbittlich zurück. Der Engländer taumelte Schritt für Schritt rückwärts, bis sie auf der Straße waren.

Antoine eilte ihnen zu Hilfe. Für ihn war alles klar: Der Kerl da hatte seinen Vater angegriffen, und Monsieur Cayley wehrte ihn ab.

Sobran rief Antoine zurück. Zitternd wie ein Hund blieb der junge Mann stehen und kam dann zögernd die Stufen hoch. »Alles in Ordnung, Vater?«

»Ja.« Sobran legte jedem Sohn einen Arm um die Schulter. »Gehen wir zur Familie.«

Antoine wandte ein: »Wir können doch Monsieur Cayley nicht im Stich lassen!«

»Monsieur Cayley kann selbst auf sich aufpassen.«

Antoine schüttelte Sobrans Hand ab, und Sobran mußte ihn wieder einfangen, ihn durchrütteln, ihn festhalten.

Bernard sagte: »Ich verstehe das nicht. Hat sich Monsieur Cayley bei dem Mann da für dich ausgegeben?«

Sobran wehrte Bernard, der fast ins Schwarze getroffen hatte, gereizt ab. »Woher soll ich das wissen?«

»Dann hat der Kerl gar nicht dich angegriffen?« fragte Antoine und gab langsam nach, ließ sich mitführen, fortführen.

»Aber«, sagte Bernard, »der Engländer hat gesagt: ›Seit zehn Jahren suche ich nach dir.‹«

»Da mußt du dich verhört haben.«

Antoine zögerte schon wieder. »Ich kann ihn nicht einfach allein lassen. Das Ganze ist sehr unschicklich.«

»Glaubst du, ich schere mich darum, was schicklich ist? Allmählich finde ich, Baptiste hat recht und deine Bildung hat keinen Mann aus dir gemacht.« Sobran war wütend. »Warum sollten wir uns wegen einer Szene auf den Stufen einer Kirche in einer Stadt beunruhigen, in der uns niemand kennt?«

»Du hast unrecht, Vater. Darum geht es gar nicht, und du hast ganz einfach unrecht.« Antoine drehte sich herum und begrüßte Monsieur Cayley.

»Tut mir leid«, sagte Xas.

»Sind Sie verletzt?« Antoine war besorgt, dann empört. »Was sollte das alles?«

»Diese Erklärung schulde ich eurem Vater«, sagte Xas. »Mir ist nichts passiert. Geht weiter.« Er scheuchte Antoine und Bernard mit der Hand fort, die beide Sobran anblickten und ihm übermitteln wollten, daß die Sache für sie damit noch lange nicht aus der Welt wäre, dann gingen sie.

Xas sagte: »Ich habe sein Fleisch unter meinen Nägeln. Ich habe gesagt, ich bringe ihn um, wenn er noch einmal in meine Nähe kommt.« Er schien wie benommen von dem, was er gesagt hatte.

Sobran sah, wie die Kehle des Engels arbeitete und seine Augen einen versonnenen Ausdruck bekamen. Er legte Xas die Hand auf den Arm. »Komm mit in die Kirche.«

In der Kirche gab es dunkle Ecken.

»Ich kann nicht bei dir bleiben. Ich kann nicht unter Menschen wohnen. Ich sollte in einer Höhle leben.«

Sobran drehte Xas um, zog ihn die Straße zurück – und hielt dabei Ausschau nach dem Engländer. Doch der Engländer war geflüchtet. Sie betraten die Kirche durch das Südportal und blieben vor *Verleumdung* und *Habgier* stehen. Sobran nahm Xas in die Arme, und der flüsterte: »Ich hätte ihn umbringen können. Ich habe gedacht, er würde mich euch allen wegnehmen.«

»Uns allen?«

»Ja. Der Familie.«

Sobran merkte, daß sie im Blickfeld von zwei alten Frauen in Schwarz waren, die sich natürlich entrüsteten. Er überlegte, ob sie wohl wußten, daß Xas nicht sein Sohn war. Er ließ den Engel los und zog ihn das Seitenschiff entlang. Unter *Jakob ringt mit dem Engel* blieben sie stehen.

»Welcher Engel war das?« fragte Sobran und blickte zum Kapitell hoch. Xas ließ sich immer so gut mit einer Frage ablenken.

»Das war, glaube ich, Jahwe«, sagte Xas, »der sich begriffsstutzig gestellt hat.«

»Hast du dich etwas beruhigt?«

»Ich habe Angst.«

»Ja. Wenn wir wieder auf Jodeau sind, sollten wir lieber eine Liste mit Namen anlegen, die unseres Wissens Niemande sind. Für künftigen Gebrauch? Du kannst sie abwechselnd benutzen, alle fünfundzwanzig Jahre einen neuen.« Sobran zupfte Xas den Kragen zurecht und klopfte seinen Rock ab.

»Was wirst du Antoine und Bernard erzählen?«

»Daß sie das nichts angeht.«

»Zeige mir für den Rest der Reise die kalte Schulter. Und ich werde nervös und zerknirscht tun. Sonst denken sie noch, ich komme ohne Abmahnung davon.«

– 326 –

»Das dürfte genügen.«

Xas nickte und ließ sich von Sobran auf beide Wangen küssen. Er sagte: »Sobran, dies kann nicht dauern.«

Und Sobran antwortete auf seine Art spöttisch triumphierend: »Dies wird mich überdauern.«

\*

DIE RUHIGEN MONATE WAREN für Xas ein langer Aufschub, es hatte den Anschein, daß er dazugehörte, gebraucht wurde, niemals gehen würde.

## 1848

## › H a ‹

*Der Hektar, eine Abkürzung*

EINES HEISSEN SONNTAGABENDS ANFANG SEPTEMBER um die
Abendessenszeit, als das Licht verdämmert, die ganze Familie jedoch noch auf war, fing es an zu hageln. Anfangs hörten sie es im
Weinberg, dann kam ein Aufschrei aus einem der Wirtschafts-
gebäude. Die erste Welle traf die Dachziegel, und im Salon barst eine
Fensterscheibe. Sobran eilte auf die Diele. Die Tür stand offen,
Antoine war bereits draußen, ohne Rock. Es gab ein Gedränge
auf der Diele, als Röcke und Hüte aus dem Schrank gerissen
wurden, und dann stürzten die Männer zwischen die Weinstöcke, die unmittelbar am Rand der schmalen Fahrspur wuchsen. Sobrans Töchter blieben auf der Veranda, doch Céleste lief
zu ihrem Mann und zog sich dabei ihr feines, seidenes Umschlagtuch über den Kopf. Baptiste, der sich im Weinkeller aufgehalten hatte, war schon halb den Hang hoch, drehte den hocherhobenen, unbedeckten Kopf hin und her, bedeckte jedoch das
Gesicht mit den Händen. Antoine lag da, wo die Rebenreihen
begannen, auf den Knien und weinte vor Enttäuschung.

Die reifen Früchte waren Mus, der Boden weiß von Wehen
schartiger Hagelkörner. Der Hagel wurde dichter. Sobran zog
sich die Jacke über den Kopf, und Céleste rief ihren Söhnen zu:
»Kommt rein!« Sie selbst lief ins Haus und schrie auf, als sie ein
großer Eisklumpen an der Schulter traf.

Xas lief an Sobran vorbei und ging zu Bernard, stand gebückt
über ihm, während der Hagel auf seinen Rücken und den unbe-

– 328 –

deckten Hals und Kopf prasselte. Auf einmal richtete er sich auf und rief etwas in jener furchterregenden und anrührend fremdländischen Sprache. Sobran sah, wie sich der Hagel am kostbaren Südhang ungefähr fünf Reihen breit teilte und Wände aus Hagel beiderseits der stillen Leere fielen, wo Blätter schimmerten und getroffene Beeren leuchteten und tropften. Dann füllte sich die Spalte mit dem gleichen harten Hagel. Xas zuckte zusammen, legte die Hand aufs Gesicht, zog Bernard hoch und brachte ihn ins Haus. Sobran trat mit ihnen auf die Veranda. Danach kam Antoine und zuletzt Baptiste, blutend, fluchend, tränenüberströmt.

Xas hatte auf jeder Wange einen Blutstreifen wie zwei Bruderküsse.

»Sowie es nicht mehr hagelt, siehst du nach, was Martin macht«, sagte Sobran zu Baptiste. »Falls das Unwetter Vully überquert hat, frag Aurora, was sie tun will. Falls Vully verschont geblieben ist, kommst du zurück und gibst uns Nachricht. Falls nicht, bringst du Martin mit, und wir beginnen heute nacht noch mit der Lese – bei uns –, mal sehen, was man noch ausrichten kann.«

Aline kam mit einem Waschlappen nach draußen, damit sich Baptiste das Gesicht abwischen konnte. »Gleich haben wir auch warmes Wasser«, sagte sie zu ihrem Vater.

»Du gutes Kind.«

Baptiste säuberte sich das Gesicht, dann blickte er seinen Vater über den Waschlappen hinweg an und sagte mit gedämpfter Stimme: »Kann sein, wir müssen nächstes Jahr etwas sparen.« Dabei sah er den Hauslehrer absichtlich nicht an.

»Ein einziges verlorenes Jahr ruiniert uns nicht, Baptiste. Sieh mal, jetzt regnet es nur noch, warum machst du dich nicht auf?«

Baptiste ging.

Die Frauen nahmen Antoine und Bernard mit zum Waschen ins Haus. Und jetzt konnte Sobran Xas fragen, was er zu Gott gesagt hatte.

»Ich habe nicht mit Gott geredet, ich habe mit dem Hagel geredet. Gott hat mich trotzdem gehört.« Xas berührte seine Wange, zog die Hand blutig zurück und legte sie Sobran auf den Mund. Sobran streckte die Zunge heraus – es sah aus, als wollte er Gott wie ein Kind trotzen – und schmeckte in dem Blut das Bukett, das in den besten Weinen von Vully hinter den Trauben und vor der Eiche kam.

1849

# › Tache ‹

*Schwarzflecken; eine Krankheit*
*heller Trauben*

IN EINER KALTEN MORGENDÄMMERUNG im März, als das Licht
wäßrig war und der Himmel weiß wie fadenscheinig gewa-
schene Laken, kamen Paul und Agnès früh nach Jodeau. Sie hatten auf der Landstraße zwischen Jodeau und Vully nach Baptiste
gesucht. Baptiste hatte sie sturzbetrunken und kaum des Ge-
hens mächtig verlassen. Er hatte das Bett für die Nacht aus-
geschlagen und nicht gewartet, daß man die Kutsche für ihn
anspannte. Er habe Paul geschubst, sagte Agnès. Paul und er
hatten sich bislang kaum gestritten, und zur Schlägerei war es
nie gekommen. Das Paar hatte sich zu Bett gelegt, war jedoch
nach einer Stunde wieder aufgestanden, hatte die Kutsche ange-
fordert und selbst nach ihm gesucht. »An Schlaf war ohnedies
nicht mehr zu denken, also sind wir selbst losgefahren, haben
keinen Diener geschickt.«

Beide wirkten sehr besorgt.

»Wir konnten ihn nicht finden, und es ist kalt«, sagte Agnès.

Bernard tauchte in der Tür zur Bibliothek auf. »Warum ist
Pauls Kutsche…? Ach, guten Morgen, Paul, guten Morgen,
Agnès.«

»Bernard, würdest du bitte die Magd herschicken, daß sie den
Kamin hier anzündet, und dich dann anziehen.«

Bernard tat, wie man ihn geheißen hatte. Als er wieder erschien, kam er zusammen mit seinem Hauslehrer, der ebenfalls
angekleidet war.

»Ist etwas mit Baptiste?« fragte Bernard.

– 331 –

Etwas gereizt dachte Sobran, Bernard ist tatsächlich der Schlauberger unter meinen Kindern. Er sagte: »Baptiste ist wahrscheinlich irgendwo zwischen hier und Vully in den Straßengraben gefallen. Könntet ihr beide uns bitte bei der Suche nach ihm helfen?«

»Sollen wir zu Fuß gehen?« fragte Xas.

»Das wäre wohl besser. Zieh dich warm an, Bernard.«

Sie gingen los. Agnès rieb Pauls Hände mit ihren. »Ich lasse euch Frühstück bringen«, sagte Sobran, »und wenn ihr möchtet, könnt ihr mir erzählen, worüber ihr euch mit Baptiste gestritten habt.«

»Über seine Trinkerei«, sagte Agnès.

»Natürlich.«

Zwei Stunden später erschien Bernard mit rotem Kopf und hervorquellenden Augen im Salon und berichtete, Baptiste würde von Tante Sophie und Aline zu Bett gebracht.

»Vielleicht sollte ich zu ihm gehen?« sagte Céleste ohne wirkliches Interesse.

»Er ist zu betrunken zum Schimpfen.«

Sobran überlegte, was Baptiste wohl gesagt haben mochte. Dann durchzuckte ihn die Angst. »Wo ist Monsieur Cayley?«

Bernard wurde so rot, daß seine Augen fiebrig wirkten. »Weiß ich nicht.«

»War er bei dir, als du Baptiste gefunden hast?«

»Ja. Vater, mir ist kalt, und ich bin durchnäßt. Darf ich mir andere Schuhe anziehen?«

Sobran winkte ihn fort. Er wartete ein Weilchen, während seine Familie versuchte, ihn in eine Diskussion zu ziehen, was man gegen Baptistes Trunksucht tun könne. Er schwieg und konnte sehen, daß sie dachten, er würde mit strenger Hand und wirkungslos durchgreifen. Nach fünf Minuten sagte er, er wolle kurz bei Sophie vorbeischauen und sich nach Baptiste erkundigen, ging aber hoch in Bernards Zimmer – und überrumpelte ihn.

Er machte Bernards Tür zu und lehnte sich dagegen. »Was ist passiert?«

Bernard schüttelte den Kopf.

»Es muß dir nicht peinlich sein. Heraus damit.«

»Ich sage es dir, wenn du dich hinsetzt und ich stehen bleiben darf.«

Sobran suchte sich einen Stuhl; er nahm Platz und blickte mit einer Miene zu seinem Sohn hoch, die hoffentlich gelassen und ermutigend war.

Nun kam es aus Bernard herausgeschossen. Baptiste hatte Monsieur Cayley geküßt. Er und Monsieur Cayley hatten Baptiste von beiden Seiten gestützt, Baptiste mit den Armen auf ihren Schultern, als Baptiste Bernard losgelassen und den Hauslehrer umarmt hatte.

»Und was ist dann geschehen?«

»Sie haben sich geküßt. Ich meine, alle beide.«

Sobran blickte auf seine Füße und scharrte. Ja, das waren seine Füße. »Soll ich ihn entlassen?« sagte er. Dann: »Warum bittest du nicht darum, daß ich ihn entlasse?«

»Zu spät. Monsieur Cayley hat etwas zu Baptiste gesagt. Was, das weiß ich nicht, weil er leise gesprochen hat. Dann ist er auf der Landstraße davongegangen.«

»Und?«

»Und wir haben dagestanden und hinter ihm hergesehen. Baptiste hat ein paar Mal etwas geschrien, beim zweiten Mal so etwas, wie daß es ihm leid tut und das Ganze albern ist. Dann bin ich hinter Cayley her.«

»Ist er stehengeblieben?«

»Ganz kurz. Aber er hat nichts gesagt. Er hat mir die Hand geschüttelt.«

»Und ist davongegangen.« Das war keine echte Frage.

Bernard nickte. »Dann habe ich Baptiste nach Haus gebracht. Allein war das schwer, eine Schinderei. Baptiste hat getan, als ob das für ihn alles sehr lustig ist. Er hat unentwegt gelacht. Also habe ich ihn ein paar Mal fallen lassen, nein, ziemlich hart abgelegt. Aber er hat nur noch mehr gelacht.«

Sobran nickte.

»Vater, ich begreife nicht, was passiert ist. Ich habe alles mit angesehen und werde nicht schlau daraus.«

»Nein«, bestätigte Sobran. Er dankte Bernard für seine Offenheit und verließ das Zimmer. Dann befahl er dem Reitknecht, die Kalesche anzuspannen und fuhr selbst nach Aluze. Dort fand er heraus, daß man Monsieur Cayley ohne Gepäck an der Haltestelle der Postkutsche hatte warten sehen.

Baptiste war am nächsten Tag früh im Weinkeller. Er und Antoine hatten sich Spaten und Kohleeimer geholt und wollten ein paar Stunden lang Boden, der im letzten Winter vom Südhang heruntergespült worden war, zur Hügelkuppe hochtragen, damit er der nächsten Ernte seinen Geschmack geben konnte. Baptiste musterte seinen Vater wachsam von der Seite. Er war blaß und hatte rotgeränderte Augen. Als Antoine Sobran sah, nahm er seinen Eimer und ließ die beiden allein. Baptiste setzte sich auf die Stufe zum *pressoir* und blickte seinen Vater an.

»Bernard hat mir erzählt, was vorgefallen ist«, sagte Sobran. »Anscheinend ist Monsieur Cayley ohne seine Habseligkeiten fort –, aber es steht zu hoffen, daß er danach schickt – und nach seinem Lohn.«

»Wie mädchenhaft er ist«, sagte Baptiste.

Sobran wartete.

»Ich dachte, ich habe ihn beleidigt. Falls ich überhaupt gedacht habe. Aber dann hat er gesagt, daß er dein Geliebter ist.«

»Bernard hat mir erzählt, daß er dir etwas ins Ohr geflüstert hat.«

»Er hat mir nichts ins Ohr geflüstert. Er hat mir in die Augen geblickt und gesagt, daß er dein Geliebter ist.«

»Baptiste, ich bin ein alter Mann.«

»Vater, du hast dich auf dein Alter berufen, seitdem du vierzig bist.« Baptiste hob die Schultern. »Ich weiß auch nicht, was über mich gekommen ist.«

»Ach? Dann ist es also plötzlich über dich gekommen?«

Baptiste gab zu, daß es seit einiger Zeit über ihn gekommen sei. »Ich war davon überzeugt, daß er dein Sohn ist. Der Sohn deiner Geliebten, wer auch immer sie gewesen sein mag, die Geliebte, über die die Leute seit Jahren getuschelt haben. Von Chagny bis Chalon-sur-Saône sagt man, es ist die Baronesse – aber die hat mir gesagt, sie ist es nicht. Wenn es Mutter schlechtgeht, faselt sie von Aline Lizet. Vielleicht gibt es ja noch andere Kandidatinnen, die in Frage kommen.«

»Du warst also davon überzeugt, daß er dein Bruder ist, und das hat dich davon abgehalten, ihn schon früher zu küssen – oder wenn du nüchtern bist?«

Baptiste blickte abfällig. Er brummelte etwas, und Sobran bat ihn, lauter zu sprechen.

»Es will mir nicht in den Kopf, wie du deinen Geliebten als Lehrer für deine Söhne ins Haus holen konntest.«

»Du hast ihm geglaubt?«

Eine geraume Weile saß Baptiste einfach mit verschränkten Armen und zusammengebissenen Zähnen da, dann sagte er, er sei zwar nicht ganz klar im Kopf und er könne die Sache logisch nicht auf die Reihe bekommen, habe keine Beweise, aber er glaube Cayleys Mund, seinem Kuß, und glaube auch, Cayley habe ihm den einzigen Grund genannt, warum er nicht weiterküssen wollte – abgesehen davon, daß Bernard ihnen zugeschaut hatte. »Wieso sollte er lügen, wenn er so viele vernünftige Einwände hätte vorbringen können? Er hätte doch einfach sagen können: ›Sind Sie verrückt geworden?‹ Das hätte gereicht, mich zu entmutigen – wenn ich wieder nüchtern war.«

Sie schwiegen kurz. Dann sagte Baptiste, Antoine sei schließlich mit der Ausbildung fertig, und Bernard werde die Zulassungsprüfung für die Sorbonne wahrscheinlich auch ohne Cayleys Einpaukerei bestehen. Und Cayley habe wohl kaum die Mädchen unterrichten können; Catherine und Véronique hatten ihre Gouvernante. Außerdem habe es immer so ausgesehen, als unterrichte Aristoteles Alexander den Großen, nur daß man Antoine und Bernard nicht gerade als groß bezeichnen könne.

Es war offenkundig, daß Baptiste Xas für einen guten Lehrer hielt, ja, sogar zu gut für seine Brüder. Baptiste sagte, er habe Cayley gehaßt, weil er sich sicher war, daß Cayley Sobrans Sohn sei und weil offensichtlich war, daß Sobran Cayley inniger liebte als seine anderen Söhne. »Das konnte jeder sehen. Jeder hat ihn gemocht, aber du hast ihn angesehen, als wäre er ein Geschenk des Himmels, das Wunder des Lebens schlechthin – so wie Paul und Agnès Iris ansehen. Und dann . . .« Baptiste breitete die Hände aus, die gleichen behaarten, sehnigen Hände, die Sobran in Baptistes Alter gehabt hatte. Baptiste war dreiunddreißig, wie Sobran in dem Jahr, an das er immer als sein ›Sorgenjahr‹ dachte. Falls Xas Sobrans Zukunft nicht haben konnte, falls er wußte, daß der jetzt Neunundfünfzigjährige vorhatte, ab fünfundsechzig seinen jugendlichen Engel nicht mehr zu lieben, so hatte er möglicherweise gedacht, er könne sich nehmen, was er anfangs abgelehnt hatte, nämlich den jungen Mann, den Sohn des alten Mannes.

»Kann sein, ich habe mich verhört«, sagte Baptiste. »Ich bin randvoll gewesen.«

»Du mußt weniger trinken. Reiß dich zusammen. Bemüh dich, eine andere Frau zu finden.«

»Nein.«

»Du bist ein Verweigerer wie ich. Glücklicherweise war da immer deine Mutter, die mich wieder ins Leben zurückgeholt hat.«

»Nicht die Baronesse?«

»Aurora hat zuviel Achtung vor meinen Gefühlen. Deine Mutter hat sich darüber hinweggesetzt. Und wenn ich noch so verschlossen oder bedrückt war, solange ich körperlich gesund war, konnte sie mich dazu herumbekommen, daß ich noch ein Kind zeugte.«

»Bis zum bitteren Ende«, sagte Baptiste und blickte seinem Vater dabei fest in die Augen.

»Sogar bis dann. Ich habe nicht gemerkt, daß Véronique nicht meine Tochter ist, bis Aurora mich darauf aufmerksam gemacht hat, was die Leute so reden. Véronique hätte durchaus meine Tochter sein können.«

Ein erneutes, längeres Schweigen. Baptiste stand auf, griff zu Eimer und Spaten. Ziemlich bedrückt sagte er: »Und dabei wollte ich ihn nur küssen. Das ist alles.«

»Ha!« sagte Sobran.

1850

# › Charnu ‹

*Ein Wein mit vollem Körper*

»ICH BESUCHE DICH ZUNÄCHST NICHT in unserer Nacht oder an unserem Ort, weil sogar Baptiste genug Grips hat, daß er sich dort aufbaut und wartet. Ich komme zu dir. Weißt du noch, was du mir über deine Katze erzählst hast. Als du klein warst, stand dein Bett am Herd, weil dein Husten das ganze Haus wach gehalten hat. Du hattest eine Katze. Du mochtest es, wenn die Katze es sich auf deinem Bett gemütlich gemacht hat, wußtest aber nie, wann sie kam. Du lagst nächtelang wach und hast mit hämmerndem Herzen darauf gewartet, daß sie auf dein Bett sprang. Es wird Sommer sein, ein Flügel der großen Tür am Ende der Soldatengalerie wird offenstehen. Ich komme herein wie die Katze damals, geräuschlos, sperre das Licht aus und lasse mich auf die kühle Seite deines Bettes fallen. Wenn du willst, kannst du sagen: ›Hör auf damit‹. Falls du meinst, daß du das tun mußt. Ich möchte dich nur im Arm halten.«

*

EIN ZWEITER BRIEF LAUTETE:

»Ich schicke keine Adressen. Und jetzt paß gut auf. Baptiste war Dein Ebenbild. Ich kannte andere Engel, die haben über einem guten Ebenbild ein wenig den Kopf verloren. Ich dachte immer: ›Was hat diese Ähnlichkeit zu bedeuten?‹, ungeachtet all dessen, was ich von der Natur weiß und glaube. Ich habe mich daran gestört, daß er mich nicht mochte, und ich habe ihn auch nicht gemocht, aber kaum atmete er an meinem Gesicht, da dachte ich, er sei für mich geschaffen – nicht dazu geboren, nicht dazu herangewachsen. Aber ich liebe nur Dich. Ich habe Dich seit der Nacht geliebt, als ich Dich nach dem Tod deiner Tochter im Arm hielt. Es war nicht nur Mitleid oder nur Dein Körper. Es war mein Wissen – die Scham über das, was ich wußte. Ich war dir dein Leben lang verfallen. Was bedeutet Glaube, wenn man spürt, daß man etwas für immer verloren hat? Ich mußte dich haben – jemanden, den ich für immer verlieren konnte.«

1851

# › Marc de Bourgogne ‹

*Ein Verdauungsschnaps aus Burgund*

XAS SCHRIEB AUS DAMASKUS, wo er Apharahs Haus von ihren Erben, entfernten Verwandten, bewohnt vorgefunden hatte. Er hatte nicht erwartet gehabt, sie anzutreffen, sondern wollte ihr Grab besuchen und ihr Blumen bringen. Er war froh, daß sie in dem Glauben gestorben war, sie habe ihm geholfen, in den Himmel zurückzufinden.

Als Sobran diesen Brief las, schwor er sich, er würde Xas nie erzählen, daß er nach Xas' erstem, verzagten Brief an Apharah zurückgeschrieben und ihr berichtet hatte, was geschehen war: Xas' Verwundung, Tod, Auferstehung, Verstümmelung, Wanderschaft. Sobran wußte nicht, ob der Brief sie noch vor ihrem Tod erreicht hatte. Falls ja, konnte er sich ihre Gefühle unschwer ausmalen.

\*

AGNÈS UND PAUL BEKAMEN EINEN Sohn, der nach dem alten Comte Armand getauft wurde. Weil Agnès lieber in Vully niederkommen wollte als in Paris, war sie im Februar während des Coup d'Art nicht bei Paul in Paris, als Louis Napoleons Soldaten geordnet und keck in die Stadt einmarschierten, ihr Lager im Rathaus aufschlugen und zu zechen begannen. Wie viele andere Bürger wagte sich Paul während der Tage der Gelage und der schweigsamen Drills nicht aus dem Haus, als Kanoniere an den Straßenecken neben ihren Kanonen standen und rauchende, langsam brennende Lunten in der Hand hielten.

Als das Morden begann, folgte Paul unbehelligt den Soldaten, ein Herr von Stand. Er hob einen Mann auf, den man auf dem Hof seines eigenen Hauses angeschossen hatte. »Sie sind einfach hereingekommen«, sagte der Mann. »Wie sollte ich ihnen zeigen, daß ich mich nicht wehre? Mich unter meinem Bett verstecken?« Paul sah, wie sich ein Offizier die Ohren zuhielt und seinen Männern befahl, die Bajonette zu verwenden, Pulver und Kugel wären ihm zu laut. Er sah, wie eine Frau erschossen wurde. Das Kind, das sie beim Laufen getragen hatte, rutschte ihr aus den Armen, knallte auf die Pflastersteine und erschrak – und wurde von Kugeln aus mehr als einer Flinte getroffen. Paul folgte den Soldaten bis zum Montmartre und sah all die Toten. Dann kehrte er in sein Stadthaus zurück, verkroch sich zwei Tage lang, verließ Paris und fuhr nach Vully.

»Bleib ein Jahr lang zu Hause«, empfahl ihm Aurora. »Du bist Burgunder. Du kannst ohne Paris auskommen. Wir brauchen Paris nicht.« Bei sich dachte sie, ich höre mich schon genauso an wie mein Onkel.

Über den Staatsstreich stand nicht viel in den Gazetten, und dann fand der Bischof von Autun in seiner Osterpredigt ein paar lobende Worte für den Kaiser. Aurora kam von der Messe nach Haus und sagte: »Der Herrscher, den wir da haben, versteht sich aufs Verführen – die Kirche beispielsweise. Ein Mörder, der Mäßigung kennt. Ich glaube, wir sollten uns lieber an ihn gewöhnen.«

## 1852

## › Liqueur d'Expédition ‹

*Zuckerlösung, die dem
Champagner zugesetzt wird*

»WIE BIST DU UNGESEHEN NACH Aluze gekommen?«
»Auf dem Kanal.«

## 1853
## › Vins de Garde ‹
*Die guten Jahrgänge*

XAS SCHICKTE EIN FOTO aus Glasgow. Es war in einem Atelier aufgenommen worden – er lehnte an einem Marmorsockel vor einem Prospekt aus vernebelten Felsschroffen. Er hatte stillgehalten, war vollkommen scharf bis hin zum satten Schwarz seiner Augen. Doch seine Füße standen nicht ganz flach auf dem Boden, er schien aus seinen Stiefeln zu steigen und etwas hochzugehen, was nur er vor sich sehen konnte, eine Treppe aus Luft.

In dem Brief, den er zusammen mit dem Foto schickte, schrieb er:»Die Nekropole der Stadt beeindruckt mich. Noch nie habe ich einen Bestattungsort gesehen, der so eindeutig als stilles und höfliches Gemeinwesen gedacht ist – die Grabsockel sind wie Schornsteinrohre ohne Häuser, denn die Häuser befinden sich unter der Erde. Wann habt Ihr angefangen, so über den Tod zu denken? Wo sind Feierlichkeit und Entsetzen geblieben?

Ich suchte George Cayley auf, dessen Namen ich von seiner Abhandlung über das Fliegen gestohlen habe. Ich sah seinen berühmten Gleiter, er war größer, schwerer und schlechter zu lenken als der meines Grafen. Ich ließ den Namen des Grafen fallen, aber Cayley hatte noch nie von ihm oder seinen Experimenten gehört, was mich zu der Überzeugung brachte, daß mein ›Tod‹ ihn von weiteren Experimenten abgehalten hat.«

## 1854
## › Dosage ‹

*Fülldosage: Zugabe zum Champagner,*
*die nach dem dégorgement der Sedimente*
*verlorengegangenen Körper ersetzt*

»ICH BIN MIT DEM ZUG gekommen.«

## 1855

### › Plein ‹

*Ein ehrlicher, fester Wein*
*mit vollem Körper*

BAPTISTE GING FÜR EIN JAHR nach Dijon, und als er zu seiner vorgewarnten Familie zurückkehrte, brachte er seine zweite Frau mit, eine Witwe und ihre siebenjährige Tochter. Und seinem Vater brachte er eine weiße Tonpfeife mit einem Pfeifenkopf mit, auf dem ein Bildnis war, das, so könnte man sagen, einen menschlichen Kopf, ein schönes, heiteres Gesicht darstellte, auf dessen Wangen die Haarkringel wie Flügel lagen.

## 1856

# › Journal ‹

*Ein in Burgund verwendetes*
*Flächenmaß*

SOBRAN ERZÄHLTE AURORA, DASS ER jedes Jahr in der bewußten
Nacht allein wartete. Bisweilen hielte er schlicht Nachtwache
für seine Vergangenheit. Dann wechselte er das Thema. Er erkundigte sich nach dem
Weinmakler, der in Vully gewesen war, während er mit einer Erkältung das Bett hütete. Martin hatte nicht berichtet, was der
Händler über den Vin l'Ange gesagt hatte. Aurora nannte ihm
den Preis, den er für den 1850er Jahrgang geboten hatte.
»Ich habe nein gesagt«, berichtete Aurora. »Ich habe gesagt,
dieser Wein ist ein Sakrament. Er hat entgegnet, daß man für die
Sakramente auch seit zweitausend Jahren Reklame macht.«
»Und Paul? Martin?«
»Waren dabei.«
»Gut. Selbst ein ungläubiger Thomas würde seinen Sinnen
trauen – aber diese Art Menschen können doch nur an Boden
glauben.«

\*

SOBRAN HATTE LAUDANUM GENOMMEN, weil ihm die Beine
weh taten. Am späten Vormittag gab ihn der Schlaf endlich frei,
der Schmerz war fort, doch sein Körper sirrte, eine Schlaftrunkenheit, die sich nach neuerlicher Bewußtlosigkeit sehnte. Neben sich entdeckte er Xas, der auch schlief.

Sobran griff nach dem Engel und sah vor dessen schimmernder Schulter den eigenen Arm – mager, die gebräunte Haut mit

– 346 –

weißem Haar vernebelt, der Ellenbogen ein vertrockneter Knoten. Zarte Federn wuchsen über dem roten und weißen Narbengewebe auf Xas' Rücken, füllten die Vertiefungen wie Moos die Ritzen zwischen Pflastersteinen. Sobran berührte den Engel und flüsterte:»Schläfst du wirklich?«

Xas drehte sich um, streckte sich, atmete tief durch und schlug dann die Augen auf. Er habe gelernt zu schlafen, sagte er, und träume zuweilen auch. Er träume vom Fliegen, schäme sich jedoch noch immer, daß er keine Flügel mehr habe, selbst unter Flügellosen. Und wenn er traurig sei, säße er noch immer mit dem Rücken zur Wand.»Aber du, du bist jetzt glücklich, jedenfalls meistens, nicht wahr?«fragte Xas und streichelte einen Haarbüschel auf Sobrans hoher, kahler Stirn.

»Meine Seele findet erst Ruhe, bis ich dich sehe. Glücklicherweise vergehen die Jahre jetzt sehr schnell, zumindest in dieser Sache. Für dich auch?«

»Ich bin geduldig, und sie gehen ins Land. Aber ich warte auf nichts, und ich erlebe so viel.«

»Du bist jung.«

Xas lachte.

»Ich meine, du bist so lebendig. Wohingegen ich so langsam wie dein Freund, der Mönch, werde.«

»Niall.«

»Ach, dann hast du also seinen Namen verwendet. Niall, der irische Mönch und Imker, dein Freund, den du, wenn ich mich recht entsinne, so beschrieben hast, daß er aus der Welt weggeschrumpft ist wie der Kern, der in einem Pfirsichstein vertrocknet. Allmählich fühle ich mich auch so.«

»Wie? Wie fühlt sich das an?«

Sobran fragte sich, ob der Engel versuchte, seine Gefühle bezüglich des Alterns nachzuempfinden oder die der Menschheit ganz allgemein. Er fand, die Antwort mußte richtig formuliert

– 347 –

sein, daher dachte er ein Weilchen nach, ehe er zu Xas sagte: »Es ist, als ob ich den Raum, den ich mir in der Welt geschaffen habe, nicht mehr ausfülle. Ja – ich bin in dem Raum geschrumpft, den ich geschaffen habe.«

## 1857
## › Domaine ‹
*Ein Weinberg, Gut, Feld
in Privatbesitz*

EINES VORMITTAGS IM FRÜHHERBST, noch vor der Weinlese,
holte Sobran das Frühstück ins Zimmer, das ein Diener wie gewöhnlich auf einem Tablett vor seiner Tür abgestellt hatte. Als
er mit dem Tablett in der Hand und dem Rücken zur Tür dastand, sah er Aurora die Treppe zur Remise hochkommen. Er
wünschte ihr einen guten Morgen.

»Hast du gut geschlafen, Liebster?«

»Mit Unterbrechungen.« Sobran lächelte. Er hielt ihr die Tür
auf, und sie schob sich an ihm vorbei. Als sie Xas sah, der auf
dem Fußboden saß und über Bernards Briefe lachte, blieb sie stehen. Xas blickte auf, sprang hoch, lief auf sie zu und schloß sie in
die Arme.

Aurora schob ihn von sich fort, damit sie ihn mustern konnte.

»Du«, sagte sie, »hast mir einiges eingebrockt. Beide, der Baron
und Paul, wollen wissen, wer dieser rastlose Reisende ist, der mir
all die Ansichtskarten schickt. Sir-Walter-Scott-Denkmal, ein
Dampfer an der Côte d'Azur, die Säule auf der Place Vendôme,
die Piazza della Signoria in Florenz. Männer in groben Leinen-
hosen, die auf Steinbänken sitzen . . .«

»Ich habe überlegt, ob ich mir auch eine Kamera kaufe. Aber
dann scheue ich wieder davor zurück, weil ich Dinge sehe, die
kein Photograph wiedergeben kann — wie beispielsweise der
Himmel über der flachen Gegend um Amiens ausgesehen hat,
als schliefe er und würde demnächst unsanft geweckt werden.
Und wie photographiere ich Zeichen?«

– 349 –

»Falls du dir eine Kamera kaufst, Xas, dann schick die Photos bitte päckchenweise. Diese viele Post! Und keine Adressen. Ich mache dem Baron weis, daß ich auf meinen Pilgerfahrten eine Menge Leute kennengelernt habe, und er sagt: ›Enthusiasten, zweifelsohne.‹ Zum Glück bestätigen einige Albernheiten, die du schickst, seine Meinung. Wie das Theaterplakat: *Christus an der Spitze der Prätorianer*. Ich blicke da, offen gestanden, nicht durch. Und Porto ist so teuer.«

»Ich esse nicht.«

»Du verdienst auch nichts.«

»Aber ja doch. In diesem Jahr habe ich eine Weile als Heizer gearbeitet. Für die Überfahrt. Und ich zeichne im Kopf Landkarten, die Art, die aus Sätzen, aus Beschreibungen von dem bestehen, was ich am Ende von Straßen, Schreinen, Meilensteinen, alten Bäumen sehe. Kartographen sind wie Engel, sie stellen sich alles aus der Luft vor. Die Wanderschaft macht mir Spaß, ein Projekt, das nie langweilig wird. Die Landschaft verändert sich jetzt so schnell.« Xas saß auf dem Fußboden unter Briefen; während er mit Aurora sprach, hob er eine weitere Seite auf, als könnte er Bernards Worte mittels Berührung lesen.

Aurora berichtete, daß sich in Vully zwar nicht viel verändert habe, die Eisenbahn jedoch ein Segen sei und sich ihr Wein gut transportieren lasse.

»Habe ich doch gleich gesagt«, meinte Xas an Sobran gerichtet. »Das hatte ich im Gefühl, als ich die Pumpen gesehen habe, die in Mülheim Bergwerke ausgepumpt haben. Zunächst habe ich sie nur als etwas Riesiges gehört, das unter Gehämmere ans Licht wollte.« Der Engel streckte den Arm aus und umfaßte den Knöchel des alten Mannes, der im Nachthemd neben ihm stand.

Aurora und Sobran wechselten einen Blick, den bekümmerten, warnenden Blick von Eltern, die ihrem Kind eine traurige Botschaft mitzuteilen haben.

– 350 –

»Xas«, sagte Aurora, »ich könnte mir denken, du hast bemerkt, daß Sobran ... nicht mehr der Mann ist, der er früher einmal war.«

Der Engel stand auf, schnell und geschmeidig und zog sich etwas zurück. »Glaubt ihr, ich merke nicht, daß er alt ist? Aber Sobran ist mir so vertraut, daß sein Alter kein Anderssein bedeutet, kein Nebel, der den Körper, den ich kenne, allmählich einhüllt, oder etwas, was einen vulgären Gegensatz zu meiner ›Jugend‹ bildet. Er ist im Alter genauso er selbst wie in seiner Jugend.«

Aurora seufzte.

»Danke«, sagte Sobran. »Du bist sehr galant, denkst aber nicht ganz folgerichtig. Du hast dich meinem Alter angepaßt so wie du gelernt hast, dich zu Fuß in der Welt zurechtzufinden. Ich glaube, du bist mehr du selbst gewesen, als du noch fortfliegen konntest, während ich zurückgeblieben bin und mir den Staub aus den Augen gezwinkert habe, und ich war im besten Mannesalter auch mehr ich selbst. Ich nehme nichts mehr so wichtig wie früher. Meine Gefühle haben keine Ausdauer und Energie mehr.«

»Soll das heißen, du liebst mich nicht mehr?« sagte Xas.

Sobran antwortete: »Jetzt hörst du dich an wie ein junger Mann.«

Xas ging in die Hocke und sammelte die verstreuten Seiten von Bernards Briefen ein. Zu Aurora sagte er, ohne in ihre Richtung zu blicken: »Warum hast du damit angefangen? Erhoffst du dir, daß du ihn für dich haben kannst, jetzt, wo sein Leben langsam zur Neige geht?«

»Ich habe ihn doch. Und seine Familie hat ihn. Du kommst und gehst, Xas.«

»Damit willst du sagen, ich soll einfach gehen.«

Aurora war darüber nicht glücklich. Sie sagte zu Xas, daß sie

– 351 –

nie im Leben dergleichen andeuten würde. Sie redeten aneinander vorbei. Xas glaube doch wohl nicht, sie wolle ihm beibringen, es wäre unschicklich, bisweilen zu einem alten Mann ins Bett zu steigen? Das täten sie doch beide.

Sobran protestierte, die zehn Jahre, die Aurora jünger sei als er, berechtigten sie nicht dazu, ihn alt zu nennen.

»Du bist ganz still. Xas – Sobran und ich versuchen doch nur, dich so vorzubereiten wie es gute Eltern tun. Wenn Sobran nicht mehr ist und du um ihn trauerst, dann kann er dich nicht mehr trösten.«

Xas ging zu Sobran, weil er ihm die Briefe geben wollte, doch Sobran ergriff die andere Hand des Engels und zog ihn an sich. Xas legte kurz die Stirn auf Sobrans Schulter, dann blickte er ihm ins Gesicht. »Wir können uns noch immer so in die Augen sehen. Du bist nicht kleiner geworden. Schick mich nicht fort, Sobran. Handle nicht väterlich an mir. Ich habe alle Zeit der Welt, mich an deine Abwesenheit zu gewöhnen. Ich wäre gern öfter bei dir, aber alle Leute in der Provinz erinnern sich zu gut an mich.«

»Und du bist unstet.«

»Ja. Ich suche nach Orten, an denen ich wegen der Menschen, denen ich begegne, bleiben möchte. Aber ich sollte mich nirgendwo länger aufhalten, bis ich gelernt habe wie – ich niemandem etwas einbrocke.«

## 1858

### › Parfum ‹

*Der Duft des Weins*

DIE PERLEN LAGEN IN EINEM Kasten, der zwischen Sobrans
Bürsten und dem Eau de Cologne auf der Frisierkommode in seinem Zimmer auf Clos Jodeau stand. Aurora hatte ihm die Perlen
mit den Worten gegeben: »Die hier habe ich natürlich nie getragen. Aber gestern hat Iris sie gesehen und gefragt, ob sie die haben kann. Das möchte ich aber nicht. Gib sie Xas, wenn du ihn
wiedersiehst.« Sobran vergaß, sie in die Remise mitzunehmen,
und als er Xas dann wiedersah, mußte er ihn bitten, noch ein
Weilchen zu bleiben, noch nicht fortzugehen, bis er die Perlen
des Erzengels geholt habe.

Auf Clos Jodeau wurde Sobran durch seine jüngste Tochter
aufgehalten, die nicht einsehen wollte, warum er nicht jemand
anders geschickt hatte – er solle keine Botengänge machen,
nicht an einem Tag vom Château her- und wieder zurückreiten.
Warum nahm er nicht eine Kutsche? Was würde Mutter dazu
sagen!

Er konnte sich erst am Abend mit den Perlen in der Tasche
losmachen. Véronique wollte ihn nicht umkehren lassen, ohne
daß er gegessen hatte, und Antoine sagte, er solle bleiben, weil
Baptiste diesen Morgen gesagt habe, er wolle irgend etwas mit
Sobran besprechen – Baptiste war drüben auf Kalmann –, falls
Sobran bliebe, würde er, Antoine, rübergehen und ihn holen.

Sobran sagte, er würde Baptiste unterwegs aufsuchen und ritt
los.

Es dämmerte bereits, als er sein Pferd in Vully einem Stallburschen übergab und um die Ecke der Remise bog, die Schultern reckte und das Haar glattstrich.

Er sah Baptiste an der Tür zur Remise. Ja, das war sein ältester Sohn – in Arbeitskleidung und mit breitkrempigem Hut –, der im schwarzen Rechteck der Remisentür verschwand. Sobran beschleunigte den Schritt. Am Fuß der Treppe blickte er hoch und merkte, daß Licht auf den Flur fiel, als jemand oben die Tür öffnete, die Tür zu dem erleuchteten Raum, der Soldatengalerie. Sobran war außer Atem, rief jedoch:»Baptiste!«und sah, wie sich das Licht beruhigte, nicht heller wurde. Sobran rannte die Treppe hoch, blieb auf dem Absatz stehen, und da drehte sich sein Sohn zu ihm um und blickte ihn an. Baptistes Hand lag auf der Tür zur Soldatengalerie, und diese Tür stand halb offen.

Sobran nahm die zweite Treppe in Angriff und redete beim Hochlaufen:»Du möchtest mich sehen?« Dann:»Warte.« Er merkte, daß sein Ton angespannt und falsch klang. Baptiste legte den Kopf schief, runzelte die Stirn, dann dämmerte ihm etwas, er blickte triumphierend, und gerade als der atemlose Sobran nach dem Ärmel seines Sohns griff, stieß Baptiste die Tür weit auf und trat ins Zimmer.

Und dort stand Xas im Lampenlicht mit nackter Brust abgesehen von den Hosenträgern, barfuß und anscheinend gelassen.

Sobran lehnte sich gegen den Türrahmen.

»Du«, sagte Baptiste.

»Ich«, antwortete Xas. Dann an Sobran gerichtet:»Alles in Ordnung?«

»Ich muß nur wieder Luft bekommen«, sagte Sobran und bekam Luft.

»Cayley«, sagte Baptiste.

Xas machte einen leisen, nichtssagenden Laut und streckte Sobran die Hand hin.

Baptiste trat beiseite und blickte seinen Vater an. Der Blick war wachsam, aber nicht feindselig.

Sobran kam näher, holte die Perlen aus der Tasche und ließ sie in Xas' hohle Hand rollen. »Die hat Aurora zwanzig Jahre lang im Banktresor in Paris aufbewahrt. Sie hatte Angst, sie könnten Vully Pech bringen. Sie hat immer noch Angst.«

Xas hob die Kette über den Kopf. Grünschwarz, tiefdunkel und ölig schimmerten die Perlen und unterstrichen noch die fürstliche Schönheit des Engels. Oder vielleicht bewirkte das sein Ausdruck. »Vermutlich hast du auch meinen Gürtel aufbewahrt?«

»Den mit dem Topas, dem Tigerauge und dem Lapislazuli? Ich weiß noch, daß ich ihn dir abgenommen habe, als ich dich gewaschen habe. Danach habe ich ihn nicht mehr gesehen. Das ist alles schon so lange her. Vermutlich hat er ihn beseitigt. Aurora ist ihm zum Fenster gefolgt, und da hat er ihr die Perlen zugeworfen. Sie hat mir nicht erzählt, daß er irgend etwas mitgenommen hat.«

»Muß er aber. Als Andenken.«

»Oder er wurde vergraben.«

Xas nahm die Perlen in den Mund und ließ sie über die Lippen rollen. Er warf Baptiste einen kurzen Blick zu. »Mir scheint, wir ziehen einen Schlußstrich. So als ob ich einsammle, was mir gehört. Vielleicht sollte ich nicht wiederkommen, ja, Sobran?« Letzteres klang recht jämmerlich.

»Warum solltst du nicht wiederkommen?«

»Er sieht aus wie du«, sagte Xas, ohne Baptiste, der ganz still dastand und ganz Ohr war, eines weiteren Blickes zu würdigen. »Mit vierzig. Als du nach drei Jahren, in denen wir nicht miteinander geredet haben, wieder zum Grenzstein hochgekommen bist und dich mit all deinen Sorgen und Niederlagen, Frostbeulen, weißem Haar, Spazierstock – ganz schön affektiert, wie –, deinem weißen Kragen und Kruzifix herausgeputzt hattest. So viel eisige Entrüstung. Du hast gesagt: ›Ich habe ein paar Fragen an dich. Die magst du beantworten, dann geh und komm nie wieder.‹«

»Xas, und was hast du zu mir gesagt?« fragte Sobran. Er erinnerte sich nicht mehr, erinnerte sich ja kaum noch seines Zorns. Woran er sich erinnerte, war Xas' Anblick, wie er eingehüllt in seine Flügel auf dem Grenzstein hockte.

»Ich habe dich gefragt, ob du dir das gut überlegt hast.«

»Wie konnte ich wohl?« Sobran ging noch einen Schritt weiter und legte Xas die Hand auf die Wange. »Du wirst mich nicht verlassen und nie wiederkommen, nicht wahr? Nur weil Baptiste aussieht wie ich. Ich bezweifle, daß du ihn jemals wiedersiehst. Er kann nicht ständig auf mich aufpassen. Noch bin ich nicht invalide oder vertrottelt.«

»Ich glaube, es muß sein«, sagte Xas, und Sobran war überrascht von den rinnenden, heißen Tränen auf seinem Handrücken. »Warum muß er auch aussehen wie du? Ich wäre immer noch heil und ganz, wenn ich nicht ausgesehen hätte wie jemand anders. Ähnlichkeit ist Sünde. Sie ist Sünde.«

Xas riß sich von Sobran los, kehrte ihm den Rücken zu und suchte nach Hemd, Rock und Stiefeln. Sobran sah, wie Baptiste angesichts des weißen Daunenflaums im Narbengewebe auf dem Rücken des Engels Mund und Nase aufsperrte.

Xas fand Hemd und Rock. Er zog sich an. Er griff sich seine Stiefel und sagte zu Sobran: »Erzähl ihm nichts. Es ist auch meine Geschichte, und ich möchte nicht, daß er daran teilhat.«

Diese Worte und die vorherigen klangen so gekränkt und irrational, daß Sobran für den Engel eine gewisse zärtliche Angst empfand, jedoch nicht wußte, wie er darauf reagieren sollte. Er sagte so gelassen wie möglich: »Ich werde dich wiedersehen.« Sah zu, wie Xas zur offenen Flügeltür ging und rief hinter ihm her: »Ich werde dich wiedersehen!«

– 356 –

»Ja«, sagte Xas. Und sprang.

Baptiste taumelte. Sobran nahm seinen Sohn beim Arm und führte ihn zu einem Stuhl am Kamin und drückte ihn nieder.

»Er hat Federn«, sagte Baptiste mit schnatternden Zähnen.

»Falls du die Flügel gesehen hättest, du wärst in Ohnmacht gefallen«, sagte Sobran beruhigend und im Plauderton. »Aurora hat sie nur einmal in Bewegung gesehen – wie zwei sich gegenüberstehende Spiegel, hat sie gesagt. Gottes furchterregende Symmetrie.«

1859

# › Servir Frais ‹

*Gekühlt servieren*

»DIESEN WINTER BIN ICH zu der Salzhöhle in der Türkei gereist.
In den letzten fünfundzwanzig Jahren hat man die Produktion
um mehrere hundert Tonnen im Jahr gesteigert. Die Verdun-
stungsbecken erstrecken sich über viele Hektar und sind bei
Nacht durch Lichter an jedem riesigen, zusammengeharkten
Haufen schmutzigen Salzes zu erkennen. Ich ging zu der Stelle,
wo ich immer meine kupfernen Wassergefäße versteckte und
fand ein Rohr, das im Salz verschwand. Ich folgte ihm zurück bis
zum See und fragte einen der Arbeiter, wozu es diente. Ein Vor-
arbeiter erzählte mir, daß der Bey, dem das Land gehört, einen
englischen Ingenieur einstellte, und der baute das Rohr, um den
See unweit der Quelle abzusaugen. Ja, dadurch seien weitere
Salzpfannen freigelegt worden. Er hatte keine Ahnung, wohin
das Wasser liefe. Irgendwo in den Boden ...«

1860

# › Pilzbefall ‹

*Trauben, die von* Botrytis cinerea
*befallen sind*

IM MAI WAR SOBRAN ZUR TAUFE seines dritten Urenkelkindes und ersten männlichen Urenkels in Chalon-sur-Saône. Er wurde krank und mußte in Sabines Haus das Bett hüten. Céleste, Sabine und Sabines letzte, noch unverheiratete Tochter, alle pflegten ihn. Man ließ ihn nie allein – daraus folgerte er, daß er sehr krank sein mußte. Als der schlimmste Schmerz nachließ, ließ er sich treiben, wurde zwischendurch von weiblichen Wesen gestört, die Kissen aufschüttelten, ihm die Bettpfannen unter das knochige Hinterteil schoben oder ihn aufsetzten, weil er Suppe schlucken sollte, eine ermüdende Arbeit. Wenn er zeitweilig bei Bewußtsein war, hatte er jeden vergessen, der nicht im Raum war – doch nie verlor er das Trio Ehefrau, älteste Tochter, Großtochter aus dem Blick. Seine Söhne schienen regelrecht aufzumarschieren. Martin – ausgerechnet Martin – kniete an seinem Bett und weinte. Baptiste kam und schenkte ihm ein Glas Château Vully l'Ange du Cru Jodeau ein. Das hielt er seinem Vater an die Lippen, und Sobran schmeckte den winterlichen Körper hinter der Traube und vor dem Holz. Dann spürte er eine Veränderung, es war wie ein Luftzug; er wurde aus seinem Körper gesogen und sah Vorhänge, die vor seinem Blick zugezogen wurden, darauf verwandelte sich die Schwärze der Ohnmacht in Türkis, und er trieb in einem See hoch und erblickte kurz Berge, Schnee, der von schwarzen Felsen geädert war, und glasiggrünes, lichtdurchschienenes Eis. Aber diese Landschaft wies ihn ab, und so sank er wieder in seine eigene Stofflichkeit zurück, nicht

– 359 –

nur in seinen kranken Körper, sondern auch in seine Erinnerungen, seine Neigungen, seine hartnäckigen Lieben.

\*

AURORA SASS ÜBER EINE STUNDE bei Sobran. Der Straßenlärm wurde lauter, als die Menschen zum Abendessen nach Haus eilten. Sie dachte, der Krach könnte ihn wecken. Im Haus, das sich nach den Gesunden richtete, wurde es lebendig. Die Schule war aus, die Haustür öffnete und schloß sich, Sabines Jüngster kam aus seiner Tagesschule und dann ihr Mann aus dem Kontor. Aurora hörte Pauls Stimme – er und Agnès waren aus ihrem Hotel gekommen und wollten mit Sabine und ihrer Familie speisen.

Ihr Freund bewegte sich nicht, probte für die eigene Bestattung. Das Licht verblaßte. Aurora wandte den Kopf zum Fenster, und dabei kitzelten sie ihre Ohrringe im Nacken, lebendig, etwas überladen für einen Nachmittag, der einem reglosen Pendel glich. Weißlich schimmerte das Zwielicht auf den kleinen Gefäßen mit dem Urin des Patienten, den Sobrans Arzt aus für Aurora unerfindlichen Gründen auf der Fensterbank trocknen ließ.

Céleste kam mit einer Lampe. Der rosafarbene, mattierte Glaszylinder beleuchtete ihr Gesicht von unten, und das war gelassen und glatt für eine Frau, die auf die Siebzig zuging. Sobran sah jetzt zehn Jahre älter aus als sie, ein ausmergelter, alter Mann mit Altersflecken und so still.

Céleste stellte die Lampe ab und kam zum Bett.

»Unsere Kinder sind mit Iris da«, sagte Céleste, und das waren die ersten Worte zu Aurora, mit denen sie ihre Verschwägerung als Verschwägerung bestätigte, nicht als Streitthema. »Antoine ist auch gekommen, und das Haus platzt aus allen Nähten. Sabines Junge hat Kleider und Bücher zusammengesucht und wohnt jetzt im Haus eines Freundes. Baronesse, Sie sollten hin-

– 360 –

untergehen. Falls mein Mann aufwacht, während ich aufpasse, lasse ich Sie holen.«

Aurora stand auf. »Wie geht es ihm? Ich kann nicht erkennen, wie es ihm geht.«

»Er hat heute zweimal gesprochen, jedes Mal war es eine Frage. Ich habe seinen Vater gepflegt und kurz nach unserer Heirat den Onkel, der, wie alle sagen, zu jung gestorben ist. Die Jodeaus gehen erst, wenn sie aufhören, Fragen zu stellen.«

Unten gab Paul Aurora einen Kuß. Im Salon gab es nicht genug Stühle, und Baptiste, Martin und Antoine lehnten am Kaminsims, wo ihre Körper einen Ofenschirm bildeten, der die Hitze nicht in den Raum ließ. Aurora bat sie, dort wegzugehen.

»Gedankenlose Flegel«, sagte Agnès, doch als sich Antoine neben ihrem Stuhl auf den Boden setzte, legte sie ihm die Hand aufs Haar.

»Ich bringe keinen Bissen hinunter«, sagte Iris, als die Glocke zum Essen rief.

»Aber ja doch«, sagte Paul.

Sabine erschien. »Kommt bitte. Es ist ein bißchen eng.«

»Sabine sagt, daß es Vater bessergeht«, sagte Agnès zu Aurora.

»Ja, das meint deine Mutter auch.« Aurora mochte sich nicht vom Fleck rühren. Bei der ganzen Geschäftigkeit, der brüchigen Heiterkeit ringsum fühlte sie sich wie gelähmt. Sie schüttelte verneinend den Kopf, als ihr Paul, der Agnès an einem Arm hatte, den anderen reichte.

»Ihnen ist nicht gut, weil Sie essen müssen«, sagte Antoine so keck-schlicht und aufrichtig, wie er es seinem Hauslehrer abgeschaut hatte.

»Ich bringe sie mit«, sagte Baptiste. »Sag Sabine, sie soll anfangen. Die Baronesse muß sich erst fassen oder Abstand gewinnen – was immer die bessere Ausrede ist.«

Man ließ Baptiste und Aurora allein.

– 361 –

»Dieses Mal stirbt er noch nicht«, sagte Baptiste.
»Wenn er das tut, bin ich verwitwet, aber ohne die Rechte einer Witwe.«

»Baronesse, das wissen wir alle.«

»Unsere Freundschaft war nur zu seinen Bedingungen.« Baptiste lächelte. »Davon können auch seine Kinder ein Lied singen. Entweder er war zu beschäftigt oder er hat uns herumgeschubst. Diese Art Mensch. Immer wenn einer von uns etwas Unerwartetes getan hat, hat er uns angesehen, als hätten wir uns auf ihn gestürzt, als spielten wir Fischlein im Dunkeln – was wir tatsächlich gespielt haben, als ich noch ganz klein war, ehe meine zweite ältere Schwester gestorben ist. Jedenfalls sieht Vater uns an, als ob er sagen will, er spielt ganz sicher nicht mit.«

»Das haben Sie gut ausgedrückt, Baptiste. Er war frostig, wann immer ich ihm allzu nahe gekommen bin. Hat getan, als wollte ich mir aufgrund meines Titels und Reichtums etwas anmaßen. Und immer, wenn er ›krank wurde‹, hat er sich mit seiner ganzen Kraft entweder in undurchdringlichen Kummer oder in undurchdringliches Schweigen gehüllt. Jetzt ist es Fieber und Schlaf.«

Baptiste beugte sich ein wenig näher zu ihr und sagte im Verschwörerton: »Sollen wir nach oben gehen und ihn am Bart zupfen?«

Aurora überlegte. »Ich möchte, glaube ich, einen Happen essen.«

Am darauffolgenden Tag gelang es Aurora, den Kranken zu beruhigen, der wissen wollte, ob er wie ein Leichnam aussehe.

»Nein«, sagte sie.

In seinen Augen funkelte es auf, doch es war nur Galgenhumor. »Sehe ich wie ein gelb verfärbter, verschrumpelter alter Mann aus?«

Aurora zögerte, dann stimmte sie zu, daß es so sei. Und sah,

– 362 –

wie er lachte und stimmte in sein Lachen ein –, vorsichtiges, zurückhaltendes Gelächter, aber unbeschwert, weil etwas, was Sobran verbissen und eifersüchtig gehütet hatte, endlich seinem ermatteten Griff entglitten war.

\*

SOBRAN WAR ZUR WEINLESE ZURÜCK in Vully und mit Hilfe eines Stocks auf den Beinen. Xas tauchte wieder auf und tat so, als wolle er sich auf Dauer um Sobran winden wie – so beschwerte sich Sobran – ein Schmarotzer, ein Rankengewächs. »Ich sterbe schon nicht«, versprach Sobran. »Ich breche dir doch nur das Herz. Geh für ein Weilchen fort. Und komm bald wieder.«
Und natürlich liebten sie sich nicht.

# 1861
## › Vin Diable ‹

*Eine Flasche Champagner,*
*die aufgrund von zuviel*
*Innendruck platzt*

ALS BERNARD IM NEUEN JAHR zu Besuch kam, brachte er ein Exemplar von *Über die Entstehung der Arten* mit. Bernard hatte von Charles Darwins ketzerischem Werk gehört und bei dessen Veröffentlichung ein Exemplar bestellt. Es kamen zwei. Eins von seinem deutschen Buchhändler und ein anderes aus Leeds im Norden Englands.

»Sieh dir die Adresse auf der Verpackung an. Die Handschrift kenne ich. Das hat mir Niall Cayley geschickt. Ich weiß es. Aber es war kein Brief dabei. Schade, daß ich ihn aus dem Blick verloren habe, Vater, er ist wirklich ein wunderbarer Lehrer gewesen. Und ein Original. Als ich mich an der Sorbonne immatrikuliert habe, da dachte ich, ich betrete eine große Welt hehrer und ungewöhnlicher Geister, Menschen wie mein Hauslehrer. Ich habe Männer und ein paar Frauen kennengelernt, die hehre Geister sind, aber niemanden wie Cayley.«

Sobran streckte die Hand nach dem Buch aus. »Ich denke, das sollte ich lesen.«

1862

# › Vin des Dieux ‹

*Götterwein, ein süßer,*
*botrysierter Wein*

EIN GANZES JAHR LANG KAM Xas nicht zu Besuch und schrieb auch nicht. In diesem Jahr wurde Antoine, der Steinmetz, durch eine Reihe von Schlaganfällen dahingerafft, und Christophe Lizet erlag schließlich einem Tumor, der seinen Magen verschloß, so daß er nicht mehr bei sich behalten konnte, was er noch herunterbekam. Sobran besuchte seinen Nachbarn nicht auf dem Sterbebett, obwohl seine Frau, Söhne und Töchter hingingen. Sobran wollte nicht hören, wie Lizet bedauerte – ein lebenslanges Bedauern –, daß nie herausgekommen war, wer seine Schwestern Geneviève und Aline ermordet hatte.

*

1863 HIELT SICH AURORA ZUM Ostersegen in Rom auf.

Sie saß in einer Mietdroschke, deren glänzendes, schwarzes Lederverdeck wegen des feinen Regens hochgeklappt war. Die Droschke stand im ersten von vier Kreisen aus Droschken am Rand des Platzes mit Blick auf St. Peter. Der Platz war gedrängelt voll, Soldaten, Priester, Beamte auf Stühlen und die Bevölkerung mit bereits entblößtem Kopf, obwohl der Pontifex noch gar nicht erschienen war. Zwischen den riesigen Heiligenstatuen auf dem Dach des Vatikans lehnten Menschen und umschlangen zutraulich steinerne Knie.

Ein Passant blieb stehen und blickte in Auroras Droschke, dann stieg er ein und setzte sich neben sie.

Sie fragte Xas: »Wo bist du gewesen?«

– 365 –

Er schüttelte den Kopf. Er war schäbig gekleidet und trug ein Netz mit Möhren und Zwiebeln. Sein Hals war verdreckt und grau, und in den Hautringen um seine Handgelenke saß der Schmutz. In seinem offenen Hemd erblickte Aurora Perlen, so befremdlich und eindringlich wie die Augen des lebenden Tintenfisches, den sie einst im Aquarium eines Pariser Nobelrestaurants gesehen hatte. Der Engel war zu unverhofft und zu schön; Aurora mußte kurz die Augen schließen.

»Du hältst wohl nichts von Adressen.« Schon wieder schalt sie.

»Der geborene Protestant.« Mit einem spöttischen Blick auf die Scharen von Gläubigen. »Ich glaube nicht an Vermittler.«

»Du nervst.« Aurora war müde und kam deshalb zur Sache. »Sobran ist sehr alt und krank.«

»Ja, das war zu erwarten.«

Eine hartherzige Antwort, doch seine Stimme klang brüchig, der Tonfall grenzte an Panik. Er nahm Auroras Hand und liebkoste sie mit dem Daumen, rollte die Sehnen in ihrer losen Haut hin und her. Durch ihren Spitzenhandschuh konnte sie spüren, daß die Hand des Engels kälter war als ihre. Er sagte: »Ich komme. Ich muß Vorkehrungen treffen. Es gibt da eine Frau, die ich aushalte.« Er sah Auroras Miene und lächelte. »Ich arbeite als Marktschreier. Ich komme von meinem Arbeitsplatz auf der Piazza Montana mit einem Beutel Gemüse oder Schinkenknochen zurück, und die alte Frau kocht Suppe für mich, die ich nicht esse, und sie ißt dann, was ich ›übriglasse‹. Sie wohnt in einem kleinen Zimmer unter der Treppe. Ich bezahle sie dafür, daß sie für mich kocht und mein Zimmer saubermacht. Ich weiß nicht, ob sie über die Runden kommt, wenn ich ihr keine Arbeit gebe. Ich könnte ihr wohl meinen Schreibtisch und die Federhalter und meine andere Habe zum Verpfänden oder Verkaufen überlassen.«

»Freut mich zu hören, daß du dir neue Freunde machst. Aber Sobran . . .« Aurora hörte auf zu sprechen, denn die Lippen des Engels hatten alle Farbe verloren. »Diese Frau ist mehr wie ein Haustier«, sagte er kalt. »Doch unter den Armen und Schwachen und Alten ist meine Kraft obszön. Wie kann ich leben, wenn ich nicht wenigstens ein paar armen Wesen helfe? Wer einen bemitleidet, bemitleidet alle. Aber ich kann unmöglich das Leid der ganzen Welt tragen, daher neigt mein Mitleid dazu, sich zu verflüchtigen. Ich stöpsle es fest zu. Denn ohne Mitleid und unter euch, wo käme ich da wohl hin?«

»Verzeih mir«, sagte Aurora. Für sie war er der eine geworden, dessen Abwesenheit ihren Freund schmerzte. Sie hatte ihn vergessen – seine Einblicke fürchterlicher, überfallartiger Gewißheit.

Xas stieg aus der Droschke und hob die Hand zu einer raschen Karikatur der Segensgeste, und sie sah die roten Spuren vom Griff des Netzes auf seiner hellen Handfläche, ehe der Segen zu einer geballten Faust wurde, die langsam heruntersank. »Ich werde am siebenundzwanzigsten Juni dasein«, sagte er und schritt durch die Menge davon.

# 1863

## › Vinifié ‹

*Zu Wein geworden*

SOBRAN ERREICHTE, WORUM ER GEFEILSCHT und gequengelt und gebettelt hatte. Bei Sonnenuntergang trugen ihn drei Männer und ein Jüngling – seine Söhne Baptiste, Martin und Antoine und Martins Sohn – auf einer Bahre aus seinem Haus, obwohl ihm Bewegung gar nicht gut bekam und er bisweilen das Bewußtsein verlor. Er sah die Sterne hell an einem sich abkühlenden Himmel funkeln und kniff die Lippen zu einem Strich zusammen, als die Bahre kippte und seine dick angeschwollenen Füße gegen die festgezurrten Decken gedrückt wurden. Die Laken seines Behelfsbettes waren so festgestopft, als hätten ihn seine Söhne bereits zur Hälfte in sein Leichentuch genäht.

Sobran dachte: »Wenn ich morgen noch lebe, komme ich mir blamiert vor.« Das fand er lustig, besaß jedoch nicht die Energie, diesen Gedanken Antoine mitzuteilen, an dessen Arm er sich festhielt, während die Bahre dahinruckelte. Ein Witz wäre heldenhaft. Ein Witz würde ihnen helfen. Aber er konnte nicht sprechen.

Die Prozession zog durch Rebenreihen und Jodeau Süd hoch und kam auf der Hügelkuppe zum Stehen, von wo Sobran einen einzigen Blick auf die Hügel in der Ferne werfen konnte, die von goldenem Licht gesäumt waren.

Céleste sagte: »Jetzt fort mit euch, alle. Und geht bitte früh zu Bett.«

Martins Sohn stellte den Stuhl ab, den er für seine Großmutter den Hügel hochgetragen hatte, und Céleste bezog Posten ne-

– 368 –

ben Sobran. Sie ordnete ihr Umschlagtuch, nickte den Männern zu, entließ sie.

Martin zog die Decke zum Hals seines Vaters hoch. Sobran schüttelte langsam den Kopf. Er wollte sich aufsetzen und fing an zu husten. Er brauchte ein letztes Mal Hilfe, damit er sich vorbeugen und die Luftröhre säubern konnte. Martin und Baptiste hoben ihn hoch, und er zitterte an ihrer Stärke, als wollte er sich gegen sie wehren. Er hustete und holte genügend Luft, daß er den Schleim ausspucken konnte. Baptiste hielt Sobran einen Lappen unter den Mund, dann wischte er ihm den dicken Speichel ab, der ihm von der Unterlippe tropfte; faltete den Lappen wieder zusammen und tupfte erneut, bis Sobrans Mund sauber war. Dann legten sie ihn wieder hin. Martin zupfte ihm die Nachtmütze zurecht und zog ihm die Decken erneut hoch. »Du weißt, was ich davon halte, Vater? Bei deinem Husten ist das die reinste Torheit.«

»Du stirbst heute nacht schon nicht«, sagte Baptiste. »Auch wenn es gut passen würde. Erst letzte Woche hast du uns allen deine Meinung zu – ich weiß nicht mehr wozu gesagt. Onkel Antoine hat in Gesellschaft ein halbes Jahr geschwiegen, ehe er gestorben ist, hat nur geredet, wenn man ihn angesprochen hat und das ohne jede Gefühlsregung.«

»Ja. Ja.« Sobran ließ sich nicht gern abkanzeln. Seine Söhne rächten sich – aber es war ihm lieber, sie wurden ausfallend, als daß sie an ihm herumnörgelten.

»Geht jetzt«, befahl Céleste.

Einer nach dem anderen gab ihm einen Kuß – sein Enkel pflichtschuldigst, ein wenig verlegen, und daran merkte Sobran, wie abstoßend er war.

Er schlief ein Weilchen und wachte auf, als Céleste die Lampe anzündete. Er sah ihr zu, wie sie ein Streichholz anriß, sich bückte, das Gleichgewicht wahrte, den Zylinder der Lampe entfernte, die Flamme an den Docht hielt und den Zylinder wieder aufsetzte. Im gelben Lampenschein wirkte sie mädchenhaft und unberührt, und ihr Haar schimmerte wie Zuckerwatte. Als sie sich wieder hinsetzte, fragte Sobran sie nach Laudanum. Céleste kramte in ihrer Tasche nach der Flasche – hielt sie ans Licht und schüttelte sie. Die harzige, braune Flüssigkeit blieb beim Schwenken am Glas haften.

Sobran schlief wieder ein und wurde mitten in der Nacht von einem Hustenreiz geweckt. Er versuchte, sich auf die Seite zu drehen, doch sein eigener Arm war ihm dabei im Weg wie die Seitenteile eines Kinderbetts. Jemand kam ihm zu Hilfe. Er hustete, hüstelte trocken, konnte den Pfropf lösen und spuckte ihn aus. Einer seiner Söhne war zurückgekommen – und wie für einen Stadtbummel gekleidet: Anzug, das Haar kurz und pomadisiert. Als Sobrans Kehle frei war, konnte er den Duft der Pomade riechen – und noch etwas anderes. Schnee. Sobran hielt die Hand fest, die seine hielt, und schloß seine Hand darüber.

Céleste sagte gerade zu Xas, als komme sie zum Ende einer langen und verwickelten, vertraulichen Mitteilung: »Mein Engel hatte Flügel, die waren wie die Ringelblumen da gefiedert.« Sie zeigte auf Ringelblumen, die den Grenzstein üppig umwucherten. Dann schlug sie sich einmal aufs Knie und stand auf. »Ich lasse euch jetzt ein Weilchen allein. Ich setze mich einfach da drüben hin, wenn du mir den Stuhl hinbringst.«

Xas ergriff Célestes Stuhl und trug ihn zu dem flachen Vorsprung, wo einst Kirschbäume gestanden hatten.

»Sie hat es vorgezogen, mich nicht als Niall zu erkennen«, erzählte Xas Sobran, als er zurückkam. »Sie schien einen Engel zu erwarten.«

Die Zweige des Schattenbaums raschelten und ließen Blätter auf Sobrans Bett rieseln. »Du riechst fruchtig und lieblich«, sagte der Engel. »Dein Atem.«

Sobran sagte:»Ich möchte dich ansehen.«

Xas brachte sein Gesicht näher an Sobrans, und sie blickten sich an. Dann ließ sich der Mann treiben. Bedächtig stellte er eine Liste der Menschen auf, die ihn hoffentlich im Himmel empfangen würden. Nicolette und Aline Lizet, Mutter und Vater, Baptistes kleine Söhne, sein Schwager Antoine. Baptiste Kalmann würde im Fegefeuer sein, es sei denn Sobrans Gebete hatten ihn freigekauft. Und wohin würde Aurora kommen?

»Du liegst im Sterben und machst dabei einen Aufstand, als wollest du verreisen«, sagte Xas.

»Hol meine Frau«, bat Sobran.

Xas holte Céleste, und die erklärte im Näherkommen, ihr Mann sei eindeutig zu müde zum Reden. Gestern habe er nichts gesagt, was das Wiederholen lohne.»Baronesse Lettelier ist weinend aus seinem Zimmer gekommen, weil er nur gesagt hat, er habe einen trockenen Mund und ob sie ihm bitte mit dem Glas Wasser da behilflich sein könne.«

Sobran hatte eine Hand aus den Decken befreit. Er ruckte mit den Fingern in Richtung Céleste.»Die Flasche, die Flasche.«

»Welcher Teil deines Körpers tut dir nicht weh?« fragte Xas. In seinen Augen glimmte es. Dann sagte er zu Céleste:»So ist es oft – sie gehen fort und machen sich für den Himmel bereit.« Seine Stimme brach; er hörte sich an wie ein Knabe.

»Zu sehr«, sagte Sobran.»Was soll ...« Er ließ sie warten, hielt ihre Worte mit den Augen zurück, hing an Xas' Blick, »... diese Husterei?« Dann ein Atemzug. Es war eine stickige Mittsommernacht. Eigentlich müßte sich der Himmel einen Spalt öffnen oder die großen, dichten Fächer der Flügel, an die er sich erinnerte, müßten so heftig Luft in seine Lungen wehen wie sich das Meer durch das Nasenloch eines Wals zwängt.

Céleste gab Xas die Flasche mit dem Laudanum.

»Ach ja«, sagte Xas.

Sobran sagte:»Ich wollte, daß du bei mir bist.«
Er bat Xas, die Flasche zu entstöpseln und lehnte sich an die
warme, federnde Brust des Engels, während er das Laudanum
schlückchenweise trank.

»Das ist nicht genug«, sagte Céleste.»Entschuldigung, ich
bin immer so praktisch.«

»Danke, Céleste. Und du«, sagte Sobran zu Xas,»du machst
später Schluß. Machst Schluß mit mir. Du hast nichts zu verlieren.«

Er beobachtete Xas und sagte zornig:»Zeig mir, daß du ein-
willigst.«

»Ja«, sagte Xas.

Kurz darauf sagte Sobran, er könne die Augen nicht mehr
offenhalten.»Ich möchte, daß du meine Hand in deinen Mund
legst.« Er sah, wie seine Hand hochgehoben wurde, sah seine
klauenartigen Finger und einen beschädigten Nagel. Er spürte
den Kuß, den glatten, fleischigen Mund.

»Es war nicht möglich«, sagte er. Was er gewollt hatte, was er
von ganzem Herzen gewollt hatte, nämlich mit diesem Wesen
Meile um Meile Schritt zu halten. Doch selbst ein verstümmel-
ter Engel läßt jeden Menschen hinter sich.

Die Augen fielen ihm zu. Die Knochen seines Halses waren
Wachs, schmolzen, sein Kopf saß wie eine Blume auf einem ver-
dorrten Stengel, seine Kehle war schon wieder verstopft, ganz zu
schweigen von dem dicken Schleim, der aus seinen Lungen
hochstieg. Er spürte eine Hand auf seinem Mund. Sie machten
einen Spiegel, Hand zu Mund und waren für einen Augenblick
nirgendwo in ihrem Leben, aber beieinander.

Sobran wurde ein allerletztes Mal wach. Er war erschöpft,
doch die Liebe endete nie, sie hatte Rechte, hatte das Recht auf
eine Prophezeiung. Er sagte:»Wir sehen uns am Tag am Ende
aller Tage.« Einen langen Augenblick – ihm war, als fiele er –

– 372 –

wartete er auf die Antwort, die er verdiente, das gehauchte ›Ja‹ auf seinen Fingerspitzen.

\*

DER ENGEL LIESS SOBRANS HAND von seinen geschlossenen Lippen sinken. »Er ist so gut wie tot«, sagte Céleste. Sie hörte sich an, als hätte sie den Atem angehalten. »Ich habe etwas, das sollst du meinem Mann im Himmel bringen«, sagte sie. Xas schlug gerade rechtzeitig die Augen auf, um ihr die gefaltete Seite, die sie ihm hinstreckte, abzunehmen. »Als ich Léon erhängt auffand, habe ich nur das genommen, was mich beschuldigte. Ich habe Sobran getrotzt, damit er mit mir nicht über meine Untreue redet – er ist mir ja auch nicht treu gewesen. Das habe ich ihm vergeben. Léon Jodeau war auf seine Art auch ein Verräter. Er konnte der Wahrheit über sich selbst nicht ins Auge sehen.« Céleste putzte an ihrem Kleid herum. Ihr Ton war Satz für Satz abbittend, unnahbar, hämisch. »Er mochte es, wenn ich ihm die Hände um den Hals legte und ihn würgte.« Sie hob die Hände, um es dem Engel zu zeigen, schloß und öffnete sie in der Luft. »Aline Lizet hatte meinen Mann einmal verführt, als sie noch ein Mädchen war – hatte ihn verhext. Das weiß ich. Dann wollte sie Léon haben. Sie« – Célestes Stimme klang jetzt stolzgeschwellt – »hätte überhaupt nicht gewußt, wie man ihn anfassen mußte. Selbst als Aline tot war, konnte ich Léon noch haben. Selbst als er gesagt hat, daß er mich haßt.«

Sie holte tief Luft und blickte Xas fest in die Augen. »Engel Gottes, ich habe Sobran Léons letzten Brief nicht gezeigt, nicht weil ich Angst hatte, daß er mir etwas antun würde, oder um ihm Leid zu ersparen, sondern weil ich nicht wollte, daß er sein Leid mit der Baronesse teilt und es dann nur noch halb so schwer

– 373 –

ist.« Sie nickte bedächtig, als erwartete sie Zustimmung und die Worte:»Ich verstehe.« Darauf gab sie sich einen kleinen Ruck, schürzte die Lippen und machte einen Kleinmädchenblick von der Art ›Ach wie bin ich doch so unschuldig‹.»Und nun solltest du tun, was du ihm versprochen hast«, mahnte Céleste Xas.

Der Engel senkte das Gesicht und spürte Sobrans Atem nach – er meinte einen leisen, feuchten Hauch in den Härchen auf seiner Wange zu spüren. Er legte Sobran eine Hand auf den Mund und drückte ihm die Nase zu.

Kein Zeichen, kein Kampf. Nach etlichen Minuten ließ Xas los und sah, daß Sobrans Nasenflügel noch immer die hellen Druckstellen seiner Finger trugen.

Céleste stand da, stützte die Hände ins Kreuz und bog es.»Das Licht reicht allemal für mich. Ich lasse die Lampe lieber hier – für dich und ihn. Du hältst Wache. Ich setze mich bis fünf Uhr ins Haus, dann wecke ich meine Söhne.«

Madame Jodeau schritt den Hang hinunter, ging vorsichtigen Schrittes, brauchte dazu aber keinen Stock. Sie trat aus dem Weinberg und ging ins Haus. In einem Zimmer wurde das gedämpfte Licht heller. Xas widmete sich der verlorenen Seite von Léons Brief.

*

»... IHRES TODES GEWESEN. GOTT STEH mir bei. Fünf Jahre lang unter Deinem Dach und Deinem Schutz. Ich habe Dich mit Deiner Frau betrogen. Es hat Zeiten gegeben, da hätte ich wie ein anderer sittenloser, jedoch normaler und fehlbarer Mann für Céleste um Nachsicht gebeten, weil sie die Ehe gebrochen hat. Jetzt kann ich nicht für sie bitten, obwohl ich zugeben muß, daß sie mich zuweilen so durch und durch zu kennen schien und so unbeschwert war, daß ich der Täuschung erlegen bin, Du habest alles erraten und alles erlaubt. Das ist meine schlimmste Sünde –

die verschlagene Heuchelei meiner Argumentation. Céleste ist geistig nicht gesund, also bin ich doppelt schuld an dem Leid, gegen das sie noch immer so energisch und verbissen ankämpft.

Ich hatte vor, mit Céleste Schluß zu machen, als meine Liebe zu Aline Lizet immer stärker wurde. Aber sie wollte mich nicht freigeben. Aline wurde auf die gleiche Art ermordet wie die armen Mädchen, die ich umgebracht habe. In meinem wahnsinnigen Schmerz habe ich darin Gottes Strafe gesehen. Céleste wollte mich nach Alines Tod trösten. Ich habe versucht, der Wiederaufnahme unserer Beziehung zu widerstehen, und am letzten Abend in dem Gasthof in Aluze hat mir Céleste wutentbrannt erzählt, daß sie Aline umgebracht hat. Ich kann Dir das nicht alles erzählen und danach weiterleben. Es bereitet mir keine Lust mehr, wenn sie mir weh tut. Sie hat meine Schuld erraten, weil sie meine Schwäche kennt. Ich kann nicht leben, wenn sie mich in der Hand hat. Sobran, es tut mir leid.«

*

XAS SCHLOSS DIE HAND UM den heißen Glaszylinder der Lampe. Er nahm ihn ab und hielt das Blatt in die Flamme. Die Tinte schimmerte grün, während die Seite verbrannte. Der Engel ließ die schwarze Flocke fallen, als die letzte Ecke aufflammte. Er wischte sich die Hände, ehe er seinem Freund das weiße, schüttere Haar glattstrich.

Kurz darauf stand er auf und wandte sich der Straße zu. Er stand unter dem Schattenbaum und lauschte auf das Gebell eines Hundes und den Pfiff einer Lokomotive.

1997

# › Château Vully l'Ange du Cru Jodeau ‹

EIN SCHÖNER TAG, HOCHSAISON und Touristenschwemme, die drei Engländer, die mit dem Auto gekommen sind, beäugen die Gruppe, die sich auf einem schmalen Streifen Schatten neben einem Bus mit Klimaanlage drängt. Eine Weintour aus dem Südpazifik – bullige, gebräunte, redselige Menschen, die anscheinend Ahnung von Weinanbau haben. Ihr Fahrer unterhält sich mit der Fremdenführerin, einer Angestellten des Châteaus. Die Gruppe wird erwartet und die Führung beginnt, zunächst der Rundgang, danach die Weinprobe und dann können sie sich etwas Wein ins Latéron, das Restaurant in Aluze, mitnehmen. Der Engländer fragt, ob er und seine Freunde sich den Neuseeländern anschließen können. »Ja, alle auf einmal, warum nicht?« sagt die Fremdenführerin, dann zuckt sie mit den Augenbrauen und winkt einem jungen Mann mit dunkler Sonnenbrille, der an der Tür seines staubigen Renault – ein Mietwagen – lehnt: »Sie auch, kommen Sie.« Noch so ein Tourist, denkt sie und drosselt das Tempo ihres Französisch.

Auf dem Weg zwischen Mauern knirschen sie über feinsten Kies, doch als die Touristen stehenbleiben, können sie die Stille langsamen Reifens vernehmen, Bienen im Lavendel und blühenden Thymian. Die Rundbogentore in den Mauern gehen auf Rebenreihen, flache Hänge, die zu beiden Seiten der Châteaugebäude ansteigen wie eingerollte Flügel. Ein Bild der Ordnung von althergebrachter Art.

Im Dahingehen erzählt die Fremdenführerin von der *Phyllo-*

*xera vastatrix*, der Reblaus, die zwischen 1863 und 1890 die Weinberge in Europa verheerte. Die Reben hier wurden in den 1870ern auf amerikanische Rebstöcke gepfropft. Nur das Wurzelwerk des *grand cru* wurde verschont – nur ein einziger Weinberg zwischen Mâcon und Chagny, der Clos Jodeau drei Meilen südlich von Vully.

Sie führt die Touristen in die kühle *cuverie*, um ihnen die alten Eichenpressen und die kupfernen Gärungsbottiche zu zeigen. Ein Tourist, der an die fleckenlosen Gärungskeller seines eigenen Weingartens in Hawke's Bay gewöhnt ist, zeigt auf Traubenbrei, der zusammengeklumpt und trocken wie Wespennester über einem Bottich hängt.

»Seit wann hat Wein etwas mit Hygiene zu tun?« Die Führerin sticht zu wie eine Wespe. »Man denke nur an das barfüßige Treten der Trauben.« Sie wird unruhig, als sie sieht, wie der junge Mann mit der Sonnenbrille – auch drinnen immer noch mit Sonnenbrille – den Kopf zurücklegt und die Decke über dem Bottich mustert. Typ Prüfer vom Gesundheitsamt, womöglich Amerikaner.

Ich sehe zu den Balken der hohen Decke der *cuverie* hoch, die, wie ich weiß, den Fußboden eines anderen Raums darüber bildet, eines Raums mit niedriger Decke. Ich sehe mir alles an. Im Centre Pompidou gibt es ein Kunstwerk von Alighiero Boetti, das schlicht: Alles, *tutto*, heißt. Ein akribisch verschachteltes Mosaik aus Tieren und Gebrauchsgegenständen in mannigfachen Farben, auf dem die Kontur jeder Form an eine andere stößt, denn auch alle freien Räume sind wiederum Formen, und jede ist erkennbar: Lampenständer, Gitarren, Ampeln, Hirsche, Züge, Schwalben, Hämmer: alles. Ein vollendetes Puzzle, ein Puzzle der Welt, in der alles nebeneinander ist, nichts neben sich selbst und alles heil und ganz.

Wir gehen durch eine neue Tür in die Keller, die Vergrößerung eines Lochs, in denen sich damals, im Krieg, alliierte Flieger versteckten, so erzählt uns die Führung. Sie geht mit uns an der langen Reihe von Fässern vorbei, in denen Vullys zwei *premier cru* still wie Sphinxen reifen. Die Fässer, sagt sie, sind nicht neu, denn Vully hält nichts von Wein mit zuviel Eichengeschmack. Einige waren in den 1970ern neu, aber ›die Engel‹ mit den *grand cru* des Châteaus sind noch original.

1931 habe ich in Deutschland gearbeitet. Ich war für das Feuer in dem Film *Kameradschaft* verantwortlich. Eine Explosion im Bergwerk – ein Feuer, das durch eine verputzte Steinwand dringt, Drachenatem, der mit stetigem, gedämpftem Gebrüll den erstickten Schreien der Ingenieure folgt. Nun ja – so wird es gespielt. Natürlich war niemand in dem Flammeninferno im Schacht außer mir im Schutzanzug, und ich habe Kerosin gepumpt. Fast drei Jahrzehnte lang hatte ich mir Filme angeschaut, aber bei *Kameradschaft* sah ich mir zum ersten Mal etwas über die Kamera hinweg an, sah die Feuerwerkerei in ihren echten Farben; dann durch das Auge der Kamera, als meine erste Aufnahme aufgebaut wurde; dann danach bei der Vorführung. Und trotz meines getreuen und unvergänglichen Gedächtnisses stellte ich fest, daß du verblaßt – deine Stimme, Gesten, dein Gesicht –, verlorengegangenes Beweismaterial. Warum sich erinnern, wenn ich nichts vorzuweisen hatte? Nun ist mein Feuer so grau wie die Gesichter der Schauspieler und Komparsen, die ich kannte. Jenes monochrome Leuchten, das rasche, sich wiederholende Anschwellen des Feuers, mehr haben wir nicht hinbekommen – mehr durfte ich mir nicht wünschen.

Es gab zweierlei, was ich dir nicht erzählt habe. In der Nacht, als ich dich beschwatzte, mir Apharahs Brief zu zeigen, da habe ich gesagt, daß ich seit dem Engelfall viermal im Himmel war. Das, was dich nichts anging, habe ich für mich behalten. Wir haben uns über das Himmelsarchiv der verlorenen Originale unterhalten und wie Luzifer mich aussandte, damit ich die verbrannten Werke aus der Bibliothek von Alexandria lese – da war ich auf festem Boden. Mein Besuch bei Nicolette ging dich etwas an, doch dazu mußte ich dir nichts weiter sagen. Ich habe sie lebendig nicht gekannt, daher mußte ich nicht lügen.

Als mein Imkermönch gestorben war, merkte ich, daß er mir furchtbar fehlte. Ich saß neben seinen Bienenstöcken auf der unebenen Wiese, und vor Kummer taten mir alle Knochen weh. Ich überlegte, ob Engel krank werden können. Ich stellte fest, daß ich mich hin- und herwiegte, weil ich steif war – was völlig unmöglich ist. Dann flog ich in den Himmel und fand ihn. Nein, ich fand seine Seele, und das war nicht das gleiche. Nialls Seele hatte die ganze Lebendigkeit und Vitalität, die bei dem alten Eremiten, zu dem er geworden war, aufgebraucht gewesen war. Aber Nialls Seele war nicht mehr Niall. Luzifer wollte wissen, warum das so war. Er hatte sich nie die Mühe gemacht, einen Menschen kennenzulernen und hatte also keine Grundlage zum Vergleich. Als ich sagte, daß ich es nicht verstünde und auch keine Ahnung hätte, versuchte er sich an einer Theorie. Luzifer hat durchaus Theorien. Was Gott erschafft, sind Kopien und Destillate. Eine Seele ist ein destillierter Mensch. Erde und Fegefeuer sind Destillen. Mein Niall und deine Nicolette wurden selige Destillate, waren aber nicht sie selbst, falls man Luzifer glauben kann.

Ich glaube ihm. Ich werde dich nie wiedersehen.

Wir verlassen den Gärungskeller und gehen um ihn herum auf dem bequemen Weg, sagt die Führerin, zum neuen Keller. »Neu, 1700 oder so.« Die Frauen seufzen beim Anblick eines Beetes mit Stockrosen in einem geschützten Winkel. Wo Aurora ihren Seerosenteich hatte, gibt es ein rechteckiges Blumenbeet und eine Pumpe, die fast unter roter Klematis erstickt. Wir gehen die Stufen in den kühlen Keller hinunter. Die Führerin stellt sich zwischen ›die Engel‹ und spinnt ihre Geschichten über den einzigen *grand cru* des Chalonnais, Legenden über seinen Ursprung und über die Bündel, die der Winzer von Vully, Monsieur Jodeau, nach Aussage des Küfers in jedem Faß versteckte.

Ich habe bezüglich meines anderen Besuchs im Himmel gelogen. Gott hat meine Frage sehr wohl beantwortet. Ich fragte, warum ich aussehe wie Christus, und Gott antwortete:»Weil du eine Kopie von Ihm bist.«

Wie wäre das möglich? War ich nicht älter als Er?

»Ich habe von Anbeginn von Ihm gewußt«, sagte Gott.»Ich habe noch vor Seiner Geburt eine Kopie von Ihm gemacht – ich wollte sehen, was Er tut, wenn Er nicht Seine Pflicht tut.«

»Hat Luzifer das gewußt?«

»Nicht bis er auf die Erde gekommen ist, um – wie er es ausdrückt – ein vernünftiges Wort mit Meinem Sohn zu reden. Luzifer war von der Ähnlichkeit verblüfft, seine Trumpfkarte hat nicht gestochen. Das war auch Meine Absicht. Mein Sohn brauchte das Überraschungsmoment – mittlerweile wußte Ich recht gut, wofür Er empfänglich war. Ich hatte dich beobachtet. Nach dieser Begegnung sagte Luzifer Mir wutentbrannt, daß er dich umbringen würde und daß unser Pakt nichtig sei. Aber als er dich dann töten wollte, überraschte er dich beim Bepflanzen deines Gartens.«

Ich erinnere mich. Luzifer fand mich in meiner geöffneten Glaskuppel, und da stand ich im sandigen Morast am ganzen Leib voll Sporen von verschiedenen Moosen Ich hatte mich mit dem Erzengel kaum noch unterhalten, seit er mich ›unterzeichnet‹ hatte. Ich erzählte ihm voller Bangen, daß ich einen Garten anlegen wolle. Er wirkte verdutzt und blickte mich lange schweigend und mit großen Augen an. Schließlich sagte er belustigt:»Heißt das nicht eher, du versuchst, einen Garten anzulegen.«

»Ja, ein Versuch«, sagte ich.

»Gut«, sagte er.

Gott und Seine Kopien und Destillate. Seine erleseneren Dinge. ›Wie‹ – das ist ein Wort, das ich nicht mag. Als ob es nichts Eigenständiges gibt oder als ob die Eigenart jedes Dings von einer anderen abhängt. Und so duften Stockrosen wie Wassermelonen oder Wassermelonen wie Stockrosen. Und einige gute, jedoch nicht haltbare Schaumweine nach *méthode champenoise* haben einen Geschmack wie die Einbände von Büchern, die zwischen 1890 und 1920 gedruckt wurden, vielleicht macht das eine Chemikalie im Klebstoff. Dieses hassenswerte Phänomen der Ähnlichkeiten ist mehr als die Bedeutungen, die das menschliche Hirn ersonnen hat – ja, ja, das alte, abgekartete Spiel vom tieferen Sinn –, es ist der Beweis, die Befleckung von Gottes Plan. Ich mag das ›Wie‹ genausowenig wie jene Sorte Agnostiker, die auf ihre Brust zeigen und ehrfürchtig sagen: »Vielleicht wohnt Gott ja hier drinnen.« Als ob ihre Herzen Seelen wären und Gott in ihren Seelen wohnte.

Wenn ich dir diese Gedanken nicht vorenthalten hätte, wärst du in den Himmel gekommen und hättest dein Wissen mitgenommen wie eine Ansteckung, eine der guten Ansteckungen wie Kahmhefe, die goldenen Wein golden macht, oder?

Die Fremdenführerin wendet sich von ›den Engeln‹ ab. Sie macht ihren Körper zum Wegweiser und dirigiert uns in ›das östliche Querschiff‹. Dieser Witz hat einen Bart. »Monsieur, bitte ...« Sie sagt, ich soll mich nicht an das Faß lehnen. Ein Flügel in meinem Rücken, ein Flügel hinter dem Faß. »Bitte«, sagt sie. Ich gehe weiter.

Du wurdest ohnmächtig, und ich fing dich auf. Es war das erste Mal, daß ich einen Menschen stützte. Du hattest so schwere Knochen. Ich habe mich zwischen dich und die Schwerkraft gestellt.

Unmöglich.

*Ich möchte meinen Agentinnen
Christina Arneson und
Lesley Gaspar und meinen
ersten Lesern Catherine Hill,
Catharine Bagnall,
Emily Benefield und
Bill Manhire danken.
Und wie immer, vielen Dank,
Fergus.*

Die Originalausgabe erschien
1999 unter dem Titel
*The Vintner's Luck* bei
Farrar, Straus & Giroux
in New York.

© 1998 Elizabeth Knox
© 2000 für die deutsche Ausgabe
Limes Verlag GmbH, München
Satz: Fotosatz Reinhard Amann, Aichstetten
Druck und Bindung: Graphischer Großbetrieb, Pößneck
Alle Rechte vorbehalten.

Printed in Germany
ISBN 3-8090-2449-X